江苏省2017年度高校哲学社会科学资助立项成果（2017SJB0926）；

中国矿业大学2017年度校级网络在线开放课程资助立项建设成果（2017KCPY10）

中国矿业大学2016年度校级精品课程《古代文学批评文选》资助立项建设成果；

中国矿业大学第九批青年学术带头人资助学术成果。

国家导向 · 现实需求 · 学科视野

中国传统文论涵养社会主义核心价值观研究丛书

| 光明社科文库 |

寻根对接

中国传统文论培育社会主义核心价值观研究

邓心强◎编著

光明日报出版社

图书在版编目（CIP）数据

寻根对接：中国传统文论培育社会主义核心价值观研究 / 邓心强编著．-- 北京：光明日报出版社，2019.4

ISBN 978－7－5194－5226－1

Ⅰ．①寻… Ⅱ．①邓… Ⅲ．①中国文学—古代文论—文集②社会主义核心价值观—中国—文集 Ⅳ．①I206.2－53②D616－53

中国版本图书馆 CIP 数据核字（2019）第 056627 号

寻根对接：中国传统文论培育社会主义核心价值观研究

XUNGEN DUIJIE：ZHONGGUO CHUANTONG WENLUN PEIYU SHEHUI ZHUYI HEXIN JIAZHIGUAN YANJIU

编　　著：邓心强

责任编辑：刘兴华　　　　责任校对：赵鸣鸣

封面设计：中联学林　　　　责任印制：曹　诤

出版发行：光明日报出版社

地　　址：北京市西城区永安路 106 号，100050

电　　话：010－63131930（邮购）

传　　真：010－67078227，67078255

网　　址：http：//book.gmw.cn

E - mail：gmcbs@gmw.cn

法律顾问：北京德恒律师事务所龚柳方律师

印　　刷：三河市华东印刷有限公司

装　　订：三河市华东印刷有限公司

本书如有破损、缺页、装订错误，请与本社联系调换，电话：010－67019571

开　　本：170mm×240mm

字　　数：261 千字　　　　印　　张：16

版　　次：2019 年 9 月第 1 版　　　　印　　次：2019 年 9 月第 1 次印刷

书　　号：ISBN 978－7－5194－5226－1

定　　价：85.00 元

凡　例

1. 每编主要以古代文论家为单位依朝代排列，少数集体作者或存疑的篇目直接列篇名，如《毛诗序》《礼记·乐记》等；部分主题近似就集中起来点评，如"从发愤著书到不平则鸣"，以将不同朝代的司马迁、韩愈、欧阳修的语句集中排列。同一编中，采自同一作品（如《文心雕龙》《颜氏家训》）中的，也集中放在一起。

2. 一位文论家多篇文章中的不同条目，在涵养某个核心价值观上有近似的主题，便合在一起点评。如选自曾国藩《求阙斋日记类钞》《劝学篇示直隶士子》等文中的四段不同话，放在一起点评。

3. 有的原文较长，仅有部分语句关涉核心价值观某个关键词的蕴含，就节选直接相关的文字，其余用省略号连接，力求简练，篇幅适宜。

4. 来自一位文论家的几条原文，若各自在文后注明来源，则分别出自不同篇目；若前面几条未注明篇目，则在最后一条后面注明篇目。如"均见《夏威夷游记》"说明数条引文来自同一篇目的不同地方，且各自空一行排列。

5. 少数文论家当年发表此篇时采用笔名，在当页采用注解予以说明。

6. 每一篇分阶段按年代顺序排列，各编录入材料有多有少，为均衡篇目，阶段取名上稍做调整，如采用"两汉"或"汉魏六朝"等。19 世纪以后资料较多，拟为"清末至近代"之说法，特此说明。

7. 点评采用转译与评析相结合的方式，文字依内涵阐发之不同，可长可短，短的一两行，长的两段话，原则上尽量凝练简洁，因地制宜，不拘一格。

自　序

十多年前，我在导师带领下开始研习传统文论，即中国古代文学理论与批评，这对思辨能力和理论水平有很高的要求。方向是老师们选定的，他们说专业需薪火相传，后继有人，男生就成了“接班人”首选，自己也就蹒跚学步至今。求学毕业和工作以来，曾围绕文论元范畴“象”“虚实”以及古代文体学研究陆续发表了一些小文章，也写了《中国文论核心元范畴“象”研究》《魏晋南北朝批评家建构文体研究》和《桐城派文体学研究》三部书稿（中标国家社科、中国博士后、省社科三类课题，已出版两部），但自主性的独立研究还不多，或是毕业任务，或是命题作文。那些年几乎沉浸在“古代”的世界中无法自拔，“穿越”的活计并不那么好干，入职数年申报课题很难拿下，倍感老题极难出新意。数年间不断地反思和调整。在已有的书稿陆续“使用”完后，就开始筹备自己的耕种园地，毕竟离开导师时日已久，需有自己的研究方向，需要“独立作业”。于是，在一番思考后摸着石头过河，转向了依托中国传统文论来涵养和培育核心价值观这一宏大而具有可持续性的时代课题。

在十八大新一届中央领导班子成立后的数年里，我经常看报、听新闻，多次读到中央上层关于“弘扬优秀传统文化”“培育践行核心价值观”“推动中国文化走出去”“繁荣哲学社会科学”等系列文件和重要讲话。在生活中从标语到展板，看到社会主义核心价值观的12词几乎无处不在，也能切实感受到政府和学界对依托中国传统文化培育核心价值观释放出的系列信号。这促使我琢磨和思考：作为多年从事“中国传统文论”的一名研究者，如何对当前国家战略和社会热点做出应有的学科回应?这无疑是学者的使命与担当。既然纯古代文论的课题难报,能否寻求对接呢?于是便力图思考我所在学科能为涵养、培育社会主义核心价值观做些什么,提供怎样的资源,也使本人的研究更“接地气”,与国家导向、社会需求融为一体,实现它应有的价值。

众所周知,自2010年前后国内人文与社科领域都被染上了浓厚的“应用”气息,各级课题公示后发现对策性研究比比皆是,纯粹的学术研究不是没有,但至少不占优势。立足于学科的基础研究需要多年坐冷板凳的功夫,需要长期的积淀,在这个量化考评和不断创新的时代,很难和应用型研究匹敌,无论是课题菜单还是刊物栏目方面“文史哲”的阵地相比“政经法”大大压缩。尤其是后来国家治理、智库建设等系列口号和工程下来后,二者的博弈更是愈演愈烈。在学术研究转型之际,我一直在追问开展本课题研究的宗旨与导向,这关乎以后的发展空间和学术格局。课题在准备和撰稿前后数年间,我便始终坚持和把握四大学术原则:国家导向、学科回应、前沿跟踪、自我超越。这也是我后面十几年学术研究的座右铭——它在不断受挫中来得刻骨铭心。即不完全做纯学理性研究,而是依托本人学科对国家需求和社会呼吁做出力所能及的回应,研究中国古代博大精深的文论宝库,其中蕴含着怎样丰富的资源,可挖掘出来为当前培育和践行社会主义核心价值观做出铺垫。但同时不能是空泛的理论演绎,要发挥学科优势,通过研读数千年中国古人的作品,从材料出发分析、提炼、归纳和概括核心价值观每个关键词在传统文论中的多维内涵、发展演进和民族特征。这也标志着本人研究的首次转型,即不局限于小范围内单一话题“自得其乐”式的研究,而寻求超越和拓展从而与国家战略和社会需求相结合,在专业、学科和国家、社会之间寻求一种协调与融合,力求给自己的学术探索一个初步答复。本书便是此背景下的一种尝试。它相比此前导师定题、加入他人团队和纯学理研究,更符合自己的实际情况。

基于此认识,本书是近年来人文学科彰显应用气息的产物与结晶。但并非一味为了迎合现实而抛弃学科,是与现实“若即若离”——“若离”者,不唯古是论，走不出来；"若即"者，是寻求二者的紧密结合，概言之即是"跨学科研究"（跨"文学"与"马列·社科"），从而获得全新的探索空间。通过数年来爬梳国内外关于依托中国传统文化来培育和践行社会主义核心价值观的各类资料来看，纯粹依托传统文化中的中国古代文学理论与批评来涵养核心价值观诸多关键词，目前基本上没人做过。这是一个全新的话题，无疑具有一定的创新空间。

就深层次来说，这与笔者10年来一以贯之的坚持"古为今用"的学术理念是契合的。无论是此前研究古代作家作品，还是透视传统文论核心元范畴，我都试图立足当下揭示其现实意义，实现"古"与"今"的对话或转换。一言以蔽之，即通过激活传统来延续古代文论资源的生命力，来为当前人文精神建构、社会和谐发展、文化强国建设做出学科应有的贡献。秉持这一原则，笔者自求学以来发表了一系列"古为今用"的小文章，代表作如《魏晋南北朝言说主体对中国当前批评的启示》（载《学术界》2013.3）、《反思与展望：龙学研究的"当代视角"综论》（《中国文论》2015年度辑刊）、《〈庄子〉畸人形象的人学意蕴》（载《重庆工商大学学报》2008.3）、《融通古今，弘扬传统——樊星先生"当代文学与传统文化"对话研究及启示》（载《中国石油大学胜利学院学报》2011.3）……这些尝试与练笔给了我极大的探索勇气。我一直认为，研究古代不能就"古"论"古"或"古"而不化，方式要变通，思维要活跃，视野要开阔，更要适合自己的追求与特点。因而，本书也是笔者这一治学理念的进一步延续与深化，至于成功与否，是否实现了初衷，尚待读者诸君检阅。

为了深刻地理解每个核心价值观关键词的内涵与外延，我先后在不同场合和核心价值观12词合影留念达50余次。四年多来，核心价值观的各类标语、展板遍布神州大地，形态各异，我数年与其同呼吸、共命运，深切感知到伟大时代国家战略的导向作用，感知到这12词对国家、社会、公民的多重意义，也感知到本课题的学术意义非同一般。在不断穿越时空，研读中国传统文论众多作品的1000多个日夜里，我一次次地被中国古人的抱负胸襟、价值取向、审美心理、人格魅力、追求情怀所感染、所熏陶，一次次地受到精神的洗礼与无穷的勉励。万种感受,难以言表,皆见之于点评文字之中。

研究中国传统文论中蕴含社会主义核心价值观数载以来,痛苦与欣慰并存。面对数千来浩如烟海的古人材料,起初很难驾驭,依照现有资料既难以搜集全面,逐一研读做出思考和笔记更需要时日。于是就采用了最笨的办法,读一则评一则,缓慢推进。全程中主要依托四套丛书:一是郭绍虞、王文生先生主编的四卷本《中国历代文论选》,这是本学科领域最权威的资料汇编。二是黄霖、蒋凡先生主编的《中国历代文论选新编》,有注解和评析,也增添了很多新的文本。三是每个阶段单独的文论全编或选编,如穆克宏的《魏晋南北朝文论全编》、卢永璘的《先秦两汉文论选》等。它们与"新编"互为补充。四是复旦大学推出的多卷本《中国文学批评通史》。书稿尽可能地涉猎传统社会的各种文论,但依然难以穷尽所有材料。在研究中越发感受到中国传统文论的博大与精深,就目前每一编对各阶段文论材料的涉猎而言,大体可以见出蕴含社会和公民层面核心价值观六个词汇——公正、自由、爱国、诚信、敬业、友善的初步轮廓。这里尤其需要感谢郭绍虞、王运熙、黄霖、穆克宏、卢永璘等众多前辈学者的辛勤开拓和不懈耕耘,没有他们此前对中国历代文论文本的收集和整理,就没有拙稿的问世。学术研究一定是站在前人的肩膀上眺望,我们或许能看到远方的风景,是无数为中国传统文论学科做出贡献的学者们的汗水与功绩。

书稿对传统文论中蕴含的社会主义核心价值观资源之点评,除"凡例"和"后记"说明外,尽量本着"从材料出发"的原则,即我对该条材料蕴含自由、爱国、敬业等价值观的阐发,一定是在吃透文本后,做出自己的理解和阐发(虽然不一定十分准确),避免无中生有和牵强附会。也尽量避免先有概念再有现象和事实,以后者去佐证的研究范式。在这里尤其需要感谢读博时武汉大学文学院所开设的文本细读等课程,感谢业师尚永亮先生的传道与授业,感谢王先霈、孙绍振、魏天无、刘莉莉等先生关于文本细读的学术力作,拜读后受益良多。

书稿六编,每一编聚焦一个关键词展开。价值观词汇主要侧重在社会与公民层面。存在着一条材料在不同编次中重复出现的情况,如孟子"敢问夫子恶乎长?”在“富强”与“和谐”编中都有出现,细心的读者会发现解读的角度和侧重点是不一样的。种在地下的“根”也许是相同的,但地面上开出的“花儿”、结出的“果儿”是不同的。这在一定程度上证明了民族经典的丰富性和包容性,也由此看出“中国传统文论”(尤其是上古文献中的文论资源)作为中华优秀传统文化的重要组成部分,永远是开放的,常读常新的。

自五四前后发端至今,“中国古代文论”学科发展已有百年历史。书名取“中国传统文论”字眼,是力求与当前弘扬中华优秀传统文化之“传统”相契合,也更为醒目。此学科是中国传统文化的重要组成部分,尤其关涉古人价值观、人生观、文学观、审美观等软文化和弹性较强的“思想观念”部分。鉴于古代文、史、哲不分家,诗、乐、舞三合一的古代文化特点,笔者在对每个材料的录入和点评上,都采取开放式原则,对“公正”“自由”“爱国”“诚信”“敬业”“友善”不做狭义地理解。毕竟课题主要是从“中国传统文论”中寻找涵养当前核心价值观的各种资源,其范围自然要比当下对此六词的理解稍宽泛一些,且古代很多词汇经历了本义、比喻义、引申义等漫长演变。否则,狭义的理解则易割裂其在千年演进过程中蕴含的丰富而多元的内涵。

书稿以史料为根基,通过大量研读中国传统文论中的经典篇章,全面地点评社会和公民层面社会主义核心价值观六词——公正、自由、爱国、诚信、敬业、友善——在此学科中的多维内涵、丰富表现,分析六大关键词在此学科中体现出的美学观念与人文精神,以及它们所彰显出的中国古人丰富的精神世界及学科特征。全书通过社会与公民层面核心价值观六大关键词在中国传统文论学科中的涵养与培育,为当前学界、政界、社会全方位培育和践行社会主义核心价值观提供重要参考。作为跨界研究的前期成果之一,它既可为事马列·社科的学人提供思路和视角,也可为教育界(如中学语文教师、考试命题专家)提供原始素材,更能为文学领域学者打开视野。当然,随着近年国内关于社会主义核心价值的研究转向培育方式和教育成效,本书也可作为社会各界普及、宣传社会主义核心价值观的重要范本。

书稿在古代材料基础上予以点评,逐条贯穿,没有“论说”那样读来酣畅淋漓,甚至有的觉得尽是文言原文,看不大懂。书稿省却了“注解”和“翻译”,将主力定位在“点评”上,也节省了篇幅。高中以上文化程度的人不难读懂,尤其是人文社科的爱好者阅读更为适宜。毕竟学术有分工,有传承,关于文论原文不懂之处既可“百度”看注释和翻译,也可借助相关教辅资料理解其深刻内涵,这方面的书籍数不胜数。面对“穿越”时空目睹古文古字,读者大可不必忐忑或畏惧,沉寂下来会发现古代很多篇章是通俗易懂的,并不那么晦涩和生疏。再者,在平面化、浅层次阅读泛滥的时代,读书已经碎片化了。“点评”式阅读既能带领读者直面文言作品、提升深度阅读的能力,也能引导他们嗅着纸质文字的芬芳,去感受古人丰富的心灵世界。

目　录
CONTENTS

第一编　中国传统文论蕴含“公正”价值观资源

【思考着力点】：

1. 传统文论史上客观评价作家作品：眼力、标准与表现；
2. 古人的审美境界和至高标准；
3. 儒家风雅、道义、自然之道；
4. 传统文论史上坚持风格多样性并存的看法有哪些？
5. 中国古代文论中，指出不公正的原因和表现有哪些？
6. 中国文论史上维护和确保公正的方式和策论有哪些？
7. 从中国文论史来看，古人是如何游走于通达和保守、狭隘之间的？
8. 欣赏品鉴时的以意逆志和客观准确如何体现？
9. 评价人物的优长与客观性如何体现？
10. 中国文论史上涵养“公正”所采取的艺术手法；
11. 关于“公正”与其它价值观词汇之间的关系；
12. 传统文论中“公正”价值观的现实价值与当代启迪；
13. 传统文论中“公正”价值观的创造性转化与创新性发展问题。

【先秦两汉阶段】

墨子：

贱人不强从事，即财用不足。今天下之士君子，以吾言不然；然即姑尝数天下分事，而观乐之害。王公大人，蚤朝晏退，听狱治政，此其分事也。士君子竭股肱之力，亶其思虑之智，内治官府，外收敛关市、山林、泽梁之利，以实仓廪府库，此其分事也。农夫蚤出暮入，耕稼树艺，多聚菽粟，此其分事也。妇人夙兴夜寐，纺绩织纴,多治麻丝葛绪、綑布縿,此其分事也。今惟毋在乎王公大人,说乐而听之,即必不能蚤朝晏退,听狱治政,是故国家乱而社稷危矣!今惟毋在乎士君子,说乐而听之,即必不能竭股肱之力,亶其思虑之智,内治官府,外收敛关市、山林、泽梁之利,以实仓廪府库,是故仓廪府库不实。今惟毋在乎农夫,说乐而听之,即必不能蚤出暮入,耕稼树艺,多聚菽粟,是故菽粟不足。今惟毋在乎妇人,说乐而听之,即不必能夙兴夜寐,纺绩织纴,多治麻丝葛绪、綑布縿,是故布縿不兴。曰:孰为大人之听治、而废国家之从事?曰:"乐也。"是故子墨子曰:"为乐,非也!"(《墨子·非乐》)

(点评:在墨子看来,社会各阶层纷纷爱好听音乐会延误各自的本职工作,不利于劳动生产和整个社会的稳定维系。他从文艺学角度论及干好"分内事儿",关涉敬业。王公大人、士君子、农夫、妇女等都坚守本分,勤勉敬业,竭力干好自己的本职事,就不至于产生诸多"荒废"。本分、本职,即"敬业"也。)

庄子:

桓公读书于堂上,轮扁斫轮于堂下,释椎凿而上,问桓公曰:"敢问:公之所读者,何言邪?"公曰:"圣人之言也。"曰:"圣人在乎?"公曰:"已死矣。"曰:"然则君之所读者,古人之糟粕已夫!"桓公曰:"寡人读书,轮人安得议乎!有说则可,无说则死!"轮扁曰:"臣也以臣之事观之。斫轮,徐则甘而不固,疾则苦而不入,不徐不疾,得之于手而应于心,口不能言,有数存焉于其间。臣不能以喻臣之子,臣之子亦不能受之于臣,是以行年七十而老斫轮。古之人与其不可传也死矣,然则君之所读者,古人之糟粕已夫!(《庄子·天道》)

(点评:通过"轮扁斫轮"的经典寓言,庄子提出了"言不尽意"的文艺思想。老汉车轮匠"扁"用刀斧砍木制造车轮,兢兢业业从事老本行数十年,坚守岗位,技艺精湛,且颇有心得体会,并始终积累有不便言传的"斫轮"经验,堪称敬业典范。此外,《庄子》"庖丁解牛"等寓言,也雄辩地论述了"敬业"后的熟练,一种出神入化的境地。)

屈原:

惜诵以致愍兮,发愤以抒情。所作忠而言之兮,指苍天以为正。令五帝使折中兮,戒六神与向服。俾山川以备御兮,命咎繇使听直。竭忠诚以事君兮,反离群而

赘肬。忘儇媚以背众兮，待明君其知之。言与行其可迹兮，情与貌其不变。……（《九章·惜诵》）

（点评：讲述写作此文的起因，被小人进献谗言并疏远后，屈原设想召集五方天帝、日月星辰、山川神祇和古代正直的法官组成法庭，希求通过申诉做出公正的评判。此文表明屈原将宠辱置之度外，竭诚事君，专心无二。但他没想到自己日月可鉴的一片忠心却成了“招祸之道”——忠而被谤，以致被疏而离群独处，实乃天下之不公。屈原以直抒胸臆的方式对天发誓，写出了遭遇进退维谷、百口莫辩的困境。）

墨子：

然则明辨此之说，将奈何哉？子墨子言曰：“言必立仪。言而毋仪，譬犹运钧之上，而立朝夕者也，是非利害之辨，不可得而明知也。故言必有三表。何谓三表？子墨子言曰：有本之者，有原之者，有用之者。于何本之？上本之于古者圣王之事；于何原之？下原察百姓耳目之实；于何用之？废以为刑政，观其中国家百姓人民之利。此所谓言有三表也。（《墨子·非命上》）

（点评：墨子是从政治考虑和社会效应角度来评析文艺的。三表法是墨子在认识论方面提出的判断是非真假的一种标准。“三表”法是其公正思想的体现，具有一定的科学性。一表是言必有据，以古代圣王言行为准则；二表是立言要以百姓的实际体验为依据，从实际出发；三表是强调立言著文要考虑客观上对于政治的实际效果。这些原则、标准既有宗经、征圣的印记，也有浓厚的民本情怀与服务于政治的顶层设计。）

司马迁：

于是论次其文。七年而太史公遭李陵之祸，幽于缧绁。乃喟然而叹曰：“是余之罪也夫！是余之罪也夫！身毁不用矣。”退而深惟曰：“夫《诗》《书》隐约者，欲遂其志之思也。昔西伯拘羑里，演《周易》；孔子厄陈、蔡，作《春秋》；屈原放逐，著《离骚》；左丘失明，厥有《国语》；孙子膑脚，而论兵法；不韦迁蜀，世传《吕览》；韩非囚秦，《说难》《孤愤》；《诗》三百篇，大抵贤圣发愤之所为作也。此人皆意有所郁结，不得通其道也，故述往事，思来者。”于是卒述陶唐以来，至于麟止，自黄帝始。（《史记·太史公自序》）

古者富贵而名摩灭,不可胜记,唯倜傥非常之人称焉。盖西伯(文王)拘而演《周易》;仲尼厄而作《春秋》;屈原放逐,乃赋《离骚》;左丘失明,厥有《国语》;孙子膑脚,《兵法》修列;不韦迁蜀,世传《吕览》;韩非囚秦,《说难》《孤愤》;诗三百篇,大抵圣贤发愤之所为作也。此人皆意有所郁结,不得通其道,故述往事、思来者。乃如左丘无目,孙子断足,终不可用,退而论书策,以舒其愤,思垂空文以自见。(《报任安书》)

(点评:因替李陵辩护而被处以宫刑的司马迁,固然因锒铛入狱遭受了后半生漫长的不公正待遇,也成全了"发愤著书"的诗学观和一部堪比离骚、彪炳千秋的《史记》。这段文字从三个方面彰显出史学家的"正义":秉笔直书的史学精神,不虚美、不隐恶;保持知识分子的操守与良知,在体验和思考中体现自己的见识和责任感;通过"三不朽"来成全自己,一家之言,以求精神生命的延续,通过释放郁结之"意"来证明自己,为蒙冤来昭雪,还原自己清白。正是因"愤"成"气",心存正义,化为巨制,《史记》才以深沉的情感、宏大的规模而震撼历代学界。)

夫《春秋》,上明三王之道,下辨人事之纪,别嫌疑,明是非,定犹豫,善善恶恶,贤贤贱不肖,存亡国,继绝世,补敝起废,王道之大者也。(《史记·太史公自序》)

(点评:阐释了实行王道的几个方面:尊重贤良、明辨是非、惩恶扬善等,这都是《春秋》一书的要义所在,也是中国早期历史典籍体现公正、公平、正义的方面所在。)

仆闻之,修身者智之府也,爱施者仁之端也,取予者义之符也,耻辱者勇之决也,立名者行之极也。士有此五者,然后可以托于世,列于君子之林矣。故祸莫憯于欲利,悲莫痛于伤心,行莫丑于辱先,而诟莫大于宫刑。刑余之人,无所比数,非一世也,所从来远矣。(《报任安书》)

(点评:这封情辞鲜明的书信,是两汉文论史上的名篇,关涉文艺心理学和艺术创造的动力来源。司马迁盘点了判断一个人是否具有儒家仁、义、礼、智、信五种品质的关键,尽显儒家所宣扬的"公正"价值观,"士有此五者,然后可以托于世,列于君子之林矣。"只有具备仁、义、勇、智等,才配为真的君子。儒家的"道义"观,对中国伦理学的建构,对历代知识分子品性的影响都极为深远。)

汉魏诸家评屈骚

司马迁《史记·屈原贾生列传》：

屈平疾王听之不聪也，谗谄之蔽明也，邪曲之害公也，方正之不容也，故忧愁幽思而作《离骚》。

“离骚”者，犹离忧也。夫天者，人之始也；父母者，人之本也。人穷则反本，故劳苦倦极，未尝不呼天也；疾痛惨怛，未尝不呼父母也。屈平正道直行，竭忠尽智，以事其君，谗人间之，可谓穷矣。信而见疑，忠而被谤，能无怨乎？屈平之作《离骚》，盖自怨生也。《国风》好色而不淫，《小雅》怨诽而不乱，若《离骚》者，可谓兼之矣。上称帝喾，下道齐桓，中述汤、武，以刺世事。明道德之广崇，治乱之条贯，靡不毕见。其文约，其辞微，其志洁，其行廉，其称文小而其指极大，举类迩而见义远。其志洁，故其称物芳。其行廉，故死而不容自疏。濯淖污泥之中，蝉蜕于浊秽，以浮游尘埃之外，不获世之滋垢，皭然泥而不滓者也。推其志也，虽与日月争光可也。

……

太史公曰：“余读《离骚》《天问》《招魂》《哀郢》，悲其志。适长沙，过屈原所自沉渊，未尝不垂涕，想见其为人。及见贾生吊之，又怪屈原以彼其材游诸侯，何国不容，而自令若是！读《服鸟赋》，同死生，轻去就，又爽然自失矣。”

班固《离骚序》：

昔在孝武，博览古文，淮南王安叙《离骚传》，以《国风》好色而不淫，《小雅》怨悱而不乱，若《离骚》者，可谓兼之。蝉蜕浊秽之中，浮游尘埃之外，爵然泥而不滓，推此志，与日月争光可也。斯论似过其真。……

且君子道穷，命矣，故潜龙不见，是而无闷。《关雎》哀周道而不伤，蘧瑗持可怀之智，宁武保如愚之性，咸以全命避害，不受世患，故《大雅》曰：既明且哲，以保其身。斯为贵矣。

今若屈原，露才扬己，竞乎危国群小之间，以离谗贼。然责数怀王，怨恶椒兰，愁神苦思，非其人，忿怼不容，沈江而死，亦贬狂狷景行之士。多称昆仑冥婚宓妃虚无之语，皆非法度之政，经义所载，谓之兼诗《风》《雅》，而与日月争光，过矣！

然其文弘博丽雅，为词赋宗，后世莫不斟酌其英华，则象其从容。自宋玉、唐勒、景差之徒,汉兴,枚乘、司马相如、刘向、扬雄,骋极文辞,好而悲之,自谓不能及也。虽非明智之器,可谓妙才者也。(《楚辞》王逸注本)

《汉书·扬雄传》(节录):

先是时,蜀有司马相如,作赋甚弘丽温雅,雄心壮之,为作赋,常拟之以为式。又怪屈原文过相如,至不容,作《离骚》,自投江而死,悲其文,读之未尝不流涕也。以为君子得时则大行,不得时则龙蛇,遇不遇命也,何必湛身哉! 乃作书,往往摭《离骚》文而反之,……

王逸《楚辞章句序》:

……而屈原履忠被谮,忧悲愁思,独依诗人之义,而作《离骚》,上以讽谏,下以自慰。遭时暗乱,不见省纳,不胜愤懑,遂复作《九歌》以下凡二十五篇。楚人高其行义,玮其文采,以相教传。

且人臣之义,以忠正为高,以伏节为贤。故有危言以存国,杀身以成仁。是以伍子胥不恨于浮江,比干不悔于剖心,然后忠立而行成,荣显而名著。若夫怀道以迷国,详愚而不言,颠则不能扶,危则不能安,婉娩以顺上,逡巡以避患,虽保黄耇,终寿百年,盖志士之所耻,愚夫之所贱也。

今若屈原,膺忠贞之质,体清洁之性,直若砥矢,言若丹青,进不隐其谋,退不顾其命,此诚绝世之行,俊彦之英也。而班固谓之露才扬己,竞于群小之中,怨恨怀王,讥刺椒、兰,苟欲求进,强非其人,不见容纳,忿恚自沈,是亏其高明,而损其清洁者也。昔伯夷、叔齐让国守分,不食周粟,遂饿而死,岂可复谓有求于世而怨望哉? 且诗人怨主刺上曰:"呜呼小子,未知臧否。匪面命之,言提其耳。"风谏之语,于斯为切。然仲尼论之,以为大雅。引此比彼,屈原之词,优游婉顺,宁以其君不智之故,欲提携其耳乎? 而论者以为露才扬己,怨刺其上,强非其人,殆失厥中矣。

故智弥盛者其言博,才益多者其识远。屈原之词,诚博远矣。自终没以来,名儒博达之士,著造词赋,莫不拟则其仪表,祖式其模范,取其要妙,窃其华藻。所谓金相玉质,百世无匹,名垂罔极,永不刊灭者矣。

（总点评：评价屈原及其作品是汉魏时期一次大型的文艺争鸣，参与者有刘向、扬雄、司马迁、班固、王逸等人。他们的话语对立，某种程度上是汉代对“正义”如何认识和维护的集中体现。基于不同的立场和出发点，他们对屈原其人其文的评析具有“二重性”，极为复杂。虽有班固和扬雄对屈原沉江丧失生命与君王决绝等做法，极为不满，对其文章“过以浮”“蹈云天”的风格特点颇多微词，而司马迁和王逸认为屈原“举类迩而见义远”，其志可与日月争光，尽人臣之义而以忠正为高，敢于“杀身以成仁”，则是中肯的评价，还原了屈原清白，对其爱国主义行为和浪漫主义文风予以高度的肯赞。这也是对屈原身上和作品中体现出的民族“正义”的一种坚守和维护。）

【魏晋南北朝阶段】

曹植：

然此数子，犹复不能飞騫绝迹，一举千里也。以孔璋之才，不闲于辞赋，而多自谓能与司马长卿同风，譬画虎不成反为狗者也，前有书嘲之，反作论盛道仆赞其文。夫钟期不失听，于今称之，吾亦不能妄叹者，畏后世之嗤余也。

世人著述，不能无病，仆常好人讥弹其文，有不善，应时改定。昔丁敬礼常作小文，使仆润饰之，仆自以才不过若人，辞不为也。……

盖有南威之容，乃可以论于淑媛；有龙渊之利，乃可以议于断割，刘季绪才不能逮于作者，而好诋诃文章，掎摭利病。昔田巴毁五帝，罪三王，訾五霸于稷下，一旦而服千人，鲁连一说，使终身杜口。刘生之辩，未若田氏，今之仲连，求之不难，可无叹息乎？人各有好尚，兰茝荪蕙之芳，众人所好，而海畔有逐臭之夫。《咸池》《六茎》之发，众人所共乐，而墨翟有非之之论，岂可同哉！……（《与杨德祖书》）

（点评：这篇简短而活泼的书信，反映了曹植不带私心公正客观地评析朋友——陈琳等人。他认为文章不可能尽善尽美，适当接受他人的批评意见有助于修改完善；基于人各有好，妄议他人作品很难真正地实现“公正”。）

张辅：

辅尝论班固、司马迁云：“迁之著述，辞约而事举，叙三千年事唯五十万言；班固叙二百年事乃八十万言，烦省不同，不如迁一也。良史述事，善足以奖劝，恶足以鉴诫,人道之常。中流小事,亦无取焉,而班皆书之,不如二也。毁贬晁错,伤忠臣之道,不如三也。迁既造创,固又因循,难易益不同矣。”(《晋书·张辅传》)

(点评:涉及评价具体作品的公正。自班固《汉书》诞生后,关于它与《史记》的比较一直不绝于耳。二者各有千秋,张辅从入史与构思、对人物的评价等方面入手评析,认为《汉书》不如《史记》。类似评析只能代表公民看法,不一定公正客观。不能笼统地说孰优孰劣。史学家对历史的观察和理解,有公民的视角与取舍,存在差异很正常。但一味地比较高下和优劣,则往往有失公正。)

范晔:

论曰:司马迁、班固父子,其言史官载籍之作,大义粲然著矣。议者咸称二子有良史之才。迁文直而事核,固文赡而事详。若固之序事,不激诡,不抑抗,赡而不秽详而有体,使读之者亹亹而不厌,信哉其能成名也。……固伤迁博物洽闻,不能以智免极刑,然亦身陷大戮,智及之而不能守之。呜呼,古人所以致论于目睫也!(《后汉书·班固传论》)

(点评:与晋初张辅相比,范晔本着史学家的良知与信誉,公正而客观地评析司马迁和班固,认为二者各有特点,皆是“良史之才”,其著作“大义粲然”。并站在第三方角度,指出班固父子对司马迁的批评不切实际,一定程度上体现出史学家客观、公正的批评精神。)

葛洪:

且古书之多隐,未必昔人故欲难晓。或世异语变,或方言不同;经荒历乱,埋藏积久,简编朽绝,亡失者多,或杂续残缺,或脱去章句:是以难知,似若至深耳。

然古书者虽多,未必尽美。要当以为学者之山渊,使属笔者得辨伐渔猎其中。然而譬如东瓯之木,长洲之林,梓豫虽多,而未可谓之为大厦之壮观,华屋之弘丽也。云梦之泽,孟诸之薮,鱼肉虽饶,而未可谓之为煎熬之盛膳,渝狄之嘉味也。

且夫古者事事醇素,今则莫不雕饰,时移世改,理自然也。至于罽锦丽而且坚,未可谓之减于蓑衣;辎车妍而又牢,未可谓之不及椎车也。(均见《抱朴子·钧世》)

（点评：葛洪主要生活在公元4世纪前半叶，在注经成风、对古代文化不断强化的汉末百余年，前代的印记与影响依然存在。人们一味崇尚古代而不大注重当代，他鲜明地提出今胜于古、古质今妍的文学发展观念，是遵从规律、坚守公正的体现。那种向声背实的风气要不得，是对当下文化创造的漠视。汉末魏初文学正由质朴走向美丽和丰富，在文辞的藻饰方面，魏晋要远超前代。然而这也并不意味着古代一无是处。恰恰相反，古代资源广大，可供学者“采伐渔猎其中”。在对古今的辩证认识方面，葛洪的公正精神有可取之处。即便他提出今胜于古的观念，认为《尚书》和《诗经》等儒家经典比不上两汉魏晋的辞赋诗文，也是从藻饰角度来讲的，也还比较公正、客观。）

《颜氏家训》中：

王大司马母魏夫人，性甚严正；王在湓城时，为三千人将，年逾四十，少不如意，犹捶挞之，故能成其勋业。梁元帝时，有一学士，聪敏有才，为父所宠，失于教义：一言之是，遍于行路，终年誉之；一行之非，揜藏文饰，冀其自改。年登婚宦，暴慢日滋，竟以言语不择，为周逖抽肠衅鼓云。（《颜氏家训·教子》）

（点评：将公正与人的行为、教养结合起来。大司马王憎辨家教极严，故作风正派，成就大业；而某学士自幼被父亲宠坏，家教不得法，粗暴傲慢无礼，最终落得个被人杀死、抽出肠子、血祭战鼓的下场。其不公正的待遇与家庭教育、公民修为密切相关。）

人之爱子，罕亦能均，自古及今，此弊多矣。贤俊者自可赏爱，顽鲁者亦当矜怜。有偏宠者，虽欲以厚之，更所以祸之。共叔之死，母实为之。赵王之戮，父实使之。刘表之倾宗覆族，袁绍之地裂兵亡，可为灵龟明鉴也。（《颜氏家训·教子》）

（点评：孩子无论是聪明还是愚笨，父母教育时均应一视同仁，不可宠爱和偏心。历史上因不公平对待而导致孩子成人发生的悲剧不胜枚举。）

昔司马长卿慕蔺相如，故名相如，顾元叹慕蔡邕，故名雍。而后汉有朱伥字孙卿，许暹字颜回，梁世有庾晏婴、祖孙登，连古人姓为名字，亦鄙事也。（《颜氏家训·风操》）

（点评:参考或借用古人名字而作为自己名字的一部分,颜之推认为是不严肃的事情。随意被后人挪用、套用,这对古人是不公正的,粉丝表达钦佩、羡慕未尝不可,但有多种其他公正与尊重的方式。）

世人多蔽,贵耳贱目,重遥轻近。少长周旋,如有贤哲,每相狎侮,不加礼敬;他乡异县,微藉风声,延颈企踵,甚于饥渴。校其长短,核其精粗,或彼不能如此矣。所以鲁人谓孔子为东家丘。昔虞国宫之奇,少长于君,君狎之,不纳其谏,以至亡国,不可不留心也。(《颜氏家训·慕贤》)

（点评:揭示了“贵远践近”“向声背实”的一种民族劣根性,是不公正对待人事的突出表现。颜之推语重心长地警醒世人:这对于人们的交际、处世都是危害极大的。

此特征不仅存在于人们交际中,也存在于中国文艺批评中。即推崇古代的,怠慢身边的;相信古代传说的,轻视眼前所听所见的。就交际而言,使人们不懂得珍惜身边、眼前的事物;导致文论中的复古思想很严重,无视当下人的新变和创造力。）

梁孝元前在荆州,有丁觇者,洪亭民耳,颇善属文,殊工草、隶,孝元书记,一皆使之。军府轻贱,多未之重,耻令子弟以为楷法。时云:“丁君十纸,不敌王褒数字。”吾雅爱其手迹,常所宝持。孝元尝遣典签惠编送文章示萧祭酒,祭酒问云:“君王比赐书翰,及写诗笔,殊为佳手,姓名为谁,那得都无声问?”编以实答。子云叹曰:“此人后生无比,遂不为世所称,亦是奇事。”于是闻者稍复刮目,稍仕至尚仪曹郎。末为晋安王侍读,随王东下。及西台陷殁,简牍湮散,丁亦寻卒于扬州。前所轻者,后思一纸,不可得矣。(《颜氏家训·慕贤》)

（点评:这是一则人在生前被人误解和轻视、死后价值徒升被人重视,遭受不公正对待的史料。读来感慨世态炎凉,令人嘘叹不已。孝元帝的属下丁觇擅长草书和隶书,多年被人小看和嘲弄,颜之推却慧眼识珠藏其书法。直到被萧子云在不知名的情况欣赏其书法才名声大震,后官位升迁,世人再求其价值连城的书法,丁觇却已病逝人间。）

人见邻里亲戚有佳快者,使子弟慕而学之,不知使学古人,何其蔽也哉?世人但知跨马被甲，长槊强弓，便云我能为将；不知名乎天道，辩乎地利，比量逆顺，鉴达兴亡之妙也。但知承上接下，积财聚谷，使云我能为相；不知敬鬼事神，移风易俗，调节阴阳，荐举贤圣之至也。但知私财不入，公事夙办，便云我能治民；不知诚己刑物，执辔如组，反风灭火，化鸱为凤之术也。但知抱令守律，早刑晚舍，便云我能平狱；不知同辕观罪，分剑追财，假言而好露，不问而情得之察也。表及农商工贾，厮役奴隶，钓鱼屠肉，饭牛牧羊，皆有先达，可为师表，博学求之，无不利于事也。

（点评：近似排比地一口气例举了四类满足现状和表象的人，不知道深刻、全面学习本领域所需的各种本领。指出在勉励、学习上，那些贵族、士族应当向底层农民、工匠、渔夫、奴婢等人学习。颜之推认为人应当广博、通达、谦虚地学习，向古人、底层人学习。“皆有先达，可为师表，博学求之，无不利于事也。”在此层面，其“公正”观体现在对阶层的跨越。）

天地鬼神之道，皆恶满盈，谦虚冲损，可以免害。人生衣趣以覆寒露，食趣以塞饥乏耳。形骸之内，尚不得奢靡，己身之外，而欲穷骄泰邪？周穆王、秦始皇、汉武帝富有四海，贵为天子，不知纪极，犹自败累，况士庶乎？常以二十口家，奴婢盛多不可出二十人，良田十顷，堂室才蔽风雨，车马仅代杖策，蓄财数万，以拟吉凶急速。不啻此者，以义散之；不至此者，如非道求之。

（点评：此处论及公正在于对“知足”和“安道”的坚守，涉及中国传统家庭伦理的几个核心层面：谦虚淡泊，懂得节制，生财有道，知道物极必反。他举例历史上诸多帝王穷奢极欲导致国破家亡，来警醒世人，家中的奴婢、良田、车马等君应有一定的限度，超过了就“以义散之”，要仗义疏财，不要背弃道义去无止境追逐，“非道求之”只能适得其反。“公正”自在“道”所运行的规律之中，在历史的参照和镜子之中。）

《世说新语》中：

司马文王问武陔：“陈玄伯何如其父司空？”陔曰：“通雅博畅，能以天下声教为己任者，不如也。明练简至，立功立事，过之。”

刘令言始入洛，见诸名士而叹曰：“王夷甫太解明，乐彦辅我所敬，张茂先我所不解，周弘武巧于用短，杜方叔拙于用长。”

明帝问谢鲲:“君自谓何如庾亮?”答曰:“端委庙堂,使百僚准则,臣不如亮。一丘一壑,自谓过之。”

明帝问周伯仁:“卿自谓何如庾元规?”对曰:“萧条方外,亮不如臣;从容廊庙,臣不如亮。”

时人道阮思旷:“骨气不及右军,简秀不如真长,韶润不如仲祖,思致不如渊源,而兼有诸人之美。”

简文云:“何平叔巧累于理,嵇叔夜俊伤其道。”

刘尹至王长史许清言,时苟子年十三,倚床边听。既去,问父曰:“刘尹语何如尊?”长史曰:“韶音令辞,不如我;往辄破的,胜我。”

刘尹谓谢仁祖曰:“自吾有四友,门人加亲。”谓许玄度曰:“自吾有由,恶言不及于耳。”二人皆受而不恨。

王中郎尝问刘长沙曰:“我何如苟子?”刘答曰:“卿才乃当不胜苟子,然会名处多。”王笑曰:“痴!”

支道林问孙兴公:“君何如许掾?”孙曰:“高情远致,弟子蚤已服膺;一吟一咏,许将北面。”

孙兴公、许玄度皆一时名流。或重许高情,则鄙孙秽行;或爱孙才藻,而无取于许。

庾道季云:“思理伦和,吾愧康伯;志力强正,吾愧文度。自此以还,吾皆百之。”

桓玄问刘太常曰:“我何如谢太傅?”刘答曰:“公高,太傅深。”又曰:“何如贤舅子敬?”答曰:“楂、梨、橘、柚,各有其美。”(均见《世说新语·品藻》)

(点评:《品藻》是《世说新语》中充分反映魏晋名士品藻风尚的名篇之一,读来轻松诙谐,趣味十足。节选10余段是当时名士品评他人和名师之间相互品评的典范。其“公正”主要体现在人各有善,自有优长。没有完人,也没有谁一无是处,尺有所短、寸有所长。如陈玄伯和父亲陈群相比,后者在通达雅正、学问渊博、具有责任感上为人称许,而前者在精明干练、简要精到、建功立业上则超过了父亲。这种公正是对人物才情、风貌的充满肯定与弘扬,在魏晋南北朝乃至整个中国美学史上具有重要的意义。)

贾公闾后妻郭氏酷妒,有男儿名黎民,生载周,充自外还,乳母抱儿在中庭,儿见充喜踊，充就乳母手中呜之。郭遥望见，谓充爱乳母，即杀之。儿悲思啼泣，不饮它乳，遂死。郭后终无子。(《世说新语·惑溺》)

(点评:《世说新语》也记载了古代社会一些不公正甚至匪夷所思、丑陋不堪的现象，此则即可管中窥豹。男人回来亲了乳母怀里未满周岁的儿子，却招致后妻郭氏的红眼和妒忌，一气之下杀了乳母，不仅儿子饿死自己也断了后。从残忍中足以见出古代女性社会地位的不平等。)

《文心雕龙》中:

大舜云:“诗言志，歌永言。”圣谟所析，义已明矣。是以“在心为志，发言为诗”，舒文载实，其在兹乎！诗者，持也，持人情性；三百之蔽，义归“无邪”，持之为训，有符焉尔。(《明诗》)

(点评:释义诗的内涵时涉及公正。诗用文辞来表达内心的情志，是扶持端正的意思，即要端正人的性情，故儒家揭示《诗三百》，“一言以蔽之，曰:思无邪”。学界对“思”是指发语词还是实指思想，尚有争议，但无邪多认为指“没有邪念”，与充满正气、道义接近。这被认为是三百零五首诗歌总体特征的集中概括。)

故铭者，名也，观器必也正名，审用贵乎盛德。盖臧武仲之论铭也，曰:“天子令德，诸侯计功，大夫称伐。”夏铸九牧之金鼎，周勒肃慎之楛矢，令德之事也；吕望铭功于昆吾，仲山镂绩于庸器，计功之义也；魏颗纪勋于景钟，孔悝表勤于卫鼎，称伐之类也。若乃飞廉有石棺之锡，灵公有夺里之谥，铭发幽石，吁可怪矣。赵灵勒迹于番吾，秦昭刻博于华山，夸诞示后，吁可笑也。详观众例，铭义见矣。

铭兼褒赞，故体贵弘润。其取事也必核以辨，其摛文也必简而深，此其大要也。然矢言之道盖阙，庸器之制久沦，所以箴铭寡用，罕施后代，惟秉文君子，宜酌其远大焉。(均见《铭箴》)

(点评:为天子、诸侯、大夫篆刻铭文，因身份、地位不同而各有侧重，天子颂扬美德，诸侯计数功勋、士大夫则称说其劳迹。如不客观公正，则违反人伦，起不到铭文主有的作用——“铭兼褒赞，故体贵弘润”，褒奖赞美，警戒后世。事例之核实、文辞之简练，都是此种文体的要求。它一经刻记，则流传后世，接受监督，否则不慎重、不公正，则容易流为笑柄，“夸诞示后，吁可笑也!”

至于潘勖《符节》，要而失浅；温峤《侍臣》，博而患繁；王济《国子》，文多而事寡；潘尼《乘舆》，义正而体芜：凡斯继作，鲜有克衷。至于王朗《杂箴》，乃置巾履，得其戒慎，而失其所施；观其约文举要，宪章武铭，而水火井灶，繁辞不已，志有偏也。(《铭箴》)

(点评：根据文体的要求，刘勰如实、客观评析了潘勖、温峤、王济、潘尼、王朗等人的箴作，言简意赅地指出其不足，显示出批评家的公正。)

若夫追述远代，代远多伪。公羊高云“传闻异辞”，荀况称“录远详近”，盖文疑则阙，贵信史也。然俗皆爱奇，莫顾实理。传闻而欲伟其事，录远而欲详其迹。于是弃同即异，穿凿傍说，旧史所无，我书则传。此讹滥之本源，而述远之巨蠹也。至于记编同时，时同多诡，虽定、哀微辞，而世情利害。勋荣之家，虽庸夫而尽饰；迍败之士，虽令德而嗤埋，吹霜煦露，寒暑笔端，此又同时之枉，可为叹息者也！故述远则诬矫如彼，记近则回邪如此，析理居正，唯素心乎！

若乃尊贤隐讳，固尼父之圣旨，盖纤瑕不能玷瑾瑜也；奸慝惩戒，实良史之直笔，农夫见莠，其必锄也：若斯之科，亦万代一准焉。至于寻繁领杂之术，务信弃奇之要，明白头讫之序，品酌事例之条，晓其大纲，则众理可贯。然史之为任，乃弥纶一代，负海内之责，而赢是非之尤。秉笔荷担，莫此之劳。迁、固通矣，而历诋后世。若任情失正，文其殆哉！

赞曰：史肇轩黄，体备周孔。世历斯编，善恶偕总。腾褒裁贬，万古魂动。辞宗邱明，直归南董。(《史传》)

(点评：涉及史传文学书写的公正。刘勰提出写史要有求真、客观的态度，“故述远则诬矫如彼，记近则回邪如此，析理居正，唯素心乎！”不能记远的虚假硬造，记近的随意歪曲，或者为求新奇而穿凿附会，这都有悖于“公正”这一史家品格。史学家应有公心，具有一定的责任感和良知，不能凭任私情而失去公正，“若任情失正，文其殆哉！”毕竟所记所写，都要接受后世读者的评判，受各种是非之责难，要对全国负责。“然史之为任，乃弥纶一代，负海内之责，而赢是非之尤。秉笔荷担，莫此之劳。”只有秉持公正之笔，著作才能达到“腾褒裁贬，万古魂动”的效果。)

……形器易征,谬乃若是;文情难鉴,谁曰易分?

夫篇章杂沓,质文交加,知多偏好,人莫圆该。慷慨者逆声而击节,蕴藉者见密而高蹈;浮慧者观绮而跃心,爱奇者闻诡而惊听。会己则嗟讽,异我则沮弃,各执一偶之解,欲拟万端之变,所谓东向而望,不见西墙也。(《知音》)

(点评:文章欣赏与品鉴要想达到客观和公正,是很难的。客观上,事物是复杂多样的,文章有的深奥难懂,“文情难鉴,谁曰易分?”主观上,人有自己的趣味和偏好,不同的气质和特点,“知多偏好,人莫圆该”,不可强求,这也导致品鉴时极易见其一端,“各执一偶之解,欲拟万端之变”,故有“东向而望,不见西墙”出现。这为后文提出“六观”说蓄势伏笔,可以看出刘勰对文学品鉴上力求“公正”的思考与努力。)

凡操千曲而后晓声,观千剑而后识器。故圆照之象,务先博观。阅乔岳以形培塿,酌沧波以喻畎浍。无私于轻重,不偏于憎爱,然后能平理若衡,照辞如镜矣。是以将阅文情,先标六观:一观位体,二观置辞,三观通变,四观奇正,五观事义,六观宫商。斯术既形,则优劣见矣。(《知音》)

(点评:在上文诊断后这里刘勰顺理成章地开出“药”:提出品鉴者、评论者如采用“六观”法,从体裁风格、文辞安排、继承创新、表现手法、文本内容、音节等方面来对作品予以多方位的、立体的观照,从而“无私于轻重,不偏于憎爱,然后能平理若衡,照辞如镜矣。”必能竭力减少偏见、私心乃至学识导致的局限,给予作品一个公正、客观地评价。“平理若衡”“照辞如镜”是欣赏、品鉴中追求“公正”的至高标准。而具体方法是“圆照之象,务先博观”,大量地接触作品,在实践中积累经验,提高能力。)

详观近代之论文者多矣:至如魏文述典,陈思《序》书,应瑒文论,陆机《文赋》,仲治《流别》,弘范《翰林》,各照隅隙,鲜观衢路,或臧否当时之才,或铨品前修之文,或泛举雅俗之旨,或撮题篇章之意。魏典密而不周,陈书辩而无当,应论华而疏略,陆赋巧而碎乱,《流别》精而少功,《翰林》浅而寡要。又君山、公干之徒,吉甫、士龙之辈,泛议文意,往往间出,并未能振叶以寻根,观澜而索源。不述先哲之诰,无益后生之虑。

盖《文心》之作也,本乎道,师乎圣,体乎经,酌乎纬,变乎骚:文之枢纽,亦云极

矣。若乃论文叙笔,则囿别区分,原始以表末,释名以章义,选文以定篇,敷理以举统。……(《序志》)

(点评:在《文心雕龙》最后交代创作初衷的《序志》篇中,刘勰公正客观地评价了此前文论著作的特点与不足,符合实际,较为中允。刘勰同时为后世读者提出了公正评价作家作品的一种方法:“振叶以寻根,观澜而索源”。此外,他为了使自己的著作写得公正而不偏激,采用了“四项基本原则”的独特行文方式。这四项基本原则就是原始表来,释名的意义,选文以定篇,敷理以举统。全书体系庞大,尽显思辩,史论结合,取得了极大的成功。)

夫铨序一文为易,弥纶群言为难,虽复轻采毛发,深极骨髓,或有曲意密源,似近而远,辞所不载,亦不可胜数矣。及其品列成文,有同乎旧谈者,非雷同也,势自不可异也;有异乎前论者,非苟异也,理自不可同也。同之与异,不屑古今,擘肌分理,唯务折衷。按辔文雅之场,环络藻绘之府,亦几乎备矣。但言不尽意,圣人所难,识在瓶管,何能矩矱。茫茫往代,既沉予闻;眇眇来世,倘尘彼观也。(《序志》)

(点评:刘勰以公正的姿态评析历代文学和作家,秉持的是“擘肌分理,唯务折衷”的批评方法。从行文来看,他清晰地知晓自己所论不管是否与前人有近似或雷同之处,皆有一种“文理”——他谓之为“势”——存在,也许是文学的特征与规律吧。同时也可看作他立足于作品的文本分析——自己去解读和品咂,而不是借助二手文献。唯有如此,他方便地实现了“按辔文雅之场,环络藻绘之府”的自由,并由衷生发出“文果载心,余心有寄”的期待。)

钟嵘:

故诗有三义焉:一曰兴,二曰比,三曰赋。文已尽而义有余,兴也;因物喻志,比也;直书其事,寓言写物,赋也。弘斯三义,酌而用之,干之以风力,润之以丹彩,使味之者无极,闻之者动心,是诗之至也。若专用比兴,则患在意深,意深则词踬。若但用赋体,则患在意浮,意浮则文散,嬉成流移,文无止泊,有芜蔓之累矣。

◇宋徵士陶潜

其源出于应璩,又协左思风力。文体省净,殆无长语。笃意真古,辞兴婉惬。每观其文,想其人德。世叹其质直。至如“欢言酌春酒”“日暮天无云”,风华清靡,岂直为田家语邪？古今隐逸诗人之宗也。

◇魏武帝魏明帝

曹公古直,甚有悲凉之句。叡不如丕,亦称三祖。(均见《诗品》)

(点评:钟嵘将“干之以风力,润之以丹彩”作为诗歌的审美标准,要求诗歌能直接自然地表现诗美,使之富有滋味。故在批评诗人时他追根溯源、评出高下,将陶渊明列为中品、曹操列为下品。从他所处时代文化观念注重藻饰、讲求文采来看,其对众多诗人的评析并没有忽高忽低来回变换标准,而是一以贯之。然而后世读者从文学成就和影响来看,则认为钟嵘评析有欠公正,陶渊明和曹丕应列为上品。)

裴子野:

古者四始六艺,总而为诗,既形四方之风,且彰君子之志,劝美惩恶,王化本焉。后之作者,思存枝叶,繁华蕴藻,用以自通。若悱恻芬芳,楚骚为之祖;靡漫容与,相如扣其音。由是虽声逐影之俦,弃指归而无执。(《雕虫论》)

(点评:裴子野有着浓厚的儒家政教文学观念,以此评析后代文学,则对《诗经》、屈原以后诗赋只追求美丽动人而忘却写作应有益教化大力批判。在他看来,文章的审美愉悦功效不足道也,理应贬抑。这是不公正的,对文学发展也不利。)

萧纲:

又时有效谢康乐、裴鸿胪文者,亦颇有惑焉。何者？谢客吐言天拔,出于自然,时有不拘,是其糟粕。裴氏乃是良史之才,了无篇什之美。是为学谢则不届其精华,但得其冗长,师裴则蔑绝其所长,惟得其所短,谢故巧不可阶,裴亦质不宜慕,故胸驰臆断之侣,好名忘实之类,方六驳于仁兽,逞郤克于邯郸,入鲍忘臭,效尤致祸,决羽谢生,岂三千之可及,伏膺裴氏,惧两唐之不传。……(《与湘东王书》)

(点评:萧钢批评当时诗坛学裴子野过甚,认为他有良史之才然不擅长作诗,不应将他作为模仿对象。而学谢灵运,则只是习得其缺点——散漫冗长,无法得其精髓也是很不够的。他认为谢灵运在观赏和表现山水方面有天才的一面,“吐言天拔,出于自然”,一般人是学不到的。萧钢诗学体现“公正”思想时有两点很醒目:一是人各有长,鲜有通才;二是天才难得,无法模拟。)

【隋唐阶段】

李谔:

降及后代,风教渐落。魏之三祖,更尚文词,忽君人之大道,好雕虫之小艺。下之从上,有同影响,竞骋文华,遂成风俗。江左齐、梁,其弊弥甚,贵贱贤愚,唯务吟咏。遂复遗理存异,寻虚逐微,竞一韵之奇,争一字之巧。连篇累牍,不出月露之形,积案盈箱,唯是风云之状。世俗以此相高,朝廷据兹擢士。……故文笔日繁,其政日乱,良由弃大圣之轨模,构无用以为用也。损本逐末,流遍华壤,递相师祖,久而愈扇。……至有宗党称孝,乡曲归仁,学必典谟,交不苟合,则摈落私门,不加收齿;其学不稽古,逐俗随时,作轻薄之篇章,结朋党而求誉,则选充吏职,举送天朝。盖由县令、刺史未行风教,犹挟私情,不存公道。臣既忝宪司,职当纠察。若闻风即劾,恐挂网者多,请勒诸司,普加搜访,有如此者,具状送台。(《上隋文帝书》)

(点评:如何看待写作才能和选举的关系,是多个朝代文人们经常议论的话题。李谔针对当时社会上一种不公正现象而上书此文,其用意在纠正隋朝地方州县选举人才中的弊病。他批评地方官员在选拔人才和向中央推举人才时,让那些善于交际钻营和擅长写作浮华无实、不切实用之类文章的人得逞,而排挤了那些仁孝正直和专心向学的人士,呼吁文帝予以调查。虽然学界批评其忽视了文学藻饰的艺术功效,观点具有狭隘性,但其看法在社会领域具有很强的公正性。)

杜甫:

庾信文章老更成,凌云健笔意纵横。今人嗤点流传赋,不觉前贤畏后生。
王杨卢骆当时体,轻薄为文哂未休。尔曹身与名俱灭,不废江河万古流。
纵使卢王操翰墨,劣于汉魏近风骚。龙文虎脊皆君驭,历块过都见尔曹。
才力应难跨数公,凡今谁是出群雄。或看翡翠兰苕上,未掣鲸鱼碧海中。
不薄今人爱古人,清词丽句必为邻。窃攀屈宋宜方驾,恐与齐梁作后尘。
未及前贤更勿疑,递相祖述复先谁。别裁伪体亲风雅,转益多师是汝师。
(《戏为六绝句》)

(点评:如何处理“通”与“变”,怎样看待传统与当下的关系,是一大难题。杜甫的诗体批评在这两大维度上尽显公正。对于期待的文化遗产,他采取尊重和博取的态度，谓作者“亲风雅”“攀屈宋”，有助于知源流，树楷模。他对随意嗤笑前人予以了讥讽，故而对庾信、初唐四杰极为尊重和钦佩。但同时也反对盲目地是古非今，一代有一代的文体，新的样式与尝试探索等不可轻易否定。正是在继承和新变的交界处，他提出“转益多师是汝师”的兼容而通达的诗学观。这是集大成的杜甫所具有的大家胸襟和开放气度。）

皎然：

诗有四不

气高而不怒，怒则失于风流；力劲而不露，露则伤于斤斧；情多而不暗，暗则蹶于拙钝；才赡而不疏，疏则损于筋脉。

诗有四深

气象氤氲，由深于体势；意度盘礴，由深于作用；用律不滞，由深于声对；用事不直，由深于义类。

诗有二要

要力全而不苦涩，要气足而不怒张。

诗有二废

虽欲废巧尚直，而思致不得置；虽欲废言尚意，而典丽不得遗。

诗有四离

虽有道情而离深僻；虽用经史而离书生；虽尚高逸而离迂远；虽欲飞动而离轻浮。

诗有七至

至险而不僻；至奇而不差；至丽而自然；至苦而无迹；至近而意远；至放而不迂；至难而状易。

取境

……取境之时，须至难至险，始见奇句。成篇之后，观其气貌，有似等闲，不思而得，此高手也。有时意静神王，佳句纵横，若不可遏，宛如神助。不然，盖由先积精思，因神王而得乎？（《诗式》）

（点评：皎然诗论比较纯粹，集中于诗歌艺术的关键要素，而不过多论及时代、政教、诗人主体等方面。作为诗僧，他本着佛家“中道”哲学观，所论颇有几分“公正”的色彩。主张诗歌各种对立的因素应均衡不可偏于一端。在苦思中又要自然不露痕迹;重对偶又要合乎自然;有充足的气力又不至于怒张;既重视内容的丰满又注意语言的锤炼,率直不拘细节,却又认真构思;讲究新奇,但又不可怪癖。其论诗似在称秤,恰到好处,使秤杆子始终处于平衡状态,顾及得很周全。他始终照顾到了对立的两端,具有很强的辩证性。)

裴度:

若夫《典》《谟》《训》《诰》,《文言》《系辞》,《国风》《雅》《颂》,经圣人之笔削者,则又至易也,至直也。虽大弥天地,细人无间,而奇言怪语,未之或有。意随文而可见,事随意而可行。此所谓文可文,非常文也。其可文而文之,何常之有?俾后之作者有所裁准。而请问于弟,谓之何哉?谓之不可,非仆敢言;谓之可也,则大学之道,在明明德,在止至善矣。能止于止乎?若遂过之,犹不及也。

观弟近日制作,大旨常以时世之文,多偶对俪句,属缀风云,羁束声韵,为文之病甚矣,故以雄词远志,一以矫之,则是以文字为意也。且文者,圣人假之以达其心,达则已,理穷则已,非故高之、下之、详之、略之也。愚欲去彼取此,则安步而不可及,平居而不可逾,又何必远关经术,然后骋其材力哉!昔人有见小人之违道者,耻与之同形貌,共衣服。遂思倒置眉目,反易冠带以异也。不知其倒之反之之非也,虽非于小人,亦异于君子矣。……

昌黎韩愈,仆识之旧矣,中心爱之,不觉惊赏。然其人信美材也。近或闻诸侪类,云恃其绝足,往往奔放,不以文立制,而以文为戏。可矣乎?可矣乎?今之作者,不及则已,及之者,当大为防焉耳。(《寄李翱书》)

(点评:传统文论中对作家、作品不公正评论的太多,主要集中在对作家的艺术手法、对作品的内容倾向以及新生文类的认识、传统与当下关系的处理等方面,这与批评者的立场、趣味和观念等密切相关。裴度此信洋洋洒洒,言辞十分激烈,是古代少有的文学评论家。

他极力批判韩愈刻意求奇的古文创作,长短参差、不讲声律与偶对,而转向文辞生僻艰涩,是应被责难的。这实际是对文章艺术形式特点的忽略。这与他高呼"大学之道在明明德",宣扬文以载道、轻视审美愉悦性的观念是不谋而合的。这种不公正评析韩愈古文创作的背后,是浓郁的儒家诗学现在作祟。在历代文学变革的重要阶段,道统意识在一些文人身上依然根深蒂固。)

白居易：

序曰：凡九千二百五十二言，断为五十篇。篇无定句，句无定字，系于意，不系于文。首句标其目，卒章显其志，《诗》三百之义也。其辞质而径，欲见之者易喻也。其言直而切，欲闻之者深诫也。其事核而实，使采之者传信也。其体顺而肆，可以播于乐章歌曲也。总而言之，为君、为臣、为民、为物、为事而作，不为文而作也。元和四年，为左拾遗时作。（《新乐府序》）

（点评：中国文学批评史上还有一类体现“公正”精神的是格外强调诗文的现实情怀和作品的讽喻精神。白居易在此序和其他作品如《策林·议文章》中指出，新题乐府都注意反映现实，“为君、为臣、为民、为物、为事而作，不为文而作也”，写法上借鉴《诗经》，自觉传承其讽喻精神，真诚而不求虚构、直率激切而不含蓄吞吐、配乐歌唱而不事雕琢。其诗歌创作贴近百姓心声，其诗学思想立足人民生活，其“公正”观很接地气，有着浓厚的现实意义和民间情怀。）

韩愈：

李杜文章在，光焰万丈长。不知群儿愚，那用故谤伤。
蚍蜉撼大树，可笑不自量。伊我生其后，举颈遥相望。
夜梦多见之，昼思反微茫。徒观斧凿痕，不瞩治水航。
想当施手时，巨刃磨天扬。垠崖划崩豁，乾坤摆雷硠。
惟此两夫子，家居率荒凉。帝欲长吟哦，故遣起且僵。
剪翎送笼中，使看百鸟翔。平生千万篇，金薤垂琳琅。……（《调张籍》）

（点评：此诗是文学史上推尊李、杜的著名篇章，被认为是文学史上将李、杜并尊且称誉、颂扬最有力的篇章之一。此诗主要针对当时一些人扬杜抑李或、李杜交讥而发。作为唐代诗歌的巅峰，李、杜二人各有特色，成就各异。在韩愈所处时代，一种扬杜抑李的声音兴起，针对现状，韩愈用诗性的语言以正视听，公正客观地评析李杜，比元稹和白居易做出了更为准确的评价。此诗写得力大思雄，纵横恣肆，文论家朱彝尊《批韩诗》曰：“（韩愈）议论诗，又别是一调，以苍老胜，他人无此胆。”后世学者吴闿生、赵翼等亦有高度评赞。）

柳宗元：

吕道州善言道，亦若吾子之言，意者斯文殆可取乎？夫为一书，务富文采，不顾事实,而益之以诬怪,张之以阔诞,以炳然诱后生,而终之以僻,是犹用文锦覆陷阱也。不明而出之,则颠者众矣。仆故为之标表,以告夫游乎中道者焉。(《答吴武陵论<非国语>书》)

(点评:在批判中吸取营养,这是柳宗元作为知识分子维护公正所持有的良知。他认为内容荒谬的作品,尽管文采优美、吸引人心,但应愈加分析其荒谬和错误之处,否则害人不浅。但同时此类著作的文辞手法和写作艺术,依然值得吸取和借鉴。这种不因旨废文的通达态度是比较客观、公正的。)

刘昫:

昔仲尼演三代之《易》,删诸国之《诗》,非求胜于昔贤,要取名于当代;实以淳朴之时伤质,民俗之语不经,故饰以文言,考之弦诵。然后致远不泥,永代作程。即知是古非今,未为通论。(《旧唐书》文苑传序》)

(点评:刘昫是鲜明支持、肯定隋唐时期流行的今体诗的,他指出时代有文质之异,作者有工拙之别,不必以古为尊而畅行古是今非的论调。诸如韩愈那样发起古文运动来反对骈文的声律、对偶、辞藻有些过了,唐代律体诗便是声律论提出后发展起来的。这可看作是刘昫在唐代一些文人质疑骈体四六文时,对"公正"的一种坚守。他不喜欢复古掉到故纸堆里,而推崇今体、相信今胜于古,是文学发展具有朝气和动力的原因之所在。)

【宋金元阶段】

范仲淹:

而诗家者流,厥情非一:失志之人其所苦,得意之人其辞渗逸,乐天之人其辞达,觏闵之人其辞怒。如孟东野之清苦,薛许昌之英逸,白乐天之明达,罗江东之愤怒。此皆与时消息,不失其正者也!

吟咏性情而不顾其分,风赋比兴而不观其时。故有非穷途而悲,非乱世而怨。华车有寒苦之述,白社为骄奢之语。学步不至,效颦则多。以至靡靡增华,愔愔相滥,仰不主乎规谏,俯不主乎劝诫。抱郑卫之奏,责夔旷之赏,游西北之流,望江海之宗者有矣!(《唐异诗序》)

(点评:基于文质相谐的儒家文学精神,范仲淹在论及作家时显示出一种批评的公正。一味拟古、模仿前人则容易丧失自己独特的个性,缺乏文采的文章也难以传播久远。通过文质的兼顾与协调,来革新当时“刻辞镂意”“专事藻饰、破碎大雅”的文风,唯有创作保持多样性,才能使情感表达与公民心态、所处时代相一致。其评孟郊之“清苦”、薛能之“英逸”、白居易之“明达”、罗隐之“愤怒”等,皆是公正评论的体现。)

梅尧臣:

圣人于诗言,曾不专其中。因事有所激,因物兴以通。自下而磨上,是之谓国风,雅章及颂篇,刺美亦道同。不独识鸟兽,而为文字工。屈原作《离骚》,自哀其志穷,愤世嫉邪意,寄在草木虫。迩来道颇丧,有作皆言空:烟云写形象,葩卉咏青红;人事极谀谄,引古称辨雄;经营唯切偶,荣利因被蒙。遂使世上人,只曰一艺充,以巧比戏弈,以声喻鸣桐。嗟嗟一何陋,甘用无言终!然古有登歌,缘辞合徵宫,辞由士大夫,不出于瞽矇。予言与时辈,难用犹笃瘾,虽唱谁能听?所遇辄瘖聋。诸君前有赠,爱我言过丰。君家好兄弟,响合如笙丛。虽欲一一报,强说恐非衷,聊书类顽石,不敢事磨砻。(《答韩三子华韩五持国韩六玉汝见赠述诗》)

(点评:基于内心强烈的道义感,本着浓厚的儒家“风雅”精神,梅尧臣以“破”“立”结合的方式表达诗学观。在对当时不良文风——吟诵风月、堆砌典故、陷入声律、阿谀奉承、歌功颂德等的强烈不满,提出应弘扬儒家“感于哀乐、缘事而发”的“风雅”传统,才能使诗歌避免走入穷途末路。就文艺层面而言,显示出批评家内心难得的公平与正义。)

李清照:

逮至本朝,礼乐文武大备。又涵养百余年,始有柳屯田永者,变旧声作新声,出《乐章集》,大得声称于世;虽协音律,而词语尘下。又有张子野、宋子京兄弟,沈唐、元绛、晁次膺辈继出,虽时时有妙语,而破碎何足名家!……且如近世所谓《声声慢》《雨中花》《喜迁莺》,既押平声韵,又押入声韵;《玉楼春》本押平声韵,有押去声,又押入声。本押仄声韵,如押上声则协;如押入声,则不可歌矣。王介甫、曾子固,文章似西汉,若作一小歌词,则人必绝倒,不可读也。(《论词》)

(点评:李清照词论体现出批评家严格的审美标准和极高的审美追求,基于对词体别是一家和追求高雅、浑成、典重之艺术风格,她评析词坛名家,在严厉中具有一定的个人独观点。倡导词体别是一家，实则是弘扬欧阳修、张耒等人开创的“依声填词”之传统，而不应以诗文为词。因此，李清照弘扬词体的鲜明特征，批评苏词“不协音律”，是长短诗而已；王安石和曾巩之词“人必绝倒，不可读也。”对词坛名家张先、秦观、贺铸、黄庭坚、晏几道等皆进行了猛烈的批评，显示出词学家对词体的竭力维护，对“词”正宗性的坚守与捍卫。）

张戒：

《国风》《离骚》固不论，自汉魏以来，诗妙于子建，成于李杜，而坏于苏黄。余之此论，固未易为俗人言也。子瞻以议论作诗，鲁直又专以补缀奇字，学者未得其所长，而先得其所短，诗人之意扫地矣。段师教康昆仑琵琶，且遣不近乐器十余年，忘其故态。学诗亦然。苏黄习气净尽，始可以论唐人诗；唐人声律习气净尽，始可以论六朝诗；镌刻之习气净尽，始可以论曹刘、李杜诗。《诗序》云：“情动于中而形于言，言之不足，故嗟叹之。”子建、李杜皆情意有余，汹涌而后发者也。刘勰云：“因情造文，不为文造情。”若他人之诗，皆为文造情耳。沈约云：“相如工为形似之言，二班长于情理之说。”刘勰云：“情在词外曰隐，状溢目前日秀。”梅圣俞云：“含不尽之意见于言外，状难写之景如在目前。”三人之论，其实一也。（《岁寒堂诗话》（选录））

（点评：张戒的“公正”观出于对苏黄诗风偏离正轨的不满，虽不见得和儒家有多少紧密关联，但延续传统精粹、坚守内心艺术主张则是值得肯定的。他认同先秦以来的诗“言志”观，同时认为诗歌应当写得有“意味”，此为诗歌必备的特质。其论“言志”者，批判了“专以咏物”的六朝诗风，在“言志”基础是提出了“咏物”这一诗论观（核查），指出要作品能准确而真实地表达出情志，具体方式是“以景为用，以情为本”。其对沈约、刘勰、梅尧臣三人的引论，是对因情生味的推崇。他论杜甫《哀江头》之作，便谓“得诗人之旨意”。其批评苏东坡以议论为诗，显得直露而没有意味；黄庭坚讲究用事押韵，为诗道之一害。而宋人却以此为宗，必然导致作诗“叠床架屋”，诗风日下。）

赵秉文：

尝谓古人之诗，各得其一偏，又多其性之似者。若陶渊明、谢灵运、韦苏州、王维、柳子厚、白乐天得其冲淡，江淹、鲍明远、李白、李贺得其峭峻，孟东野、贾浪仙又得其幽忧不平之气。若老杜可谓兼之矣。然杜陵知诗之为诗，未知不诗之为诗。而韩愈又以古文之浑浩溢而为诗，然后古今之变尽矣。太白词胜于理，乐天理胜于词。东坡 又以太白之豪、乐天之理合而为一，是以高视古人，然亦不能废古人。

足下以唐宋诗人得处，虽能免俗，殊乏风雅。过矣！所谓近风雅，岂规规然如晋宋词人，蹈袭用一律耶？若曰子厚近古，退之变古，此屏山守株之论，非仆所敢知也。诗至于李杜，以为未足，是画至于无形，听至于无声，其为怪且迂也甚矣，其于书也亦然。

足下之言，措意不蹈袭前人一语，此最诗人妙处。然亦从古人中入，譬如弹琴不师谱，称物不师衡，上匠不师绳墨，独自师心，虽终身无成可也。故为文当师六经、左丘明、庄周、太史公、贾谊、刘向、扬雄、韩愈；为诗当师《三百篇》《离骚》《文选》《古诗十九首》，下及李、杜；学书当师三代金石、钟、王、欧、虞、颜、柳，尽得诸人所长，然后卓然自成一家。非有意于专师古人也，亦非有意于专摈古人也。……(《答李天英书》)

（点评：在答复后辈小生李经的书信中显示出文论家对于古人的“公正”态度。以古代名家为楷模来矫正文坛浅俗绮丽的流弊，是赵秉文竭力推崇的，但在“师古”时不能盲目和全盘吸收，应区别对待。古代大家各有所长，“各得其一偏”，如陶、谢、韦、柳之冲淡；江、鲍之峭峻，孟郊贾岛之幽忧不平等等，不一而足。赵秉文看待事物的眼光还是较辩证和锐利的。他建议李经要“师其意，不师其辞”，在“积学”中求“飞动”，即在广泛学习中能不断尝试、探索、创新，逐渐自成一家，而不是简单地融合各家的特点。不“合而为一”，即不拘泥于古人法度。）

元好问：

汉谣魏什久纷纭，正体无人与细论。谁是诗中疏凿手？暂教泾渭各清浑。
一语天然万古新，豪华落尽见真淳。南窗白日羲皇上，未害渊明是晋人。
切切秋虫万古情，灯前山鬼泪纵横。鉴湖春好无人赋，岸夹桃花锦浪生。
窘步相仍死不前，唱酬无复见前贤。纵横正有凌云笔，俯仰随人亦可怜。
奇外无奇更出奇，一波才动万波随。只知诗到苏黄尽，沧海横流却是谁？
金入洪炉不厌频，精真那计受纤尘？苏门果有忠臣在，肯放坡诗百态新？
池塘春草谢家春，万古千秋五字新。传语闭门陈正字，可怜无补费精神。

(《论诗三十首》)

(点评:元好问鲜明地以师法古之正体来衡量、评判古今诗歌。是古代宽视野、跨阶段评论诗歌的典范,年代涉及魏晋到宋元近千年。在“不公正”中又充满着“公正”,显示出元好问作为批评家的识见与眼力。)

杜诗注六七十家,发明隐奥,不可谓无功。至于凿空架虚,旁引曲证,鲜杂米盐,反为芜累者亦多矣。要之,蜀人赵次公作《证误》,所得颇多。托名于东坡者为最妄;非托名者之过,传之者过也。

切尝谓子美之妙,释氏所谓“学至于无学”者耳。今观其诗,如元气淋漓,随物赋形;如三江五湖合而为海,浩浩瀚瀚,无有涯涘;如祥光庆云千变万化,不可名状。固学者之所以动心而骇目。及读之熟,求之深,含咀之久,则九经百氏古人之精华所以膏润其笔端者,犹可仿佛其余韵也。……(《杜诗学引》)

(点评:中国文论中有一种“公正”是在失去平衡后,经妙手拨弄得以回归正途,使之趋于公平而不是愈演愈烈,走到了极端。这在比较大型的文艺争鸣和学术探讨中常见。

这里元好问论杜诗即是如此。宋代兴盛杜学,杜甫在文坛上崇高的地位得以确立后不断强化。宋人关于杜甫及其著作的笺注、年谱、评论等不断涌现。各种著作琳琅满目,叠床架屋,芜类者多矣。这颇类似于两汉以经取士时人们对《尚书》《诗经》的阐发,为一字一句动辄阐释数千言,致使人们为解释所累。而宋代人们过于追求杜甫遣词造句无一字无来处,把杜甫诗歌阐发得支离破碎甚至面目全非。鉴于此,元好问以学至于无学来针砭之,杜甫曾亲言:“读书破万卷,下笔如有神”,这便是臻于无学之境。元好问指出人们学习、借鉴、研究杜甫诗歌,要“得其天机”、习其真谛,勿过多在细枝末节处纠缠不休。这为人们指明了方向,也将快要陷入狭小胡同的杜学置于“公平”的称上来称量。元好问内心所谓的“正义”是学诗要取法其精神、神韵、要义,他并不是排斥当前那些研究杜甫的路数和成果,而显示出了一种更高的艺术追求。)

方回:

老杜诗为唐诗之冠,黄、陈诗为宋诗之冠。黄、陈学老杜者也。嗣黄、陈而恢张悲壮者,陈简斋也;流动圆活者,吕居仁也;清劲洁雅者,曾茶山也。七言律,他人皆不敢望此六公矣。若五言律诗，则唐人之工者无数，宋人当以梅圣俞为第一，平淡而丰腴，舍是，则又有陈后出耳。此余选诗之条例，所为正法眼藏也。（《瀛奎律髓》卷一评语）

（点评：在南宋中后期以前，江西诗派声势浩大、影响极远。然自公元13世纪后期，此派渐衰，一方面尤、杨、范、陆四大家另辟新境，另一方面严羽在《沧浪诗话》中大肆鞭挞，谓“说江西诗病，直取心肝刽子手。”（《答吴景仙书》，于是尊唐抑宋的风气急剧抬头，而元代方回通过选本体批评来肯定江西诗派的成就和贡献。他反复评“才高气劲”之老杜，视之为江西诗派之“祖宗”，连贯起了唐、宋诗之血脉。书中所选宋代诗尤其是江西诗派的诗作非常多，体现出他不随俗、不偏袒的批评公正。他从诗歌的命意、结构、格律、句法、对偶和用字等方面来评诗、选诗，是批评史上的一次“拨乱反正”，还江西诗派以公正。这对后世客观、理性、务实地评析江西诗派起了很大作用。）

乾淳以来称尤、杨、范、陆，而萧千岩东夫、姜梅山邦杰、张南湖功父亦相伯仲。梁溪之槁淡细润，诚斋之飞动驰掷，石湖之典雅标致，放翁之豪荡丰腴，各擅一长。千岩格高丽意苦，梅山律熟而语新。……（《读张功父南湖集（并序）》）

（点评：中国文学批评史上还有一种公正是理性、客观地评析不同诗人诗作，没有私心和偏见，比较贴近事实。如方回评析范成大诗“典雅标致”、陆游诗“豪荡丰腴”、尤袤诗“槁淡细润”、杨万里诗“飞动驰掷”、皆越工丽之美，而尽显独特风格，这是他们对“活法”作诗的运用。）

刘埙：

小溪翁曰：昔在行都访白云赵宗丞，参诗法，因问何以有盛唐、晚唐、江湖之分。赵公曰：“此当以斤两论。”……黄公简默庄重，不事庄辩，止云：“诗只如此做，做来做去，到平淡处即是。”又曰：“诗贵平淡，做到此地位自知耳。”三诗人之所以语小溪者如此，小溪以其说授予。予访采野黄榷院，年八十有四矣。精健不衰，气象温雅，有乾淳遗老风致，忠厚之昧蔼然，从容谈诗。有曰：“诗贵平易自然，最要血脉贯通，有伦有序。”因举梅诗“墙角数枝梅”云云，又举月诗“腾腾离海角”云云。此二篇血脉贯通，次序不差，是一样子也。

予以诸老前后言语参玩，乃知前辈作诗，俱有节度。如今人率尔五七字凑砌成章,遽名曰诗,宜其不足传矣。学不广,闻不多,其何能淑!予窃愧夫造诣之不深,而又虑夫前世之不传,故纂其所闻,以为《诗说》也。(《诗说》节选)

(点评:中国文论史上还有一种公正,是折中地摆出各方意见与看法,近乎罗列,在字眼背后能看出批评家在统合中不求一边倒的态度,显示出一种理性与客观来,任读者来评析。刘埙所处金元之际,人们是师法初唐还是中唐、晚唐,或者汉魏,派数各异,乱象丛生。晚年的刘埙回忆再现了当时友朋争鸣的各方观点。

赵崇蕃以斤两、轻重论诗,而倡晚唐;黄文雷则力主平淡,强调法度和血脉,这与宋诗有相通之处;而曾仲材则推崇充分发扬个性的诗作,与刘辰翁近似。无论是倡唐音,还是主宋调,刘埙在“参玩”中并未给出定论,其折中意图可以看出他们所论是各有千秋的,无须争得面红耳赤。“乃知前辈作诗,俱有法度。”)

【明清与近代阶段】

瞿佑:

余既编辑古今怪奇之事。以为《剪灯录》,凡四十卷矣……既成,又自以为涉于语怪,近于海淫,藏之书笥,不欲传出。客闻而求观者众,不能尽却之,则又自解曰:《诗》《书》《易》《春秋》,皆圣笔之所述作,以为万世大经大法者也;然而《易》言“龙战于野”,《书》载“雉雊于鼎”,《国风》取淫奔之诗,《春秋》纪乱贼之事,是又不可执一论也。今余此编,虽于世教民彝,莫之或补,而劝善惩恶,哀穷悼屈,其亦庶乎言者无罪,闻者足以戒之一义云尔。客以余言有理,故书之卷首。(《剪灯新话序》)

(点评:经典具有很强的开放性和容纳力,不可执一论,即不能据公民喜好而人为地去割裂和取舍,从而顾此失彼。瞿佑认为儒家经典也包含很多怪语、淫语,并没有一概、彻底清除,故涉怪写淫的志怪小说和爱情小说,是可以发展并大有天地的。这实际上是依托儒家经典来为小说作辩解,使其发展得到正统文化的认同。但其所论不无道理。)

西湖钓叟:

今天下小说如林,独推三大奇书曰《水浒》《西游》《金瓶梅》者,何以称乎?《西游》阐心而证道于魔,《水浒》戒侠而崇义于盗,《金瓶梅》惩淫而炫情于色:此皆显言之,夸言之,放言之,而其旨则在以隐,以刺,以止之间。唯不知者曰怪,曰暴,曰淫,以为非圣而畔道焉。乌知夫稗官野史足以翼圣而赞经者,正如云门韶

镬，不遗夫击壤鼓击也。夫得道之精者糟粕已具神理，得道之粗者金石亦等瓦砾，顾人之眼力浅深耳。（《续金瓶梅集序》）

（点评：小说被誉为小道莫技，尽管其渊源亦很久远，但长期以来得不到主流社会的肯定，在儒家诗文居主导地位时，其存在无法与之抗衡。从地位和生存空间来看，这对小说是不公正的，两类文体在古代社会处于不平等地位。而批评家西湖钓叟则以敏锐的眼力，以“阐心”“挟侠”“惩淫”三个词概括了《西游记》《水浒传》《金瓶梅》的典型特征，其描写则是“显义”与“隐义”相结合，又与诗文的“春秋笔法”相对接，聪明地将其纳入社会主流意识形态之中。正是有西湖钓叟、瞿佑等大批文论家的推进，小说文体才逐渐取得与诗歌平起平坐的公正地位。）

顾炎武：

诗体代降

《三百篇》之不能不降而《楚辞》，《楚辞》之不能不降而汉、魏，汉、魏之不能不降而六朝，六朝之不能不降而唐也，势也。用一代之体，则必似一代之文，而后为合格。

诗文之所以代变，有不得不变者。一代之文，沿袭已久，不容人人皆道此语。今且千数百年矣，而犹取古人之陈言一一而摹仿之，以是为诗可乎？故不似则失其所以为诗，似则失其所以为我。李、杜之诗所以独高于唐人者，以其未尝不似而未尝似也。知此者，可与言诗也已矣。（《日知录（选录）》卷二十一）

（点评：顾炎武的客观公正思想体现在诗歌形式是历史规范和诗人独创性之间的统一。前者是历史形成的，是古人创造的，是值得继承的；后者是个体的，独特的，是最能体现诗人真性情和创造力的。不采用既定的文类，不遵守古人在约定俗成间形成的语言习惯和文体规范，是不现实的；而不注重表达的新颖、不竭力摆脱前人的羁绊，则是没有新意的，落入窠臼和步人后尘都是为人不齿的。“不似则失其所以为诗，似则失其所以为我”，诗文创作在“似”与“不似”之间具有很强的辩证色彩。）

章学诚：

能具史识者，必知史德。德者何？谓著书者之心术也。夫秽史者所以自秽，谤书者所以自谤，素行为人所羞，文辞何足取重！魏收之矫诬，沈约之阴恶，读其书者先不信其人，其患未至于甚也。所患夫心术者，谓其有君子之心而所养未底于粹也;夫有君子之心而所养未粹,大贤以下所不能免也,此而犹患于心术,自非夫子之《春秋》不足当也,以此责人,不亦难乎?是亦不然也。盖欲为良史者,当慎辨于天人之际,尽其天而不益以人也。尽其天而不益以人,虽未能至,苟允知之,亦足以称著书者之心术矣。而文史之儒,竞言才学识而不知辨心术,以议史德,乌乎可哉!(《文史通义·史德》)

(点评:"心术"观集中体现了章学诚关于史学家应求"公正"的看法观点。一方面要求史家从天人关系的高度去体察整个世界、认识历史并尊重客观历史,要求反映历史的客观规律性而减少人为因素的掺杂;另一方面要求发自内心地去感悟人、事、物,并对之做出评价。)

黎庶昌:

中编曰史。姚氏纂文,不录史传,其说以为史多不可胜录。然推此义法类求之,马、班而降,可读之史盖少。今录《史记》纪传、世家为五卷。《汉书》纪传为四卷。序跋、奏议、书说、诏令、辞赋、哀祭,姚《纂》所遗,而尚有颇可采者为一卷。《三国志》《五代史》兹,其书最为驯雅有法,汉以后史之良也,取一二类著焉。《通鉴》法《左氏》,叙事体也,《史》之八书,《汉》之十志,皆典章国故,与《周礼》《仪礼》全经同,录叙记为一卷,典志为一卷。

下编方、刘前后之文。文无所谓古今,要趋于当,姚氏之论卓矣,而撰次方、刘文,或为世儒所非。此方、刘文之不足以餍人意,姚氏无可议也。今依此例傅益之,使究一代之变。……

古人选文,不录生存,杜标榜也。余意不然。文章优劣,如人之有妍媸美恶,触目自见,匪一人之力所能私。姚先生以乾隆四十年出都,数见刘海峰于枞阳,其纂次古文辞时,海峰尚存也。余论本朝之文,盖至咸、同间而极盛,录者尤多,自曾文正、吴南屏、郑子尹而下,其人大都生平所亲炙,否则亦其与接者也,武昌张廉卿、桐城吴挚甫,夙所严惮。(《续古文辞类纂序》)

(点评:黎庶昌编选了《续古文辞类纂》一书,影响甚大,他采用选本来标举其诗学观,在桐城派发展史上有梳理文脉、张扬声气之功效。该书体现出的"公正"观有三点:一是选文的公正。选入了姚鼐选本未曾入选的经、子之文和史传、书志之文,多体现经世尚用的一面;二是作家评析的公正。打破传统"抑班扬马"惯例,认同具有骈俪色彩的《汉书》,并将班固和司马迁、韩愈、欧阳修并列为"百世不祧之宗”；三是打破选本不录存者的局限，选入了姚鼐以后乃至咸丰和同治以后的大量古文，这使桐城派范围更大。从续选本的初衷来看，更符合19世纪中后期社会变化的现实需求与文学发展的现实格局。）

高旭：

国魂乎，盍归来乎！抑竟与唐虞、姬姒之版图以长逝，听其一往不返乎！恶，是何言！是何言！国有魂则国存；国无魂则国将从此亡矣！夫人莫哀于亡国，若一任国魂之飘荡失所，奚其可哉！

然则国魂果何所寄？曰：寄于国学。欲存国魂，必自存国学始；而中国国学之尤为可贵者，断推文学。盖中国文学为世界各国冠，泰西远不逮也。而今之醉心欧风者，乃奴此而主彼，何哉？余观古人之灭人国者，未有不先灭其言语文字者也。嗟夫，痛哉！伊吕倭音迷漫大陆；蟹形文字横扫神州，此果黄民之福乎！人心世道之忧，正不知伊于胡底矣！（《南社启》）

（点评：在中西文化激烈碰撞的19－20世纪期间，以高旭为代表的一批爱国人士很难保持公正客观的心态去评析中外文化。那是一场激烈的飓风运动，一场电闪雷鸣的暴风雨袭击。在文章中，高旭斗胆呼唤“国魂”，面对日益颓废的国势，试图借助文学来呼唤民族气节，激发人们日益高涨的革命热情。

然而后期在西方资产阶级民主主义文化的冲击下，高旭猛烈地抨击以儒家为代表的封建文化和腐朽没落的满清统治。但同时，他在另外的文章中却妄自尊大，热情赞颂中国文学，显得保守而狭隘。这在当时的南社成员中具有一定的普遍性。在狂飙突进的辛亥前夕，其文论很难保持公正和理性的精神，也部分地由时代原因所决定。）

鲁迅：

人有读古国文化史者，循代而下，至于卷末，必凄以有所觉：如脱春温而人于秋肃，勾萌绝朕，枯槁在前，吾无以名，姑谓之萧条而止。盖人文之留遗后世者，最有力莫如心声。古民神思，接天然之閟宫，冥契万有，与之灵会，道其能道，爰为诗歌。其声度时劫而入人心，不与缄口同绝；且益曼衍，视其种人。递文事式微，则种人之运命亦尽，群生辍响，荣华收光；读史者萧条之感，即以怒起，而此文明史记，亦渐临末页矣。凡负令誉于史初，开文化之曙色，而今日转为影国者，无不如

斯。(《摩罗诗力说》)

(点评:开始强大、繁盛的民族后来走向落寞与萧条,无不令人感伤,然而民族的歌声,经历过无数年代而深入人心,不但没有同他们的民族一起沉默而消失,反而比他们民族更加发展了。这是物质文明与精神文明在博弈后体现出来的一种历史“公正”。文人的歌声似肥沃土壤开出的鲜花,讴歌并见证着历史,从未衰退。)

第二编　中国传统文论蕴含“自由”价值观资源

【思考着力点】:

1. 古代文论家(如庄子、李贽、苏轼等)生平中是如何追求“自由”精神的;

2. 古代部分文论家在独立选择中展示自身的才华与能力;

3. 体现创作中的自由,不被约束、不受拘泥;

4. 道家和佛家层面上的“自由”如何体现?

5. 欣赏、品鉴、批评中的自由之体现,即不过多被外界因素羁绊;

6. 近代西方文化冲击和影响下古代文论家对“自由”的向往和改造;

7. 关于审美的自由:体现、影响等;

8. 除生活和人格以外属于“文学”和“批评”层面独特的“自由”又有哪些内涵,需要发散开掘;

9. 古代文论史上学术争鸣与风气的自由,如春秋战国和魏晋时期等;

10. 古代儒、释、道三教文化对此学科涵养“自由”价值观的支撑话题;

11. 传统文论中“自由”价值观的主体精神与人文品格;

12. 传统文论涵养“自由”价值观的现实价值与当代启迪;

13. 在传统文论学科中,“自由”价值观的创造性转化与创新性发展问题。

【先秦阶段】

《尚书》:

诗言志,歌永言,声依永,律和声,八音克谐,无相夺伦,神人以和。(《尚书·尧典》)

(点评:“志”为诗人的思想感情,“诗言志”是要求诗歌具有从思想感情上影响人并具有道德规范之功效。而儒家文论诸如“思无邪”“发乎情、止乎礼仪”“温柔敦厚”等,都在对“志”进行规范和完善。但在魏晋以后,缘情派逐渐与言志派对立,认为诗歌是“饥者歌其食,劳者歌其事。”文学是用来抒发作家自由、多元情感的,不应过多受到儒家思想的各种束缚。故中国上古时期1000多年围绕诗歌表达情感的“自由”度——情感的范围、属性和品格等,进行着激烈的争辩。)

老子:

希言自然。(《老子》第23章)

人法地,地法天,天法道,道法自然。(《老子》第25章)

大音希声,大象无形,道隐无名。(《老子》第41章)

(点评:老子希言自然、道法自然,谓自然为宇宙世界的最高法则,世上万物在自然而然地运行中获得真正的自由。于文艺而言,自然者即简朴本色之言说,乃最高之美。遵循此规,则创作者获得抒发、表达的自由,读者亦可领略天地之大美。)

庄子:

物固有所然,物固有所可。无物不然,无物不可。故为是举莛与楹,厉与西施,恢诡谲怪,道通为一。(《庄子·齐物论》)

昔者庄周梦为蝴蝶,栩栩然蝴蝶也。自喻适志与!不知周也。俄然觉,则蘧蘧然周也。不知周之梦为蝴蝶与?蝴蝶之梦为周与?周与蝴蝶则必有分矣。此之谓物化。(《庄子·齐物论》)

圣人之静也,非曰静也善,故静也。万物无足以铙心者,故静也。水静则明烛须眉,平中准,大匠取法焉。水静犹明,而况精神!圣人之心静乎!天地之鉴也,万物之镜也。夫虚静、恬淡、寂漠、无为者,天地之平而道德之至也,故帝王圣人休焉。休则虚,虚则实,实则伦矣。虚则静,静则动,动则得矣。静则无为,无为也,则任事者责矣。无为则俞俞。俞俞者,忧患不能处,年寿长矣。夫虚静恬淡寂漠无为者,万物之本也。明此以南乡,尧之为君也;明此以北面,舜之为臣也。以此处上,帝王天子之德也;以此处下,玄圣素王之道也。以此退居而闲游江海,山林之士服;以此进为而抚世,则功大名显而天下一也。静而圣,动而王,无为也而尊,朴素而天下莫能与之争美。(《庄子·天道》)

荃者所以在鱼,得鱼而忘荃;蹄者所以在兔,得兔而忘蹄;言者所以在意,得意而忘言。吾安得夫忘言之人而与之言哉!(《庄子·外物》)

寓言十九,重言十七,卮言日出,和以天倪。(《庄子·寓言》)

(点评:庄子站在天道的高度俯视万物,则其大小、美丑等形体之差异皆是相对的,故他以齐万物的眼光和情怀来看到周围一切,则世人所看重的荣辱、成毁、年寿等都是化而为一的,在“天道”的永恒中“复通为一”,其庄周梦蝶、虚静精神和得意忘言都是跨越具体的实物或语言,来达到心灵的自由和精神的洒脱,从而突破现实约束和既定规则,而如鲲鹏般在自由的蓝天翱翔。庄子“希望世人不惑于种种人为的创造,比如礼乐制度、仁义道德、知识技术等,以人皆有之的那本真的感觉和禀性去直悟最高的自然之美。”①)

【魏晋南北朝阶段】

陆机:

其始也,皆收视反听,耽思傍讯。精骛八极,心游万仞。其致也,情曈昽而弥鲜,物昭晰而互进。倾群言之沥液,漱六艺之芳润。浮天渊以安流,濯下泉而潜浸。于是沉辞怫悦,若游鱼衔钩,而出重渊之深;浮藻联翩,若翰鸟婴缴,而坠曾云之峻。收百世之阙文,採千载之遗韵。谢朝华于已披,启夕秀于未振。观古今于须臾,抚四海于一瞬。(《文赋》)

(点评:描绘了构思立意时,作家文思泉涌、心驰神荡的精神自由状态,调动想象时思维天马行空,排除干扰,打破时空限制,或调动学识,或自创新词,正是在充分的准备和自由的状态之间,完成了构思之旅。此段之后,陆机进一步把遣词造句的自由、表达的自由传达了出来。)

萧子显:

三体之外,请试妄谈。若夫委自天机,参之史传,应思悱来,忽先构聚。言尚易了,文憎过意,吐石含金,滋润婉切。杂以风谣,轻唇利吻,不雅不俗,独中胸怀。轮扁斫轮,言之未尽,文人谈士,罕或兼工。非唯识有不周,道实相妨。谈家所习,理胜其辞,就此求文,终然翳夺,故兼之者鲜矣。(《南齐书·文学传论》)

① 黄霖、蒋凡主编:《中国历代文论选新编》(第一册),上海教育出版社 2007 年版,第 46 页。

（点评：关于构思和诗文审美的标准，萧子显力举顺其自然、适应自然。这是中国古人“自由”的体现，是受庄子论“逍遥游”一派而来，对古代各体文学的创作产生了深远影响。简言之，即作家心中充满情思，蕴藉到一定时候不得不发，委自天机，“应思徘来”，在萧子显看来，寡思力构，皆是构思立意未达自由、放松、情不自禁的时候，很难有自然的美文。）

颜之推：

夫老、庄之书，盖全真养性，不肯以物累己也。故藏名柱史，终蹈流沙；匿迹漆园，卒辞楚相，此任纵之徒耳。何晏、王弼，祖述玄宗，递相夸尚，景附草靡，皆以农、黄之化，在乎己身，周、孔之业，弃之度外。……（《颜氏家训·勉学》）

（点评：论及道家之自由。老庄保持自由之品性，隐身遁迹，任性放纵，而其追随者何宴、王弼则效法道教，如影随形。）

《文心雕龙》中：

傍及万品，动植皆文：龙凤以藻绘呈瑞，虎豹以炳蔚凝姿；云霞雕色，有逾画工之妙；草木贲华，无待锦匠之奇。夫岂外饰，盖自然耳。至于林籁结响，调如竽瑟；泉石激韵，和若球锽：故形立则章成矣，声发则文生矣。夫以无识之物，郁然有彩，有心之器，其无文欤？（《原道》）

（点评：龙凤以文理、虎豹用花色来彰显外资，云霞与草木皆有自己独特的装饰，乃自然形成。风吹林木、泉水激石等，莫不有自然之纹，他由此推演作品也应有自己的文采。刘勰为人们描绘了一幅自由而和谐、在呼应中富有生机的画面。）

爰自风姓，暨于孔氏，玄圣创典，素王述训，莫不原道心以敷章，研神理而设教，取象乎《河》《洛》，问数乎蓍龟，观天文以极变，察人文以成化；然后能经纬区宇，弥纶彝宪，发挥事业，彪炳辞义。故知道沿圣以垂文，圣因文以明道，旁通而无滞，日用而不匮。《易》曰：“鼓天下之动者存乎辞。”辞之所以能鼓天下者，乃道之文也。

赞曰：道心惟微，神理设教。光采元圣，炳耀仁孝。龙图献体，龟书呈貌。天文斯观，民胥以傚。（《原道》）

（点评：自然之道是微妙的，它靠圣人的文章来传递和彰显，而文辞能鼓动天下，在于它能说明自然之理。刘勰由此建构了其文章写作应遵循自然之道的理论框架。）

彼波起辞间，是谓之秀。纤手丽音，宛乎逸态，若远山之浮烟霭，娈女之靓容华。然烟霭天成，不劳于妆点；容华格定，无待于裁熔；深浅而各奇，穠纤而俱妙，若挥之则有余，而揽之则不足矣。（《隐秀》）

（点评：以譬喻来论秀句的“独拔”与“自然”的特征：当高出一般，以卓绝为巧；自然形成，不人为造作。）

古人云：“形在江海之上，心存魏阙之下。”神思之谓也。文之思也，其神远矣。故寂然凝虑，思接千载；悄焉动容，视通万里；吟咏之间，吐纳珠玉之声；眉睫之前，卷舒风云之色：其思理之致乎？……是以陶钧文思，贵在虚静，疏瀹五藏，澡雪精神；积学以储宝，酌理以富才，研阅以穷照，驯致以怿辞，然后使元解之宰，寻声律而定墨；独照之匠，窥意象而运斤：此盖驭文之首术，谋篇之大端。（《神思》）

（点评：刘勰论及作家借助想象来构思，从而获得创作的自由，以富有形象感的诗意语言把这种自由的神奇与特征结实得淋漓尽致，无人不赞。后文他进一步探究创作获得“自由”的规律：虚静心灵，积学储宝，需作家积极地去积累知识，辩明事理，运用好自己的生活经验和提高自己的情致修养，才能达到驾驭文思的自由。）

至于思表纤旨，文外曲致，言所不追，笔固知止。至精而后阐其妙，至变而后通其数，伊挚不能言鼎，轮扁不能语斤，其微矣乎！（《神思》）

（点评：道出了创作自由中思维和表达的复杂关系，文思以外细微、奥妙的旨意以及文辞包含不了的言外之意，都是语言所不能彻底包孕的，只有作家达到最精通的境界才能阐明它的奥妙，掌握它的微妙变化之后才能精通它的规律。这种自由需要长期的实践与经验，也需要一定的写作技巧。）

若夫熔铸经典之范，翔集子史之术，洞晓情变，曲昭文体，然后能孚甲新意，雕画奇辞。昭体，故意新而不乱，晓变，故辞奇而不黩。若骨采未圆，风辞未练，而跨略旧规，驰骛新作，虽获巧意，危败亦多。岂空结奇字，纰缪而成经矣？（《风骨》）

(点评:论及创作的自由。作家要想使作品充分展示自己的个性才华,与自己的性格气质相吻合,并使作品文采和“风骨”相统一,必须学习经书的同时参考子书、史书,进而创作新意奇词,或者“矫讹翻浅,还宗经诰。斯斟酌乎质文之间,而隳括乎雅俗之际,”方可得心应手、感人至深。)

钟嵘:

故诗有三义焉:一曰兴,二曰比,三曰赋。文已尽而义有余,兴也;因物喻志,比也;直书其事,寓言写物,赋也。宏斯三义,酌而用之,干之以风力,润之以丹彩,使味之者无极,闻之者动心,是诗之至也。若专用比兴,则患在意深,意深则词踬。若但用赋体,则患在意浮,意浮则文散,嬉成流移,文无止泊,有芜蔓之累矣。

观王公缙绅之士,每博论之余,何尝不以诗为口实。随其嗜欲,商搉不同,淄渑并泛,朱紫相夺,喧议竞起,准的无依。近彭城刘士章,俊赏之士,疾其淆乱,欲为当世诗品,口陈标榜。其文未遂,感而作焉。

颜延、谢庄,尤为繁密,于时化之。故大明、泰始中,文章殆同书抄。近任昉、王元长等,词不贵奇,竞须新事。尔来作者,浸以成俗。遂乃句无虚语,语无虚字,拘挛补衲,蠹文已甚。但自然英旨,罕值其人。词既失高,则宜加事义。虽谢天才,且表学问,亦一理乎!(均见《诗品序》)

(点评:钟嵘针对南朝众多诗人堆砌典故、藻绘华丽而导致诗味尽失,提出“直寻”说和“自然英旨”说,要求诗人直接去感受自然间外物之美,凭借敏锐和直觉来表现事物鲜活的情态,而不要过多在学问、声律上下功夫,使作诗如同“书钞”。这要求诗歌在直接的描摹和自然的书写中获得自由,使诗性绽放,而不是被理性束缚。其观点使诗歌创作回归到合乎规律的正途上去,或者重获自由。)

《世说新语》中:

1. 简文崩,孝武年十余岁立,至暝不临。左右启“依常应临”。帝曰:“哀至则哭,何常之有!”(《世说新语·言语》)

(点评:通过记叙十几岁的孝武帝顺应性情而反对礼制,来宣扬晋代人自由与洒脱的情怀。)

2. 郭景纯诗云:"林无静树,川无停流。"阮孚云:"泓峥萧瑟,实不可言。每读此文,辄觉神超形越。"(《世说新语·文学》)

(点评:道出了一种审美上的自由,咏诗体会,与自然山水融为一体,仿佛身临其境,身心放松,妙不可言。)

3. 孙兴公云:"潘文烂若披锦,无处不善;陆文若排沙简金,往往见宝。"

桓公见谢安石作简文谥议,看竟,掷与坐上诸客曰:"此是安石碎金。"

孙兴公云:"潘文浅而净,陆文深而芜。"

王孝伯在京行散,至其弟王睹户前,问:"古诗中何句为最?"睹思未答。孝伯咏"'所遇无故物,焉得不速老?'此句为佳。"(均见《世说新语·文学》)

(点评:审美的自由往往伴随着欣赏的愉悦和对佳作由衷的赞叹。这在魏晋南北朝的文艺品评中大量存在。)

4. 有问秀才:"吴旧姓何如?"答曰:"吴府君圣王之老成,明时之俊乂。朱永长理物之至德,清选之高望。严仲弼九皋之鸣鹤,空谷之白驹。顾彦先八音之琴瑟,五色之龙章。张威伯岁寒之茂松,幽夜之逸光。陆士衡、士龙鸿鹄之裴回,悬鼓之待槌。凡此诸君:以洪笔为锄耒,以纸札为良田。以玄默为稼穑,以义理为丰年。以谈论为英华,以忠恕为珍宝。著文章为锦绣,蕴五经为缯帛。坐谦虚为席荐,张义让为帷幕。行仁义为室宇,修道德为广宅。"(《世说新语·赏誉》)

(点评:对吴中旧府数人的文风、品性和成就由衷的赞美和欣赏,栩栩如生,跃然纸上。只有达到了审美的自由,才妙语连珠,有此等美文。)

5. 世目谢尚为令达,阮遥集云:"清畅似达。"或云:"尚自然令上。"(《世说新语·赏誉》)

或以方谢仁祖不乃重者。桓大司马曰:"诸君莫轻道,仁祖企脚北窗下弹琵琶,故自有天际真人想。"(《世说新语·容止》)

(点评:对谢尚的清雅通达、自然美好作了欣赏和点评,是作者于审美自由中品人。)

6. 谢镇西道敬仁"文学簇簇,无能不新"。(《世说新语·赏誉》)

(点评:在审美自由中对人的风貌由衷地称赞。)

7. 刘伶病酒,渴甚,从妇求酒。妇捐酒毁器,涕泣谏曰:“君饮太过,非摄生之道,必宜断之!”伶曰:“甚善。我不能自禁,唯当祝鬼神,自誓断之耳!便可具酒肉。”妇曰:“敬闻命。”供酒肉于神前,请伶祝誓。伶跪而祝曰:“天生刘伶,以酒为名,一饮一斛,五斗解酲。妇人之言,慎不可听。”便引酒进肉,隗然已醉矣。

刘伶恒纵酒放达,或脱衣裸形在屋中,人见讥之。伶曰:“我以天地为栋宇,屋室为(恽)衣,诸君何为入我(恽)中?”(《世说新语·任诞》)

(点评:记载了名士刘伶的两则遗事,其言语和行为任意而行,放荡不拘,显得自由而洒脱。谓之“任诞”,可能与独特的时代特征分不开。这类名士普遍追求自然率真的个性,多以内心的无拘无束对抗儒家的礼俗。)

8. 阮公邻家妇有美色,当垆酤酒。阮与王安丰常从妇饮酒,阮醉,便眠其妇侧。夫始殊疑之,伺察,终无他意。

阮籍当葬母,蒸一肥豚,饮酒二斗,然后临诀,直言“穷矣”!都得一号,因吐血,废顿良久。(均见《世说新语·任诞》)

(点评:记载了名士阮籍酒醉后在妇女身旁睡觉、蒸猪喝酒与母体告别等言行,看似不拘礼俗乃至违反常规,但这是那个时代名士自然真性情的体现,具有相当的普遍性。)

9. 王子敬自会稽经吴,闻顾辟疆有名园。先不识主人,径往其家,值顾方集宾友酣燕。而王游历既毕,指麾好恶,傍若无人。顾勃然不堪曰:“傲主人,非礼也;以贵骄人,非道也。失此二者,不足齿人,伧耳!”便驱其左右出门。王独在舆上回转,顾望左右移时不至,然后令送箸门外,怡然不屑。(《世说新语·简傲》)

(点评:记录了名士各种放荡不羁的表现,但王子敬是欣赏完主人的漂亮园子后,陶醉于审美自由却毫不介意被人驱赶的经过。)

【隋唐阶段】

刘知几:

夫此六文成句,而三字妄加,此为烦字也。然则省句为易,省字为难,洞识此心，始可言史矣。苟句尽余剩，字皆重复，史之烦芜，职由于此。

盖饵巨鱼者，垂其千钧，而得之在于一筌；捕高鸟者，张其万置，而获之由于一目。夫叙事者，或虚益散辞，广加闲说，必取其所要，不过一言一句耳。苟能同夫猎者、渔者，既执而置钓必收，其所留者唯一筌一目而已，则庶几骈枝尽去，而尘垢都捐，华逝而实存，滓去而沖在矣。嗟乎！能损之又损，而玄之又玄，轮扁所不能语斤，伊挚所不能言鼎也。

夫饰言者为文，编文者为句，句积而章立，章积而篇成。篇目既分，而一家之言备矣。古者行人出境，以词令为宗；大夫应对，以言文为主。况乎列以章句，刊之竹帛，安可不励精雕饰，传诸讽诵者哉？自圣贤述作，是曰经典，句皆《韶》《夏》，言尽琳琅，秩秩德音，洋洋盈耳。譬夫游沧海者，徒惊其浩旷；登泰山者，但嗟其峻极。必摘以尤最，不知何者为先。然章句之言，有显有晦。显也者，繁词缛说，理尽于篇中；晦也者，省字约文，事溢于句外。然则晦之将显，优劣不同，较可知矣。夫能略小存大，举重明轻，一言而巨细咸该，片语而洪纤靡漏，此皆用晦之道也。

盖作者言虽简略，理皆要害，故能疏而不遗，俭而无阙。譬如用奇兵者，持一当百，能全克敌之功也。若才乏俊颖，思多昏滞，费词既甚，叙事才周，亦犹售铁钱者，以两当一，方成贸迁之价也。……(均见《史通·叙事》)

(点评:语词尚简要，反对写史时“骈俪”对自由文风的束缚。南北朝离初唐很近，骈体的影响还无孔不入，为求偶对而造成冗字长句者比比皆是，“此之为害，其流甚多”(《杂说》)，而史家尤工复语，雅好丽辞，在“文”方面讲究多了，说理方面自然受限，失去平衡，刘知几认为这是对自由叙事的束缚。故在该篇中，他力举用晦，追求文辞精简、言简意赅、意在言外的叙事效果。)

王昌龄:

夫作文章，但多立意。令左穿右穴，苦心竭智，必须忘身，不可拘束。思若不来，即须放情却宽之，令境生。然后以境照之，思则便来，来即作文。如其境思不来，不可作也。

夫置意作诗，即须凝心，目击其物，便以心击之，深穿其境。如登高山绝顶，下临万象，如在掌中。以此见象，心中了见，当此即用。如无有不似，仍以律调之定，然后书之于纸,会其题目。山林、日月、风景为真,以歌咏之,犹如水中见日月。文章是景,物色是本,照之须了见其象也。

夫文章兴作,先动气,气生乎心,心发乎言,闻于耳,见于目,录于纸。意须出万人之境,望古人于格下,攒天海于方寸。诗人用心,当于此也。……(《论文意》)

凡诗人,夜间床头明置一盏灯,若睡来任睡,睡觉即起,兴发意生,精神清爽,了了明白,皆须身在意中。若诗中无身,即诗从何有?若不书身心,何以为诗?是故诗者,书身心之行李,序当时之愤气。气来不适,心事不达,或以刺上,或以化下,或以申心,或以序事,皆为中心不决,众不我知。由是言之,方识古人之本也。

凡作诗之人,皆自抄古今诗语精妙之处,名为随身卷子,以防苦思。作文兴若不来,即须看随身卷子,以发兴也。……(《论文意》)

(点评:论及诗人构思时的一种“自由”状态。一方面,须诗兴勃发、“苦心竭智”,诗人摒除杂虑,思维集中,进入忘我的状态;但另一方面,还需打开思路,无所拘束,进入“自由”之境,则意随文生,便是水到渠成的自然之事。从王昌龄的论析来看,构思自由的获得是诗人能力的体现,是其获得独立分析能力和敏锐判断力的先决条件。)

李白:

丑女来效颦,还家惊四邻。
寿陵失本步,笑杀邯郸人。
一曲斐然子,雕虫丧天真。
棘刺造沐猴,三年费精神。
功成无所用,楚楚且华身。
大雅思文王,颂声久崩沦。
安得郢中质,一挥成斧斤。(《古风》之三十五)

(点评:李白崇尚自然天真的文风,喜好清新自然的作品。他对那些在模拟中亦步亦趋,或在复古中不知归路,或一味雕琢而无补世用的作品,持有批判态度。自然文风是主体创作自由、读者能看出其创造力与真性情的文风。诚如他在另一首诗歌中所论:“清水去芙蓉,天然去雕饰。”文学之“自由”,乃“天然”之体现。)

权德裕：

善用常而为雅，善用故而为新。虽数字之不为约，虽弥卷而不为繁。贯通之以经术，弥缝之以渊元。其天机与悬解，若圬鼻而斫轮。岂止文也，以宏诸立身。不如是，则非吾党也。又何足以辩云。（《醉说》）

（点评：自觉吸收道家思想来谈修身和作为，这篇文章很具代表性。所论“渊玄”，皆是指老庄玄理而言，足见作者主动吸收道家和玄学思想来谈论文章，强调文章当自然而然地合乎法度，认为作者运思用笔若自然，必妙不可言。可见，凡是自然的文风，多是主体在心灵自由状态下写成的，是美的体现。同时需注意地是，作者还在现实生活中推行道家思想时推崇自由。而据《唐书》记载，他本人“性直亮宽恕，动作语言，一无外饰”，“蕴藉分流，自然可慕”，实现了“人”与“文”的双向自由。）

李德裕：

今之文字四韵、六韵以至百韵，无有只者。故篇无定曲，辞寡累句。譬诸音乐，古词如金石琴瑟，尚于至音；今文如丝竹鞞鼓，迫于促节。则知声律之为弊也甚矣！（《文章论》）

文之为物，自然灵气。惚恍而来，不思而至。杼轴得之，淡而无味。琢刻藻绘，弥不足贵。如彼璞玉，磨砻成器。奢者为之，错以金翠。美质既雕，良宝所弃。（《文章论》）

（点评：主张作文须气脉贯穿，不以力构，宜自然成文。其谓“琢刻藻绘，弥不足贵”，是反对诗文过分雕饰而丧失自然美质。然“如彼璞玉，磨砻成器。”还是必需的，只要不过分。）

司空图：

俯拾即是，不取诸邻。俱道适往，著手成春。如逢花开，如瞻岁新。真与不夺，强得易贫。幽人空山，过雨采蘋。薄言情悟，悠悠天钧。（《二十四诗品》之“自然”）

（点评：司空图以生动形象的图画描述了 24 种文学风格，诗意盎然。此“自然”为其中一品。用之于文艺，近乎创作中“与道共行”的自由风范，生机活泼，近乎天机，如花开、似岁新。乃“真予”我者，非“强取”得者。其真切自然，如同天体默默运行。)

【宋元阶段】

田锡:

季和足下:锡观乎天之常理,上炳万象,下覆群品,颢气旁魄,莫际其理,世亦靡骇其恢廓也。

若卒然云出连山,风来邃谷,云与风会,雷与雨交,霹雳一飞,动植咸恐,此则天之变也。

亦犹水之常性,澄则鉴物,流则有声,深则窟宅蛟龙。大则包纳河汉,若为惊潮,勃为高浪,其进如万蹄战马,其声若五月丰隆,驾于风,荡于空,突乎高岸,喷及大野,此则水之变也。

非迅雷烈风,不足传天之变;非惊潮高浪,不足形水之动。夫人之有文,经纬大道。得其道,则持政于教化;失其道,则忘返于靡漫。孟轲、荀卿得大道者也,其文雅正,其理渊奥。(如上均见《贻陈季和书》)

或浅缓促数,或飞动抑扬,但卷舒一意于洪濛,出入众贤之阃阈,随其所归矣。使物象不能桎梏于我性,文采不能拘限于天真。然后绝笔而观,澄神以思;不知文有我欤,我有文欤!(《贻宋小著书》)

(点评:田锡文论与道家追求"自然"的思想较一致,诸如以情合于性,以性合于道等,皆可看出他强调文字与心灵的自然契合("心与言会"),以及自然个性的表现,尤其是不为声律拘束、具备豪气抑扬的创作才华。)

苏洵:

然而此二物者,岂有求乎文哉?无意乎相求,不期而相遭,而文生焉。是其为文也,非水之文也,非风之文也。二物者非能为文,而不能不为文也,物之相使而文出于其间也。故:此天下之至文也。今夫玉非不温然美矣,而不得以为文;刻镂组绣,非不文矣,而不可以论乎自然;故夫天下之无营而文生之者,唯水与风而已。(《仲兄字文甫说》)

(点评:承传儒家德者必言、欧阳修"道胜文至"等观点,苏洵以"自然"为美,反对绮靡浮华、堆砌辞藻的文风。故曰:"刻镂组绣,非不文矣"在此篇另外一段文字中，他以自然界风行于水或为涟漪或为波涛作类比，通过生动逼真的描绘指出这皆非有意刻意经营使然。自然提笔，写出“天下之至文”，乃与宇宙的自然之道相吻合，是自然之美的体现。这种“自然主义”观对苏轼、赵秉文等都影响深远。）

程颐：

“今为文者，专务章句，悦人耳目。既务悦人，非俳优而何？”曰：“古者学为文否？”曰：“人见《六经》，便以为圣人亦作文，不知圣人亦摅发胸中所蕴，自成文耳。所谓‘有德者必有言’也。”（《伊川先生语》）

（点评：曾经做过一些诗但无甚成就的程颐，更以儒家道统的传人自诩而格外器重、宣扬义理之文，谓其谓圣人“发胸中所蕴自成文耳”。所谓“自成”者，乃纯粹出乎自然也。而涵泳诗文不过是格物、致知的方式罢了。这种自由的方式近乎一种预设的理想。）

苏轼：

所示书教及诗赋杂文观之熟矣。大略如行云流水，初无定质，但常行于所当行，常止于所不可不止，文理自然，姿态横生。孔子曰：“言之不文，行而不远。”又曰：“辞达而已矣。”夫言止于达意，即疑若不文，是大不然。求物之妙，如系风捕影，能使是物了然于心者，盖千万人而不一遇也，而况能使了然于口与手者乎？是之谓辞达。辞至于能达，则文不可胜用矣。（《答谢民师书》）

（点评：苏轼创作遵循的自然文风，是对创作中自由境界的追求，传承庄子“道进乎技”和“以天合天”的人文情怀。胸中积累激情到一个极致后，就沉浸在创作的冲动中，自然倾诉，一吐为快。如风、水相遇，无意于相求，辞达之文自然产生。这被学界称为“自然主义”的写作理念，既包含了对情感表现的真实性取向，也是对写作境界的追求。）

张耒：

夫决水于江河淮海也，水顺道而行，滔滔汩汩，日夜不止，冲砥柱，绝吕梁，放于江湖而纳之海，……喷薄出没，是水之奇变也。而水初岂如此哉！是顺道而决之，因其所遇而变生焉。沟渎东决而西竭，下满而上虚，日夜激之，欲见其奇，彼其所至者蛙蛭之玩耳。江河淮海之水，理达之文也，不求奇而奇至矣。激沟渎而求

水之奇，此无见于理，而欲以言语句读为奇之文也。（《答李推官书》）

（点评：文论家以水为比喻，提倡为文当自然而发，这是宋代承传苏洵、苏轼之余绪。前文详尽地阐发学文之端在于明理的主旨，所谓理胜者文不期而工，文章遵循“性情之道”，则如水流顺道直行，所遇便有种种奇变。故奇者自奇，虽“奇”而莫非自然，而非人为刻意为之。）

叶梦得：

王荆公晚年诗律尤精严，造语用字，间不容发。然意与言会，言随意遣，浑然天成，殆不见有牵率排比处。如“含风鸭绿粼粼起，弄日鹅黄袅袅垂”，读之初不觉有对偶。至“细数落花因坐久，缓寻芳草得归迟”，但见舒闲容与之态耳。而字字细考之，若经檃括权衡者，其用意亦深刻矣。（《石林诗话》卷上）

“池塘生春草，园柳变鸣禽，”世多不解此语为工，盖欲以奇求之耳。此语之工，正在无所用意，猝然与景相遇，借以成章，不假绳削，故非常情所能到。诗家妙处，当须以此为根本，而思苦言难者，往往不悟。（《石林诗话》卷中）

诗语固忌用巧太过，然缘情体物，自有天然工妙，虽巧而不见刻削之痕。老杜“细雨鱼儿出，微风燕子斜”，此十字殆无一字虚设。雨细着水面为沤，鱼常上浮而淰，若大雨则伏而不出矣。燕体轻弱，风猛则不能胜，唯微风乃受以为势，故又有“轻燕受风斜”之语。（《石林诗话》卷下）

古今论诗者多矣，吾独爱汤惠休称谢灵运为“初日芙渠”，沈约称王筠为“弹丸脱手”两语，最当人意。“初日芙渠”，非人力所能为，而精彩华妙之意，自然见于造化之妙，灵运诸诗，可以当此者亦无几。“弹丸脱手”，虽是书写便利，动无留碍，然其精圆快速，发之在手，筠亦未能尽也。然作诗审到此地，岂复更有余事。韩退之《赠张籍》云：“君诗多态度，霭霭春空云。”司空图记戴叔论语云：“诗人之词，如蓝田日暖，良玉生烟。”亦是形似之微妙者，但学者不能味其言耳。（《石林诗话》卷下）

（点评：叶梦得反对雕琢刻削，以浑然为最高境界。其浑然包含情景融合、自然天成、触目即成、意味蕴藉诗歌方面的理论内涵。而标举“浑然”气象，在宋代诗坛上别具一格。节选文字出现了“浑然”“天然”“造化”数次。其求工妙转化为浑然者，即将循规蹈矩的拘谨，化作舒闲自在的从容，是达到轮扁斫轮、梓庆削木那样的自由和超然之境地。而其吸收道家目击道存，从而在文论上既钟嵘“即目”后提出触目即成的诗学观,谓作诗如弹丸脱手,自如,灵活。)

吴可:

学诗浑似学参禅,竹榻蒲团不计年。直待自家都了得,等闲拈出便超然。

学诗浑似学参禅,头上安头不足传。跳出少陵窠臼外,丈夫志气本冲天。

学诗浑似学参禅,自古圆成有几联?春草池塘一句子,惊天动地至今传。(《学诗诗》)

(点评:以禅喻诗在宋代比较普遍,众多文论家在谈论诗歌时皆寻求它与佛学禅理之间的关联,形象而深刻,通俗却易懂。这三首诗综合观之,所谓“拈出超然”、“跳出窠臼”、“惊天动地”云云,即反映了吴可对自然诗风及创新的推崇,也反映了其艺术效果。全部诗论预示着“自由”的特征与奥秘。)

葛立方:

……诗人首二谢,灵运在永嘉,因梦惠连,遂有“池塘生春草”之句。玄晖在宣城,因登三山,遂有“澄江静如练”之句。二公妙处,盖在于鼻无垩、目无膜尔。鼻无垩,斤将曷运?目无膜,篦将曷施?所谓浑然天成、天球不琢者欤?(《韵语阳秋》)

(点评:文论家亦推崇“浑然天成”之境界,并以“二谢”为例,说明诗之有思,猝然遇之而莫扼,他力举自然为诗,与叶梦得所论的“无所用意”“浑然天成”异曲同工。)

陆游:

……诗家三昧忽见前,屈贾在眼元历历。天机云锦用在我,翦裁妙处非刀尺。世间才杰固不乏,秋毫未合天地隔。放翁老死何足论,《广陵散》绝还堪惜。(《九月一日夜读诗稿有感走笔作歌》)

(点评:陆游以织女织布、剪裁来比喻妙境天成,不待绳削,皆是自然功夫。经历了40年的战地生活后,他恍然大悟,诗歌创作来自对现实生活的真实体验,而非单从诗句律法中获得,其诗歌也自然转向忧国念时的基调。在反思和总结其毕生诗歌创作中,陆游实现了对江西诗派的超越。在“刀尺”与“天成”之间,前者显然受到一定的约束,而后者则是一种创作“自由”的体现。)

姜夔：

诗有四种高妙：一曰理高妙，二曰意高妙，三曰想高妙，四曰自然高妙。碍而实通，曰理高妙；出自意外，曰意高妙；写出幽微，如清潭见底，曰想高妙；非奇非怪，剥落文采，知其妙而不知其所以妙，曰自然高妙。（《白石道人诗说》）

（点评：基于辞－意关系，姜夔提出了创生“意境”的四种具体方式。他以诗歌内蕴来纠正了江西诗派的弊端，体现其诗学的“一家之风味”，其对“学即病”的悟道，终于逐渐摆脱了江西诗派的约束，而走上了“自出机杼”的自由之路。）

作诗求与古人合，不若求与古人异，求与古人异，不若不求与古人合而不能不合，不求与古人异而不能不异。彼惟有见乎诗也，故向也求与古人合，今也求与古人异；及其无见乎诗已，故不求与古人合而不能不合，不求与古人异而不能不异。其来如风，其止如雨，如印印泥，如水在器，其苏所谓不能不为者乎？（《白石道人诗集自序》）

（点评：这段文字里，姜夔把创作的境界分为三种，求合阶段，效法为主；求异阶段，区别他人；最后达到无意于合、无意于异的最高境界：自由阶段，近乎东坡的天才自发阶段。）

包恢：

某素不能诗，何能知诗？但尝得于所闻。大概以为诗家者流，以汪洋澹泊为高，其体有似造化之未发者，有似造化之已发者，而皆归于自然，不知可以然而然也。所谓造化之未发者，则冲漠之际，宴会无迹，空中之音，相中之色，欲有执着，曾不可得，而自有，尸居而龙见，渊默而雷声者焉！所谓造化之已发者，真景见前，生意呈露，浑然天成，无补天之缝罅，物各付物，无刻楮之痕迹，盖自有纯真而非影，全是而非似者焉！故观之虽若天下之至质，而实天下之至华；虽若天下之至枯，而实天下之至腴。如彭泽一派，来自天稷者，尚庶几焉，而亦岂能全合哉！（《答傅当可论诗》）

（点评：具有天才论倾向的文论家包恢主张自然咏发、浑然天成。他据理学的“未发”和“已发”之辨，把诗境分为两种，前者是无我泯然，不可凑泊；后者是情景交融，形象鲜明。二者皆归于“自然”，如天籁自明，“不知所以然而然”。这是一种创作上的“自由”状态，包恢尚没有从理论上给予科学和合理的解释，故归因于“天才”。）

严羽：

夫诗有别材，非关书也；诗有别趣，非关理也。然非多读书、多穷理，则不能极其至，所谓不涉理路、不落言筌者，上也。诗者，吟咏情性也。盛唐诸人，惟在兴趣，羚羊挂角，无迹可求。故其妙处透彻玲珑，不可凑泊，如空中之音，相中之色，水中之月，镜中之象，言有尽而意无穷。近代诸公乃作奇特解会，遂以文字为诗，以才学为诗，以议论为诗。夫岂不工？终非古人之诗也。盖于一唱三歎之音，有所歉焉。（《沧浪诗话·诗辨》）

唐人与本朝人诗，未论工拙，直是气象不同。（《沧浪诗话·诗评》之五）

诗有词理意兴。南朝人尚词而病於理；本朝人尚理而病于意兴；唐人尚意兴而理在其中；汉魏之诗，词理意兴，无迹可求。（《沧浪诗话·诗评》之九）

汉魏古诗，气象混沌，难以句摘。晋以还方有佳句，如渊明“采菊东篱下，悠然见南山”，谢灵运“池塘生春草”之类，谢所以不及陶者，康乐之诗精工、渊明之诗质而自然耳。（《沧浪诗话·诗评》之十）

（点评：严羽诗论关涉创作获得自由必须破除以议论和学问代替诗歌趣味的陈旧模式。跨越两宋的江西诗派声势巨大，其从文字和材料中写诗，以及那种靠议论之理来写诗的做法，都是对诗歌情性的束缚，据此严羽大胆提出“兴趣”和“妙悟”说来予以反拨，指出诗歌自有“别材”“别趣”，据此诗歌创作方可回归真正的自由。）

赵秉文：

足下之言，措意不蹈袭前人一语，此最诗人妙处。然亦从古人中入，譬如弹琴不师谱，称物不师衡，上匠不师绳墨，独自师心，虽终身无成可也。故为文当师六经、左丘明、庄周、太史公、贾谊、刘向、扬雄、韩愈；为诗当师《三百篇》《离骚》《文选》《古诗十九首》，下及李杜；学书当师三代金石、钟、王、欧、虞、颜、柳，尽得诸人所长，然后卓然自成一家。非有意于专师古人也，亦非有意于专摈古人也。自书契以来，未有撰（摈）古人而独立者。若杨子云不师古人，然亦有拟相如四赋。韩退之“唯陈言之务去”，若《进学解》则《客难》之变也，《南山诗》则子厚之余也。岂

遽汗漫自师胸臆,至不成语,然后为快哉!然此诗人造语之工,古人谓之一艺可也。(《答李天英书》)

(点评:遍学古人而获得创作法度上的自由。他认为古之大家各有所长,“各得其一偏”,如陶、谢、柳之冲淡,江、鲍、二李之峭峻,贾岛的优游不平,韩愈的以文为诗,等等,都是初学者值得效法的对象。唯其如此,才能“积学”求“飞动”。在一个前代文化遗产丰厚的国度,转益多师和博学多家,是公民创作获得“自由”的前提,而不至于仅仅邯郸学步或毫无创新。)

王若虚:

信手拈来世已惊,三江滚滚笔头倾。莫将险语夸劲敌,公自无劳与若争。

文章自得方为贵,衣钵相传岂是真;已觉祖师输一着,纷纷法嗣复何人?(《论诗诗》)

(点评:文论家推崇发自肺腑的真情,创作不假雕琢而自然浑成,此即“自得”为贵,此即“信手拈来”,而不在求奇务新上、矜奇斗险上做文章,是一种精神自由、发乎自然的创作境界。)

元好问:

一语天然万古新,豪华落尽见真淳。南窗白日羲皇上,未害渊明是晋人。(《论诗三十首》之四)

(点评:高度肯定陶渊明自然平淡的风格,认为陶诗语言不加雕饰,随手拈来,质朴无华、浑然天成,这是功力抵达自由境地后的一种写作功夫。)

【明清阶段】

李贽:

不克谐则无色。相夺伦则无声。盖声色之来,发于情性,由乎自然,是可以牵合矫强而致乎?故自然发于情性,则自然止乎礼义,非情性之外复有礼义可止也。惟矫强乃失之,故以自然之为美耳,又非于情性之外复有所谓自然而然也。故性格清澈者音调自然宣畅,性格舒徐者音调自然舒缓,旷达者自然浩荡,雄迈者自然壮烈,沉郁者自然悲酸,古怪者自然奇绝。有是格,便有是调,皆情性自然之谓也。莫不有情,莫不有性,而可以一律求之哉?然则所谓自然者,非有意为自然而遂以

为自然也。若有意为自然，则与矫强何异。故自然之道，未易言也。（《读律肤说》）

（点评：人的性情在自由中成为文学之本。李贽将自然作为文学最根本的原则，反对“拘于律”，为格律所牵制，希望在遵从格律中赋予诗歌自然之美，礼教、礼义对“情”不能形成牵制，这是对诗之“自由”的阐发。）

袁枚：

作诗者以诗传，说诗者以说传。传者传其说之是，而不必其尽合于作者也。如谓说诗之心，即作诗之心，则建安、大历有年谱可稽，有姓氏可考，后之人犹不能以字句之迹追作者之心，矧《三百篇》哉？不仅是也，人有兴会标举，景物呈触，偶然成诗，及时移地改，虽复冥心追溯，求其前所以为诗之故而不得，况以数千年之后，依傍传疏，左支右吾，而遽谓吾说已定，后之人不，可复有所发明，是大惑已。

……吾友程君绵庄为《诗说》二卷，其思深，其义远，捋搪妙蕴，皆前儒所未发，绵庄之于朱子也，即朱子之于毛、郑也。师其意不师其词，可谓善学朱子者矣。或者以为诗人不作，未能知其必尽合也，然诗人不作，又何以知其必不尽合哉？（均见《程绵庄诗说序》）

（点评：揭示了较自由的阐释学思想。袁枚立论多不受旧说制约，能自成一家。他认为作诗之心和说诗之心是有差别的，认为“传者传其说之是，不必其尽合于作者也。”阐释不是垄断式的，他人能不断受到启发继续言说下去；阐释也不是定论式的，以“禁天下好学深思之士”，聪明人能独立思考，做出新的解释。）

冯桂芬：

故长于经济者，论事之文必佳，宣公奏议，未必不胜韩、柳；长于考据者，论古之文必佳，贵与《考》序，未必不胜欧、苏。文之佳者，随其平奇浓淡，短长高下，而无不佳。自然有节奏，有步骤，反正相得，左右咸宜，不烦绳削而自合，称心而言，不必有义法也；文成法立，不必无义法也。

……无他，强以所不知，困于所不能也。以彼其文，岂不周规折矩，尺步绳趋？佳乎否乎？惟碑版之作，前贤成式俱在，身处后代，不宜偭规矩而改错，故金石不妨言例，而他文不可言义法。呜呼！诂经者以例说《春秋》，而《春秋》晦，必非游、夏一堂之论也；为政者以例治天下，而天下乱，必非唐、虞、三代之法也；操觚者以

义法为古文,而古文卑,必非先秦两汉之作也。(《复庄卫生书》)

(点评:古文写作态度和观念的自由。在清代文论家中,冯桂芬绝对上是个“另类”,他认为桐城派的“义法”观是强加给作家的“紧箍咒”,束缚太多,导致“周规折矩,尺步绳趋”,彷佛经学以定例来解说经典,将使散文创作丧失生机。对此,他提出“文以载道、内容第一”的观点,重视文章的现实内容和对社会生活的实际作用。他对于文章的作法、程序等要求都是持自由的态度,宽松而开放,倡导“称心而言,不必有义法也;文成法立。”“随其平奇浓淡,短长高下,而无不佳。自然有节奏,有步骤,反正相得,左右咸宜,不烦绳削而自合。”)

张裕钊:

古之论文者曰:文以意为主,而辞欲能副其意。气欲能举其辞。譬之车然,意为之御,辞为之载,而气则所以行也。欲学古人之文,其始在因声以求气,得其气则意与辞往往因之而并显,而法不外是也。是故挈其一而其余可以绪引也。盖曰意、曰辞、曰气、曰法,之数者,非判然自为—事,常乘乎其机,而混同以凝于一,惟其妙之一出于自然而已。自然者,无意于是,而莫不备至,动皆中乎其节,而莫或知其然,日星之布列,山川之流峙是也。宁惟日星山川,凡天地之间之物之生而成文者,皆未尝有见其营度而位置之者也,而莫不蔚然以炳,而秩然以从。夫文之至者,亦若是焉而已。观者因其既成而求之,而后有某者某者之可言耳。夫作者之亡也久矣,而吾欲求至乎其域,则务通乎其微。以其无意为之而莫不至也,故必讽诵之深且久,使吾之与古人?合于无间,然后能深契自然之妙,而究极其能事。若夫专以沉思力索为事者,固时亦可以得其意,然与夫心凝形释,冥合于言议之表者,则或有间矣。(《答吴挚甫书》)

(点评:强调自然文风。视“出于自然”为写作妙境,崇尚自然是他论文的要义所在,他认为古人之文“以其无意为之”而意、辞、气、法四者“莫不备至也”,具有“自然之妙”。)

陈衍:

寂者之事,一人而可为,为之而可常,喧者反是。故吾尝谓:诗者,荒寒之路,无当乎利禄,肯与周旋,必其人之贤者也。既而知其不尽然。犹是诗也,一人而不为,虽为而不常,其为之也唯恐不悦于人,其悦之也唯恐不竞于人,其许人也众矣!

内摇心气，外集诟病，此何为者！一景一情也，人不及觉者，己独觉之；人如是观，彼不如是观也；人犹是言，彼不犹是言也，则喧寂之故也。清而有味，寒而有神，瘦而有筋力，己所自得，求助于人者得之乎？（《何心与诗叙》）

（点评：论及诗人真性情时关涉"自由"。针对社会上大量打着"维新""革命"旗号的利禄之徒，陈衍主张用独立的理智和情感去认识生活，反映现实。而诗人要想具备这种真性情，必须排斥"世禄"的干扰，甘处困寂之境，不随波逐流，方能保持独立的个性，融自己入诗歌中去，在创作的自由中达到"不俗"的境地。）

蒋智由：

近世纪文化之一大进步，要而言之，谓为自由之所产出可也。盖古代之人，或拘牵于其一国之政治，一国之宗教，一国之风俗，至不敢创一自得之见，发一独到之论，此守旧积习之所由成，而数千年世界之所以无进步，其弊盖皆坐于此也。然穷久变生，此风渐为人心之所厌弃，而自由之说遂承其统而代之。因自由而于宗教界、于政治界、于学术界，无不破坏其旧习惯，而开一新面目。文艺亦然，应用自由之一原理，遂得脱去古人种种之科臼，文艺于是有新生命。不然，谓文章之气运至古人而已尽可也。伟矣哉！开近世纪之新天地者，一自由神之权化力也。（《维朗氏诗学论按语（选录）》）

（点评：文艺贵自由，诗学充满自由的精神。他依据近代科学知识，抨击文艺创作中拟古的习气，甚至对传统追求逼真、模仿自然的天然美也颇多意见，力举文艺的自由和独创，力举破除旧有陈俗，使文艺焕发生命。）

王钟麟：

呜呼！观吾以上所言，则中国数千年来小说界之沿革，略尽于是矣。吾谓吾国之作小说者，皆贤人君子，穷而在下，有所不能言、不敢言，而又不忍不言者；则姑婉笃诡谲以言之。即其言以求其意之所在，然后知古先哲人之所以作小说者，盖有三因：

一曰：愤政治之压制。吾国政治，出于在上，一夫为刚，万夫为柔，务以酷烈之手段，以震荡摧锄天下之士气。……二曰：痛社会之混浊。吾国数千年来，风俗颓败，中于人心，是非混淆，黑白易位。……三曰：哀婚姻之不自由。夫男生而有室，女生而有家，人之情也。然凭一父母之命，媒妁之言，执路人而强之合，冯敬通之所悲,刘孝标之所痛。……

由是以言,而后吾“国”小说界之价值,与夫小说家之苦心,乃大白于天下。吾尝谓吾“国”小说,虽至鄙陋不足道,皆有深意存其间,特材力有不齐耳。近世翻译欧、美之书甚行,然著书与市稿者,大抵实行拜金主义,苟焉为之。事势既殊,体裁亦异,执他人之药方,以治己之病,其合焉者寡矣。今试问革新小说数十种,能有一焉,如《水浒传》《三国演义》影响之大者乎?曰:无有也。萃西洋小说数十种,问有一焉,能如《金瓶梅》《红楼梦》册数之众者乎?曰:无有也。且西人小说所言者举一人一事。而吾“国”小说所言者率数人数事,此吾“国”小说界之足以自豪者也。(均见《中国历代小说史论》)

(点评:从“自由”角度提出小说家的创作初衷。他将小说提高到和《诗经》《春秋》并承相续的地位,勾勒其历史演进而高度肯定司马迁“发愤著书”的精神,指出小说家的创作初衷当为“愤政治之压制”“痛社会之混浊”,“哀婚姻之不幸”等,在揭示小说反对专制和黑暗统治的同时,也表达出对自由和幸福生活的无限向往之情,反映出文论家改造旧世界、创造新社会的理想。)

黄人:

文学史之效用

而我国文学史之效力尚不止此,大要有数端如下:

(一)三皇之书,为文学权舆,时全世界方居草昧,同时文明程度可与抗颜行者,独有巴比伦与埃及耳。若印度、犹太,则子姓矣,希腊、罗马直以云仍视之耳。而此诸国当时之文学,虽极发达,要其继续不过百年,果蠃螟蛉,他人人室,前仆后起,迭为兴替,其新者不过暴富之贫儿,其旧者已成化石之蜕骨。今之英、法、德、美虽以文物睥睨全球,而在千百年前方为森林中攫噬之图腾,乌有所谓文学者?故以文学之谱牒言,独我国可谓万世一系,瓜瓞相承,初未尝稍杂以非种,即间或求野求夷,吸取新质,要为文学生活上营养之资,而不能乱文学生殖上遗传之性,今虽过华屋而叹凌夷,窥明镜而羞老大,然一息犹存,当有待盖棺而论定。百足相辅,安见不一旅之中兴,正未容崛起之白板,顾影之乌衣,遽加轻蔑也。则有文学史,而厌家鸡爱野鹜之风,或少息乎?……

(二)或谓进化之公理不行于支那,故世界各国皆后来居上,独我国则有今不如古之叹。似也,而实不然。夫苟在天演界中,安有能生存而不能进化者?换言之，则不进化又安能生存者？即有之，亦不过取幸于一时，而断难持续。故就我国现象之一二部观，非特不进化，且有退化者；统全局论之，则进化之机固未尝少息也（详见《分论》中）。然进化之道，虽曰优胜劣败，适者生存，而优劣之程度无算，竞争之方法亦无算，其机甚微，虽明智不能尽析，而惟以其适存为验，此固无待烦言也。而所不可不知者，较然之优劣，其竞争浅，而同在优级，必以竞争而后定其高下者，其竞争之机乃益剧烈。……

（三）我国有最奇之两大现象，则外形常为统一，而内容则支离破碎也。如政体虽数千年来常统于一君主一法律之下，其实百里之内，即自为风气，尔疆彼界，阂于胡越，即一户一族一团体，而亦互分党派。伦理道德亦常统于一先生之说，所谓天经地义无敢或逾者，而以实际言之，则巫蛊之毒，夷虏之陋，常盘踞其中，且各有所师尚。（其普通者如选日占验之类，特别者如礼斗禳星之类，至伦理上沉锢之点，若强兄弟同餐及妇女守节之类。）至于一切职业，莫不皆然，而文学为尤甚。……

（四）我国社会之弊，莫大于不诚，一切事物，往往表里绝殊，名实相反，而文学其尤甚者焉。夫文之为义，虽若与质对待，然固相辅而非相反者，乃至其流极，而所谓文者，几若诈伪曲饰之代名。推其原因，盖有二焉：一由于佞。下之事上，贱之事贵，以反逆为大恶，以媚兹为义务，歌功颂德，既便于口吻，掩过饰非，遂流于记载。壁麟二经，为史家之职志，亦为文学之朝宗，而孔氏著尊亲之讳，孟氏有书不尽信之疑。……（均见《中国文学史·总论》）

（点评：论及文学的“自由”精神。通过文学史编写来批判封建专制的思想统治，宣传资产阶级自由民主思想。主要生活于19世纪后期的黄人，对传统和西方文化都比较熟悉，其文学史观较明确和自觉，他在《中国文学史》中批判和纠正盲目崇洋媚外和数典忘祖的民族虚无主义的不良风气，谓数千年的大一统整体和文源六经不断推演的表象，是充满矛盾、斗争和发展的。而文学是“言语思想自由之代表”，这种自由应充分展示，而不应为政治所限。）

王国维：

若元之文学，则固未有尚于其曲者也。元曲之佳处何在？一言以蔽之，曰：自然而已矣。古今之大文学，无不以自然胜，而莫著于元曲。盖元剧之作者，其人均非有名位学问也；其作剧也，非有藏之名山，传之其人之意也。彼以意兴之所至为之,以自娱娱人。关目之拙劣,所不问也;思想之卑陋,所不讳也;人物之矛盾,所不顾也;彼但摹写其胸中之感想与时代之情状,而真挚之理与秀杰之气,时流露于其间。故谓元曲为中国最自然之文学,无不可也。若其文字之自然,则又为其必然之结果,抑其次也。(《元剧之文章》)

(点评:王国维认为古今文学皆以“自然”取胜:从创作动机来说,文学“自娱娱人”;内容上,则抒发心中感想,缘事而发;语言上,元曲以俗语或自然声音形容之。“故谓元曲为中国最自然之文学”,“曲尽人情,字字本色。”)

周作人:

夫孔子为中国文章之匠宗,而束缚人心,至于如此,则后之苓落又何待夫言说欤!是以论文之旨,折情就理,唯以和顺为长。使其非然,且莫容于名数。间有闲情绮语,著之篇章,要亦由元首风流,为之首倡。逸轨之驰,众未敢也。况乎历来中国文人皆曰士类,则儒宗也。以是因缘,文字著作之林遂悉属宗门监视之下,不肯有所假借。道学继起,益务范人心。积渐以来,终生制艺。制之云者,正言束缚。试观于此,即知中国思想梏亡之甚,此非逾情之词矣。若曰吾言过乎,而事实俱在,将何以掩之?

虽然,其咎有不尽在制之者焉。趋时崇实,下此者或溺于利功,则大势所之,自易与前者为缘而生恶障。盖皇威所及,亦唯利、害二途足为牢笼之具。使其号召而下无附应,则途术且穷,而流祸将不大矣。然中国则何如也?文章之士,非以是为致君尧舜之方,即以为弋誉求荣之道,孜孜者唯实利之是图,至不惜折其天赋之性灵以自就樊鞅。其有潇淡自好、耻为物役之士,托意写诚,寄为文华,云泥相形,迹诚高矣,然综揽以论,则敷扬之意,固亦犹是常人之所同,而特异其采,未尝有能独辟蹊径、一新风会者也。世好秋实,由来者远,巧智之徒知非和光同尘不能无迕,偶有立异,久已为众所排,遂以槁丧矣。夫天才之作,每不以时,虽一时见诧于人间,而影响于后来者甚大,新时代之化成,必有是焉以为之领。此其例不独见之文章,证诸史事而皆然者也。历来中国民间既少杰人之作,而为时势变迁之主者又悉在帝王,则种业之所缘生,后果因陈,自不易于摆脱,无足怪也。上者坊民,因为禁制,其下附利,则乐趋之。制艺之目,不见于他方而独见于中国,且安保之不敢叛轶,或叛焉而无继者,此诚吾国文章丧死之极致!迷沦实趣,以自梏亡,思想之翦伐于国民,良较帝力为宏厉而尤可怖也!

夫一国文章发达，语其原始变迁之迹，必与其史实相缘以自成一系，而对于文章之意见亦有其独殊者。如吾国文风陷为此状，所以独亚于他国而希更始之机者，正以唯吾国有孔子故此其理上已言之矣。盖自孔子定经而后，遂束思想于一缚，而文艺之作靡不以润色鸿业、宣布皇猷为用，所谓为一人者也。比暮气之深，又被新流所荡，则势白不可不变，以自救于衰微。

吾言文章意义暨其使命，下及吾国晚近论文之说，为指其失，既如上述，今临纸末，将更抒私见以告曰：夫文章者，国民精神之所寄也。精神而盛，文章固即以发皇，精神而衰，文章亦足以补救。故文章虽非实用，而有远功者也。第吾国数千年来一统于儒，思想拘囚，文章委顿，趋势所兆，邻于衰亡，而实利所归，一人而已。及于今日，虽有新流继起，似易步趋，而宿障牵连，终归恶化，则无冀也。有志之士，生当今时，见夫民穷国敝，幡然思以改之，因太息涕流言工商之不可缓，顾知谋一身之饱温，遂不顾吾心之寒饿乎？又或呼号保国，言利权收回矣，顾知宝守金帛，而心灵桎梏遂不思解放乎？从可知文章改革一言，不识者虽以为迂，而实则中国切要之者，此也。（均见《论文章之意义暨其使命因及中国近时论文之失》）

（点评：周作人对儒家政教中心观作了猛烈的批判，认为儒家“思无邪”等扼杀了国民的自由个性，对推动和强化封建统治起着推波助澜的作用，受其毒害，国民性产生了极大的变异，其弊端在近代日显，如功利至上、唯唯诺诺，缺乏鲜明的个性，知识分子长期受其浸染而难以独辟蹊径，在其笼罩下一些天才人物虽能标新立异，却多在有生之年得不到重用。

而文学承载着国民精神，周作人视图通过改革文学来改造民族文化，开近代新文学之先河。他从“国民个性”角度论自由，且将其置于中西文化对比、中国传统弊端分析的视域中予以审视和批判，在当时具有相当的独特性。）

第三编　中国传统文论蕴含“爱国”价值观资源

【思考着力点】：

1. 在春秋战国时期诸多士人（同时也是文论家）寻求和服务于中国的统一；

2. 古代文论家们对国家的忠诚或为国牺牲之话题；

3. 结合时代巨变和诗论主题，发现古代隐性和间接的“爱国”大量存在，如林昌彝《射鹰楼诗话》等；

4. 晚清桐城派文论中的爱国思想之挖掘；

5. 古人借题发挥，通过评析此前爱国诗人、文人的作品来寄托自己对当下时政的忧患思考，如邱逢甲、冯煦等文论家；

6. 分析中国古代文论家在推动爱国活动、宣传爱国思想中的几个突出特点：如借题发挥、隐喻寄托，戏剧的大众化和普及化，小说的地位提高、功能认识更加全面，变革时代仕途不顺，遭遇坎坷（如余治等人）；

7. 了解典型爱国人士的人物传记：陈三立等文论家；

8. 对封建专制和国民劣根性的批判，如张肇桐、鲁迅等；

9. 基于民主主义的爱国，如改朝换代之际对故园的思念和守望等；

10. 爱国思想、爱国行为的文学表现：诗文思乡、传记文学、忠孝合一等；

11. 反面：从“乐”的类型判断国家稳固与否的迹象；

12. 传统文论作品中体现对祖国文化典籍之爱；

13. 传统文论作品中体现对祖国山水由衷地赞美与讴歌；

14. 传统文论中有些地方反映“忠君”与“民族意识”两点格外鲜明；

15. 需剖析附带蕴含的民族精神，如自强不息、勤劳朴实等；

16. 传统文论中“爱国”价值观的主体精神与人文品格；

17. 传统文论涵养“爱国”价值观的现实价值与当代启迪；

18. 传统文论中“爱国”价值观的创造性转化与创新性发展问题。

【先秦至隋朝阶段】

孔子：

子曰：“诵《诗》三百，授之以政，不达；使于四方，不能专对？虽多，亦奚以为？”（《论语·子路》）

子曰：“恶紫之夺朱也，恶郑声之乱雅乐也，恶利口之覆邦家者。”（《论语·阳货》）

子曰：“小子何莫学夫诗？诗可以兴，可以观，可以群，可以怨。迩之事父，远之事君，多识于鸟兽草木之名。”（《论语·阳货》）

（点评：孔子厌恶巧言令色的人颠覆邦国，为其“三恶”之一；他论诗之功能如怨刺上政等，皆是为了当时纷争中各诸侯国的稳固治理；其令弟子熟读《诗经》，派往四方辅佐君王、应对诸侯等，如果结合孔子的教育思想、政治主张以及他颠沛流离的一生来看，表层是为了宣扬其“复礼”主张和“仁义”政治观；深层是寻求——或服务于——国家的统一，避免战乱和割据的延续。）

屈原：

纷逢尤以离谤兮，謇不可释也。情沉抑而不达兮，又蔽而莫之白。心郁邑余侘傺兮，又莫察余之中情。固烦言不可结诒兮，愿陈志而无路。退静默而莫余知兮，进号呼又莫吾闻。申侘傺之烦惑兮，中闷瞀之忳忳。（《九章·惜诵》）

（点评：文字叙述的不幸遭遇，不仅关乎屈原一人之身，且与国家的前途和命运密切相连。他抒发自己陈志无路的苦痛心情，控诉被谗言陷害、怀王疏远而至于离群独居，实为天下之不公。屈原在强烈的情感冲突中表达了自己的忠贞态度和爱国之情。）

司马迁：

屈原者……博闻强志，明于治乱，娴于辞令。入则与王图议国事，以出号令；出则接遇宾客，应对诸侯。王甚任之。上官大夫与之同列，争宠而心害其能……王怒而疏屈平。屈平疾王听之不聪也，谗谄之蔽明也，邪曲之害公也，方正之不容也,故忧愁幽思而作《离骚》。

"离骚"者,犹离忧也。夫天者,人之始也;父母者,人之本也。人穷则反本,故劳苦倦极,未尝不呼天也;疾痛惨怛,未尝不呼父母也。屈平正道直行,竭忠尽智,以事其君,谗人间之,可谓穷矣。信而见疑,忠而被谤,能无怨乎?屈平之作《离骚》,盖自怨生也。《国风》好色而不淫,《小雅》怨诽而不乱,若《离骚》者,可谓兼之矣。上称帝喾,下道齐桓,中述汤、武,以刺世事。明道德之广崇,治乱之条贯,靡不毕见。其文约,其辞微,其志洁,其行廉。其称文小而其指极大,举类迩而见义远。其志洁,故其称物芳,其行廉,故死而不容。自疏濯淖污泥之中,蝉蜕于浊秽,以浮游尘埃之外,不获世之滋垢,皭然泥而不滓者也。推其志也,虽与日月争光可也。……

屈原既死之后,楚有宋玉、唐勒、景差之徒者,皆好辞而以赋见称。然皆祖屈原之从容辞令,终莫敢直谏。其后楚日以削,数十年竟为秦所灭。自屈原沉汨罗后百有余年,汉有贾生,为长沙王太傅。过湘水,投书以吊屈原。(《史记·屈原贾生列传》)

(点评:司马迁以史家的良知在中国文学史上首次为伟大的爱国诗人屈原立传,对其被疏远和流放的遭遇、结局给予了深切的同情,对其文学创作、贡献给予了高度的肯赞,对其成就、影响给予了准确的定位。文笔凝练,客观真实,评析精当。经过司马迁、刘安、王逸等人的叙议,屈原崇高的爱国主义精神在中国文化史上得以正式定位。)

司马迁:

太史公曰:"先人有言:'自周公卒五百岁而有孔子。孔子卒后至于今五百岁,有能绍明世,正易传,继春秋,本诗书礼乐之际?'意在斯乎!意在斯乎!小子何敢让焉。"

上大夫壶遂曰:"昔孔子何为而作《春秋》哉"?

太史公曰:"余闻董生曰:'周道衰废,孔子为鲁司寇,诸侯害之,大夫雍之。孔子知言之不用,道之不行也,是非二百四十二年之中,以为天下仪表,贬天子,退诸侯,讨大夫,以达王事而已矣。"(均见《太史公自序》)

拾遗补艺,成一家之言,厥协六经异传,整齐百家杂语,藏之名山,副在京师,

俟后世圣人君子。(《太史公自序》)

仆窃不逊,近自托于无能之辞,网罗天下放失旧闻,略考其行事,综其终始,稽其成败兴坏之纪,上计轩辕,下至于兹,为十表,本纪十二,书八章,世家三十,列传七十,凡百三十篇。亦欲以究天人之际,通古今之变,成一家之言。草创未就,会遭此祸,惜其不成,是以就极刑而无愠色。仆诚以著此书,藏之名山,传之其人,通邑大都,则仆偿前辱之责,虽万被戮,岂有悔哉!然此可为智者道,难为俗人言也!(《报任安书》)

(点评:前面独白表明孔子浓厚的文化情怀,修正易传、续作春秋、发挥诗书礼乐之意义,通过整理典籍、教育弟子来宣传儒家思想,这是在战乱时期奔走诸侯国游说多年的孔子晚年最大的功绩,是古代知识分子“爱国”的一种体现:传承民族典籍。这段话同时也引出后面两段司马迁作为史学家著述记史的担当和决心。)

王逸:

且人臣之义,以忠正为高,以伏节为贤。故有危言以存国,杀身已成仁。是以伍子胥不恨于浮江,比干不悔于剖心,然后忠立而行成,荣显而名著。若夫怀道而迷国,详愚而不言,颠则不能扶,危则不能安,婉娩以顺上,逡巡以避患,虽保黄耇,终寿百年,盖志士之所耻,愚夫之所贱也。(《楚辞章句序》)

(点评:这是为后面论述屈原沉江行为打基础的一段议论性语句,是对爱国品格的一种凝练概括。以伍子胥、比干为代表的爱国人士之所以扬名后世、深受爱戴,在于他们保持有忠贞、正直的民族气节,不屈服、不低头,在生死面前不苟且,在鱼和熊掌不可兼得时宁可献出生命,“杀身以成仁”,这是中国文论史上对“爱国”的最好诠释。)

今若屈原,膺忠贞之志,体清浩之性,直若砥矢,言若丹青,进不隐其谋,退不顾其命,此诚绝世之行,俊彦之英也。而班固谓之露才扬己,竞于群小之中,怨恨怀王,讥刺椒、兰,苟欲求进,强非其人,不见容纳,忿恚(huì,怨恨)自沈,是亏其高明,而损其清洁者也。……

故智弥盛者其言博,才益多者其识远。屈原之词,诚博远矣。自终没以来,名儒博达之士,著造词赋,莫不拟则其仪表,祖式其模范,取其要妙,窃其华藻。所谓

金相玉质，百世无匹，名垂罔极，永不刊灭者矣！（《楚辞章句序》）

（点评：以学者的良知驳斥了班固对屈原爱国主义精神的曲解，还原其真实，称颂其“杀身成仁”的崇高人格，并对屈原其人其文给予了高度肯赞。王逸谓班固“明哲保身”观乃苟合取容之行径，对屈原“进不隐其谋，退不顾其命”的精神予以了褒扬，认为这才在人格上合乎儒家气节，其作品才合乎“诗教”之旨。）

《世说新语》中：

1. 过江诸人，每至美日，辄相邀新亭，藉卉饮宴。周侯中坐而叹曰：“风景不殊，正自有山河之异！”皆相视流泪。唯王丞相愀然变色曰：“当共勠力王室，克复神州，何至作楚囚相对！”（《言语》）

（点评：似微型小说，简练的语言有人物有情节，展示了一个换代后前朝士大夫感伤而爱国的凄楚故事。八王之乱后北方陷入战乱，士人们纷纷南渡。睹物思情，感叹国破家亡，人们纷纷缅怀过去。唯有王导鼓劲大家竭力辅佐君王，以求恢复中原。这种思乡、忧伤和复国的心态在封建主义和儒家思想占据主导的2000多年社会中，具有相当的普遍性。）

2. 刘琨虽隔阂寇戎，志存本朝，谓温峤曰：“班彪识刘氏之复兴，马援知汉光之可辅。今晋祚虽衰，天命未改，吾欲立功于河北，使卿廷举于江南，子其行乎？”温曰：“峤虽不敏，才非昔人，明公以桓文之姿，建匡立之功，岂敢辞命！”（《言语》）

（点评：刘琨被匈奴和鲜卑等阻滞在北方，希望匡扶汉室，在江北建立政权延续汉族政统，让温峤去南方传播美名。这是一种有民族主义的爱国思想。）

3. 温峤初为刘琨使来过江。于时，江左营建始尔，纲纪未举。温新至，深有诸虑。既诣王丞相，陈主上幽越、社稷焚灭、山陵夷毁之酷，有《黍离》之痛。温忠慨深烈，言与泗俱，丞相亦与之对泣。叙情既毕，便深自陈结，丞相亦厚相酬纳。既出，欢然言曰：“江左自有管夷吾，此复何忧！”（《言语》）

（点评：温峤拜访王导，声泪俱下地陈述皇帝被囚、国家破败、皇陵被毁的残酷事实，王导亦相对而泣，令温峤看到了复兴的希望，二人的爱国之情都跃然纸上。）

4. 初，荧惑入太微，寻废海西。简文登阼，复入太微，帝恶之。时郗超为中书在直。引超入曰:“天命脩短,故非所计,政当无复近日事不?”超曰:“大司马方将外固封疆,内镇社稷,必无若此之虑。臣为陛下以百口保之。”帝因诵庾仲初诗曰:“志士痛朝危,忠臣哀主辱。”声甚凄厉。郗受假还东,帝曰:“致意尊公,家国之事,遂至于此!由是身不能以道匡卫,思患预防,愧叹之深,言何能喻?”因泣下流襟。(《言语》)

(点评:简文帝朗诵庾仲初的爱国诗,对无法挽救国家深表惭愧,声泪俱下。)

5. 苏峻既至石头,百僚奔散,唯侍中钟雅独在帝侧。或谓钟曰:“见可而进,知难而退,古之道也。君性亮直,必不容于寇仇,何不用随时之宜、而坐待其弊邪?”钟曰:“国乱不能匡,君危不能济,而各逊遁以求免,吾惧董狐将执简而进矣!”(《方正》)

(点评:在文武百官纷纷逃窜时,钟雅对国君之忠、对家国之爱,发自肺腑,执着而坚定。)

《颜氏家训》中:

1. 齐有宦者内参田鹏鸾,本蛮人也。年十四五,初为阍寺,便知好学,怀袖握书,晓夕讽诵。……后主之奔青州,遣其西出,参伺动静,为周军所获。问齐主何在,绐云:“已去,计当出境。”疑其不信,欧捶服之,每折一支,辞色愈厉,竟断四体而卒。蛮夷童丱犹能以学成忠,齐之将相,比敬宣之奴不若也。(《勉学》)

(点评:记载了齐朝太监田鹏鸾忠贞和爱国的英勇故事。他虽身份低微,但自幼勤奋学习,深受书中气节之士的影响,在被俘后周兵问他齐后主所藏身之处,因不说实情,被殴打、折肢,但他至死不叛变、不屈服。其对帝王的忠贞和对祖国的爱是紧密相连的。)

2. 自乱离已来,吾见名臣贤士,临难求生,终为不救,徒取窘辱,令人愤懑。侯景之乱,王公将相,多被戮辱,妃主姬妾,略无全者。唯吴郡太守张嵊,建义不捷,为贼所害,辞色不挠;及鄱阳王世子谢夫人,登屋诟怒,见射而毙。夫人,谢遵女也。何贤智操行若此之难?婢妾引决若此之易?悲夫!(《养生》)

(点评:描绘了在朝代更迭、战乱不断的时代,一些国家贤能人士并没有坚守节操而一些婢女妻妾却从容赴死,践行道义、为国捐躯。如谢夫人在楼顶痛骂敌人后中箭身亡。文字讴歌了在公民生命和国家前途面临冲突时,勇敢牺牲的人。)

《文心雕龙》中:

昔汉武爱《骚》,而淮南作《传》,以为:"《国风》好色而不淫,《小雅》怨诽而不乱,若《离骚》者,可谓兼之。蝉蜕秽浊之中,浮游尘埃之外,皭然涅而不缁,虽与日月争光可也。"班固以为:露才扬己,忿怼沉江;羿、浇、二姚,与《左氏》不合;昆仑、悬圃,非经义所载。然其文辞丽雅,为词赋之宗,虽非明哲,可谓妙才。王逸以为:诗人提耳,屈原婉顺。《离骚》之文,依经立义;驷虬乘翳,则时乘六龙;昆仑流沙,则《禹贡》敷土。名儒辞赋,莫不拟其仪表,所谓"金相玉质,百世无匹"者也。及汉宣嗟叹,以为皆合经术;扬雄讽味,亦言体同《诗·雅》。(《文心雕龙·辨骚》)

(点评:似文献综述般概括了刘安、班固、王逸、扬雄四家对屈原沉江身亡的举动和其《离骚》等作品的评析。呈现了刘安等对屈原高洁人格和爱国精神的讴歌和赞颂。也能看出班固曲解、误读了屈原的爱国行为;扬雄依经立论,以《诗经》的标准来评析屈原的爱国作品,牵强而不恰当。)

自《九怀》以下,遽蹑其迹;而屈宋逸步,莫之能追。故其叙情怨,则郁伊而易感;述离居,则怆怏而难怀;论山水,则循声而得貌;言节候,则披文而见时。是以枚、贾追风以入丽,马、扬沿波而得奇;其衣被词人,非一代也。故才高者菀其鸿裁,中巧者猎其艳辞,吟讽者衔其山川,童蒙者拾其香草。

赞曰:不有屈原,岂见《离骚》?惊才风逸,壮志烟高。山川无极,情理实劳。金相玉式,艳溢锱毫。(《文心雕龙·辨骚》)

(点评:"惊才风逸,壮志烟高",对屈原的爱国行为及建立在爱国情感上的作品给予了高度肯赞;"中巧者猎其艳辞",指出后世模仿者因未有屈原爱国的遭遇和行动,仅得其皮毛,难获真髓。)

钟嵘:

若乃春风春鸟,秋月秋蝉,夏云暑雨,冬月祁寒,斯四候之感诸诗者也。嘉会寄诗以亲,离群托诗以怨。至于楚臣去境,汉妾辞宫;或骨横朔野,或魂逐飞蓬;或负戈外戍,杀气雄边;塞客衣单,孀闺泪尽;或士有解佩出朝,一去忘返。女有扬蛾入宠,再盼倾国:凡斯种种,感荡心灵,非陈诗何以展其义?非长歌何以骋其情?

故曰:“《诗》可以群,可以怨。”使穷贱易安,幽居靡闷,莫尚于诗矣。故词人作者,罔不爱好。(《诗品序》)

(点评:丰富的生活场景是诗歌取之不尽的源泉,叙及“或负戈外戍,杀气雄边。塞客衣单,孀闺泪尽。”是古代士兵保家卫国的鲜活体现,他们离妻别子、戍守边关,只为边防的稳固。此外,古代意象批评中大量地涉及文论家对祖国美好河山的描绘,诸如“春风春鸟,秋月秋蝉,夏云暑雨,冬月祁寒,斯四候之感诸诗者”等等,也是对家乡无比热爱的体现。没有对故土的眷念、对家乡的情怀,是难以写出如此优美文字的。)

【唐朝至近代】

司空图:

纤秾　采采流水,蓬蓬远春。窈窕深谷,时见美人。碧桃满树,风日水滨。柳阴路曲,流莺比邻。乘之愈往,识之愈真。如将不尽,与古为新。(《诗品》)

沉着　绿杉野屋,落日气清。脱巾独步,时闻鸟声。鸿雁不来,之子远行。所思不远,若为平生。海风碧云,夜渚月明。如有佳语,大河前横。(《诗品》)

(点评:司空图论二十四种艺术境界——另说是二十四种人格特征,大量地从大自然中取象,从日常生活中选取场景与画面,以诗意的笔调来阐发文艺思想。这既是农业社会生存现状的反映,也体现出文论家对家乡、山水、故土的某种依恋与热爱。文论家引领读者陶醉在大自然鬼斧神工的美景中,边走边赏。司空图的二十四首诗体批评,极富诗情画意,取象论文之密集与精妙,在中国文论史上无出其右。此选二,以窥一斑。)

苏辙:

辙生十有九年矣。其居家所与游者,不过其邻里乡党之人;所见不过数百里之间,无高山大野可登览以自广。百氏之书,虽无所不读,然皆古人之陈迹,不足以激发其志气。恐遂汩没,故决然舍去,求天下奇闻壮观,以知天地之广大。过秦、汉之故都,恣观终南、嵩、华之高,北顾黄河之奔流,慨然想见古之豪杰。至京师,仰观天子宫阙之壮,与仓廪、府库、城池、苑囿之富且大也,而后知天下之巨丽。见翰林欧阳公,听其议论之宏辩,观其容貌之秀伟,与其门人贤士大夫游,而后知天下之文章聚乎此也。太尉以才略冠天下,天下之所恃以无忧,四夷之所惮以不

敢发，入则周公、召公，出则方叔、召虎。而辙也未之见焉。（《上枢密韩太尉书》）

（点评：陆游曾云："挥毫当得江山助，不到潇湘岂有诗"，苏辙提出社会阅历对于作家养气的重要性。他谈自己走出书本，投入山川形迹中去欣赏各地的奇闻壮观，从而扩大眼界、开阔心胸、激发志气。这与司马迁、李白、杜甫遍游名山大川、"尽在山程水驿中"异曲同工，都为创作积累素材，同时反映出作家对家乡的热爱。）

陆游：

我昔学诗未有得，残余未免从人乞。力孱气馁心自知，妄取虚名有惭色。
四十从戎驻南郑，酣宴军中夜连日。打球筑场一千步，阅马列厩三万匹。
华灯纵博声满楼，宝钗艳舞光照席。琵琶弦急冰雹乱，羯鼓手匀风雨疾。
诗家三昧忽见前，屈贾在眼元历历。天机云锦用在我，翦裁妙处非刀尺。
世间才杰固不乏，秋毫未合天地隔。放翁老死何足论，广陵散绝还堪惜。
（《九月一日夜读诗稿有感走笔作歌》）

我初学诗日，但欲工藻绘；中年始少悟，渐若窥宏大。怪奇亦间出，如石漱湍濑。数仞李杜墙，常恨欠领会。元白才倚门，温李真自郐。正令笔扛鼎，亦未造三昧。诗为六艺一，岂用资狡狯？汝果欲学诗，工夫在诗外。（《示子遹》）

（点评：在民族矛盾尖锐的年代，陆游在遭遇、感受中逐渐凝练爱国的思想与情感，并在家庭熏陶和前辈爱国人士的教育指导下，他的诗歌创作发生了巨大变化，文论篇章《九月一日夜读诗稿有感走笔作歌》便记录了这种心路历程。"诗家三昧忽见前，屈贾在眼元历历。天机云锦用在我，翦裁妙处非刀尺。"云云，表明他"四十从戎驻南郑"后，广阔的现实世界和丰富的战地生活，已经极大地丰富了他的创作与诗论，使他能摆脱江西诗派的影响。所论"汝果欲学诗，工夫在诗外"，皆是从军后领悟到社会生活和创作的密切关系。）

陈忱：

《水浒》更似之，其序英雄、举事实，有排山倒海之势；曲画细微，亦见安澜文漪之容。故垂四百余年，耳目常新、浏览不废。近世之稗官野乘，黄茅白草，一览而尽，不可咀嚼。岂意复有《后传》，机局更翻，章句不袭，大而图王定霸，小而巷事里谈，文人之舌，慧而不穷。世道之隆替，人心之险易，靡不各极其致。绘云汉觉热，图峨嵋则寒，非一味铜将军铁绰板提唱梁山泊人物已也！

嗟乎！我知古宋遗民之心矣。穷愁潦倒，满腹牢骚，胸中块磊，无酒可浇，故借此残局而著成之也。然肝肠如雪，意气如云，秉志忠贞，不甘阿附，傲慢寓谦和，隐讽兼规正，名言成串，触处为奇，又非漫然如许伯哭世、刘四骂人而已！（《水浒后传原序》）

昔人云：《南华》是一部怒书，《西厢》是一部想书，《楞严》是一部悟书，《离骚》是一部哀书。今观《后传》之群雄之激变而起，是得《南华》之怒；妇女之含愁敛怨，是得《西厢》之想；中原陆沉，海外流放，是得《离骚》之哀；牡蛎滩、丹露宫之警喻，是得《愣严》之悟。不谓是传而兼四大奇书之长也！……（《水浒后传原序》）

（点评：作者处明末清初大动乱之际，哀明朝覆亡，愤权奸误国，叹忠良销亡，于是发愤成《水浒后传》。此为序文节选，文笔老练，情感激愤，指出此书“怒”“哀”“想”“悟”兼备，得“四书”之奇。陈忱借小说人物刻画来暴露民族压迫，怀念故园河山，抒发亡国之悲，歌颂宋江疏材仗义。作者体察宋代移民之心，并引起深刻的时代共鸣：“穷愁潦倒，满腹牢骚，胸中块磊，无酒可浇，故借此残局而著成之也”，在民族压迫、改朝换代之际流露出自己的爱国之情。）

张际亮：

亮少时窃慕汉贾太傅、诸葛武侯之为人，以为士于立身之外，固当有用于世。非为勒钟鼎，垂竹帛也，将使并世之君子，吾得而成其志，庸其材，著其勋业；其小人，吾得而足其衣食，均其教诲，安其伦类而不害，庶几广天地生成之德也。

故夫水之激也，其必有所放也，而后不溃于地；士之激也，其必有所托也，而后不以伤其生。自古不得志之士，为酒，为色，为艺，为仙佛，为风狂，为哭，皆非其本心也，皆有所托焉者也。然托于是数者，又必审其时。亮窃念非其时也，故目之所见，耳之所闻，身之所阅历，心之所喜怒哀乐，口之所戏笑诃骂，一皆托诸诗。方其牢愁抑塞，命笔辄书，日或数十首，或十数首。若河之阻而遇冲风暴雨，掀波逆浪，鼋鼍鱼鳖，鼓鬣嘘气，喷咆而上，天地易色，白昼忽昏。及其罢去，了不复顾，则如风雨乍息，河安流，估人渔者，亦乐游其涯涘也。

汉以下诗，可得而区别之者，约有三焉：曰志士之诗也，学人之诗也，才人之诗也。……若夫志士，思乾坤之变，知古今之宜，观万物之理，备四时之气，其心未尝一日忘天下，而其身不能信于用也；其情未尝一日忤天下，而其遇不能安而处也。其幽忧隐忍，慷慨俯仰，发为咏歌，若自嘲自悼，又若自慰，而千百世后读之者，亦若在其身，同其遇，而凄然太息，怅然流涕也。盖惟其志不欲为诗人，故其诗独工，而其传也亦独盛。如曹子建、阮嗣宗、陶渊明、李太白、杜子美、韩退之、苏子瞻，其生平亦尝仕宦，而其不得志于世，固皆然也。此其诗皆志士之类也。今即不能为志士所为，固当为学人，次亦为才人。（《答潘彦辅书》）

（点评：一生磊落有奇气但又抑郁不得志的张际亮（1799－1843），借诗论抒发壮志难酬的悲慨，揭露弊政民贫的社会现实，谴责外国列强的侵略，具有浓郁的爱国情怀。他将诗歌分为志士之诗、学人之诗、诗人之诗，而“志士之诗”要求士人在诗歌之先和诗歌之外“积理养气”，从欣赏曹植、李白、杜甫、苏东坡等志士之诗来看，他注重诗歌要有悯时救世的内容，具有崇高的政治志向和忧国忧民的精神。这在清朝中后期具有鲜明的时代意义。）

林昌彝：

诗有烟火气则尘，有脂粉气则纤，有蔬笋气则俭。无是三者而或矫同立异，或外强中干，则亦为馁而为败。故诗不可以无气，而气尤不可以袭而取，不可以伪为。其气逸而雄、清而壮者，汉、魏以来，少陵一人而已。苏子瞻云：“天下几人学杜甫，谁得其皮与其骨？”皮且不可得，而况得其神髓乎哉！此无他，骨不灵而气以颓，心不侠而气以慑，虽日取杜诗而读之，而去杜益远矣。（《射鹰楼诗话》卷十）

潘四农论诗专取“质实”二字，亦有偏见。盖诗之品格多门，如雄浑、古逸、悲壮、幽雅、冲淡、清折、生辣、沉着、古朴、典雅、婉丽、清新、豪放、俊逸、清奇、妙悟诸品，皆各有所主，岂得以“质实”二字遂足以概乎诗，而其余可不必问耶？不知质实易流于枯，质实易流于腐，质实易流于拙。盖质实为诸品之一品则可，谓质实用以概诸品则不可。盖质实为诸品中之一品，则无流弊，若专言质实，流于枯，流于腐，流于拙，则其弊有不可胜言者！（《射鹰楼诗话》卷十六）

（点评：结合时代背景和诗人遭遇来看，节选两段文字均关涉“爱国”。第一段推崇杜甫诗歌气骨雄逸、清壮之风貌，借此而猛烈抨击当时文坛上烟火气、脂粉气等俗音滥调，他呼吁人们要像杜甫那样关心时务世事、直面世变、抒发忧愤。这实际是他所处时代19世纪中期中国社会被动挨打局面的折射和流露。林氏之所以把杜甫作为榜样，与他所处时代和环境密切关系，其精神与当时的经世致用思想潮流是一致的。第二段论诗歌风格的多样性，主张诸品齐放、兼容并蓄，并对“沉郁顿挫”风格尤为器重，亦与近代诗歌能反映深重国难和忧患心灵有关。结合《射鹰楼诗话》创作的初衷，文论家将爱国宣传和文学评论相结合的行文特点，足见林昌彝诗论强烈关乎时代主题和爱国情怀。）

冯桂芬：

蒙读书为文三四十年，所作实不少，而才力苶靡不能振，天实限之，亦何敢侈口论文？顾独不信义法之说。窃谓文者，所以载道也。道非必“天命”“率性”之谓，举凡典章、制度、名物、象数，无一非道之所寄，即无不可著之于文。有能理而董之，阐而明之，探其奥赜，发其精英，斯谓之佳文。

故长于经济者，论事之文必佳，宣公奏议，未必不胜韩、柳；长于考据者，论古之文必佳，贵与《考》序，未必不胜欧、苏。文之佳者，随其平奇浓淡，短长高下，而无不佳。自然有节奏，有步骤，反正相得，左右咸宜，不烦绳削而自合，称心而言，不必有义法也；文成法立，不必无义法也。

……瞽论如是，藉求是正，如有以发我矇固，所愿闻耳。执事躬仪黼黻，王路驰驱，际兹国步艰难，方当拨乱反正，别有经天纬地之大文，为同谱光荣，又岂仅区区翰墨为勋绩邪！（均见《复庄卫生书》）

（点评：清代后期提倡“经世致用”的文论家，诸如曾国藩、冯桂芬、魏源等，共同特征是提出文艺思想时都密切关怀现实，具有浓郁的爱国情怀。一方面鉴于中国被动挨打的局面，在文学创作的理念、方法、题材和风格方面解除桎梏，解放思想，归于自然；另一方面大胆地变革或提升儒道、义理等内涵。此处冯桂芬对桐城派宣扬的考据、义理等和“经世致用”相结合，鼓励世人在“国步艰难，方当拨乱反正”之时，多写“经天纬地之文”，他格外注重文章的现实内容和社会生活的实际作用，也是受祖国在危机处境下的激发。）

余治：

……其他一切导欲增悲不可为训者，且纷然杂出，使观之者荡心失魄，以假为真,而古人立教之意遂荡焉无存,风教亦因以大坏。

甚矣,乐章之兴废,实人心风化转移向背之机,亦国家治乱安危之所系也。周子《通书》有云:“移风易俗,莫善于乐。”又云:“不复古礼,不变今乐,而欲至于治者远矣!”窃以为周子名世大儒,所见必非世故。古礼之复,诚非易易;若变今乐,则只在贤士大夫一反手之间耳。当有宋之初,乐章之败坏,未有甚于今日也,诲淫诲盗之风,亦未有如今日之极也,周子已重虑及此,则今日今乐之当变更何可缓耶?

孟子云:“王之好乐甚,则齐其庶几乎!”天下之祸亟矣,师儒之化导既不见为功,乡约之奉行又历久生厌。惟兹新戏,最洽人情,易俗移风,于是乎在,即以是为荡平之左券焉;亦何不可也。名曰《庶几堂今乐》。庶几哉,一唱百和,大声疾呼,其于治也,殆庶几乎!

咸丰十年春正月梁溪晦斋氏余治自序。(均见《庶几堂今乐自序》)

(点评:倡导“今乐”和“新戏”的余治,一生以“救世之心”致力于“新戏”的创作和演出。他在社会动荡不安、危机四伏的时代,把戏曲作为移风易俗、施行教化、报效国家的工具,强调戏曲宣扬忠孝节义等封建道德、发挥劝善惩恶的社会作用。从节选文字看,余治论戏的核心是以戏报国、善心救世。他强烈批判那些作曲不关“劝惩”本旨的曲作家,对“诲淫”“诲盗”之作更是痛心疾首。)

冯煦:

龙川痛心北虏,亦屡见于辞,如《水调歌头》云:“尧之都,舜之壤,禹之封,于今应有,一个半个耻和戎。”《念奴娇》云:“因笑王、谢诸人,登高怀远,也学英雄涕。”《贺新郎》云:“举目江河休感涕,念有君如此何愁虏。”又“涕出女吴成倒转,问鲁为齐弱何年月”。忠愤之气,随笔涌出,并足唤醒当时聋聩,正不必论词之工拙也。

后村词,与放翁、稼轩,犹鼎三足。其生丁南渡,拳拳君国,似放翁;志在有为,不欲以词人自域,似稼轩。如《玉楼春》云:“男儿西北有神州,莫滴水西桥畔泪。”《忆秦娥》云:“宣和宫殿”,冷烟衰草。“伤时念乱,可以怨矣。又其宅心忠厚,亦往往于词得之。”《满江红 · 送宋惠父入江西幕》云:“帐下健儿体尽锐,草间赤子俱求活。”《贺新郎 · 寿张史君》云:“不要汉庭夸击断,要史家编入循良传。”《念奴娇 · 寿方德润》云:“须信谄语尤甘,忠言最苦,橄榄何如蜜。”胸次如此,岂翦红刻

翠者比邪？升庵称其壮语，子晋称其雄力，殆犹之皮相也。(《蒿庵论词》)

(点评：冯煦是近代常州词派的重要词论家，论词重“比兴寄托、宏旨大义”。他生年跨越同治、光绪、民初多个时代，见证了祖国发生的巨大变化，蒙受的深重灾难，节选文字有“借题发挥”之特征，通过评析历史上诸多爱国忧民的豪放词而寄托自己的爱国情怀和不平之气，希望用古人的悲歌高唱、壮烈情怀激励同胞，自强奋进，这赋予了其词学鲜明的时代印记。)

陈三立：

陶渊明 此士不在世，饮酒竟谁省？想见咏荆轲，了了漉巾影。

欧阳永叔 道丧文亦敝，踵韩挺作者。微茫通波澜，独饷百代下。

黄山谷 驼坐虫语窗，私我涪翁诗。镵刻造化手，初不用意为。

姜白石 辞赋丽以淫，如翁安可得？一卷蓑笠前，《国风》有正色。

(点评：辛亥革命后，陈三立以清末遗老自居，“七七”卢沟桥事变后，不胜忧愤，绝食而死。从创作来看，他竭力寻求脱俗避熟之诗风，积极介入社会现实。吴宗慈《陈三立传略》载其“但以文章自娱，以气节自砥砺。其幽忧郁愤，与激昂磊落慷慨之情，无所发泄，则悉寄之诗”，足见他在国破家亡之年代，内心的爱国之情亦如火焰喷发，如此处作诗呼吁展志之荆轲一般——“想见咏荆轲，了了漉巾影。”)

丘逢甲：

芭蕉雪里供摹写，绝妙能诗王右丞。美雨欧风作吟料，岂同隆古事无征。

四海横流未定居，千村万落废犁锄。荆州失后吟《梁父》，空忆南阳旧草庐。

展卷重吟民主篇，海山东望独凄然。英雄成败凭人论，赢得诗中自纪年。

四海都知有蛰庵，重开诗史作雄谈。大禽大兽今何世？目极全球战正酣。(《论诗词铁庐韵》)

(点评：丘逢甲的诗歌多慷慨激昂，抒发爱国情怀，笔力雄健，能表现新事物和新思想，为当时的“诗界革命”服务。从节选组诗中的三首来看，他追忆南阳卧龙诸葛亮咏诗抒怀，联想唐代杜甫乱世雄谈，回忆成立台湾民主国抗击日军而失败，都表现了他在世界格局风云变幻、祖国遭受入侵的时代，那种忧民与爱国的情怀。诗中有“展卷重吟民主篇”，所谓“民主篇”是1895年5月25日，丘逢甲为反抗日帝占台湾发起成立“台湾民主国”。后在日帝枪炮镇压下事败国亡。林鹤年在《民主谣》中记叙并歌颂了此事，“民主篇”即指此。无论从其生平遭遇还是从其创作文本来看，丘逢甲的爱国情怀付诸行动，热情洋溢、振奋人心，可看作晚清至民国中国精英知识分子的众生相。）

梁启超：

小说之道感人深矣。泰西论文学者必以小说首屈一指，岂不以此种文体曲折透达，淋漓尽致，描人群之情状，批天地之窾奥，有非寻常文家所能及者耶！中国自先秦以前，斯道既鲁，《汉书·艺文志》已列小说家于九流；但汉唐以后，学者拘文牵义，困于破碎之训诂，骛于玄渺之心性，而于人情事理切实之迹，毫不措意，于是反鄙小说为不足道。夫人之好读小说，过于他书，性使然矣。……

《自由钟》：此书即美国独立史演义也。因美人初起义时，于费特费府建一独立阁，上悬大钟，有大事则撞之，以召集国民佥议焉，故取以为名。首叙英人虐政，次叙八年血战，末叙联邦立宪。读之使人爱国自立之念油然而生。（《中国唯一之文学报〈新小说〉》）

（点评：梁启超对旧小说予以严厉谴责，曰“小说之道感人深矣。……中国人心风俗之败坏，未始不坐是。”指出创刊《新小说》宗旨在于“专在借小说家言，以发起国民政治思想，激励其爱国精神。”节选的两处文字中，前者与梁启超其余宣言异曲同工，希望借小说来启迪民智、改善风气、救亡图存，在文字背后饱含有爱国的情感在内。后者则通过介绍西洋作品来激发国人的爱国、自由之理念，目的鲜明，意图坚定。）

张肇桐：

此书原名Free marriagel，犹太老人Vancouver先生所著。余往岁初识先生于瑞西。先生自号亡国遗民，常悒郁不乐。一日问余：“译Vancouver以华文，当作何字？”余戏以“万古恨”对。先生曰：“此真不愧吾名也。”由是朝夕过从，情意日笃。为余纵谈天下事，累日不倦，而一念及祖国沦亡，辄悲不自胜，且曰：“败军之将，不足言勇。设吾言令欧美人闻之，适足以见笑而自玷耳。虽然，三折肱可为良医，在君等当以同病见怜也。倘一得之愚，赖君以传，使天下后世，知亡国之民，犹有救世之志，则老夫虽死亦无憾矣。”余感而哀之，时录其所言，邮寄欧西各埠华文报馆。

全书以男女两少年为主，约分三期：首期以儿女之天性，观察社会之腐败；次期以学生之资格，振奋学界之精神；末期以英雄之本领，建立国家之大业，无一事不惊心怵目，无一语不可泣可歌，关于政治者十之七，关于道德教育者十之三，而一贯之以佳人才子之情。今名“政治小说”，就其所侧重者言也。著者天涯沦落，无国可归，学问文章，得自异域。此书系英文，而人地名半属犹太原音原义。若按字直译，殊觉烦冗，故往往随意删减，使就简短，以便记忆。区区苦衷，阅者谅之。(《自由结婚弁言》)

（点评：作者沉痛地感慨满清专制统治下，国人饱受奴隶之苦，主张民主革命，呼吁将来建立自由国家和共和政府。在《自由结婚》的序言中张肇桐交代了他创作的意图、全书的结构和对时政的思考，其爱国之情溢于言表。以犹太亡国而比拟著者，使天下知“犹有救世之志，则老夫虽死而无憾矣”，无论是观察社会腐败，还是振奋学界精神，建立国家大业，都是这篇政治小说“爱国”主题的宣言。）

陈佩忍：

且夫今者外祸之来，以较洪、杨当日，亦愈亟矣。欧、美之学术，既优胜以来前；而北虏之淫威，复侈然以相逞。凡衿缨冠带之伦，苟其稍具普通知识，固罔不知戴异族之为非。而吾黄种同胞，沉沉黑狱，殆二十祀，瞢瞢黔黎，逾四百兆；彼其见解、其理想，以为吾自祖宗以来，知有珠甲，生世以降，即蒙辫发；明社虽屋，吾仍有君；黄帝其谁，何关血统；凡此鸩毒，深印脑筋，非极惨睹，不能转变。矧乎薮无才盗，巷无才侠，卑卑票布，徒以收拾亡命，不足鼓动平民；一朝举事，又只劫掠为务，罕有大志；以故累起累厥，而卒鲜成功。太平天国已矣。惠州之风云，亦罕受其应响。然则，茫茫前途，吾巴科民族，殆永无脱离苦海，还我净土之日乎！

综而论之，专制国中，其民党往往有两大计划，一曰暴动，二曰秘密，二者相为表里，而事皆鲜成。独兹戏剧性质，颇含两大计划于其中。苟有大侠，独能慨然舍其身为社会用，不惜垢污，以善为组织名班，或编明季稗史，而演汉族灭亡记，或采欧、美近事，而演维新活历史，随俗嗜好，徐为转移，而潜以尚武精神、民族主义一一振起而发挥之，以表厥目的。夫如是，而谓民情不感动，士气不奋发者，吾不信也。(《论戏剧之有益》)

（点评:基于民族主义的立场,作者对满清统治导致国家衰弱、阶级压迫深重做了批判,希望通过戏剧来“发抒其民族主义,而一吐胸中之块垒”,这是改朝换代之际一种有民族倾向的爱国主义。他指出戏剧具有很深的感染力,“通古今之事变,明夷夏之大防;睹故国之冠裳,触种族之观念”,从而达到宣传思想、激励民众的作用。他甚至认为民党的暴动和秘密的两大计划,也孕育于戏剧之中。)

柳亚子:

风尘澒洞,天地邱墟,莽莽神州,虏骑如织。男儿不能提三尺剑,报九世仇,建义旗以号召宇内,长驱北伐,直捣黄龙,诛虏酋以报民族;复不能投身游侠之林,抗志虚无之党,炸丸匕首,购我自由,左手把民贼之袂,右手揕其胸,伏尸数十,流血五步,国魂为之昭苏,同胞享其幸福。而徒唏嘘感泣,赤手空拳,抱攘夷恢复之雄心,朝视天,暮画地,未由一逞;寤而梦之,寐而言之,执途人而聒之,大声疾呼而震之,缠绵忠爱以感之;然而,明珠投暗,遭按剑之叱,陈钟鼓于鲁庭,爰居弗享也。泪枯三字,才尽万言,日暮途穷,人间何世,盖仰天长恸而不能已。

今以《霓裳羽衣》之曲,演玉树铜驼之史,凡扬州十日之屠,嘉定万家之惨,以及虏酋丑类之慆淫,烈士遗民之忠荩,皆绘声写影,倾筐倒箧而出之;华夷之辨既明,报复之谋斯起,其影响捷矣。欧、亚交通,几五十年,而国人犹茫昧于外情。吾侪崇拜共和,欢迎改革,往往倾心于卢梭、孟德斯鸠、华盛顿、玛志尼之徒,欲使我同胞效之;而彼方以吾为邹衍谈天、张骞凿空,又安能有济?今当捉碧眼紫髯儿,被以优孟衣冠,而谱其历史,则法兰西之革命,美利坚之独立,意大利、希腊恢复之光荣,印度、波兰灭亡之残酷,尽印于国民之脑膜,必有欢然兴者。此皆戏剧改良所有事,而为此《二十世纪大舞台》发起之精神。

今兹《二十世纪大舞台》,乃为优伶社会之机关,而实行改良之政策;非徒以空言自见,此则报界之特色,而足以优胜者欤!嗟嗟!西风残照,汉家之陵阙已非;东海扬尘,唐代之冠裳莫问。黄帝子孙受建虏之荼毒久矣。中原士庶愤愤于腥膻异种者,何地蔑有?徒以民族大义,不能普及;亡国之仇,迁延未复。今所组织,实于全国社会思想之根据地崛起异军,拔赵帜而树汉帜。他日民智大开,河山还我,建独立之阁,撞自由之钟,以演光复旧物、推倒虏朝之壮剧快剧,则中国万岁!《二

十世纪舞台》万岁！(《二十世纪大舞台发刊辞》)

(点评：柳亚子的爱国思想是多元的，结合时政，他将戏剧的作用论述得深入而透彻，几乎无以复加。他以无比沉痛的笔调和激越的情感描绘了当时中国被入侵、人民饱经忧患、社会陷入黑暗、汉族被欺凌的惨状，文字如“提三尺剑，报九世仇，建义旗以号召宇内，长驱北伐，直捣黄龙，诛虏酋以报民族”，今天读来依然热血沸腾，极富感召力。他希望借助戏剧来宣传新思想、改造旧社会，一方面把戏剧从上层文人和统治阶级那里解放出来深入到民众中去，另一方面借助戏剧来弘扬被遗忘甚至改造的汉民族文化，宣扬西方资产阶级的自由和民主观。)

柳亚子：

虽然，今日诗道之弊，其本原尚不在此。论者亦知倡宋诗以为名高，果作俑于谁氏乎？盖自一二罢官废吏，身见放逐，利禄之怀，耿耿勿忘。既不得逞，则涂饰章句，附庸风雅，造为艰深以文浅陋。彼其声气权势，犹足奔走一世之士，士之夸毗无识者，辄从而和之，众响漂山，群盲诧日。后生小子，目不见先正之典型'，耳不闻大雅之绪论，氓之蚩蚩，惟扪盘逐臭者是听；而黄茅白苇之诗派，遂遍天下矣。

余与同人倡南社，思振唐音以斥伧楚，而尤重布衣之诗，以为不事王侯，高尚其志，非肉食者所敢望。海内贤达，不非吾说，相与激清扬浊，赏奇析疑，其事颇乐。……寄尘则少年英俊，方有志于经世之务，出其余绪，作为小诗，清新俊逸，朗朗可诵，视世之涂棘以为工者，夐乎异矣。(《胡寄尘诗序》)

(点评：作为资产阶级革命者，柳亚子与同光派遗老有着不同的政治立场，其论诗与世道、人心相结合，指责同光体“造为艰深以文简陋”的弊端，而倡导刚健、爽朗的唐音来激励下层民众。其诗论言辞激烈，叛逆精神很强，关于文风倡导及对国家文化走向的论述，均与其爱国主义情怀、政治革命主张相联系。)

高旭：

国魂乎，盍归来乎？抑竟与唐、虞、姬、姒之板图以长逝，听其一往不返乎？恶，是何言！是何言！国有魂则国存，国无魂则国将从此亡矣。夫人莫哀于亡国，若一任国魂之飘荡失所，奚其可哉！

然则国魂果何所寄？曰寄国学。欲存国魂，必自存国学始，而中国国学中之尤可贵者断推文学,盖中国文学为世界各国冠,泰西远不逮也。而今之醉心欧风者,乃奴此而主彼,何哉!余观古之灭人国者,未有不先灭其言语文字者也。嗟乎痛哉!伊吕倭音迷漫大陆,蟹行文字横扫神州,此果黄民之福乎,人心世道之忧正不知伊于胡底矣!

今者不揣鄙陋,与陈子巢南、柳子亚庐有南社之结,欲一洗前代结社之积弊,以作海内文学之导师。余惟文学之将丧是忧,几几乎忘其不自量矣。试问今之所谓文学者何如乎?呜乎!今世之学为文章,为诗词,举丧其国魂者也。荒芜榛莽,万方一辙,将长此终古耶?其即吕氏所谓"坏在人心风俗"者耶!倘无人以支柱之,则乾坤或几乎息矣,此乃不特文学衰亡之患,且将为国家沉沦之忧矣。二三子有同情者乎,深望同声相应,同气相求,与之同步康庄,以挽既倒之狂澜,起坠绪于灰烬,若是者岂非我辈儒生所当有之事乎!(《南社启》)

(点评:此文为南社成立的宣言书节选,旗帜鲜明地抗议清廷、激励文坛、呼唤国魂,以文学来挽救国家的沉沦。文辞激昂,情感沉痛。面对颓废的国势,高旭、柳亚子、陈去病等人激烈地抨击儒家文化和封建文化,革命热情日趋高涨,其呼吁国魂,"国有魂则国存,国无魂则国将从此亡矣。夫人莫哀于亡国,若一任国魂之飘荡失所,奚其可哉!"是爱国、济时的鲜明体现。)

黄人:

……所幸吾国之文学精微浩瀚,外人骤难窥其底蕴,故不至如矿产路权遽加剥夺。然乳臭之学子甫能授课,见蟹形之文,则欢迎恐后,一授以祖国之字,辄攒肩掉首,如不欲闻。而号为老师宿儒者,犹复匿其珍错,执土饭尘羹,强使入咽。以此现象观之,则不待人之灭我而我行将自灭矣。示之以文学史,俾后生小子知吾家故物不止青毡,庶不至有田舍翁之诮,而奋起其继述之志,且知其虽优而不可深恃。今日之鼎铛玉石,几世几年经营收藏,而逦迤弃掷,视之不甚爱惜者,一旦他人入室,付诸焚溺,欲觅一丝寸砾而不可复得,则守护不可不力。故保存文学实无异保存一切国粹,而文学史之能动人爱国保种之感情,亦无异于国史焉。(《中国文学史·总论》之"文学史之效用")

(点评:此"总论"为作者所著中国首部文学史的第一篇,视"文学"为一国之国粹,"文学史"乃"国史",阐述了作者基本的文学观和文学史观。针对中国当前的思想文化状况，黄人指出此书独特的社会功效是激发国人的爱国热情。“保存文学实无异保存一切国粹，而文学史之能动人爱国保种之感情，亦无异于国史焉。”他认为文学蕴含着中华民族优良的精神传统，如一味崇尚域外文化，则势必给文学带来危机。而此书之编写正在传承优秀文化、激发爱国热情。）

孔广德：

自来世有大爱，则有大才应运以拯救于其间。然此大才者，必有忠亮不欺之诚，而又有发愤为雄之气，然后能勠力致身，得以登四海于衽席啣。乃自倭人作难，大才不出，忠愤销沉，驯至溃败而不可收拾。于是或则忧愤而上封章，或则咸愤而抒议论，又或剐蓄其孤愤而形之于咏歌，无非愤也，郎无非忠也。

令夏和议既成，余因采集普天忠愤一窖，贵自士大夫而贱至布衣，以及泰西洋士，绣阂名媛，凡其绪论有关时局者，辄录之。书既成，求吾师庆兰圃先生序其缘起。先生曰：子以忠愤集成忠愤之编，凡练兵、筹饷、防海、策边、兴利、除弊诸政要无不毕具，当此主忧臣辱之余，正我辈发愤为雄之日，此编一出，使读之者因耻生愤，因愤生励，秉其公忠，群思补救，挽既倒之狂澜，撑天下之全局，伤羹吹薤，亡羊补牢，胥在是矣！

……客有读毚而咋舌者，谓此编杜牧《罪言》，多触时忌。不知不愤不启，圣人所讥。此编果触时忌乎？则忌之者诚愤甚矣，正可启之以作忠之路也。而此编之收效，不尤捷哉！愤笔愤誊，此亦忠悃之所不能自已云。

光绪二十一年岁乙未，秋九月曲阜庄客鲁阳生自序。（《普天忠愤集自序》）

（点评：甲午海战和马关条约签订后，山东爱国人士孔广德就文人们纷纷写成的爱国诗文编辑成一书，此为自序。准确地指出这些作品的共同特征在“愤”，而“忠愤”正是这部诗文总集的主要指导思想和编选标准，其目的是“使读之者因耻生愤，因愤生励，兼其公忠，群思补救，挽既倒之狂澜，撑天下之全局”，自序和该集正是中国人爱国主义在甲午战争时期的具体表现。）

梁启超：

失国之存亡，非谓夫社稷、宗庙之兴废也，非谓夫正朔、服色之存替也。盖有所谓国民性者。国民性而丧，虽耻稷、宗庙、正朔、服色俨然，君子谓之未铃有国也。反是，则虽微社稷、宗庙、正朔、服色，岂害为有国！国民性何物？一国之人，千数百年来受诸其祖若宗,而因以自觉其卓然别成一合同而化之团体以示异于他国民者是已。国民性以何道而嗣续?以何道而传播?以何道而发扬?则文学实传其薪火而管其枢机。明乎此义,然后知古人所谓文章为经国大业、不朽盛事者,殊非夸也。

今岁欧洲大战,有胎祸之一国曰塞尔维亚者,世所共闻也。此国之亡,尝七百年矣。距今百年前,乃始光复旧物,渐得列于附庸。今乃攘臂舆世界一大名园战,而胜败尚在不可知之数。彼独非世之鲜民也哉?而至竟若是。吾尝稽其史乘,知其人尊尚其先民之文学也至深厚,因文学而忆记其先烈,而想慕之,而讴歌之,而似续之,不复其初为而不止也。岂惟塞尔维亚,希腊也,意大利也,德意志也,皆若是已耳。夫生为今日之韩人者,宜若为宇宙间一奇零之夫,无复可以自效于国家与天壤。顾以吾所持论,则谓宇宙间安有人奇零,人自奇零而已。苟甘自奇零,则当世各国中奇零之人又岂甚,独韩人也欤哉!然则金王二君之志事,于是乎可敬。而十家文之钞辑,于是乎非无用矣。(《丽韩十家文钞序》)

(点评:本序对近代历史上诞生的大量爱国主义文学作品进行了理论总结,探讨了在民族纷争之际通过文学批评来宣扬爱国主义。作者强调了"国民性"的重要,认为它是国家和民族存亡的显著标志。就从民族共同心理素质角度清晰论述了文学与民族的关系。此外,梁启超高度赞扬了塞尔维亚人融爱国主义入文学中,大胆抗击奥匈帝国;同时为朝鲜人民指出了发扬民族精神的救国途径:"奇零之夫,无复可以自效于国家与天壤。"对朝鲜爱国的文学家给予了热情称赞,亦令水深火热中的中国人读后备受鼓舞。)

洪秀全:

……是以余之创说也,虚实而兼用焉。至于中日之战,天庄台敌畏之羞,刘公岛献船之酗,与关订约,台澎割地,种种实事,若尽将其详而遍载之,则国人必以我为受敌人之贿,以扬中国之耻;若明知其实,竟捨而不登,则人又或以我为畏官吏之势,而效金人之缄口。呜呼!然则创说之实,亦难之矣!(《中东大战演义自序》)

(点评:洪兴全倡导虚实兼用,在论述文字间要求作家站在爱国主义的高度进行创作。他通过对几大战事叙述的设想,指出创作要对种种实事加以剪裁取舍,来反映事物本质。"详而遍载"要不得,"种种实事,若尽将其详而遍载之,则国人必以我为受敌人之贿,以扬中国之耻",不能纯粹自然主义,客观、琐碎。)

第四编　中国传统文论蕴含“诚信”价值观资源

【思考着力点】：

1. 在传统文论中，“诚”与“信”各自有怎样的内涵，古代文论家是如何阐发的？

2. “诚”与“信”有着怎样的关联和区别？

3. 从中国文化形成来看，“诚信”观念产生的思想渊源有哪些？

4. 历史传记、历史文学求“真”的表现及成因有哪些？

5. 中国传统文论是如何体现“诚信”的？或者“诚信”在本学科中有着怎样的丰富内涵？

6. 中国传统文论史上有哪些与“诚”、“信”近似的语词表达？

7. 中国传统文论在涵养“诚信”价值观方面有着怎样的民族传统？

8. 古人论真、善、美是如何统一的？尤其是本课题密切相关的“真”和“美”之研究在传统文论学科中是如何体现的？

9. 中国传统文论中有哪些反映人们在生活、处世和交往中的“诚信”？

10. 中国传统文论在题材选择和情感抒发等方面各有哪些表现？

11. 中国传统文论中的“诚信”和“爱国”“友善”等关键词有何交叉和关联？

12. “诚信”在中国传统文论主体、创作、欣赏和批评中各有哪些表现？

13. 传统文论史上，信史求真和艺术真实对涵养“诚信”有何影响？

14. 传统文论中“诚信”价值观的主体精神与人文品格；

15. 传统文论涵养“诚信”价值观的现实价值与当代启迪；

16. 传统文论中“诚信”价值观的创造性转化与创新性发展问题。

【先秦两汉阶段】

《周易》:

子曰:“君子进德修业。忠信,所以进德也;修辞立其诚,所以居业也。”《周易·乾·文言》

(评点:在3000多年前,中国祖先就认识到“忠信”是建立功业的前提,从此开启了后世对美德的不懈追求。这里原指修治政令以确立诚信,从而永保功业。随着语言的不断使用及发展,“辞”从最初的政令含义泛化指口头或书面语言,后来被引申为探索作家作品与品德人格之关系。此句后来被引申为“诚实为本”的意蕴,初步奠定了中华民族讲究诚信的伦理传统。)

《诗经》:

《诗·魏风·园有桃》:“心之忧矣,我歌且谣。”

《诗·魏风·葛屦》:“维是褊心,是以为刺。”

《诗·大雅·烝民》:“吉甫作诵,穆如清风。”

《陈风·墓门》:“夫也不良,歌以讯之。”

《小雅·四牡》:“岂不怀归?是用作歌,将母来念。”

《小雅·何人斯》:“作此好歌,以极反侧。”

《小雅·四月》:“君子作歌,维以告哀。”

《大雅·卷阿》:“矢诗不多,维以遂歌。”

《大雅·民劳》:“玉欲玉女,是用大谏。”……

附:“下以讽刺上”(《诗大序》)

“讽刺过讥失,所以匡救其恶。”(郑玄《诗谱序》)

“男女有所怨恨,相从而歌。饥者歌其食,劳者歌其事。”(何休)

“论功颂德,所以将顺其美。”(郑玄《诗谱序》)

(点评:《诗经》作为体现创作动机的中国早期文论著作之一,多处语句标示着古人在压迫、忧伤、眷念等不同心境下的真实情感,饥者歌其食,劳者歌其事,所谓“来会”“告哀”皆是古人内心真实的流露。这些文论语句以其“真”而开启了中国文论现实主义之渊源。)

典籍中：

修辞立其诚。（《周易·乾·文言》）

不精不诚，不能动人。（《庄子·渔父》）

吾日三省吾身：为人谋而不忠乎？与朋友交而不信乎？传不习乎？（《论语·学而》）

与朋友交，言而有信。（《论语·学而》）

人而无信，不知其可也。（《论语·为政》）

民无信不立。（《论语·颜渊》）

言必信，行必果。（《论语·子路》）

一诺千金。（《史记·季布栾布列传》）

（点评：秦汉诸多典籍皆论及“信”和“诚”，要求做人真诚，讲信用，言行一致，方可表达内心，里外相谐，受人欢迎。）

老子：

载营魄抱一，能无离乎？专气致柔，能婴儿乎？涤除玄览，能无疵乎？（《老子》第10章）

以正治国，以奇用兵，以无事取天下。吾何以知其然哉？以此：天下多忌讳，而民弥贫；人多利器，国家滋昏；人多伎巧，奇物滋起；法令滋彰，盗贼多有。故圣人云：“我无为，而民自化；我好静，而民自正；我无事，而民自富；我无欲，而民自朴。”（《老子》第57章）

信言不美，美言不信。善者不辩，辩者不善。知者不博，博者不知。（《老子》第81章）

（点评：这是先秦文论中道家学派论“诚信”。老子推崇婴儿那种“无知无欲”的纯净状态，同时对春秋战国时期盗贼、技艺盛行而导致世人丧失真诚本性的现状，了如指掌，亦痛心疾首。他指出，“信言不美，美言不信”这不仅是对道的背离，也促使真、美脱节。在乱世人间，充满谎言和欺诈。背后是老子对真诚的守望与呼吁。）

孔子：

子曰：“质胜文则野，文胜质则史，文质彬彬，然后君子。（《论语·雍也》）

子曰:“有德者必有言,有言者不必有德。仁者必有勇,勇者不必有仁。”(《论语·宪问》)

子曰:“小子,何莫学夫诗?诗,可以兴,可以观,可以群,可以怨。迩之事父,远之事君;多识于鸟兽草木之名。(《论语·阳货》)

(点评:在孔子看来,有仁义的思想品德是做人的根本,也是作家文人著书立说的前提,而通观孔子诸多论述,其德目中是包含诚信的,“信”在《论语》一书中被运用达37次之多,这也是君子人格的基本体现。儒家思想在汉代独尊后,直接影响后世中华民族对以“信”为代表的道德的推崇和遵守,影响后来宋明理学将诚信作为人之本体来论析和信奉。其次,孔子论述学诗的好处在于兴观群怨其“群”“怨”直接关乎真挚的情感,无论是批评讽刺上政,还是抒发心中的忧伤或悲怨,都是基于心底最真诚情感的文学流露。)

孔子曰:“诗亡离志,乐亡离情,文亡离言。”(《孔子诗论》简一)

《邦风》其纳物也,溥观人俗焉,大敛材安,其言文,其声善。(《孔子论诗》简三)

(点评:流传于楚地的竹简《孔子诗论》是迄今为止发现的我国最早的一部论诗专著,充分反映出孔子的诗学观。他认为诗歌离不开对情志的真实反映,三个“亡离”和“其声善”可以看出孔子对文学须反映道德领域中的真实声音、真实情感的界定。)

墨子:

子墨子言曰:言必立仪。言而毋仪,譬犹运钧之上,而立朝夕者也,是非利害之辨,不可得而明知也。故言必有三表。何谓三表?子墨子言曰:有本之者,有原之者,有用之者。于何本之?上本之于古者圣王之事;于何原之?下原察百姓耳目之实;于何用之?废以为刑政,观其中国家百姓人民之利,此所谓言有三表也。(《墨子·非命上》)

(点评:节选的“三表”说是体现墨子文艺思想的重要段落,反映出墨子对“真实”的看法。他对写作分别提出了思想性、真实性和实用性的要求。所谓“有本之者”“上本之于古者圣王之事”,皆是言写作中对圣王之事的“真实”折射与表达。)

屈原：

惜诵以致愍兮，发愤以抒情。所非忠而言之兮，指苍天以为正。令五帝使枅中兮，戒六神与向服。俾山川以备御兮，命咎繇使听直。竭忠诚而事君兮，反离群而赘肬。忘儇媚以背众兮，待明君其知之。言与行其可迹兮，情与貌其不变。故相臣莫若君兮，所以证之不远。吾谊先君而后身兮，羌众人之所仇也。专惟君而无他兮，又众兆之所仇。壹心而不豫兮，羌无可保也。疾亲君而无他兮，有招祸之道也。思君其莫我忠兮，忽忘身之贱贫。事君而不贰兮，迷不知宠之门。患何罪以遇罚兮，亦非余之所志也。行不群以巅越兮，又众兆之所咍也。纷逢尤以离谤兮，謇不可释。情沉抑而不达兮，又蔽而莫之白。心郁邑余侘傺兮，又莫察余之中情。固烦言不可结诒兮，愿陈志而无路。退静默而莫余知兮，进号呼又莫吾闻。申侘傺之烦惑兮，中闷瞀之忳忳。（《九章·惜诵》）

（点评：屈原在文学篇章中谈及文艺思想，从“忠而言之”“思君其莫我忠兮”“竭忠诚而事君兮”来看，其篇章表达是对国君和祖国极尽真诚的思想情感，真切而朴实，故有“情沉抑而不达兮”“心郁邑余侘傺兮，又莫察余之中情”之说。对屈原论“诚信”的理解，需互文结合起来看。）

荀子：

凡言不合先王，不顺礼义，谓之奸言；虽辩，君子不听。法先王，顺礼义，党学者，然而不好言，不乐言，则必非诚士也。故君子之于言也，志好之，行安之，乐言之。故君子必辩。凡人莫不好言其所善，而君子为甚。故赠人以言，重于金石珠玉；观人以言，美于黼黻文章；听人以言，乐于钟鼓琴瑟。故君子之于言无厌。鄙夫反是，好其实，不恤其文，是以终身不免埤污佣俗。故《易》曰：“括囊，无咎无誉”。腐儒之谓也。（《荀子·非相》）

夫乐者，乐也，人情之所必不免也。故人不能无乐，乐则必发于声音，形于动静；而人之道，声音动静，性术之变尽是矣。故人不能不乐，乐则不能无形，形而不为道，则不能无乱。先王恶其乱也，故制雅颂之声以道之，使其声足以乐而不流，使其文足以辨而不諰，使其曲直繁省廉肉节奏，足以感动人之善心，使夫邪污之气无由得接焉。是先王立乐之方也，而墨子非之，奈何！

夫声乐之入人也深,其化人也速,故先王谨为之文。……

乐者,圣人之所乐也,而可以善民心,其感人深,其移风易俗。故先王导之以礼乐,而民和睦。……

君子以钟鼓道志,以琴瑟乐心;动以干戚,饰以羽旄,从以磬管。故其清明象天,其广大象地,其俯仰周旋有似于四时。故乐行而志清,礼修而行成,耳目聪明,血气和平,移风易俗,天下皆宁,美善相乐。故曰:乐者、乐也。子乐得其道,小人乐得其欲;以道制欲,则乐而不乱;以欲忘道,则惑而不乐。故乐者,所以道乐也,金石丝竹,所以道德也;乐行而民乡方矣。故乐也者,治人之盛者也,而墨子非之!

且乐也者,和之不可变者也;礼也者,理之不可易者也。乐合同,礼别异,礼乐之统,管乎人心矣。穷本极变,乐之情也;著诚去伪,礼之经也。墨子非之,几遇刑也。……(均见《荀子·乐论》)

(点评:荀子文论不仅在于揭示了文艺的抒情本质,还在一篇文章中多次提到内心真诚而流露的真情具有极大的艺术感染力——"声乐之入人也深,其化人也速"。荀子极力反对"奸言",即"不合先王,不顺礼义"的非真诚言语,而好言、乐言者乃"诚士"也。此外,人各有欲望,在儒家看来需要必要的节制,主控在"道"的范围内,使之合理抒发——"君子以钟鼓道志,以琴瑟乐心",他据此提出显示诚实、弃绝虚伪是礼的原则,也由此批判了墨子反对文艺的思想观点。由此可见,过滤和节制不合乎儒"道"的欲望,它们也是通向"诚信"的坦途。)

《礼记·乐记》:

凡音之起,由人心生也。人心之动,物使之然也。感于物而动,故形于声。声相应,故生变。变成方谓之音。比音而乐之,及干戚羽旄,谓之乐。

乐者,音之所由生也,其本在人心之感于物也。是故其哀心感者,其声焦以杀;其乐心感者,其声啴以缓;其喜心感者,其声发以散;其怒心感者,其声粗以厉;其敬心感者,其声直以廉;其爱心感者,其声和以柔。六者非性也,感于物而后动。是故先王慎所以感之者。故礼以道其志,乐以和其声,政以一其行,刑以防其奸:礼、乐、刑、政,其极一也,所以同民心而出治道也。

凡音者,生人心者也。情动于中,故形于声。声成文,谓之音。是故治世之音安以乐,其政和。乱世之音怨以怒,其政乖。亡国之音哀以思,其民困。声音之道与政通矣!

人生而静，天之性也。感于物而动，性之欲也。物至知知，然后好恶形焉。好恶无节于内，知诱于外，不能反躬，天理灭矣。夫物之感人无穷，而人之好恶无节，则是物至而人化物也。人化物也者，灭天理而穷人欲者也。（《礼记·乐记·乐本》）

乐也者，圣人之所乐也，而可以善民心。其感人深，其移风易俗，故先王著其教焉。（《礼记·乐记·乐施》）

凡奸声感人，而逆气应之。逆气成象，而淫乐兴焉。正声感人，而顺气应之。顺气成象，而和乐兴焉。倡和有应，回邪曲直，各归其分，而万物之理，各以类相动也。是故君子反情以和其志，比类以成其行。奸声乱色，不留聪明；淫乐慝礼，不接心术；惰慢邪辟之气，不设于身体。使耳目、鼻口、心知、百体皆由顺正，以行其义，然后发以声音，而文以琴瑟，动以干戚，饰以羽旄，从以箫管，奋至德之光，动四气之和，以着万物之理。是故清明象天，广大象地，终始象四时，周还象风雨，五色成文而不乱，八风从律而不奸，百度得数而有常。大小相成，终始相生，倡和清浊，迭相为经。故乐行而伦清，耳目聪明，血气和平，移风易俗，天下皆宁。

故曰：“乐者，乐也。君子乐得其道，小人乐得其欲。”以道制欲，则乐而不乱；以欲忘道，则惑而不乐。是故君子反情以和其志，广乐以成其教。乐行而民乡方，可以观德矣。德者，性之端也；乐者，德之华也；金石丝竹，乐之器也。诗，言其志也；歌，咏其声也；舞，动其容也。三者本于心，然后乐器从之。是故情深而文明，气盛而化神，和顺积中而英华发外，唯乐不可以为伪。（《礼记·乐记·乐象》）

（点评：这篇文论指出了情感的发生原理——“物感”说，让后世读者明了音乐、文艺产生的机制。其次，谈到了人的“性”静“欲”动说，认为人的感官在受到了外界的各种诱惑后，要有一定的好恶节制，而不能任凭本性欲望蠢蠢欲动，离经叛道，做出各种有悖于君子人格的坏事。所谓“奸声乱色，不留聪明；淫乐慝礼，不接心术”，都是古代士人所反对和鄙弃的，不诚之“奸”“乱”是需要批判的。在古人看来，“德者，性之端也；乐者，德之华也。”诗、乐、舞是诉诸人真情实感的，来不得半点虚伪和矫情，一切虚假在这里都无济于事——“唯乐不可以为伪”。这篇文献同时为后来宋明理学将“诚”升华为“天道”，概括为人的道德本体埋下了伏笔，做出了铺垫。）

司马迁:

夫《春秋》,上明三王之道,下辨人事之纪,别嫌疑,明是非,定犹豫,善善恶恶,贤贤贱不肖,存亡国,继绝世,补敝起废,王道之大者也。

于是论次其文。七年,而太史公遭李陵之祸,幽于缧绁。乃喟然而叹曰:“是余之罪也夫!是余之罪也夫!身毁不用矣!”退而深惟曰:“夫《诗》《书》隐约者,欲遂其志之思也。昔西伯拘羑里,演《周易》;孔子厄陈、蔡,作《春秋》;屈原放逐,著《离骚》;左丘失明,厥有《国语》;孙子膑脚,而论兵法;不韦迁蜀,世传《吕览》;韩非囚秦,《说难》《孤愤》;《诗》三百篇,大抵贤圣发愤之所为作也。此人皆意有所郁结,不得通其道也,故述往事,思来者。”于是卒述陶唐以来,至于麟止,自黄帝始。(《太史公自序》)

(点评:司马迁在自序中借助阐发春秋的旨意,来表明其史学观和文学观。他认为,《春秋》旨意是“上明二工之道,下辨人事之纪”,在历史叙述中明辨是非,暗示褒贬,揭示历史的兴亡之本。其义法观的提出,要求史学家具有崇高的历史感、社会责任感与道义感,从而坚持班固所总结的“不虚美、不隐恶”的真实性原则。自《春秋》和《史记》以后,历史记载追求真实、信史的传统也由此奠定。)

王充:

充既疾俗情,作《讥俗》之书。又闵人君之政,徒欲治人,不得其宜,不晓其务,愁精苦思,不睹所趋,故作政务之书。又伤伪书俗文,多不实诚,故为《论衡》之书。(《论衡·自纪》)

世谷所患,患言事增其实;著文垂辞,辞出溢其真,称美过其善,进恶没其罪。何则?俗人好奇,不奇,言不用也。故誉人不增其美,则闻者不快其意;毁人不益其恶,则听者不惬于心。闻一增以为十,见百益以为千。……

蜚流之言,百传之语,出小人之口,驰闾巷之间,其犹是也。诸子之文,笔墨之疏,人贤所著,妙思所集,宜如其实,犹或增之。傥经艺之言,如其实乎?言审莫过圣人,经艺万世不易,犹或出溢,增过其实。增过其实,皆有事为,不妄乱误以少为多也。然而必论之者,方言经艺之增与传语异也。经增非一,略举较著,令恍惑之人,观览采择,得以开心通意,晓解觉悟。

夫贲光上书于汉，汉为今世，增益功美，犹过其实，况上古帝王久远，贤人从后褒述，失实离本，独已多矣。不遭光武论，千世之后，孝文之事载在经艺之上，人不知其增，居明光宫断狱三人，而遂为实事也。（均见《论衡·艺增》）

（点评：这是反映王充“疾虚妄”文艺思想的篇章段落。“实诚”在王充文论中是与虚妄相对立的一个范畴，其具体内涵既可指经验事实，也即“实”或者“真”，又可指思想真实，即对经验事实的正确认知和判断，或称为“精”“精诚”。

其一，他主要针对当时普遍陷入浮夸失实的社会风气而言，其“破”极为鲜明。虚妄，是当时流行的社会风气，“众书并失实，虚妄之言胜真美”，“浮妄虚伪，没夺（淹没和压倒）正是”（《对作》），“失实之事多，华虚之语众”（《自纪》）。面对这种情况，王充挺身而出，“是反为非，虚转为实，安能不言?”（《对作》）王充对世俗的华伪之文进行了猛烈的抨击，虚伪即虚妄之言，华指雕饰之辞（多指当时的辞赋篇章）。

其二，他针对现实交代了创作《论衡》著作的初衷和动力。当老师的“赋奸伪之说”，做大官的“读虚妄之书”，“虚妄显于真，实诚乱于伪，世人不悟，是非不定，紫朱杂厕，瓦玉集糅，以情言之，岂吾心所能忍哉!”（《对作》）虚妄的比真实的更显眼，实诚的被虚伪的所迷乱，世人是非不清，紫朱相混，“不得已，故为《论衡》”，从而“铨轻重之言，立真伪之平”。

其三，其解释认识到了经传中的夸张艺术者，很可取。

其四，他因高度认同创作之“实”，实在，实诚，过于看重经验事实而对文学创作的想象手法等缺乏深刻的认识。这也是他的局限。）

又作《新论》，论世间事，辩照然否，虚妄之言，伪饰之辞，莫不证定。彼子长、子云论说之徒，君山为甲。自君山以来，皆为鸿眇之才，故有嘉令之文。笔能著文，则心能谋论，文由胸中而出，心以文为表。（《论衡·超奇》）

（点评：王充评析桓谭提笔有谋略、著文有思想，他写《新论》评析世间事，善于明辨是非，对于虚妄之言和伪饰之辞，采取证实的方式。去伪者，明辨者，即求“真”也。）

诚实在胸臆，文墨著竹帛，外内表里，自相副称。意奋而笔纵，故文见而实露也。（《论衡·超奇》）

(点评:王充指出真情实意充斥心间,方能奋笔为文。文章是用来表达真实感情的。)

笔墨之文,将而送之,岂徒雕文饰辞,苟为华叶之言哉?精诚由中,故其文语感动人深。是故鲁连飞书,燕将自杀;邹阳上疏,梁孝开牢。书疏文义,夺于肝心,非徒博览者所能造,习熟者所能为也。(《论衡·超奇》)

(点评:论及真诚的情感远比雕饰字句、注重华美言辞更为重要,真情发自内心,具有感人至深、超乎寻常的艺术成效,远非博览群书和熟悉学问所可比拟。举例鲁仲连和邹阳便可见一斑。)

班固:

又,其是非颇缪于圣人,论大道而先黄、老而后六经,序游侠则退处士而进奸雄,述货殖则崇势利而羞贱贫,此其所蔽也。然自刘向、扬雄博极群书,皆称迁有良史之材,服其善序事理,辨而不华,质而不俚,其文直,其事核,不虚美,不隐恶,故谓之实录。

呜呼!以迁之博物洽闻,而不能以知自全,既陷极刑,幽而发愤,书亦信矣。迹其所以自伤悼,《小雅》巷伯之伦。夫唯《大雅》"既明且哲,能保其身",难矣哉!(《汉书·司马迁传赞》)

(点评:从此段文字中可见,在两千多年前中国文化便已形成实录的传统,刘向、扬雄、班固皆评价司马迁"不虚美""不隐恶"的写史精神,一脉相承,薪火相传,将这一传统固化下来。同时,班固对司马迁深陷极刑后创作的"真实"——"书亦信矣!",予以了高度肯赞。)

【魏晋至金元阶段】

曹丕:

"昔年疾疫,亲故多离其灾,徐、陈、应、刘,一时俱逝,痛可言邪?昔日游处,行则连舆,止则接席,何曾须臾相失!每至觞酌流行,丝竹并奏,酒酣耳热,仰而赋诗。当此之时,忽然不自知乐也。谓百年己分,可长共相保,何图数年之间,零落略尽,言之伤心。顷撰其遗文,都为一集,观其姓名,已为鬼录。追思昔游,犹在心目,而此诸子,化为粪壤,可复道哉?

观古今文人，类不护细行，鲜能以名节自立。而伟长独怀文抱质，恬淡寡欲，有箕山之志，可谓彬彬君子者矣。著《中论》二十余篇，成一家之言，词义典雅，足传于后，此子为不朽矣。德琏常斐然有述作之意，其才学足以著书，美志不遂，良可痛惜。间者历览诸子之文，对之抆泪，既痛逝者，行自念也。（《与吴质书》）

（点评：这是曹丕充满真情实意的私人书信，从他在朋友们相继离世后的眷念和回忆来看，其内心被真挚的友情所打动，以“风力”“文采”来评析王粲、陈琳等诗人的作品，为之记言和定位。中国传统文论中占据主导地位的是专著体、论文体、诗话体，“诚信”方面的文人经历和个体情感是很少碰到的，而大量类似的书信体则很“接地气”，恰恰弥补了这方面的不足。）

赋者，言事类之所附也；颂者，美盛德之形容也。故作者不虚其辞，受者必当其实，兰此赋，岂吾实哉？昔吾丘寿王一陈宝鼎，何武等徒以歌颂，犹受金帛之赐，兰事虽不谅，义足嘉也。今赐牛一头。（《答卞兰教》）

（点评：曹丕认为“赋必征实”，“不虚其辞”，而颂则可夸美。与其说这是曹丕看到汉末以来赋作过于争奇斗艳而离实际很远，倒不如说是他的文体观念日趋自觉，是对赋、颂的区分与辨析。）

左思：

然相如赋《上林》，而引卢橘夏熟，扬雄赋《甘泉》，而陈《玉树青葱》，班固赋《西都》，而叹以出比目，张衡赋《西京》，而述以游海若。假称珍怪，以为润色，若斯之类，匪啻于兹。考之果木，则生非其壤；校之神物，则出非其所。于辞则易为藻饰，于义则虚而无徵。且夫玉卮无当，虽宝非用；侈言无验，虽丽非经。而论者莫不诋讦其研精，作者大氐举为宪章。积习生常，有自来矣。

余既思摹《二京》而赋《三都》，其山川城邑，则稽之地图；其鸟兽草木，则验之方志。风谣歌舞，各附其俗；魁梧长者，莫非其旧。何则？发言为诗者，咏其所志也；升高能赋者，颂其所见也。美物者，贵依其本；赞事者，宜本其实。匪本匪实，览者奚信？且夫任土作贡，《虞书》所著；辨物居方，《周易》所慎，聊举其一隅，摄其体统，归诸诂训焉。（《三都赋序》）

（点评：左思以“征实”的眼光来评析文学作品。他批评汉代著名辞赋家司马相如、杨雄、班固、张衡的作品“虚而无征”，认为文学的夸张想象之辞不合乎事实，是对作家运用夸张手法和神话传说的不理解和不接纳。观点有些迂腐，这于文学的推动发展是不利的。由此可见，求真、务实的观念在中国古人心目中根深蒂固。）

桓范：

夫赞象之所作，所以昭述勋德，思咏政惠，此盖《诗·颂》之末流矣，宜由上而兴，非专下而作也。世考之导。实有勋绩，惠利加于百姓，遗爱留于民庶，宜请于国，当录于史官，载于竹帛。上章君将之德，下宣臣吏之忠。若言不足纪，事不足述，虚而为盈，亡而为有，此圣人之所疾，庶几之所耻也。（《世要论·赞像》）

（点评：桓范主张“赞像”之作的内容必须真实，反对虚美，对当时普遍采取“虚而为盈，亡而为有”的做法极为不满。）

而门生故吏，合集财货，刊石纪功，称述勋德，高邈伊周，下陵管、晏，远追豹产，近逾黄邵，势重者称美，财富者文丽。后人相踵，称以为义。外若赞善，内为己发，上下相效，竞以为荣，其流之弊，乃至于此。欺曜当时，疑误后世，罪莫大焉。且夫赏生以爵禄，荣死以诔谥，是人主权柄，而汉世不禁。使私称与王命争流，臣子与君上俱用，善恶无章，得失无效，岂不误哉？（《世要论·铭诔》）

（点评：桓范认为“铭”的功用是叙述功德，义兼褒赞；“诔”的目的是累述德性，表彰不朽，故二者的写作都需真实，不容虚假。他对东汉以来权贵们的虚假、阿谀之风及其恶劣影响，进行了猛烈地抨击，可谓一针见血、入木三分。）

荀勖：

晏能清言，而当时权势，天下谈士，多宗尚之。

自儒者论以老子非圣人，绝礼弃学。晏说与 圣人同，著论行于世也。（《文章叙录》）

（点评：此为作家传记之文字，批评家本着信史的态度，真实地对汉魏时期的作家姓名字号、官爵郊游及生平事迹予以介绍，涉及作家公民的才能、兴趣和所擅长的体式，对其创作、原文等加以评析，故笔调中允而客观。）

陆机：

或遗理以存异，徒寻虚以逐微。言寡情而鲜爱，辞浮漂而不归。犹弦么而徽急，故虽和而不悲。（《文赋》）

（点评：文中所谓“或遗理、徒寻虚”是指文章内容不够充实，只是追求表面的新奇诡异。在陆机看来，徒然致力于虚浮不实、微信末而无关宏旨的篇章，是无济于事的。）

陆云：

云再拜：省诸赋，皆有高言绝典，不可复言。顷有事，复不大快，凡得再三视耳。其未精，仓卒未能为之次第。省《述思赋》，流深情至言，实为清妙，恐故复未得为兄赋之最。兄文自为雄，非累日精拔，卒不可得言。《文赋》甚有辞，绮语颇多，文适多体，便欲不清，不审兄呼尔不？《咏德颂》甚复尽美，省之恻然。《扇赋》腹中愈首尾，发头一而不快，言“乌云龙见”，如有不体。《感逝赋》愈前，恐故当小不？然一至不复减。《漏赋》可谓清工。兄顿作尔多文，而新奇乃尔，真令人怖，不当复道作文。谨启。（书之八）

（点评：陆云主张文章要有情致，宜先情后辞而非反之，情真是写作的极重要维度。而真情往往来自作家受到外物触动后的自然抒发，此其一。其二，兄弟二人通信，绝不尽是溢美之词或吹捧之言、谦和之语，对所收之作直率评析，真言真语，绝不“包庇”。）

卫权：

余观《三都》之赋，言不苟华，必经典要，品物殊类，禀之图籍，辞义瑰玮，良可贵也。……其山川土域，草木鸟兽，奇怪珍异，佥皆研精所由，纷散其义矣。余嘉其文，不能默已，聊藉二子之遗忘，又为之《略解》，只增烦重，览者阙焉。（《左思三都赋略解序》）

（点评：此文和左思、皇甫谧一样主张辞赋必征实，作为古诗之流，此文体虽“丽以则”，但必须依据事实，讲求客观，无论是赋作中出现的山川地域，还是草木鸟兽等，皆精研所求，来不得含糊和虚假。）

刘逵:

相如《子虚》擅名于前,班固《两都》理胜其辞,张衡《二京》文过其意。至若此赋,拟议数家,傅辞会义,抑多精致,非夫研核者不能练其旨,非夫博物者不能统其异。世咸贵远而贱近。莫肯用心于明物。斯文吾有异焉,故聊以余思为其引诂,亦犹胡广之于《官箴》,蔡邕之于《典引》也。

(点评:此文"征实"的主张和左思等人一脉相承,不同在于作者还提出了征实的具体途径——"非夫研核者不能练其旨,非夫博物者不能统其异"。)

郭璞:

世之览《山海经》者,皆以其闳诞迂夸,多奇怪俶傥之言,莫不疑焉。尝试论之曰,庄生有云:"人之所知,莫若其所不知。"吾于《山海经》见之矣。夫以宇宙之寥廓,群生之纷纭,阴阳之煦蒸,万殊之区分,精气浑淆,自相濆薄,游魂灵怪,触象而构,流形于山川,丽状于木石者,恶可胜言乎?然则总其所以乖,鼓之于一响;成其所以变,混之于一象。世之所谓异,未知其所以异;世之所谓不异,未知其所以不异。何者?物不自异,待我而后异,异果在我,非物异也。故胡人见布而疑黂,越人见罽而骇毳,夫所习见而奇所希闻,此人情之常蔽也。(《山海经序》)

(点评:《山海经》记录了很多神灵鬼怪,其中很多内容在晋代被作为志怪小说的题材和形象,而郭璞则将其中的鬼怪内容当作真实的事实,确凿可信,并举出大量的史书证明《山海经》所记载乃真实可信,的确存在。虽不尽科学,但对神话传说幻想和夸张的特征之揭示,还是颇有功绩的。)

葛洪:

弟子滕升问曰:"先生云:'仙化可得,不死可学,古之得仙者,岂有其人乎?'"

予答曰:"秦大夫阮仓所记有数百人,刘向所撰,又七十余人,然神仙幽隐,与世异流,世之所闻者,犹千不得一者也。"(《神仙传自序》)

(点评:在葛洪看来,神仙传说乃实有之事,只是传之久远,深远玄奥,非知真识远之士不能知其真罢了。批评家在此篇中还不遗余力地列举众多人物,来证明自己撰写的神仙传说与古代典籍、先师所说、儒者论证相互印证,而非自己随意编造。这与刘欣、郭璞等批评家的征实观如出一辙。)

萧统：

有疑陶渊明诗，篇篇有酒，吾观其意不在酒，亦寄酒为迹者也。其文章不群，辞彩精拔，跌宕昭彰，独超众类，抑扬爽朗，莫之与京。横素波而傍流，干青云而直上。语时事则指而可想，论怀抱则旷而且真。加以贞志不休，安道苦节，不以躬耕为耻，不以无财为病，自非大贤笃志，与道污隆，孰能如此乎？

余爱嗜其文，不能释手，尚想其德，恨不同时。故加搜求，粗为区目。白璧微瑕者，惟在《闲情》一赋，扬雄所谓劝百而讽一者，卒无讽谏，何足摇其笔端？惜哉，亡是可也。并粗点定其传，编之于录。

尝谓有能读渊明之文者，驰竞之情遣，鄙吝之意祛，贪夫可以廉，懦夫可以立，岂止仁义可蹈，抑乃爵禄可辞！不劳复傍游太华，远求柱史，此亦有助于风教尔。（均见《陶渊明集序》）

（点评：此文是第一篇对陶渊明诗文所做的精辟论述，高度品赞了陶渊明其人其文，文章指出陶作"语时事则指而可想，论怀抱则旷而且真"这是文论史上诚信之评的典范、萧统的评析文字发自肺腑，真诚流露，有理有据，恰如其分，未曾贬损和打压，文体客观而中允。谓其知音也不为过，也为后世起到了很好的示范作用。）

萧绮：

文起羲炎已来，事讫西晋之末，五运因循，十有四代。王子年乃搜撰異同，而殊怪必举，纪事存朴，爱广尚奇。宪章稽古之文，绮综编杂之部。《山海经》所不载，夏鼎未之或存，乃集而记矣。辞趣过诞，意旨迂阔，推理陈迹，恨为繁冗。多涉祯详之书，博采神仙之事，妙万物而为言，盖绝世而弘博矣！（《拾遗记序》）

（点评：批评家从实录的标准来规范志怪小说，指出"推详往迹，则影彻经史；考验真怪，则叶附图籍"，与干宝等人如出一辙，指出小说记录的事情应不失实，皆有经书史籍可考。小说在最初被视为正史之遗事，普遍应以实录原则相要求。）

挚虞：

赋者，敷陈之称也；比者，喻类之言也；兴者，有感之辞也。后世之为诗者多矣，其述功德者谓之颂，其余则总谓之诗。……（《文章流别论》）

(点评:汉儒释“兴”,多认为是“托事于物”,尤其关乎政教人事,而到了晋代挚虞这里,则加入了因作家主体坦诚情感而兴起感慨、引起联想的新元素,即挚虞从“起情”角度格外器重诗文创作的“触物兴感”。)

《文心雕龙》中:

若乃羲农轩皞之源,山渎锺律之要,白鱼赤乌之符,黄金紫玉之瑞,事丰奇伟,辞富膏腴,无益经典而有助文章。是以后来辞人,采摭英华。平子恐其迷学,奏令禁绝;仲豫惜其杂真,未许煨燔。前代配经,故详论焉。(《正纬》)

(点评:对于中国最早的传说,人们态度不一。张衡怕它迷惑学者,奏请禁绝;而荀悦可惜其中夹杂着真实的资料,不许把它烧掉,后人便以其配合经书来加以详细论述。)

观兹四事,同于《风》《雅》者也。至于托云龙,说迂怪,丰隆求宓妃,鸩鸟媒娀女,诡异之辞也;康回倾地,夷羿彃日,木夫九首,土伯三目,谲怪之谈也;依彭咸之遗则,从子胥以自适,狷狭之志也;士女杂坐,乱而不分,指以为乐,娱酒不废,沉湎日夜,举以为欢,荒淫之意也:摘此四事,异乎经典者也。(《辨骚》)

(点评:刘勰指出屈原《离骚》等作品包含很多经书没有记载的内容,显得“诡异”“谲谈”,是失“真”的表现,是对浪漫主义手法的不理解。)

若能凭轼以倚《雅》《颂》,悬辔以驭楚篇,酌奇而不失其真(贞),玩华而不坠其实,则顾盼可以驱辞力,欬唾可以穷文致,亦不复乞灵于长卿,假宠于子渊矣。(《辨骚》)

(点评:如果读者能从《离骚》等作品中采择齐伟的内容而不失去它的正确,鉴赏其鲜花而不失去它的果实,则可探究到文辞的情志而不必求助先人,可自如地运用。)

惠施对梁王,云蜗角有伏尸之战;《列子》有移山跨海之谈,《淮南》有倾天折地之说,此踳驳之类也。是以世疾诸子,混洞虚诞。按《归藏》之经,大明迂怪,乃称羿毙十日,嫦娥奔月。殷《易》如兹,况诸子乎!(《诸子》)

(点评:刘勰列举了《礼记》《荀子》《列子》等系列作品有违寻常事实的描写,

指出“混洞虚诞”，事实错乱，鱼龙混杂，不真实的极多，对诸子作品中的传说、寓言等作了不恰当的评析。）

说者，悦也；兑为口舌，故言资悦怿；过悦必伪，故舜惊谗说。说之善者：伊尹以论味隆殷，太公以辨钓兴周，及烛武行而纾郑，端木出而存鲁：亦其美也。（《论说》）

（点评：作者列举了伊尹、姜太公、烛之武、子贡等人物，运用良好的说辞，来赢得人的信任或成就大事。并指出“过悦必伪”，过于讨好人的话，往往不真实，充满虚伪。）

凡说之枢要，必使时利而义贞，进有契于成务，退无阻于荣身。自非谲敌，则唯忠与信。披肝胆以献主，飞文敏以济辞，此说之本也。而陆氏直称“说炜晔以谲诳”，何哉？（《论说》）

（点评：指出劝说的话要使它当时有利而且正确——“必使时利而义贞”，讲究忠诚和信实——“则唯忠与信”，来自心间，并巧妙地运用文采增强其说服力，这是劝说的根本。并对陆机论“说”可“谲诳”进行了质疑和批驳。）

夫盟之大体，必序危机，奖忠孝，共存亡，戮心力，祈幽灵以取鉴，指九天以为正，感激以立诚，切至以敷辞，此其所同也。然非辞之难，处辞为难。后之君子，宜存殷鉴。忠信可矣，无恃神焉。（《祝盟》）

（点评：古代结盟时需向神灵祷告，以求上天作证，故要感激地确立诚意。——“指九天以为正”“感激以立诚”。而写成盟辞这一文体，则须态度和言辞诚恳——“切至以敷辞”，在执行中保存忠信，尽管后来不再依靠神灵了。）

原夫哀辞大体，情主于痛伤，而辞穷乎爱惜。幼未成德，故誉止于察惠；弱不胜务，故悼加乎肤色。隐心而结文则事惬，观文而属心则体奢。奢体为辞，则虽丽不哀；必使情往会悲，文来引泣，乃其贵耳。（《哀吊》）

（点评：写哀辞是表达哀伤的文体，其写作要与对象的年龄大小相吻合，表达文辞要和实际痛心的程度大体一致，即“情辞切合”，过于附会，便会丽而不哀。只有主体把感情融化在悲痛中，才可产生“情往会悲，文来引泣”的艺术效果。这里

“奢者”,“悲者”“泣者”,皆是从情感抒发和语言表达的“诚信”角度论之。)

若夫追述远代,代远多伪。公羊高云“传闻异辞”,荀况称“录远详近”,盖文疑则阙,贵信史也。然俗皆爱奇,莫顾实理。传闻而欲伟其事,录远而欲详其迹。于是弃同即异,穿凿傍说,旧史所无,我书则传。此讹滥之本源,而述远之巨蠹也。至于记编同时,时同多诡,虽定、哀微辞,而世情利害。勋荣之家,虽庸夫而尽饰;迍败之士,虽令德而嗤埋,吹霜煦露,寒暑笔端,此又同时之枉,可为叹息者也!故述远则诬矫如彼,记近则回邪如此,析理居正,唯素心乎!(《史传》)

(点评:本段文字中“代远多伪”“盖文疑则阙,贵信史也”“俗皆爱奇,莫顾实理”“旧史所无,我书则传”“此讹滥之本源,而述远之巨蠹也”“述远则诬矫如彼,记近则回邪如此”等字眼,皆涉及史传之诚信与虚伪的问题。刘勰强烈批判了人们写史对远处虚假、对近处歪曲的风气,指出这是对信史不够尊重、对客观不够公正的表现,从“诚”与“信”的角度来探“文心”要义。)

又表奏确切,号为谠言。谠者,正偏也。王道有偏,乖乎荡荡,矫正其偏,故曰谠言也。孝成称班伯之谠言,言贵直也。自汉置八能,密奏阴阳,皂囊封板,故曰封事。晁错受书,还上便宜。后代便宜,多附封事,慎机密也。夫王臣匪躬,必吐謇谔,事举人存,故无待泛说也。(《奏启》)

(点评:要求表奏确实切合,谓之“谠言”,它是用来纠正偏差的——“矫正其偏”,而班伯的谠言为帝王所称赞,“言贵直也”,其人正直,故其表奏也客观、真实,这是前提。故密封上奏的“便宜”之语,不要说空话——“事举人存,故无待泛说也”,要明晰、实在。)

言既身文,信亦邦瑞,翰林之士,思理实焉。(《书记》)

(点评:语言通过自身来显示文采,诚信是国家的祥瑞,因此那些文坛的作者们,应该想到要记录实事。刘勰把诚信、求真提高了国家祥瑞的高度——“邦瑞”。)

昔诗人什篇,为情而造文;辞人赋颂,为文而造情。何以明其然?盖风雅之兴,志思蓄愤,而吟咏情性,以讽其上,此为情而造文也;诸子之徒,心非郁陶,苟驰夸饰，鬻声钓世，此为文而造情也。故为情者要约而写真，为文者淫丽而烦滥。而后之作者，采滥忽真，远弃风雅，近师辞赋，故体情之制日疏，逐文之篇愈盛。故有志深轩冕，而泛咏皋壤。心缠几务，而虚述人外。真宰弗存，翩其反矣。（《情采》）

（点评：刘勰将诗人之赋和辞人之赋的形成和特征进行了鲜明的对比，呼吁创作应该本着真情实感，“志思蓄愤，而吟咏情性”，而不能表面追求文辞浮华和形式虚诞。“故为情者要约而写真，为文者淫丽而烦滥。”此处“真”者，真实情况，真情实感也。他推崇诗人为了抒情而创作，反对辞赋家“为情而造文”，一些后来的作家大量地“采滥忽真”，终使“体情之制日疏，逐文之篇愈盛”。刘勰揭示了一条极为重要的创作规律。）

予生七龄，乃梦彩云若锦，则攀而采之。齿在逾立，则尝夜梦执丹漆之礼器，随仲尼而南行。旦而寤，乃怡然而喜，大哉！圣人之难见哉，乃小子之垂梦欤！自生人以来，未有如夫子者也。敷赞圣旨，莫若注经，而马郑诸儒，弘之已精，就有深解，未足立家。唯文章之用，实经典枝条，五礼资之以成文，六典因之致用，君臣所以炳焕，军国所以昭明，详其本源，莫非经典。而去圣久远，文体解散，辞人爱奇，言贵浮诡，饰羽尚画，文绣鞶帨，离本弥甚，将遂讹滥。盖《周书》论辞，贵乎体要，尼父陈训，恶乎异端，辞训之奥，宜体于要。于是搦笔和墨，乃始论文。（《序志》）

夫铨序一文为易，弥纶群言为难，虽复轻采毛发，深极骨髓，或有曲意密源，似近而远，辞所不载，亦不可胜数矣。及其品列成文，有同乎旧谈者，非雷同也，势自不可异也；有异乎前论者，非苟异也，理自不可同也。同之与异，不屑古今，擘肌分理，唯务折衷。按辔文雅之场，环络藻绘之府，亦几乎备矣。但言不尽意，圣人所难，识在瓶管，何能矩矱。茫茫往代，既沉予闻；眇眇来世，倘尘彼观也。（《序志》）

（点评：刘勰在《序志》篇中交代了自己的创作初衷和各方面思考。成为孔子那样的圣人，或走注经之路都走不通，唯有牢牢依托自己的长处，建立在自己的优势基础上提笔“论文”，才有可能独辟蹊径，自成一家。这种实事求是、开拓创新的治学态度是刘勰敢于坦诚面对自我、真正知己知彼的结果，值得充分肯定。）

故有志深轩冕，而泛咏皋壤。心缠几务，而虚述人外。真宰弗存，翩其反矣。

夫桃李不言而成蹊,有实存也;男子树兰而不芳,无其情也。夫以草木之微,依情待实;况乎文章,述志为本。言与志反,文岂足征?(《情采》)

(点评:本段文字中“真宰弗存”“有实存也”“依情待实”皆涉及诚信、虚实。刘勰久经人生,洞察世事,他一针见血地指出了当前一些文人真心不存在,空说世外的情趣,讲的和内心感情完全相反,其文的抒发、情感和人的处境、现状有些背离甚至悖论。他认为,要想使文章真实可信,得到读者的认同乃至产生共鸣,需要其说的话和内心情志紧扣、吻合。)

自宋玉、景差,夸饰始盛;相如凭风,诡滥愈甚。故上林之馆,奔星与宛虹入轩;从禽之盛,飞廉与鹪明俱获。及扬雄《甘泉》,酌其余波。语瑰奇则假珍于玉树;言峻极则颠坠于鬼神。至《西都》之比目,《西京》之海若,验理则理无可验,穷饰则饰犹未穷矣。又子云《羽猎》,鞭宓妃以饷屈原;张衡《羽猎》,困玄冥于朔野,娈彼洛神,既非魍魉,惟此水师,亦非魑魅;而虚用滥形,不其疏乎?此欲夸其威而饰其事,义睽剌也。(《夸饰》)

(点评:刘勰列举了杨雄、张衡赋作中的经典案例,认为一些作品中极度的夸张是失实的,是靠不住的,显得浮夸怪诞。总之,没有事实和根据地极度夸张,往往有悖于事理。)

然饰穷其要,则心声锋起;夸过其理,则名实两乖。若能酌《诗》《书》之旷旨,翦扬马之甚泰,使夸而有节,饰而不诬,亦可谓之懿也。(《夸饰》)

(点评:夸饰要抓住事物的要点,引发读者的共鸣。在刘勰看来,夸张不能违反事理,使语言和实际相反——“夸过其理,则名实两乖”,如有节制,但不虚假——“夸而有节,饰而不诬”,也能让人接受,或许能起到“旷而不溢,奢而无玷”的艺术效果。)

古来文才,异世争驱。或逸才以爽迅,或精思以纤密,而虑动难圆,鲜无瑕病。陈思之文,群才之俊也,而《武帝诔》云“尊灵永蛰”,《明帝颂》云“圣体浮轻”,浮轻有似于蝴蝶,永蛰颇疑于昆虫,施之尊极,岂其当乎?左思《七讽》,说孝而不从,反道若斯,馀不足观矣。潘岳为才,善于哀文,然悲内兄,则云“感口泽”,伤弱子,则云“心如疑”,《礼》文在尊极,而施之下流,辞虽足哀,义斯替矣。(《指瑕》)

（点评：刘勰举出曹植两篇作品中以“蝴蝶”“昆虫”来比喻尊贵的帝王，是不真和失实的表现，或者说曹植才华再突出，也难免有用语不当、用词不准的毛病；而左思、潘岳写诗也有不准确、有悖于孝道习俗和词语特定用法的地方。）

近代辞人，率多猜忌，至乃比语求蚩，反音取瑕，虽不屑于古，而有择于今焉。又制同他文，理宜删革，若掠人美辞，以为己力，宝玉大弓，终非其有。全写则揭箧，傍采则探囊，然世远者太轻，时同者为尤矣。（《指瑕》）

（点评：刘勰对违背诚信传统的文人“抄袭”问题深恶痛绝，进行了尖锐的批评。掠人之美，有如“以为己力，宝玉大弓”。全抄便是打开箱笼抢劫，摘抄便是摸口袋。）

若夫注解为书，所以明正事理，然谬于研求，或率意而断。《西京赋》称“中黄、育、获”之畴，而薛综谬注谓之“阉尹”，是不闻执雕虎之人也。又《周礼》井赋，旧有“匹马”；而应劭释匹，或量首数蹄，斯岂辨物之要哉？……况钻灼经典，能不谬哉？夫辨匹而数首蹄，选勇而驱阉尹，失理太甚，故举以为戒。丹青初炳而后渝，文章岁久而弥光。若能檃括于一朝，可以无惭于千载也。（《指瑕》）

（点评：作者以张衡诗作为例，指出有些书的注解上发生错误，研究失“实”，或作出轻率的判断，非辩明事物之“正解”，无论是把人搞错了——视“勇士”为“太监”，还是文字误解——“马匹”，这些违背常理的事都应引以为戒。“若能檃括于一朝，可以无惭于千载也”，表达了批评家希望谨慎态度、正确使用的良好心愿。）

夫三皇辞质，心绝于道华；帝世始文，言贵于敷奏。三代春秋，虽沿世弥缛，并适分胸臆，非牵课才外也。战代技诈，攻奇饰说，汉世迄今，辞务日新，争光鬻采，虑亦竭矣。故淳言以比浇辞，文质悬乎千载；率志以方竭情，劳逸差于万里。古人所以余裕，后进所以莫遑也。（《养气》）

（点评：刘勰思维跳跃性地盘点了三代到所处齐梁时期文风由崇尚质朴到追求新奇的变化，指出汉以后文坛因过于追求形式、文采而丧失了质朴、本真的一面，故追新逐奇成为习性，这对于本真的心性是一种损害，也不利于人们“养气”。）

夫麟凤与麏雉悬绝，珠玉与砾石超殊，白日垂其照，青眸写其形。然鲁臣以麟

为麏,楚人以雉为凤,魏民以夜光为怪石,宋客以燕砾为宝珠。形器易征,谬乃若是;文情难鉴,谁曰易分?(《知音》)

(点评:因不能慧眼识珠、明察秋毫,而产生诸如“以麟为麏”“以雉为凤”,“以夜光为怪石”“以燕砾为宝珠”的伪鉴,让人惊讶。这些错位都是“不真”的体现,但真切地发生过。刘勰以历史和现实中的事例为喻,来说明辨文难于识物,从客体角度论析了欣赏、评价作品很难产生共鸣,形成客观、如实的“知音”之评。)

《周书》论士,方之梓材,盖贵器用而兼文采也。是以朴斫成而丹雘施,垣墉立而雕杇附。而近代词人,务华弃实。故魏文以为:“古今文人,类不护细行。”韦诞所评,又历诋群才。后人雷同,混之一贯,吁可悲矣!(《程器》)

(点评:刘勰以《周书》议论士人为切入点,比拟士人先重实用后兼文采,来针对性地批评后来的作家,力求华采,放弃实际,有些本末倒置。他对这种不良风气尤为愤慨。在刘勰的多篇文论中,“诚信”近乎是“实”——实用,实在,实际,真实的代名词。)

赞曰:生也有涯,无涯惟智。逐物实难,凭性良易。傲岸泉石,咀嚼文义。文果载心,余心有寄。(《序志》)

(点评:这是刘勰写完《文心雕龙》数万字最后的心声流露,其“诚”其“信”溢于言表:一在希望、期待这部书稿不辜负此生的辛勤耕耘,“余心有寄”;二是表明自己就数十年在寺庙孤寂的时光里所思、所想的东西写出来,言为心声,交给世人去评判。故曰“文果载心”,刘勰以毕生“言”与“行”来践行了“诚”“信”二字。)

赞曰:荣河温洛,是孕图纬。神宝藏用,理隐文贵。世历二汉,朱紫腾沸。芟夷谲诡,采其雕蔚。(《正纬》)

(点评:作品中的真伪如朱色和紫色喧哗、混杂,刘勰希望祛除其中的诈伪部分,采用其中的藻采。)

夫葵能卫足,事讥鲍庄;葛藟庇根,辞自乐豫。若譬葛为葵,则引事为谬;若谓庇胜卫,则改事失真:斯又不精之患。夫以子建明练,士衡沉密,而不免于谬。曹洪之谬高唐,又曷足以嘲哉!夫山木为良匠所度,经书为文士所择,木美而定于斧

斤,事美而制于刀笔,研思之士,无惭匠石矣。(《事类》)

(点评:这段文字,"真""谬"接连出现。此处"真"者,正确也,从语境来看,谓正确地使用原文。进一步说,"改事失真"就是指引用成语改了就会出错,离"真"千里。事义的美好取决于作者的选择,连曹植、陆机那样高明成熟的作家,虽思考深沉细密,也难免会有错误。可见,在刘勰看来,文人引用经书如以"真实"为基,若从己出,方才具有说服力和权威性。)

《颜氏家训》中:

《礼》云:"忌日不乐。"正以感慕罔极,恻怆无聊,故不接外宾,不理众务耳。必能悲凄自居,何限于深藏也?世人或端坐于奥室,不妨言笑,盛营甘美,厚供斋食;迫有急卒,密戚至交,尽无相见之理:盖不知礼意乎!

魏世王修母以社日亡;来岁社日,修感念哀甚,邻里闻之,为之罢社。今二亲丧亡,偶值伏腊分至之节,及月小晦后,忌之外,所经此日,犹应感慕,异于余辰,不预饮宴、闻声乐及行游也。(《颜氏家训·风操》)

(点评:诚在内心,不拘泥外在形式。亲人去世,不必拘泥于礼教和旧俗,"不接外宾,不理众务",与其相反者(如"盛营甘美,厚供斋食")大有人在,难道说他们就孝顺吗?故根本上要从内心诚实、尊长、尽孝。可见,颜之推对"礼"的运用和理解还是比较通达、灵活的。)

《礼》曰:"见似目瞿,闻名心瞿。"有所感触,恻怆心眼,若在从容平常之地,幸须申其情耳。必不可避,亦当忍之,犹如伯叔、兄弟,酷类先人,可得终身肠断与之绝耶?(《风操》)

(点评:因为在现实中看到与自己过世亲人模样相近或名字相似的人,而引发触动、心生悲哀,这是一种真挚的情感,但需要避讳或忍让一下。)

别易会难,古人所重;江南饯送,下泣言离。有王子侯,梁武帝弟,出为东郡,与武帝别,帝曰:"我年已老,与汝分张,甚以恻怆。"数行泪下。侯遂密云,赧然而出。坐此被责,飘飖舟渚,一百许日,卒不得去。北间风俗,不屑此事,歧路言离,欢笑分首。然人性自有少涕泪者,肠虽欲绝,目犹烂然;如此之人,不可强责。(《风操》)

(点评:因南北习俗的不同,人们对待“分别”时态度各异,南方悲从中来,以实际行动表达眷恋不舍;北方则粲然一笑。心诚则“泪下”、则“欲绝”,皆是内心真挚情感的流露。)

江左朝臣,子孙初释服,朝见二宫,皆当泣涕;二宫为之改容。颇有肤色充泽,无哀感者,梁武薄其为人,多被抑退。裴政出服,问讯武帝,贬瘦枯槁,涕泗滂沱,武帝目送之曰:“裴之礼不死也。”(《风操》)

(点评:梁武帝之所以鄙视那些子孙去世后进朝拜见毫无悲伤情感的大臣,之所以对泪如雨下、憔悴不堪的裴政有褒赞,皆源自内心之“诚”字。他要求亲人去世后,人内心的哀伤、悲痛和外在的言行、谈吐要一致。)

吾见世人,清名登而金贝入,信誉显而然诺亏,不知后之矛戟,毁前之干橹也!虑子贱云:“诚于此者形于彼。”人之虚实真伪在乎心,无不见乎迹,但察之未熟耳。一为察之所鉴,巧伪不如拙诚,承之以羞大矣。伯石让卿,王莽辞政,当于尔时,自以巧密,后人书之,留传万代,可为骨寒毛竖也。近有大贵,以孝著声,前后居丧,哀毁逾制,亦足以高于人矣;而尝于苫块之中,以巴豆涂脸,遂使成疮,表哭泣之过,左右童竖,不能掩之,益使外人谓其居处饮食,皆为不信。以一伪丧百诚者,乃贪名不已故也。(《名实》)

(点评:文字指出,人的虚实真伪在于内心而不在于外表,需要世人去认真观察:“一为察之所鉴,巧伪不如拙诚,承之以羞大矣。”颜之推指出,一公民诚实的精神品格是可以感染和传播的,“诚于此者形于彼。”他对世人贪求声名、念聚钱财而丧失诺言、不再诚信的做法,持强烈的批判态度——“以一伪丧百诚者,乃贪名不已故也!”认为做一件假事而败坏一百件真诚的事,是不值得的。)

内外两教,本为一体,渐极为异,深浅不同。内典初门,设五种禁,外典仁、义、礼、智、信,皆与之符。仁者,不杀之禁也;义者,不盗之禁也;礼者,不邪之禁也;智者,不酒之禁也;信者,不妄之禁也。至如畋狩军旅,燕享刑罚,因民之性,不可卒除,就为之节,使不淫滥尔。归周、孔而背释宗,何其迷也!(《归心》)

(点评:颜之推把儒家五伦套入佛家五禁中,指出“信者,不妄之禁也”,如有背离,则是极其不明智的——“何其迷也!”)

《世说新语》中：

诸葛靓在吴，于朝堂大会。孙皓问：“卿字仲思，为何所思？”对曰：“在家思孝，事君思忠，朋友思信，如斯而已。”（《言语》）

（点评：诸葛靓非常巧妙地回答孙皓问其字“仲思”何“思”，曰：“在家思孝，事君思忠，朋友思信，如斯而已。”在机智中彰显出中国传统社会的价值推崇：忠、信、孝，也体现出士人们的品行期待和人格坚守。）

谢太傅语王右军曰：“中年伤于哀乐，与亲友别，辄作数日恶。”王曰：“年在桑榆，自然至此，正赖丝竹陶写。恒恐儿辈觉，损欣乐之趣。”（《言语》）

（点评：谢安与王羲之的对话，都道出了内心的真实心声，诚恳而实在。谢安说与朋友分别时，经常数天心情不佳。王羲之建议采用音乐疗法，用音乐来陶冶性情，只要不被晚辈们发现，就可以了。二人对话之含情，含趣，含微妙，足见《世说新语》记录士人言行之一斑。）

支道林初从东出，住东安寺中。王长史宿构精理，并撰其才藻，往与支语，不大当对。王叙致作数百语，自谓是名理奇藻。支徐徐谓曰：“身与君别多年，君义言了不长进。”王大惭而退。

（点评：面对精心准备义理论题前来辩论的前友人王濛，支道林竟然直接说与其分别多年，其义理言辞毫无长进，用语开门见山，毫无遮拦，其真挚、诚实可见一斑，尽显魏晋南北朝士人的独特风采。）

庾仲初作扬都赋成，以呈庾亮。亮以亲族之怀，大为其名价云：“可三二京，四三都。”于此人人竞写，都下纸为之贵。谢太傅云：“不得尔。此是屋下架屋耳，事事拟学，而不免俭狭。”

（点评：同族之人评价作品，难免有溢美之辞，然而这蒙得了世人却蒙不过谢安，他一针见血地指出庾阐的《扬都赋》结构重复、内容贫乏，思路狭窄，不应洛阳纸贵，有如此高的“待遇”，其评析独树一帜，其言谈诚挚中肯，绝不人云亦云、步人后尘。）

顾彦先平生好琴,及丧,家人常以琴置灵床上。张季鹰往哭之,不胜其恸,遂径上床,鼓琴,作数曲竟,抚琴曰:“顾彦先颇复赏此不?”因又大恸,遂不执孝子手而出。

戴公见林法师墓,曰:“德音未远,而拱木已积。冀神理绵绵常,不与气运俱尽耳!”

王子猷、子敬俱病笃,而子敬先亡。子猷问左右:“何以都不闻消息?此已丧矣!”语时了不悲。便索舆来奔丧,都不哭。子敬素好琴,便径入坐灵床上,取子敬琴弹,弦既不调,掷地云:“子敬!子敬!人琴俱亡。”因恸绝良久,月余亦卒。(均见《伤逝》)

(点评:《世说新语》主要记叙汉魏文士们的言行,尤其是名士贵族的逸闻轶事,以窥其精神风貌,是书对其中文人们真挚的内心世界多有揭示。第一段文字便将顾荣去世后朋友张翰由衷前往哭吊的哀伤感情,和盘道出,真挚动人;第二段文字写戴逵道支道林的坟墓前与其对话,宛如真人再世,饱含眷念。第三段文字写出王徽之到亡兄王献之家抚琴而歌,充满无尽的怀念,悲痛哀伤之前溢于言表。《世说新语》全书类似文字还相当多。共性在于“人们都对死表示哀悼和怀念的形式更趋于一种自然主义的经书,著作以深层次的内心体验来表达哀伤而不注重拘于礼的形式上的丧葬理解。”)

陆平原河桥败,为卢志所谗,被诛。临刑叹曰:“欲闻华亭鹤唳,可复得乎!”(《尤悔》)

(点评:战败后因谗言被杀的陆机,却在临刑前无限感叹,想要听一下家乡华亭的鹤鸣,对昔日生活无限留恋,伤痛惋惜之意发自肺腑、溢于言表。)

谢太傅于东船行,小人引船,或迟或速,或停或待,又放船从横,撞人触岸。公初不呵谴。人谓公常无嗔喜。曾送兄征西葬还,日莫雨驶,小人皆醉,不可处分。公乃于车中,手取车柱撞驭人,声色甚厉。夫以水性沈柔,入隘奔激。方之人情,固知迫隘之地,无得保其夷粹。(《尤悔》)

(点评:从谢安两次坐船的表现和反馈,无论是怒还是和,都可看出一公民的真性情。顺应自然,而没有太多的掩饰和遮拦。这是魏晋南北朝诸多士人真实、坦诚心性的流露。)

卢藏用：

惜其王公大人之言，溺于流辞而不顾。其后班、张、崔、蔡、曹、刘、潘、陆，随波而作，虽大雅不足，其遗风余烈，尚有典型。宋、齐之末，盖憔悴矣。逶迤陵颓，流靡忘返，至于徐、庾，天之将丧斯文也。后进之士若上官仪者继踵而生，于是风雅之道，扫地尽矣。

《易》曰："物不可以终否"故受之以泰。道丧五百岁而得陈君。君讳子昂，字伯玉，蜀人也。崛起江汉，虎视函夏，卓立千古，横制颓波，天下翕然，质文一变。非夫岷、峨之精，巫、庐之灵，则何以生此？故其谏诤之辞，则为政之先也；昭夷之碣，则议论之当也；国殇之文，则大雅之怨也；徐君之议，则刑礼之中也。至于感激顿挫，微显阐幽，庶几见变化之朕，以接乎天人之际者，则《感遇》之篇存焉。观其逸足骎骎，方将抟扶摇而陵太清，躐遗风而薄嵩、岱，吾见其进，未见其止。惜乎湮厄当世，道不偶时，委骨巴山，年志俱夭，故其文未极也。

呜呼！聪明精粹而沦剥，贪饕桀骜以显荣，天乎天乎，吾殆未知夫天焉，昔尝与余有忘形之契，四海之内，一人而已。良友殁矣，天其丧予！今采其遗文可存者，编而次之，凡十卷。恨不逢作者，不得列于诗人之什，悲夫！故粗论文之变而为之序。至于王霸之才，卓荦之行，则存之《别传》，以继于终篇云耳。（《右拾遗陈子昂文集序》）

（点评：在诗人陈子昂去世后，好友卢藏用为其整理文集十卷并作序。出于朋友情谊而为此序，故全文写得气势凌然，不乏真挚情感。作者对陈子昂作品的特色，其在文学史上的贡献、地位给予了大力褒奖。虽对前代作品有视而不见之不足，但对陈文的评析还是客观、中允的。）

刘知几：

昔文章既作，比兴由生。鸟兽以媲贤愚，草木以方男女，诗人骚客，言之备矣。洎乎中代，其体稍殊，或拟人必以其伦，或述事多比于古。当汉氏之临天下也，君实称帝，理异殷、周；子乃封王，名非鲁、卫。而作者犹谓帝家为王室，公辅为王臣。盘石加建侯之言，带河申俾侯之誓。而史臣撰录，亦同彼文章，假托古词，翻易今语。润色之滥，萌于此矣。

降及近古，弥见其甚。至如诸子短书，杂家小说，论逆臣则呼为"问鼎"，称巨寇则目以“长鲸”。邦国初基,皆云“草昧”;帝王兆迹,必号“龙飞”。斯并理兼讽谕,言非指斥,异乎游、夏措词,南、董显书之义也。如魏收《代史》,吴均《齐录》,或牢笼一世,或苞举一家,自可申不刊之格言,弘至公正之说,而收称刘氏纳贡,则曰“来献百牢”;均叙元日临轩,必云“朝会万国”。夫以吴征鲁赋,禹计涂山,持彼往事,用为今说,置于文章则可,施于简册则否矣。

亦有方以类聚,譬诸昔人。如王隐称诸葛亮挑战,冀获曹咎之利;崔鸿称慕容冲见幸,为有龙阳之姿。其事相符,言之谠矣。而卢思道称邢邵丧子不恸,自东门吴已来,未之有也;李百药称王琳雅得人心,虽李将军循循善诱,无以加也。斯则虚引古事,妄足庸音,苟矜其学,必辨而非当者矣。(《史通·叙事》)

(点评:刘知几本篇论及叙事用语的“真实性”问题,反对滥用典故以作润饰,反对涉及名物制度时借用古语。其“求真”集中体现在尊崇语言与事物相吻合、一致。)

李白:

自从建安来,绮丽不足珍。圣代复元古,垂衣贵清真。(古风,其一)

丑女来效颦。还家惊四邻。寿陵失本步。笑杀邯郸人。一曲斐然子。雕虫丧天真。棘刺造沐猴,三年费精神。功成无所用,楚楚且华身。大雅思文王,颂声久崩沦。安得郢中质,一挥成斧斤。(古风,其三十五)

(点评:李白论诗“贵清真”,绮丽之作有如丑女效颦,“雕虫丧天真”。诗仙在具体诗作中表达他对模拟之作丧失了主体自我的强烈不满,要求诗歌应具有“清真”之风。)

韩愈:

生之书,辞甚高,而其问何下而恭也!能如是,谁不欲告生以其道?道德之归也有日矣,况其外之文乎?抑愈所谓望孔子之门墙而不入于其宫者,焉足以知是且非邪?虽然,不可不为生言之。

……气,水也;言,浮物也。水大而物之浮者大小毕浮。气之与言犹是也,气盛则言之短长与声之高下者皆宜。(《答李翊书》)

(点评:韩愈是当时文坛名家,作为长辈他给晚生李翊写了这封书信,提出“气盛言宜”等文艺思想，文字情真而意切，毫无保留地传授自己多年创作的心得和体会，其坦诚之心感人至深，这是批评史上长者提携新秀、表达肺腑之言的著名篇章。）

白居易：

夫文，尚矣，三才各有文。天之文，三光首之；地之文，五材首之；人之文，《六经》首之。就《六经》言，《诗》又首之。何者？圣人感人心而天下和平。感人心者，莫先乎情，莫始乎言，莫切乎声，莫深乎义。诗者，根情，苗言，华声，实义。上自贤圣，下至愚骙，微及豚鱼，幽及鬼神。群分而气同，形异而情一。未有声入而不应、情交而不感者。（《与元九书》）

（点评：在被贬江州司马到任之际，白居易以书信方式向志同道合的诗友元稹坦诚心声，也为世间留下了这篇经典的批评文章。从文本内容看，他为了发挥诗歌美刺教化的作用，提出诗歌“感人心者，莫先乎情”的理论主张，同时认为“根情、苗言、华声、实义”，把创作者的内心真情作为作品的“根基”以类比，无此即无生命，便是将创作主体之“诚”和内心之“情”，显著地予以突出和强调。从书信形式来看，这篇批评文章也是两位友人真诚情谊的见证。）

司空图：

……国初，上好文章，雅风特盛，沈、宋始兴之后，杰出于江宁，宏肆于李、杜，极矣！右丞、苏州，趣味澄复，若清沇之贯达。大历十数公，抑又其次。元、白力勍而气孱，乃都市豪估耳。刘公梦得、杨公巨源，亦各有胜会。浪仙、无可、刘德仁辈，时得佳致，亦足涤烦。厥后所闻，徒褊浅矣。

河汾蟠郁之气，宜继有人。今王生者寓居其间，沉渍益久，五言所得，长于思与境偕，乃诗家之所尚者。……（《与王驾评诗书》）

（点评：元稹和白居易在中唐以后久负盛名，颇得人们的好评与赞赏。然而司空图却从“格调清雅、韵味悠长”的诗学追求角度来加以贬抑，他认为元白二人诗作的内容、语言等都有通俗的一面，显得直白，缺乏韵味。虽二人诗作数量可观，但格调低弱，无健举之风。相反，王驾诗作却“长于思与境偕”。司空图爱憎分明，褒扬与批评双管齐下。

司空图的诚信之处在于，他有自己的诗学主张和坚守，对名家不是一味叫好，丧失自己独立的思考,不喜欢的、有非议的则直接说出来,不加遮掩。这种诚实不是私家恩怨的发泄,而是出于学术的探讨和平等地切磋,在中国古代尤其难能可贵。)

欧阳修:

君子之所学也,言以载事,而文以饰言。事信言文,乃能表见于后世。(《代人上王枢密求先集序书》)

(点评:"载事"和"饰言"分别针对文章的内容和形式而言。在欧阳修看来,事情记录得可靠真实,语言比较有文采,这样的文章才能流传于世,这里"事信"要求作者要具有不虚美、不隐恶的求是精神,是对史传文学传统的一种弘扬,比如论断要从事实出发,对人物的评价要恰当,方才合乎古文家所论之"道"。)

曾巩:

尝试论之,古之所谓良史者,其明必足以周万事之理,其道必足以适天下之用,其智必足以通难知之意,其文必足以发难显之情,然后其任可得而称也。……而为二《典》者,推而明之,所记者,岂独其迹也,并与其深微之意而传之。小大精粗,无不尽也。本末先后,无不白也。使诵其说者,如出乎其时。求其旨者,如即乎其人。是可不谓明足以周万事之理,道足以适天下之用,智足以通难知之意,文足以发难显之情者乎。则方是之时,岂特任政者皆天下之士哉。盖执简操笔而随者,亦皆圣人之徒也!

……是岂可不谓明不足以周万事之理,道不足以适天下之用,智不足以通难知之意,文不足以发难显之情者乎?夫自三代以后为史者如迁之文,亦不可不谓俊伟拔出之材、非常之士也!然顾以谓明不足以周万事之理,道不足以适天下之用,智不足以通难知之意,文不足以发难显之情者,何哉?盖圣贤之高致,迁固有不能纯达其情而见之于后者矣,故不得而与之也。迁之得失如此,况其他邪?至于宋、齐、梁、陈、后魏、后周之书,盖无以议为也。(《南齐书目录序》)

(点评:曾巩对史传文学的具体要求,除简约而能阐发甚微之意、条例清晰("有法")之外,还主张尽可能地还原历史真实面貌,所谓"文足以发难显之情者乎",即以"事信"为上,事之真,文之信,是"道"体现,与盟友欧阳修同出一辙。曾巩宣扬的史传"真实"观,在宋代以后不断得到强化与捍卫。)

黄庭坚：

好作奇语，自是文章病。但当以理为主，理得而辞顺，文章自然出群拔萃。观杜子美到夔州后诗，韩退之自潮州还朝后文章，皆不烦绳削而自合矣。(《与王观复书》三首之一)

所寄文字更觉超迈，当是读书益有味也。……然孝友忠信是此物之根本，极当加意。养以敦厚醇粹，使根深蒂固，然后枝叶不茂尔。(《与济川侄》)

(点评：可能受理学思潮的影响，黄庭坚提出“当以理为主，理得而辞顺”的创作方法，理、辞相对，反复强调读书穷理、治心养性，认为这是为文之根本。其论“理”虽未直接说明，但从评论文字来看，乃是包含了“诚信”在内的作家思想修养。)

朱熹：

“忠信所以进德。”

“修辞以立其诚。”

(汉代拟骚之作)“词气平缓，意不深切”；

“如无所疾痛，而强为呻吟。”(见《楚辞辨证》)

(点评：朱熹反对文学的虚伪性，认为汉代拟骚之作“辞气平缓，意不深切”，是由于缺乏真情实感，如无所疾病痛，而强为呻吟的缘故。)

王若虚：

凡为文章须是典实过于浮华，平易多於奇险，始为知本。求世之作者，往往致力于其末，而终身不返，其颠倒亦甚矣。

扬雄之经、宋祁之史、江西诸子之诗，皆斯文之蠹也，散文至宋人始是真文字，诗则反是矣。(《文辨》选录)

(点评：金代王若虚的诗学观不拘一格，颇富个性，这集中反映在其《诗话》《文辨》等著述中。他反对文章一味追求古意，认为“古今互有短长”，“文章求真是而已，须存古意何为哉！”其主张著文“惟史书、实录、制诰、王言、决不可失体”，“其他皆得自由”。所谓“求真”“唯史书”“不可失体”，云云，足见“求真”是王若虚论文的主旨，这是基于当时文坛过于师古、追求文字的奇崛和深奥为时尚而发出的,具有很强的针对性。通观王若虚其他文论篇章“互文”后发现,他所论“真文字”含义有二:文章能准确地刻画事物;文章必须有好的旨意。)

王若虚:

其三　　七言绝句 押东韵:戏论谁知是至公,蝤蛑信美恐生风。夺胎换骨何多样,都在先生一笑中。

其四　　七言绝句 押真韵:文章自得方为贵,衣钵相传岂是真。已觉祖师低一著,纷纷法嗣复何人。

(点评:王若虚论诗的主旨在于真,在于“自得”,他认为“哀乐之真,发乎性情”,反对“经营过深”“雕琢太甚”,他崇尚李白和苏轼,他们都是自然写文的典范,绝非刻意求工的苦吟者所能强求。)

元好问:

眼处心生句自神,暗中摸索总非真。画图临出秦川景,水亲到长安有几人。(《论诗三十首》之十一)

(点评:元好问论诗三十首,谈及创作方法的师承,如求真情、不雕琢、本自然等。这一首指出只有亲身经历之实境,激动内心,自然能写出神妙的诗句。“暗中摸索总非真”,如果没有亲身经历,仅仅凭借玄思冥想,所作诗文未必符合事实,也难有真情实感。)

刘将孙:

抑君之作也,其皆感于中而溢于言乎?抑不免于矫情性以征其事也?庄子之长于譬喻也,愈下愈近愈达,故不厌。(《萧达可文序》)

(点评:作者指出文章写作必须“矫情性以征其事”,即能感于中而溢于言,真正有感而作。)

祝尧:

以乐而赋,则读者跃然而喜;以怨而赋,则读者愀然以吁;以怒而赋,则令人按剑而起;以哀而赋,则令人欲掩袂以泣。动荡乎天机,感发乎人心,而兼出于风、比、兴、雅、颂之义焉,然后得赋之正体而合赋之本义。(《古赋辨体》卷八)

辞者，情之形诸外者也；理者，情之有诸中也；辞不从外来，理来由他得，一本于情而已矣。若所赋专尚辞、专尚理则亦何足见其平时素蕴之怀、他日有为之志哉？故始之以情终之以礼义，虽未尝言辞，而辞实在其中。（《古赋辨体》卷七）

（点评：作者以“情”作为分水岭，将诗人之赋和辞人之赋进行了区分。以诗骚为例，对辞、理、情等元素进行了比较和参照，从而见出真情实感对于文章写作的必要性和迫切性。）

陈绎曾：

读书多则学力富——古文者古人之文章也。不得古人之心，不知古人之事，不明古人之天文地理万物之变，不辨古人之城郭宫室车旗器物之制，乃欲操而为古人之文，无是理也。欲读书多，何法而可？曰读经以明圣人之用，读子以择百家之善，以博古今之变，读集以究文章之体。读其实无读其虚，三才万物之体用谓之实，议论文章之末流谓之虚。今人读书多忽其实而取其虚，是倒置也。夫议论文辞之末也，苟得其实，则变化在我，何必资于彼哉！资于彼是乃蹈袭而已，韩子唯陈言之务去，此之谓也。（《古文矜式·培养》）

（点评：这篇批评文献就读书提出当“读其实而无读其虚”，“虚”者，空发议论也，显得有些干瘪，不能打动人心；而“实”者，谓文章饱含内容，情思显赫，“读其实”则是研求天地人伦万物之实理。这是针对宋代理学空言性理而发出的。）

【明朝阶段】

陈献章：

一日忽兴动，和得半山诗一十八首，稿寄时矩收阅，作诗当雅健第一，忌俗与弱。予尝爱看子美、后山等诗，盖喜其雅健也。若论道理，随人深浅，但须笔下发得精神，可一唱三叹，闻者便自鼓舞，方是到也。须将道理就自己性情上发出，不可作议论说去，离了诗之本体，便是宋头巾也。大概如此。中间句格声律，更一一洗涤平日习气，焕然一新，所谓濯去旧见，以来新意，作诗亦正用得著也。批判去改定，乞再录来见示为幸。稿中有工拙，请下一转语，以观识趣高下，可乎？（《次王半山韵诗跋》，中华书局《陈献章集》卷一）

（点评：明朝前期批评家强调艺术之“诚”，陈献章反对诗坛“作议论说去”的为诗方法,认为这样会带有浓郁的“宋头巾”习气,使诗过于表达理性的道理,过多作抽象的演绎而远离了公民化、抒情化的书写,远离了语句、声调和体格方面的探求,认为这不是作诗的正途。诗歌应有一唱三叹、感人肺腑的“真诚”艺术效果,必须论性情、谈风韵。)

李梦阳:

而风者亦遂弃而不采,不列之乐官。悲夫!李子曰:嗟!异哉!有是乎?予尝聆民间音矣,其曲胡,其思淫,其声哀,其调靡靡,是金、元之乐也,奚其真?王子曰:真者,音之发而情之原也。古者国异风,即其俗成声。今之俗既历胡,乃其曲乌得而不胡也?故真者,音之发而情之原也,非雅俗之辩也。且子之聆之也,亦其谱而声者也。不有率然而谣,勃然而讹者乎?莫知所从来,而长短疾徐无弗谐焉,斯谁使之也?李子闻之,矍然而兴曰:大哉!汉以来不复闻此矣!(《诗集自序》)

(点评:从创作“真情”角度论及民间之“真诗”,“真者,音之发而情之原也”,把“真”作为衡量声音〈乐〉与情感的尺度和标杆。此外,在其余诸篇中作者更是将“情以发之”作为“诗有七难”之一,指出“诗发之情”,“情遇则吟”。而文论家李梦阳高度重视民间歌谣的重要原因也在于它们发自真情,这也值得文人墨客们学习和借鉴,成为他们创作取资的重要源泉。)

徐祯卿:

情者,心之精也。情无定位,触感而兴,既动于中,必形于声。故喜则为笑哑,忧则为吁戏,怒则为叱咤。然引而成音,气实为佐;引音成词,文实与功。盖因情以发气,因气以成声,因声而绘词,因词而定韵,此诗之源也。然情实眑眇,必因思以穷其奥;气有粗弱,必因力以夺其偏;词难妥帖,必因才以致其极;才易飘扬,必因质以御其侈。此诗之流也。由是而观,则知诗者乃精神之浮英,造化之秘思也。

夫情能动物,故诗足以感人。……

诗家名号,区别种种,原其大义,固自同归。歌声杂而无方,行体疏而不滞。吟以呻其郁,曲以导其微,引以抽其臆,诗以言其情,故名因象昭。合是而观,则情之体备矣。夫情既异其形,故辞当因其势。譬如写物绘色,倩盼各以其状;随规逐矩,圆方巧获其则。此乃因情立格,持守圜环之大略也。若夫神工哲匠,颠倒经

枢，思若连丝，应之杼轴，文如铸冶，逐手而迁，从衡参互，恒度自若，此心之伏机，不可强能也。（均见《谈艺录》）

（点评：作者在论及构思时指出，诗歌创作需要主客体具备一系列要素，比如情、气、声、词、韵是“源”，而思、力、才、质则为“流”。作者对“情到”“情来”后诗歌的魅力和效果如何，进行了淋漓尽致地展示和刻画。可见，作者首倡“情”——发自肺腑的真实情感、没有掩饰的真情表达，将之作为诗歌的源头之一，这对后来中晚明诗坛具有深远影响，开王士祯提出“神韵”说之先河。）

张尚德：

史氏所志，事详而文古，义微而旨深，非通儒夙学，展卷间鲜不便思困睡。故，好事者，以俗近语，檃栝成编，欲天下之人，入耳而通其事，因事而悟其义，因义而兴忽感。不待研精覃思，知正统必当扶，窃位必当诛；忠孝节义必当师，奸贪谀佞必当去。是是非非，了然于心目之下，裨益风教，广且大焉，何病其赘耶？客仰而大？曰：“有是哉，子之不我诬也，是可谓羽翼信史而不违者矣！”（《三国志通俗演义引》节选）

（点评：在历史小说的创作中，作者提出“羽翼信史”的主张，要求“信守史实”，遵照历史客观，不得违背。这似乎可视为“信史”派，讲求人物事件刻画之“真”，以求实为上。这对明清时期关于历史小说创作的“虚”“实”维度之争，产生了重要影响。）

蒋大器：

夫史，非独纪历代之事，盖欲昭往昔之盛衰鉴君臣之善恶载政事之得失观人才之吉凶知邦家之休戚以至寒暑灾祥褒贬予夺无一而不笔之者。有义存焉。然史之文，理微义奥，不如此，乌可以昭后世？语云：“质胜文则野，文胜质则史。”此则史家秉笔之法，其于众人观之，亦尝病焉。故往往舍而不之顾者，由其不通乎众人，而历代之事愈久愈失其传。前代尝以野史作为评话，令瞽者演说，其间言辞鄙谬，又失之于野，士君子多厌之。若东原罗贯中以平阳陈寿传，考诸国史，自汉灵帝中平元年，终于晋太康元年之事，留心损益，目之曰《三国志通俗演义》。文不甚深，言不甚俗，事纪其实，亦庶几乎史。盖欲读诵者，人人得而知之，若诗所谓里巷歌谣之义也。（《三国志通俗演义序》）

（点评：文字涉及文学和历史的关系，这是清朝关于历史小说创作的一个重要话题。在一些认为历史事实不可妄加笔削的士大夫看来，历史小说创作的方式是不可取的。蒋大器认为“三国演义”“留心损益”，“事纪其实”，但历史小说写成后便区别于过去的正史，能反映出社会生活中某些真实的东西，人人得而知之，具有更普遍的真实性。这便涉及小说“艺术真实”这一重要话题了。）

徐渭：

古人之诗本乎情，非设以为之者也，是以有诗而无诗人。迨于后世，则有诗人矣，乞诗之目多至不可胜应，而诗之格亦多至不可胜品。然其于诗，类皆本无是情，而设情以为之。夫设情以为之者，其趋在于干诗之名。干诗之名，其势必至于袭诗之格而剿其华词。审如是，则诗之实亡矣，是之谓有诗人而无诗。（《肖甫诗序》，《徐文长三集》卷一九）

（点评：明末诗文、书画、戏曲皆善的才子型批评家徐渭，主张诗歌创作“书写真我”，他认为诗的真谛是“本乎情”，是从人性发出的自然“真声”，没有真情实感，勉强而做，则近乎“为文而造情”，为其所反对、不屑。从诊断来看，这是当时诗坛日趋没落的原因之一。其反对“模拟论”和高倡“真情论”如出一辙，均是针对当时前、后七子创作存在的不足、缺陷而发，针对性极强。可以说，倡导真情、真心、真我，是明末清初很多诗人的一贯坚守。）

世事莫不有本色，有相色。本色犹俗言正身也，相色，替身也。替身者，即书评中婢作夫人终觉羞涩之谓也。婢作夫人者，欲涂抹成主母而多插带，反掩其素之谓也。故余于此本中贱相色，贵本色，众人啧啧者我呴呴也。岂惟剧者，凡作者莫不如此。嗟哉，吾谁与语！众人所独忽余独详，众人所旨余皆唾。嗟哉，吾谁与语！（《西厢序》）

（点评：徐渭倡导“本色”，即推崇事物和人们本真的精神面貌，其反对“相色”即是虚假涂抹，掩饰本素。其在文论中多次提到“本色”，即可见他对语言出乎自然、构思立意“极有布置而了无布置痕迹”。徐渭“贱相色、贵本色”的思想实质与文论要义是崇尚文学的“真实性”，反对虚假，力举通过“真情”而表现“真我”。这是从情感、表现、风格等方面对“真诚”的一次全方位要求。）

若吾友子肃之诗，则不然。其情坦以直，故语无晦；其情散以博故语无拘；其情多喜而少忧，故语虽苦而能遣；其情好高而耻下，故语虽俭而实丰。盖所谓出于己之所自得，而不窃于人之所尝言者也。就其所自得，以论其所自鸣，规其微疵，而约于至纯，此则渭之所献于子肃者也。若曰某篇不似某体，某句不似某人，是乌知子肃者哉！（《叶子肃诗序》）

（点评：徐渭从要求“创新”和“真情”出发，反对因袭与模拟，要求抒发真情实感，极力推崇“天机自动，触物发声”的民间作品。）

汪道昆：

……史与《宣和遗事》俱不载所终。《夷坚志》乃有张叔夜杀降之说。叔夜儒将，余不之信。史又言淮南，不言山东，言三十六人，不言一百八人。此其虚实，不必深辨，要自可喜。载观此书，其地则秦、晋、燕、赵、齐、楚、吴、越，名都荒落，绝塞遐方，无所不通；其人则王侯将相，官师士农，工贾方技，吏胥厮养，驵侩舆台，粉黛缁黄，赭衣左衽，无所不有；其事则天地时令，山川草木，鸟兽虫鱼，刑名法律，韬略甲兵，支干风角，图书珍玩，市语方言，无所不解；其情则上下同异，欣戚合离，捭阖纵横，揣摩挥霍，寒暄嚬笑，谑浪排调，行役献酬，歌舞谲怪，以至大乘之偈，真诰之文，少年之场，宵人之态，无所不该。纪载有章，烦简有则。发凡起例，不染易于。（《水浒传序》）

（点评：作者认为《水浒传》是在一定实事基础上有所加工的小说，其反映内容与历史记载有很大出入，这并不影响人们的阅读和讨论。指出“此其虚实，不必深辨”，世人不必在历史真实的范围内来谈论小说是否可信。源于历史又异于历史，是小说的普遍特征，评价其成就关键看是否写的吸引人心，这就在一定程度上肯定了小说的“虚构”特征和作品美感（“可喜”）的艺术效果，代表了明清文人对“真诚”与“虚假”的辩证认识。）

李贽：

龙洞山人叙《西厢》，末语云：“知者勿谓我尚有童心可也。”夫童心者，真心也。若以童心为不可，是以真心为不可也。夫童心者，绝假纯真，最初一念之本心也。若失却童心，便失却真心；失却真心，便失却真人。人而非真，全不复有初矣。

童子者，人之初也；童心者，心之初也。夫心之初曷可失也？然童心胡然而遽失也。盖方其始也,有闻见从耳目而入,而以为主于其内而童心失。其长也,有道理从闻见而入,而以为主于其内而童心失。其久也,道理闻见日以益多,则所知所觉日以益广,于是焉又知美名之可好也,而务欲以扬之而童心失。知不美之名之可丑也,而务欲以掩之而童心失。夫道理闻见,皆自多读书识义理而来也。……

夫既以闻见道理为心矣,则所言者皆闻见道理之言,非童心自出之言也,言虽工,于我何与?岂非以假人言假言,而事假事、文假文乎!盖其人既假,则无所不假矣。由是而以假言与假人言,则假人喜;以假事与假人道,则假人喜;以假文与假人谈,则假人喜。无所不假,则无所不喜。满场是假,矮人何辩也。然则虽有天下之至文,其湮灭于假人而不尽见于后世者,又岂少哉!何也?天下之至文,未有不出于童心焉者也。苟童心常存,则道理不行,闻见不立,无时不文,无人不文,无一样创制体格文字而非文者。诗何必古《选》,文何必先秦,降而为六朝,变而为近体,又变而为传奇,变而为院本,为杂剧,为《西厢曲》,为《水浒传》,为今之举子业,皆古今至文,不可得而时势先后论也。故吾因是而有感于童心者之自文也,更说什么六经,更说什么《语》《孟》乎?

夫六经、《语》《孟》,非其史官过为褒崇之词,则其臣子极为赞美之语,又不然,则其迂阔门徒、懵懂弟子,记忆师说,有头无尾,得后遗前,随其所见,笔之于书。后学不察,便谓出自圣人之口也,决定目之为经矣,孰知其大半非圣人之言乎?纵出自圣人,要亦有为而发,不过因病发药,随时处方,以救此一等懵懂弟子,迂阔门徒云耳。医药假病,方难定执,是岂可遽以为万世之至论乎?然则六经、《语》《孟》,乃道学之口实,假人之渊薮也,断断乎其不可以语于童心之言明矣。呜呼!吾又安得真正大圣人童心未曾失者而与之一言文哉!(《童心说》)

(点评:批评家把“童心”界说为“真心”,为人之“本心”和“初心”,是没经过封建人伦秩序熏染和过度渗透的人在自然状态下的本性与本能的体现,是真实精神、心理的折射和反应。他在《焚书》《续焚书》的诸多篇章中也反复提到“本真”“真”“元”“自然之性”“本色”等字眼,这是他名作中的关键词。唯从“童心”出发而创作的文学,才是“天下之至文”。作为明末怀疑人伦秩序、呼吁归心自然、倡导本性真实的社会思潮的突出反映,李贽所论“真”是基于伪道学对当时思想、学术和文学侵袭而生的激烈批判,是对虚伪说教世风的猛烈抨击。)

李贽:

《拜月》《西厢》，化工也；《琵琶》，画工也。夫所谓画工者，以其能夺天地之化工，而其孰知天地之无工乎？今夫天之所生，地之所长，百卉具在，人见而爱之矣。至觅其工，了不可得，岂其智固不能得之与？要知造化无工，虽有神圣，亦不能识知化工之所在，而其谁能得之？由此观之，画工虽巧，已落二义矣。文章之事，寸心千古，可悲也夫！……

且夫世之真能文者，此其初皆非有意于为文也。其胸中有如许无状可怪之事，其喉间有如许欲吐而不敢吐之物，其口头又时时有许多欲语而莫可所以告语之处，蓄极积久，势不能遏。一旦见景生情，触目兴叹，夺他人之酒杯，浇自己之垒块。诉心中之不平，感数奇于千载。既已喷玉唾珠，昭回云汉，为章于天矣。遂亦自负，发狂大叫，流涕恸哭，不能自止。宁使见者闻者，切齿咬牙，欲杀欲割，而终不忍藏于名山，投之水火。……(《杂说》)

(点评：李贽把戏曲艺术区分为“化工”和“画工”二类，前者是在作家强烈情感驱动和主导下所创，妙手天成，出乎自然，反映了艺术的真实；而后者则系人工所为，有雕琢痕迹，却似真非真，很难博得鉴赏者的钦佩与厚爱。这几段话涉及“艺术真实”，极大地丰富了中国文学批评中的“真实论”。)

叶昼：

李载贽曰：《水浒传》事节都是假的，说来却似逼真，所以为妙。常见近来文集，乃有真事说作假者，真钝汉也，何堪与施耐庵、罗贯中作奴。(容与堂本《李卓吾先生批评忠义水浒传回评》第一回选录)

李卓吾曰：施耐庵、罗贯中真神手也，摩写鲁智深处，便是个烈丈夫模样；摹写洪教头处，便是忌嫉小人底身份。至差拨处，一怒一喜，倏忽转移，咄咄逼真，令人绝倒，异哉！(第九回)

卓吾曰：此回文字逼真，化工肖物。摩写宋江、阎婆惜并阎婆处，不惟能画眼前，且画心上；不惟能画心上，且并画意外。顾虎头、吴道子安得到此。至其中转转关目，恐施、罗二亦不自料到此。余谓断有鬼神助之也。(第二十一回)

李和尚曰：《水浒传》文字，不好处只在说梦，说怪，说阵处，其妙处都在人情物理上。人亦知之否？(第九十七回)

(点评：信史观念在中国传统社会根深蒂固，而批评家叶昼则一反常态地高度肯赞艺术的虚构，即在人物刻画和事件描写方面的虚假和编造，他说“《水浒传》事件都是假的,说来却似逼真。”通过画眼前、心上和意外来使读者感受到真实、可信,这就从“叙事艺术”角度道出了古代文艺史上争鸣很久的“艺术真实”这一重要命题。相比此前对事物之“真”和刻画之“假”的认识很朦胧和表面,叶昼之论醒目而鲜明,大大地推进了一步。)

袁宏道:

泛舟西陵,走马塞上,穷览燕、赵、齐、鲁、吴、越之地,足迹所至,几半天下,而诗文亦因之以日进。大都独抒性灵,不拘格套,非从自己胸臆流出,不肯下笔。其间有佳处,亦有疵处,佳处自不必言,即疵处亦多本色独造语。然予则极喜其疵处,而所谓佳者,尚不能不以粉饰蹈袭为恨,以为未能尽脱近代文人气习故也。……

盖弟既不得志于时,多感慨;……贫复不任贫,病复不任病,故多愁。愁极则吟,故尝以贫病无聊之苦,发之于诗,每每若哭若骂,不胜其哀生失路之感。予读而悲之。大概情至之语,自能感人,是谓真诗,可传也。而或者犹以太露病之,曾不知情随境变,字逐情生,但恐不达,何露之有?且《离骚》一经,忿怼之极,党人偷乐,众女谣诼,不揆中情,信谗赍怒,皆明示唾骂,安在所谓怨而不伤者乎?穷愁之时,痛哭流涕,颠倒反覆,不暇择音,怨矣,宁有不伤者?且燥湿异地,刚柔异性,若夫劲质而多怼,峭急而多露,是之谓楚风,又何疑焉?(均见《叙小修诗》,见《袁宏道集笺校》)

(点评:提倡“性灵”说的袁宏道对当时的拟古风气深恶痛绝,从他激烈的情感表达中可以看出其视图扭转文风的强烈责任感。吴中文学重绮丽,形式上胜过了内容,模拟成习的风气日上,袁宏道则大倡“楚风”精神,为其输入新质。所谓“楚风”,即是屈原《离骚》以来传承地注重表现诗人真情的诗风,所谓“劲质而多怼,峭急而多露。”)

汤显祖:

《虞初》一书,罗唐人传记百十家中,略引梁沈约十数则,法奇僻荒诞,若灭若没,可喜可愕之事,读之使人心开神释,骨飞眉舞,虽雄高不如《史》《汉》,简澹不如《世说》,而婉缛流丽,洵小说家之珎珍船也。其述飞仙盗侠,则曼倩之滑稽;至佳冶窈窕，则季长之绛纱；一切花妖木魅，牛鬼蛇神，则曼卿之野饮，意有所荮激，语有所托归，律之风雅之罪人，彼因歉然不辞矣。使咄咄读古，而不知此昧，即日垂衣执笏，陈宝列俎，终是三馆画手，一堂木偶耳。何所讨真趣哉？余暇日特为点校之，以借世之奇隽沈丽者。（《点校虞初志序》）

（点评：文学作品中的浪漫主义为很多人所不理解，但汤显祖则认为其中充满“真趣”，无论是“飞仙盗贼”还是“牛鬼蛇神”，他们包含了作者的真感情和真寄托，能激发人们强烈的审美情感。）

袁宏道：

夫趣得之自然者深，得之学问者浅。当其为童子也，不知有趣，然无往而非趣也。面无端容，目无定睛，口喃喃而欲语，足跳跃而不定，人生之至乐，真无逾于此时者。孟子所谓不失赤子，老子所谓能婴儿，盖指此也。趣之正等正觉，最上乘也。山林之人，无拘无缚，得自在度日，故虽不求趣，而趣近之。（《叙陈正甫会心集》）

（点评：深受李贽“童心”说影响的袁宏道，在本文中提出了一个核心关键词：“趣”，它是人物美与魅力的集中体现。儿童或山林之人具备，这种独特的魅力建立在“真”和“自然”的基础上。李贽格外看重人类与生俱来的天然本色，没有经过做作和修饰，是活泼性情的自然流淌，是天真的童子之趣，是无拘无束的自在生活。这是从文学本体和创作层面对诗文之“真”的要求和规范。）

冯梦龙：

书契以来，代有歌谣，太史所陈，并称《风》《雅》，尚矣，自楚骚唐律，争妍竞畅，而民间性情之响，遂不得列于诗坛，于是别之曰山歌，言田夫野竖矢口寄兴之所为，荐绅学士家不道也，唯诗坛不列，荐绅学士不道，而歌之权愈轻，歌者之心亦愈浅，今所盛行者，皆私情谱耳，虽然，桑间、濮上，《国风》刺之，尼父录焉，以是为情真而不可废也，山歌虽俚甚矣，独非郑、卫之遗欤？且今虽季世，而但有假诗文，无假山歌，则以山歌不与诗文争名，故不屑假。苟其不屑假，而吾藉以存真，不亦可乎？抑今人想见上古之陈于太史者如彼，而近代之留于民间者如此，倘亦论世之林云尔，若夫借男女之真情，发名教之伪药，其功于《挂枝儿》等，故录《挂枝词》而次及《山歌》。（《叙山歌》）

(点评:文中"真""假"二词多次出现。明末清初很多文人比如前后七子、唐宋派、公安派,多从文人诗歌虚假、反对道学虚伪两个方面,积极肯定同时代和历史上的民间诗歌,具有敞开心扉、直述真情的鲜明特点。冯梦龙编纂了《山歌》《挂枝儿》二部诗文集,使民歌有效地得以保存,因民歌的真情毕露,吟唱文人的真情真爱,而深得冯梦龙的喜爱,这也成为其编辑民歌文集的初衷和动力。据说这是他当时反对伪道学对自然、本真人性的戕害所做的批判。)

冯梦龙:

试今说话人当场描写,可喜可愕,可悲可涕,可歌可舞;再欲捉刀,再欲下拜,再欲决脰,再欲捐金;怯者勇,淫者贞,薄者敦,顽钝者汗下。虽小诵《孝经》《论语》,其感人未必如是之捷且深也。噫,不通俗而能之乎?茂苑野史氏,家藏古今通俗小说甚富,因贾人之请,抽其可以嘉惠里耳者,凡四十种,畀为一刻。余顾而乐之,因索笔而弁其首。绿天馆主人题 。(《古今小说序》)

(点评:小说具有鲜明的社会作用,冯梦龙将其概括为"喻世""警世"和"醒世"三个方面,正是作家内心之诚,才赋予其感染人心的艺术力量,"可喜可愕,可悲可涕,可歌可舞;再欲捉刀,再欲下拜,再欲决脰,再欲捐金;怯者勇,淫者贞,薄者敦,顽钝者汗下。虽小诵《孝经》《论语》,其感人未必如是之捷且深也。"其教育价值远超四书、五经之上。)

明·睡乡居士:

今小说之行世者,无虑百种,然而失真之病,起于好奇,知奇之为奇,而不知无奇之所以为奇。舍目前可纪之事,而驰骛於不论不议之乡,如画家之不图犬马而图鬼魅者,曰:吾以骇听而止耳。夫刘越石清啸吹笳,尚能使群胡流涕,解围而去。今举物态人情,恣其点染,而不能使人欲歌欲泣于其间,此其奇与非奇,固不待智者而后知之也。则为之解曰:文自《南华》《冲虚》,已多寓言,下至非有先生、冯虚公子,安所得其真者而寻之?不知此以文胜,非以事胜也。至演义一家,幻易而真难,固不可相衡而论矣。有如《西游》一记,怪诞不经,读者皆知其谬。然据其所载,师弟四人各一性情、各一动止。试摘取其一言一事,遂使暗中摹索,亦知其出自何人。则正以幻中有真,乃为传神阿堵而已,有不如水浒之讥。岂非真不真之关,固奇不奇之大较也哉!(录自凌濛初《二刻拍案惊奇序》)

（点评：辩证地看待小说之真，在如上文字里鲜明可见。作者生卒不详，据说是凌濛初同时代的批评家，他在凌濛初“真幻”论的基础上又有所推进。他认为文学虽“赝”，但胜于实在之“真”，后者是纪实，完全遵照历史和客观，前者则允许部分想象和编造。文学有失真之特征，是基于创作主体的好奇之心，适当地状幻，能更适当地传真，此即“幻中有真”，《西游记》是也。从其分析和举例来看，这位文论家对文学之“真”与“幻”的认识是极其辩证的。）

谭元春：

王先生之为性情也，人惊以为癖，相随而议之，惟春与其里之袁子不觉也。以其不觉者而求王先生之性情，是亦古人之性情矣。以其所觉而惊，惊而议者，而王先生之性情，于是乎益古人无疑焉。

王先生之性情既已如此，而予又与之复述故闻曰：诗以道性情也，则本末之路明，而今古之情见矣。嗟乎！性不审而各为其性，情不审而各为其情。将率天下而同为此各有之性情，以明其不癖，是其于性情也，苟然而已矣。……（《王先生诗序》）

（点评：作者尤其强调诗歌以“真情”为基础。他从列举劳臣思妇的叹息来说明，诗歌就是人们心头急切需要表达的“一言数语”，是叹中所至，“非尽系乎才”。进入到我手写我口、我口道胸臆的状态，则真情发自肺腑，诗歌方才具有旺盛的生命力。此外，在这篇文章的其余部分，作者还谈及诗歌创作重个性的文艺思想。）

祁彪佳：

（《寻亲》）词之能动人者，惟在真切，故古本必直写苦境，偏于琐屑中传出苦情。如作《寻亲》者之手，断是《荆》《杀》一流人。可惜两加改削，讹处遂多。（《远山堂曲品》）

（点评：作者极力强调戏曲作品当摹写真情，这是戏曲取得强烈感染效果的重要前提。真情所至，哪怕是叙写日常普通事，也能写的字字血痕。这是从戏曲创作角度来论及“真诚”情感对于艺术的魅力和效果。）

钱谦益：

《风》《雅》变而为《骚》，《骚》变而为赋，赋又变而为诗。昔人以谓譬江有沱，干肉为脯。而晁补之之徒，徒取其音节之近楚者以为楚声，此岂知《骚》者哉？古之为诗者，必有深情畜积于内，奇遇薄射于外，轮囷结轖，朦胧萌析，如所谓惊澜奔湍，郁闭而不得流；长鲸苍虬，偃蹇而不得伸；浑金璞玉，泥沙掩匿而不得用；明星皓月，云阴蔽蒙而不得出。于是乎不能不发之为诗，而其诗亦不得不工。其不然者，不乐而笑，不哀而哭，文饰雕缋，词虽工而行之不远，美先尽也。（《虞山诗约序》）

（点评：作者认为诗人能否写出好诗，根本在于他“蓄积于内”的深情和博射于外的“奇遇”，二者结合，一方面诗人具有内心涌起不可扼制的写作冲动，借助文字一吐为快，另一方面所谓“奇遇”是受到外在的触动和感发，在导火索下生发一种真实而强烈的情感活动，诗歌之美便由此而生。“深情”从何而来？来自创作主体的诚挚与本真。）

【清朝与近代阶段】

袁于令：

文不幻不文，幻不极不幻。是知天下极幻之事，乃极真之事；极幻之理，乃极真之理。故言真不如言幻，言佛不如言魔。（《西游记题词》）

（点评：此段文字集中论述“幻”和“真”之关系，作者认为“文不幻不文”，没有虚构就没有文学，必要的虚构和想象是文学感人至深、走向大众的基础条件。并指出“知天下极幻之事，乃极真之事”，以《西游记》为代表的小说，实现了真与幻的最佳融合，即通过幻想情节来反映生活真实。《西游记》中那些变幻莫测、惊心动魄的故事，离现实并不遥远，读来十分亲切：或如现实影子，或含生活真理，奇幻得人情亦入理。）

钱谦益：

所谓有诗者，惟其志意逼塞，才力愤盈，如风之怒于土囊，如水之壅于息壤，傍魄结车墙，不能自喻，然后发作而为诗，凡天地之内恢诡谲怪，身世之间交互纬繣，千容万状，皆用以资为状，夫然后谓之有诗。夫然后可以叶其宫商，辨其声病，而指陈其高下得失。

契家瞿生有仲，傫然书生，而有囊橐一世、牢笼终古之志。其为诗长篇如诉，

短咏若泣。……(《书瞿有仲诗卷》)

(点评:"有诗"者,是诗人真实情感体验和"峭独"不屈公民志性的结合。他从有诗的角度评价瞿有仲诗"长篇如诉,短咏如泣",几乎可看作是对"真情"诗歌魅力的概括。)

金圣叹:

或问:施耐庵寻题目写出自家锦心绣口,题目尽有,何苦定要写此一事?答曰:只是贪他三十六人,便有三十六样出身,三十六样面孔,三十六样性格,中间便结撰得来。

某尝道《水浒》胜似《史记》,人都不肯信,殊不知某却不是乱说。其实《史记》是以文运事,《水浒》是因文生事。以文运事,是先有事生成如此如此,却要算计出一篇文字来,虽是史公高才,也毕竟是吃苦事。因文生事即不然,只是顺着笔性去,削高补低都由我。

《水浒传》不说鬼神怪异之事,是他气力过人处。《西游记》每到弄不来时,便是南海观音救了。

《水浒传》并无"之乎者也"等字,一样人,便还他一样说话,真是绝奇本事。(《读第五才子书法》)

(点评:金圣叹指出《水浒》的虚构特点在于"凭空造谎",他比较了此书和《史记》,认为《水浒》是"因文生事",《史记》是"以文运事",后者是先史后记叙,前者是无中生有,这就道出了虚构性创作和纪实性创作的区别。其论小说的虚构特征,在清代文学发展史上具有重要的价值和意义。)

黄宗羲:

商之亡也,《采薇》之歌非阳气乎?然武王之世,阳明之世也,以阳遇阳,则不能为雷。宋之亡也,谢皋羽、方韶卿、龚圣予之文,阳气也,其时遁于黄钟之管,微不能吹纩转鸡羽,未百年而高皇帝为其迅雷。元之亡也,有席帽、九灵之文,阴气也,包以开国之重阳,蓬蓬然起于大隧,风落山为蛊,未几而散矣,今泽望之文,亦阳气也,无视葭灰,不啻千钧之压也,苟未为霹雳列缺,夫宁锢而不出,岂若刘蜕之

文冢,腐为墟壤,蒸为芝菌,文人之文而已乎?(《缩斋文集序》)

(点评:作者对商、宋、元三代灭亡时产生的“阳文”进行了称赞,体现出作者充分肯定“变风变雅”对于振兴诗道的积极作用和感天动地的情感力量,这是作家真诚情感抒发于作品后的艺术魅力。在改朝换代之际,阳文代表一种不屈不挠的人间正气,代表反抗者与黑暗势力搏斗而产生的雷电之鸣,有很强的“经世致用”品格。)

李渔:

审虚实 传奇所用之事,或古或今,有虚有实,随人拈取。古者,书籍所载,古人现成之事也;今者,耳目传闻,当时仅见之事也;实者,就事敷陈,不假造作,有根有据之谓也;虚者,空中楼阁,随意构成,无影无形之谓也。人谓古诗多实,近事多虚。予曰不然。(《闲情偶寄·结构第一》)

(点评:审虚实是李渔“论结构第一”中的组成部分,辩证提出戏曲创作之虚与实的把握,“实”在真实之事,如实、客观描写,要有根有据,不能无中生有,随意编造,如历史提出的人物、事件等,都要以“真”为本。而其对立面是虚构,近乎空中楼阁的设想,可无影无形,遵循艺术之需要。)

毛宗岗:

读《三国》胜读《西游记》。《西游》捏造妖魔之事,诞而不经,不若《三国》实叙帝王之事,真而可考也。且《西游》好处《三国》已皆有之。如哑泉、黑泉之类,何异子母河、落胎泉之奇;朵思大王、木鹿大王之类,何异牛魔、鹿力、金角、银角之号;伏波显圣、山神指迷之类,何异南海观音之救。只一卷《汉相南征记》便抵得一部《西游记》矣。至于前而镇国寺,后而玉泉山,或目视戒刀,脱离火厄,或望空一语,有同棒喝。岂必诵灵台方寸、斜月三星之文,乃悟禅心乎哉!

读《三国》胜读《水浒传》。《水浒》文字之真,虽较胜《西游》之幻,然无中生有,任意起灭,其匠心不难,终不若《三国》叙一定之事,无容改易而卒能匠心之为难也。且三国人才之盛,写来各各出色,又有高出于吴用,公孙胜等万万者,吾谓才子书之目,宜以《三国演义》为第一。(均见《读三国志法》)

(点评:毛宗岗在《读三国志法》中,比较系统和深入地论及历史小说创作对虚实关系的认识和处理问题。他尚历史重实际,对小说创作整体的艺术虚构性缺乏理解,但对历史小说创作中适当的虚构的笔墨还是认同的,这对于增强其艺术感染力是有帮助的。这种认识的程度介乎前辈“羽翼信史”和金圣叹“通融虚实”之间。)

洪昇:

是书义取崇雅,情在写真。近唱演家改换有必不可从者,如增虢国承宠、杨妃忿争一段,作三家村妇丑态,既失蕴藉,尤不耐观。其《哭像》折,以哭题名,如礼之凶奠,非吉祭也。今满场皆用红衣,则情事乖违,不但明皇钟情不能写出,而阿监宫娥泣涕皆不称矣。至于《舞盘》及末折演舞,原名《霓裳羽衣》,只须白袄红裙,便自当行本色。细择曲中舞节,当一二自具。今有贵妃舞盘学《浣纱舞》,而末折仙女或舞灯、舞汗巾者,俱属荒唐,全无是处。(《长生殿例言》)

(点评:洪昇提出“义取崇雅,情在写真。”认为描写情事应当真挚、强烈、动人,便有《长生殿》表现男女真挚恋情的爱情理想,表现主人公的“生死情深”。)

孔尚任:

朝政得失,文人聚散,皆确考时地,全无假借。至于儿女钟情,宾客解嘲,虽稍有点染,亦非乌有子虚之比。(《桃花扇凡例》)

(点评:孔尚任强调剧中的史事真实可信,方能给人提供有益的历史喻示。他尤其重视历史剧内容的真实可信有益补救世道人心,同时他也肯定历史剧作者在一定程度上也离不开艺术想象力和必要的虚构,只不过需要一些谨慎,要掌握好分寸。至此,中国古代文论关于“真”“虚实”“诚信”由诗、文逐渐扩展到小说、戏曲等领域。)

蔡元放:

故经不能以有所益,而史则日以多。夫史固盛衰成败、废兴存亡之迹也。已然者事,而所以然者理也。理不可见,依事而彰,而事莫备于史。天道之感召,人事之报施,智愚、忠佞、贤奸之辨,皆于是乎取之,则史者可以翼经以为用,亦可谓兼经以立体者也。自制举艺出,而经学遂湮。然帖括家以场屋功令故,犹知诵其章句。至于史学,其书既浩瀚,文复简奥,又无与于进取之途,故专门名家者,代不数人。(《东周列国志序》)

(点评:批评家认为,纪实的史书和载道的儒家经典是古代最重要的两类书籍,而小说乃史书经“演绎其词”而成,作为依附性的通俗性读物,其忠于史事——其“求真”是必须和基本的。历史小说的创作也应该“依事而彰理”。这是中国文学批评“重信史”的一脉发展之必然。)

脂砚斋:

请看作者写势利之情,亦必因激动;写儿女之情,偏生含蓄不吐,可谓细针密缝。其述说一段,言语形迹无不逼真,圣手神文,敢不熏沐拜读?(第十五回总批,脂戚本)

余最喜此等半有半无,半古半今,事之所无,理之必有,极玄极幻,荒唐不经之处。(甲本第2回)

按理论之,则是天下本无事,庸人自扰之。若以儿女之情论之,则是必有之事,必有之理,又系今古小说不能写到写得,谈情者亦不能说出讲出,情痴之至文也。(已本第18回)

按此书中写出一宝玉之为人,是我辈于书中见而知有此人者,实未曾亲睹者,又为宝玉之发言,每每令人不解,宝玉之生性,件件令人可笑。不独出心裁于世上亲见这样的人不曾,即闻今古所有之小说传奇中,亦未曾见这样的文字。(已本第19回)

这皆是宝玉意中心中确实之念……说不得贤,说不得愚,说不得不肖,说不得恶,说不得正大光明,说不定混账恶赖,说不得聪明才俊,说不得庸俗平凡,说不得好色好淫,说不得情痴情种,恰恰只是有一颦儿可对,令他人徒加评论,总未摸着他二人是何等脱胎,何等心臆,何等骨肉。(已本第19回)

其囫囵不解之中实可解,可解之中又说不出理路。合目思考之,却如真见一宝玉,真此言者,移之第二人万不可,亦不成文字矣!(庚辰本19回)

形容一事,一事毕真,《石头》是第一能手矣。(庚辰本均回)

《石头记》一部中皆是近情近理必有之事,必有之言,又如此等荒唐不经之谈,间亦有之,是作者故意游戏之笔,聊以破色取笑,非如别书认真说鬼话也。(庚辰本16回眉批)

清虚观,贾母、凤姐本意大适意大快乐,偏写出多少小不适意事来,此亦天然至情至理,必有之事(庚辰本29回)。

一篇愚妇无理之谈，实是世间必有之事。(庚辰本42回)

叙入梦景极迷离，却极分明，牛鬼蛇神不犯笔端，全从至情至理中写出。(有正本56回)

(点评：脂文论及艺术真实，所用笔墨甚多。他指出《红楼梦》的某些情节、内容含有叙实、自传的成分，他以大量篇幅肯定此作的虚构性特征，同时对其区别于家谱、自传有作了辨析和澄清。批评家对《红楼梦》本旨、总纲做了说明，有对作品叙实、自传和整体的艺术虚构之间的关系，进行了分析。对《红楼梦》作者“写形追像”的艺术本领进行了赞赏与总结，认为小说创作应当在适当范围内建立真情实感，提高其可信度。为了使人物形象具有高度的“艺术真实”性，他对人物性格刻画的多重性、复杂性和丰富性等，进行了详细论述。)

章学诚：

三曰：文欲如其事，未闻事欲如其人者也。尝见名士为人撰志，其人盖有朋友气谊，志文乃仿韩昌黎之志柳州也，一步一趋，唯恐其或失也。中间感叹世情反复，已觉无病费呻吟矣。……附纪二人，文清深厚。今志欲似之耳。余尝举以语人，人多笑之。不知临文摹古，迁就重轻，又往往似之矣。是之谓削趾适履，又文人之通弊也。(《古文十弊》之三)

(点评：指出模仿古人、削足适履乃古人通病，根本原因在于缺乏如实的真诚态度，或编造，或浮夸。章学诚认为某名士仿照韩愈给柳宗元的墓志铭来写身边朋友，结果破绽百出。)

四曰：仁智为圣，夫子不敢自居。瑚琏名器，子贡安能自定。称人之善，尚恐不得其实；自作品题，岂宜夸耀成风耶？尝见名士为人作传，自云吾乡学者，鲜知根本，惟余与某甲，为功于经术耳。所谓某甲，固有时名，亦未见必长经术也。作者乃欲援附为名，高自标榜，恧矣！又有江湖游士，以诗著名，实亦未足副也。……且经援服、郑，诗攀李、杜，犹曰高山景仰；若某甲之经，某甲之诗，本非可恃，而犹藉为名。是之谓私署头衔，又文人之通弊也。(《文史通义》卷五内篇五)

(点评：指出私人署名、吹嘘头衔等文人通病。清代一些知识分子善于自我抬举、攀附标榜，夸耀成风而不知惭愧，在社会上具有相当的普遍性，这都是不诚实、不谦虚乃至没有耻辱感的表现。)

陈忱:

尝论夫水发源之时,仅可滥觞,渐而为溪为涧,为江为湖,汪洋巨浸,而放平四海。当其冲决,怀山襄陵,莫可御遏,真为至神至勇也!及其恬静,浴日沐月,澄霞吹练,鸥凫浮于上,鱼龙潜其中,渔歌拥枻,越女采莲,又为至文至弱矣!文章亦然。苏端明云:"我文如万斛泉。"是也。《水浒》更似之,其序英雄、举事实,有排山倒海之势;曲画细微,亦见安澜文漪之容。故垂四百余年,耳目常新、流览不废。近世之稗官野乘,黄茅白草,一览而尽,不可咀嚼。岂意复有《后传》,机局更翻,章句不袭,大而图王定霸,小而巷事里谈,文人之舌,慧而不穷。世道之隆替,人心之险易,靡不各极其致。绘云汉觉热,图峨眉则寒,非一味铜将军铁绰板提唱梁山泊人物已也。

嗟乎!我知古宋遗民之心矣。穷愁潦倒,满腹牢骚,胸中块磊,无酒可浇,故借此残局而著成之也。然肝肠如雪,意气如云,秉志忠贞,不甘阿附,傲慢寓谦和,隐讽兼规正,名言成串,触处为奇,又非□然如许伯哭世、刘四骂人而已。(《水浒后传原序》)

(点评:清代诸多批评家论及艺术真实,这是其中一位。作者认为小说必须真实地描写现实生活,"各极其致",既写形而又传神,如此作品方能产生强烈的艺术效果。——"其序英雄、举事实,有排山倒海之势;曲画细微,亦见安澜文漪之容。")

曹雪芹:

此开卷第一回也。作者自云:因曾历过一番梦幻之后,故将真事隐去,而借"通灵"之说,撰此《石头记》一书也。故曰"甄士隐"云云。但书中所记何事何人?自又云:"今风尘碌碌,一事无成,忽念及当日所有之女子,一一细考校去,觉其行止见识,皆出于我之上。……此回中凡用"梦"用"幻"等字,是提醒阅者眼目,亦是此书立意本旨。

至若离合悲欢,兴衰际遇,则又追踪蹑迹,不敢稍加穿凿,徒为供人之目而反失真传者。今之人,贫者日为衣食所累,富者又怀不足之心,纵然一时稍闲,又有贪淫……(《红楼梦》第一回)

(点评:小说首回叙述石头故事的由来,给人感觉颇有些虚构,然而作家似乎又回到现实,不愿人们的认识仅仅停留于此,反复强调作品是"亲自经历的一段陈迹故事,"更是以生活真实为基础,自云"将真事隐去"即清楚地表明小说是在生活经验的基础上进行的虚构与加工。作家自道本小说"大旨谈情",其演绎大观园十二女子各色命运和结局等,无不具有撼动人心的艺术效果。故此处文字道出了生活之真和艺术之真的紧密关联。)

袁枚:

阮亭先生,自是一代名家。惜誉之者,既过其实;而毁之者,亦损其真。须知先生才本清雅,气少排异,为王、孟、韦、柳则有余,为李、杜、韩、苏则不足也。余学遗山,《论诗》一绝云:"清才未合长依傍,雅调如何可诋娸。我奉渔洋如貌执,不相菲薄不相师。"(《随园诗话》上部·卷二)

人闲居时,不可一刻无古人;落笔时,不可一刻有古人。平居有古人,而学力方深,落笔无古人,而精神始出。(《随园诗话》上部·卷十)

(点评:袁枚诗论的核心是"性灵"说,真和巧是其二要素。他曾曰:"千古文章传真不传伪""传巧不传拙",真巧结合,能彰显诗境之妙。而且,性灵派之"真"强调自然之性和赤子之心,并以此建构了自己诗学的本色论和性情论。)

闲斋老人:

古今稗官野史不下数百千种,而《三国志》《西游记》《水浒传》及《金瓶梅演义》,世称四大奇书,人人乐得而观之。余窃有疑焉。稗官为史之支流,善读稗官者可进于史;故其为书亦必善善恶恶,俾读者有所观感戒惧,而风俗人心庶以维持不坏也。《西游》元虚荒渺,论者谓为谈道之书,所云意马心猿,金公木母,大抵心即是佛之旨,予弗敢知。《三国》不尽合正史,而就中魏晋代禅,依样葫芦,天道循环,可为篡就者鉴。其他蜀与吴所以废兴存亡之故,亦具可发人深省,予何敢厚非。……

夫曰"外史",原不自居正史之列也;曰"儒林",迥异元虚荒渺之谈也。其书以功名富贵为一篇之骨,有心艳功名富贵而媚人下人者,有倚仗功名富贵而骄人傲人者,有假托无意功名富贵自以为高,被人看破耻笑者,终乃以辞却功名富贵,品地最上一层,为中流砥柱。篇中所载之人,不可枚举,而其人性情心术,一一活现纸上。读之者无论是何人品,无不可取以自镜。(均见《儒林外史序》)

(点评:作者在对比文坛上公认的四大奇书后,对《儒林外史》在讽刺方面体现出的艺术真实进行了全面肯定。认为"篇中所载之人,不可枚举,而其人之性情心术,一一活跃纸上。"之所以活跃纸上,全在于反映了一种艺术真实,形象鲜明,富有讽刺力量。)

李调元:

夫曲之为道也,达乎情而止乎礼义者也。凡人心之坏,必先由于无情,而后惨刻不衷之祸作。若夫忠臣、孝子、义夫、节妇,触物兴怀,如怨如慕,而曲生焉,出于绵渺,则入人心脾;出于激切,则发人猛省。故情长、情短,莫不于曲寓之。人而有情,则士爱其缘,女守其介,知其则而止乎礼义,而风醇俗美;人而无情,则士不爱其缘,女不守其介,不知其则而放乎礼义,而风不淳,俗不美。故夫曲者,正鼓吹之盛事也。彼瑶台、玉砌,不过雪月之套辞;芳草、轻烟,亦祇郊原之泛句,岂足以语于情之正乎?此予之所以不能已于话也。而何诮之深也?(《雨村曲话序》)

(点评:在作者看来,戏曲是一种虚实结合、实中有虚的艺术,作者在《剧话序》中指出,"戏也,非戏也;非戏也,戏也。"戏,是指剧本所反映出的生活内容不是真实的,而"非戏也"则又肯定了其反映出的生活真实的一面。)

章学诚:

为文为质,期于适如其人之言,非作者所能自主也。贞烈妇女,明诗习礼,固有之矣。其有未尝学问,或出乡曲委巷,甚至佣妪鬻婢,贞节孝义,皆出天性之优,是其质虽不愧古人,文则难期于儒雅也。每见此等传记,述其言辞,原本《论语》《孝经》,出入《毛诗》《内则》,……与其文而失实,何如质以传真也?……(《古文十弊》之八)

(点评:指出古代一些佣工婢女善于忠节孝义,其友善之心来自天性,并非如文化学习一般要熟读古书得来。故创作时刻画人物形象的友善一味从书中比附,有教条之嫌,弄巧成拙,倒不如真诚、质朴来得自然。)

龚自珍:

情之为物也,亦尝有意乎锄之矣。锄之不能,而反宥之,宥之不已,而反尊之。龚子之为《长短言》何为者耶?其殆尊情者耶?情孰为尊?无住为尊,无寄为尊,无境而有境为尊,无指而有指为尊,无哀乐而有哀乐为尊。情孰为畅?畅于声音。声音如何?消瞀以终之。如之何其消瞀以终之?曰:先小咽之,乃小飞之,又大挫之,乃大飞之,始孤盘之,闷闷以柔之,空阔以纵游之,而极于哀,哀而极于瞀,则散矣毕矣。(《长短言自序》)

(点评:在长短言自序中,龚自珍对尊情说做了明确而完整的阐述,何为"尊"情?用作者自己的话说,就是无境而有境,无哀乐而有哀乐,虽心无成念,但情之所至,自由驰骋,它要求作家创作时尊重自己的真实感情,即涌动于心的感情的必然流露,谓其真。抒发真情——尤其是末世的哀怨和忧伤之情,是诗人创作的理想。其毕生词作也是照此进行的,打上了衰世社会转型的时代烙印。)

洪仁玕:

宣谕合朝内外官员书士等一体知悉:照得文以纪实,浮文所在必删;言贵从心,巧言由来当禁。恭维天父、天兄大开天恩,亲命我真圣主天王降凡做主,施行正道,存真去伪,一洗颓风。……非我真圣主不恤操劳,诚恐其诱惑人心,紊乱真道,故不得不亟于弃伪从真,去浮存实,使人人共知虚文之不足尚,而真理自在人心也。

况现当开国之际,一应奏章文谕,尤属政治所关,更当朴实明晓,不得稍有激刺、挑唆、反间,故令人惊奇危惧之笔。且具本章,不得用:"龙德""龙颜"及"百灵""承运""社稷""宗庙"等妖魔字样。至祝寿浮辞,如"鹤算""龟年""岳降""嵩生"及"三生有幸"字样,尤属不伦,且涉妄诞。推原其故,盖由文墨之一,或少年气盛,喜骋雄谈;或新进恃才,欲夸学富、甚至舞文弄笔,一语也而抑扬其词,则低昂遂判;一事也而参差其说,则曲直难分。倘或听之不聪,即将贻误是匪浅。可见用浮文者不惟无益于事,而且有害于事也。

本军师等近日登期,荷蒙真圣主面降圣诏:"首要认识天恩、主恩、东西王恩。次要实叙其事,从某年月日而来,从何地何人证据,一一叙明,语语确凿。不得一词娇艳,毋庸半字虚浮。但有虔恭之意,不须古典之言。……嗣后本章禀奏,以及文移书启。总须切实明透,使人一目了然,才合天情,才符真道。切不可仍蹈积习,从事虚浮,有负本军师等谆谆谕戒之至意焉。特此宣谕,各宜凛遵。"(均见《戒浮文巧言谕》)

(点评:这里提及公文类的写作原则,"弃伪存真,去浮存实。"太平天国领袖要求全国公文勿用虚言巧语,要删减浮文,要朴实明晓。反对朝政公文中“封建集权社会”之“妄诞”之语,尤其重视实用公文的真实性和通俗性。但勿要半个虚浮文字出现,也未免是对文学虚构特征的一种误解。)

梅曾亮:

曰:空而善积者,人之情也,习而善变者,物之态也。积者日故,变者日新,新故环生,不得须臾平,而激而成声,动而成文。故无我不足以见诗,无物亦不足以见诗,物与我相遭,而诗出于其间也。今以吾一人之身,俄而廊庙,俄而山水,俄而斋居,俄而觞咏,将拘拘然类以居之,派以别之,取古人之所长而分拟之,是知有物而不知有我也。若昧昧焉不揣其色,不别其声,而好为大,曰不则其境隘;好为庄,不则其体徘,好为悲,不则其情荡,是知有我,而不知有物也。知有物而不知有我,则前乎吾后乎吾者,皆可以为吾之诗,而吾如未尝有一诗。知有我而不知有物,则道不肖乎形,机不应乎心,日与万物游,而未尝识其情状焉,谓千万诗如一诗可也。然则诗恶乎工?曰:肖乎吾之性情而已矣,当乎物之情状而已矣。审其音,玩其辞,晓然为吾之诗,为吾与是物之诗,而诗之真者得矣。夫水之恃源也,饮一勺而知海味,其性全也。日月旁魄于三十八万七千里之外,而一隙容其光,神不穷于分也。(《李芝龄先生诗集后跋》)

(点评:如何使文章获得真品性?批评家指出,物我相激而成文,主客相动而成声,诗文是“我”和“物”两方面结合的产物。只有在“肖乎吾之性情”“当乎物之情状”这两方面——即体现作者的真性情描摹对象的真情状两个方面都做得比较好,方可写出真诗,方才使读者受到感染和触动。这尤其需要诗人的表现才结。)

陈其泰:

一部《红楼梦》读法,尽此十六字,即尽此一情字。(因色见空,由色生情,传情入色,自色悟空。)

“《国风》好色而不淫,《小雅》怨诽而不怒(乱)。若《离骚》者,可谓兼之。”继《离骚》者,其惟《红楼梦》乎?(谁解其中味?)

以真事隐假语村言作起,以真事隐假语村言作末回归结,手笔超妙。作书本旨,欲脱尽陈言,独标新义。开卷一回,戛戛独造,引人入胜。文心绝世。女娲炼石补天处,石破天惊逗秋雨。文境如是,不识看书者能点头否耶?

若金玉姻缘之说，信而有征。何以总冒出叙通灵缘起，绝无一字提及金锁耶？宝钗伪造金锁，倡金玉之说以惑人，显然可见。（《桐花凤阁评红楼梦（第一回）》）

（点评：这是清朝首次从“情”字入手，集中概括宝玉性格特点的批评文字，对于揭示贾宝玉反世俗、反道学的精神具有重要意义。他认为一部《红楼梦》“尽此一情字”，而情之本质在知心而非淫欲，固有宝玉之评：“宝玉之情，不在私情，而在真情。”对宝黛二人追求天然的人性、自然的爱情大力肯赞，显示出作者高超的艺术品鉴力。）

文龙：

……《金瓶梅》盛行时，遂无人不有一西门庆在目中、意中焉。其为人不足道也，其事迹不足传也，而其名遂与日月同不朽，是何故乎？作《金瓶梅》者，人或不知其为谁，而但知为西门庆作也。批《金瓶梅》者，人或不知其为谁，而但知为西门庆批也。西门庆何幸，而得作者之形容，而得批者之唾骂。世界上恒河沙数之人，皆不知其谁，反不如西门庆之在人口中、目中、心意中，是西门庆未死之时便该死，既死之后转不死，西门庆亦幸矣哉！夫人生世上，终有死日。乃生不愿与西门庆同生，而死竟与西门庆同死，是可哀也。（《金瓶梅回评》第七十九回）

（点评：批评家文龙对人物典型的艺术价值具有较清醒的认识，该文字涉及艺术真实问题。他认为《金瓶梅》一书“人为世间常有之人，事为世间常有之事”，即源自现实又高于现实，作家进行了一定的必要加工——予以概括和典型化，使其更有独特个性和普遍说服力，并且，他还以求细、得真作为评价小说的两个重要标准。）

何绍基：

凡学诗者，无不知要有真性情，却不知真性情者，非到作诗时方去打算也。平日明理养气，于孝悌忠信大节，从日用起居及外间应务，平平实实，自家体贴得真性情，时时培护，时时持守，不为外物摇夺。久之，则真性情方才固结到身心上，即一言语，一文字，这个真性情时刻流露出来。然虽时刻流露，以之作诗作文，尚不能就算成家者。以此真性情虽偶然流露，而不能处处发现，因作诗文自有多少法度，多少工夫，方能将真性情搬运到笔墨上。又性情是浑然之物，若到文与诗上头，便要有声情气韵，波澜推荡，方得真性情发现充满，使天下后世见其所作，如见其人,如见其性情。若平日知持养,临提笔时要他有真性情,何尝没得几句惊心动魄的,可知道这性情不是暂时撑支门面的,就是从人借来的,算不得自己真性情也。(《与汪菊士论诗》)

(点评:批评家推崇一种超乎流俗的真性情,需主体平时不断用心涵养和陪护,作为一种灵性的自然流露,靠平日积理、养气方能所得。)

王韬:

自中外通商以来,天下之事繁变极矣,见所未见,闻所未闻,一切奇技瑰巧,皆足以凿破天机,斫削元气,而泄造化阴阳之秘。其间斗智斗力,情伪相感而利害生,交际相乘而得失生,强弱相形而凌侮生,诚诈相接而悔吝生。四十余年中,所以驾驭之者,窃谓未得其道也。草野小民,独居深念,愁然忧之,时以所见达之于日报,事后每自幸其所言之辄验,未尝不咨嗟太息,而重为反复以言之。无奈言之者谆谆,而听之者藐藐也。(《弢园文录外编自序》)

(点评:游学海外多年、深受西方文化影响的批评家王韬,主张诗歌当写我之性情、己之胸臆,从而见出“自异”来。诗论主张“立异”,要求“自有一家面目”,强调“意奇”,论文力举“纪事述情,自抒胸臆”,表达真情实意。其数十年文学作品坚持要表达真情诚意,不受外界约束,而应一吐为快。其时代的忧患意识极为强烈。在清末初知识分子中具有一定普遍性。)

魏秀仁:

……夫所谓痕者,花有之,花不得而有之;月有之,月不得而有之者;何谓不得而有之也?开而必落者,花之质固然也,自人有不欲落之之心,而花之痕遂长在矣。圆而必缺者,月之体亦固然也,自人有不欲缺之之心,而月之痕遂长在矣。故无情者,虽花妍月满,不殊寂寞之场;有情者,即月缺花残,仍是团圆之界,此就理而言之也。(《〈花月痕〉后序》)

(点评:明末清初的才子佳人型小说发展到近代演变为狭邪冶游型小说,作者往往有过一段风月场上的亲身经历,拥有足够的素材和强烈的情感冲动来完成作品。故此类作品存在鲜明的虚与实、生活真实和艺术真实的关系问题,争辩一度很是激烈。此文的高明之处在于他较为清晰地分析了创作客体和主体各自特点及互相结合,指出了创作进程中的三个层次——实体“花月”、意念“花月”、主客体融合之“花月”——即与世长存的花月之“痕”，尤其强调了主体情感、意志在创作过程中融合、统一主客体的重要性。）

王国维：

有有我之境，有无我之境。“泪眼问花花不语，乱红飞过秋千去”“可堪孤馆闭春寒，杜鹃声里斜阳暮”，有我之境也。“采菊东篱下，悠然见南山”“寒波澹澹起，白鸟悠悠下”，无我之境也。有我之境，以我观物，故物皆著我之色彩。无我之境，以物观物，故不知何者为我，何者为物。古人之词，写有我之境者为多，然非不能写无我之境，此在豪杰之士能自树立耳。（之三）

无我之境，人惟于静中得之。有我之境，于由动之静时得之。故一优美，一宏壮也。（之四）

境非独谓景物也。喜怒哀乐，亦人心中之一境界。故能写真景物、真感情者，谓之有境界，否则谓之无境界。（之六）

词至李后主而眼界始大，感慨遂深，遂变伶工之词而为士大夫之词。周介存置诸温、韦之下，可谓颠倒黑白矣。“自是人生长恨水长东。”“流水落花春去也，天上人间”，《金荃》《浣花》，能有此气象耶？（之十五）

词人者，不失其赤子之心者也。故生于深宫之中，长于妇人之手，是后主为人君所短处，亦即为词人所长处。（之十六）

尼采谓：“一切文学，余爱以血书者。”后主之词，真所谓以血书者也。宋道君皇帝《燕山亭》词亦略似之。然道君不过自道身世之戚，后主则俨有释迦、基督担荷人类罪恶之意，其大小固不同也。（之十八）

大家之作，其言情也必沁人心脾，其写景也必豁人耳目，其辞脱口而出，无矫揉装束之态。以其所见者真，所知者深也，诗词皆然。持此以衡古今之作者，可无大误矣。（之五十六）

诗人必有轻视外物之意，故能以奴仆命风月。又必有重视外物之意，故能与花鸟共忧乐。（之六十一）

“昔为倡家女，今为荡子妇。荡子行不归，空床难独守”、“何不策高足，先据要路津。无为久贫贱，轗轲长苦辛”，可谓淫鄙之尤。然无视为淫词、鄙词者，以其真也。五代、北宋之大词人亦然。非无淫词，然读之但觉亲切动人。非无鄙词，然但觉其精力弥满。可知淫词与鄙词之病，非淫与鄙之为病，而游词之病也。“岂不尔

思,室是远而。”而子曰:“未之思也,夫何远之有?”恶其游也。(之六十二)

(以上均选自王国维《人间词话》)

(点评:王国维根据物我关系将作品中呈现出的关系分为“有我之境”和“无我之境”,其突出特征是“真”,即创作主体没有过多受到外界诱惑或干扰,而表现出一种生命的真性情,描写世界的本然乃至揭示人生的真谛。“故能写真景物,真感情者谓之有境界,否则谓之无境界。”其评价李后主和纳兰性德词作,即能充分表现文学之真,真情真景。)

况周颐:

填词要天资,要学力。平日之阅历,目前之境界,亦与有关系。无词境,即无词心。矫揉而强为之,非合作也。境之穷达,天也,无可如何者也。雅俗,人也,可择而处者也。

词笔固不宜直率,尤切忌刻意为曲折。以曲折药直率,即已落下乘。昔贤朴厚醇至之作,由性情学养中出,何至蹈直率之失。若错认真率为直率,则尤大不可耳。

真字是词骨。情真、景真,所作为佳,且易脱稿。

吾听风雨,吾览江山,常觉风雨江山外有万不得已者在。此万不得已者,即词心也。而能以吾言写吾心,即吾词也。此万不得已者,由吾心酝酿而出,即吾词之真也,非可强为,亦无庸强求,视吾心之酝酿何如耳。吾心为主,而书卷其辅也。书卷多,吾言尤易出耳。(均选自《蕙风词话》卷一)

词贵有寄托。所贵者流露于不自知,触发于弗克自已。身世之感,通于性灵。即性灵,即寄托,非二物相比附也。横亘一寄托于搦管之先,此物此志,千首一律,则是门面语耳,略无变化之陈言耳。于无变化中求变化,而其所谓寄托,乃益非真。昔贤论灵均书辞,或流于跌宕怪神,怨怼激发,而不可以为训,必非求变化者之变化矣。夫词如唐之《金荃》,宋之《珠玉》,何尝有寄托,何尝不卓绝千古,何庸为是非真之寄托耶?(选自《蕙风词话》卷五) (民国刻惜阴堂丛书本《蕙风词话》)

(点评:况周颐尤其重视词人的主体精神,他提出“词心”说,以强调艺术之“真”。《蕙风词话》卷一曰:“真字是词骨。情真、景真,所作必佳,且易脱稿。”即是说词人接触的人事、遭遇、经历、见闻等一切经过主体胸襟的涵融、人格的浸染和情怀的洗礼,便可形成独特的心象,以其为载体表达词人的情思,方可形成词心。这是传统"寄托"说基础上的另一种提法。)

齐如山:

然改的恰到好处喽,自是很难;漫漫的一步一步地进,也不甚难;若稍微将现时戏文的大毛病改改,尤其容易。如今将鄙人所听过码曲的大毛病,议论一两处。比方时调小曲,窑调、码头调,大概有多一半都是淫词;该禁止的很多,自不必提。如哈哈腔、河南梆子、嘣嘣腔、滦州影等戏,没有讲儿的也是颇多。常听见一出名《杨二舍化缘》,里头有"我问你吃得饱不饱?小肚子吃了个滚瓜圆。我问你在那儿拉的屎?道北呢台上拉了一摊。我问你用什么擦的腚?旁过有个半头砖"。这种戏文,不但令听者作呕,且是一点道理也没有,就以问人说,问人吃饱了没有,还像一句话。若问人在那出的恭,便算多此一举。巡警都没这们一问。到了问人用什么擦屁户,这更不成事体了。他若出喽恭不擦屁户,那不是冤人么,所以更没有问的道理。又听见河南梆子上《陈州放粮》,皇上对包公唱"这是正官娘娘烙的饼,寡人我亲手与你卷大葱"。娘娘亲手烙饼,他本在宫里头,我们也没看见,不必议论。若君臣在金銮殿上,放着政事不办,吃起烙饼卷大葱来,大家想想,有这个道理么?又听见一出上,唱"有喽一日得了天合下,我坐朝来你坐廷"。"天"合"下"两次得来,"朝"合"廷"分着坐去,尤其没讲儿。这类的臭戏文,真不知有多少,一时也论不清。……(《说戏》)

(点评:齐如山充分认识到中西戏剧各自特征鲜明,西方话剧重"真",而中国戏剧多失"真",不符合生活情理处甚多。他指出应中西结合,取长补短。同时,他还认识到中国戏剧具有虚拟性和写意性的民族特征。虚拟者,是就戏剧艺术的程式和表现而言。)

《艳阳楼》近来演这出戏,唱花脸的于打上之后,总使跟包地抱出一抱家活来,自己随便用。黑夜之间,有人来拿且是已经交了手,怎么能有这么从容呢?这不成两技师比舞咧么?就以换家活说,也应当每次出场时在内场换好,算是形容黑夜摸着什么算什么。若是居然有人给抱着兵器在旁边一立,这近乎情理么?这都是名脚的习气,然而台下欢迎他,说脚色阔、讲究,其实离情理太远。

《金钱豹》正演着戏,喝茶,在外国是绝无有的事。就是中国旧戏,饮场也还有一定的候。如今可不然,什么时候他都许喝。尝见演《金钱豹》,无论那一位都是将猴叉住以后,他喝碗茶。事情也许这么从容么?猴就那么老实么?这也都是习气,不管戏情,可是台下也说是脚色讲究。

以上这些情形,虽不敢说出出戏都有,然有的可也很多。不但演戏,做什么事情,也是很容易长习气的,况且台下欢迎,岂不尤其容易长呢!所以说,看戏须多在戏情上留神,不必欢迎习气,或者可以感化脚色改一改,戏界也可有点进步。(《观剧翻言》(选录),选自京师京华印书局版《观剧建言》)

(点评:齐如山鲜明指出戏剧改良的方向是真、善、美的统一,他在剧论中大量笔墨举例论证说这个戏剧不太符合生活的逻辑,在"求真"上还很不够。在"真"的基础上方可求美,"演戏本为一种美术,不像真的不成,太像真的也不成。……所以在真的之中,又添上许多美观的姿态。"并由此对剧作家和演员等都提出了很多要求。虽未明言戏剧作为文学之一种,在虚构和想象乃至体式转换方面的巨大空间,但其论源自生活之真、日常逻辑之真,则是应当充分肯定的。)

严复:

昔者鲁东家,太息《关雎》乱。紫色杂鼃声,何由辨真滥。文章一小技,旧戒丧志玩。汩汩俗尘中,持是聊足浣。譬彼万斛泉,回洑生微澜。奔雷惊电馀,往往造平淡。每怀古作者,令我出背汗。光景随世开,不必唐宋判。大抵论诗功,天人各分半。诗中常有人,对卷若可唤。捻花示微旨,悟者一笑粲。举俗爱许浑,吾已思熟烂。(《说诗用琥韵》)

(点评:向西方寻求救国真理的近代学者严复,指出文学是"载理想""达感情"的,认为"三百篇皆发愤作"。他强调"真",主张"发乎自然,达于至深,而莫能自已",做到"诗中常有人,对巷若可唤",使读者通过文字感受到其中的真情实感和作家鲜明的个性特征。)

洪秀全:

从来创说者事贵出乎实,不宜尽出于虚。然实之中,虚亦不可无者也。苟事事皆实,则必出于平庸,无以助诙谐者一时之听。苟事事皆虚,则必过于诞妄,无以服稽古者之心。是以余之创说也,虚实而兼用焉。至于中日之战,天庄台敬畏之羞，刘公岛献船之酗，与关订约，台澎割地，种种实事，若尽将其详而遍载之，则国人必以我为受敌人之贿，以扬中国之耻；若明知其实，竟舍而不登，则人又或以我为畏官吏之势，而效金人之缄口。（《中东大战演义自序》）

（点评：文学中的“虚”与“实”是贯穿明清文坛数百年的两个重要范畴，对其关系认识并进行辨析，曾引发众多文论家的注意。洪兴全认为“苟事事皆实，则必出于平庸，无以助诙谐者一时之听。苟事事皆虚，则必过于诞妄，无以服稽古者之心。”肯定小说必须建立在真实的基础之上，其信史观念可谓根深蒂固。据此，他要求作家，还必须讲究创作方法。“虚实兼用”，实中有虚，但在民族遭受凌辱的鸦片战争之后，“详而遍载”的近乎纪实的写作方法，无异于是自然写实主义，更贴近时代的本色与真相，具有很强的现实意义和爱国色彩。其“虚实兼用”观倡导在生活真实基础上进行虚构、夸张而反对模拟和捏造，这些都与文艺本身的趋势、特征和规律相吻合。）

狄葆贤：

文之至实者，莫如小说；文之至虚者，亦莫如小说。而小说之能事，即于是乎在。夫人之恒情，常不以现历有限之境界自满足，而欲游于他界，此公例也。欲游他界，其自动者有二：曰想，曰梦。其他动者有四：曰听讲，曰观剧，曰看画，曰读书。然想也者，非尽人而能者也。梦也者，无自主之权者也。……故能有书焉导人于他境界，以其至虚行其至实，则感人之深，岂有过此？小说者，实举想也梦也讲也剧也画也合炉而冶之也。（《论文学上小说之地位》）

（点评：本篇文字认为小说有五大特征：繁、今、拽、俗、虚。所谓“虚”者，是“举想也梦也讲也剧也画也合炉而冶之”，“以其至虚行其至实”，将小说当作一个宽广的舞台，倾情演绎，而吸引读者之耳目，流连忘返。这是从艺术效果层面来论文艺作品之诚信的。）

吴沃尧：

吾人于此道德沦亡之时会，亦思所以挽此浇风耶，则当自小说始。是故吾发大誓愿，将遍撰译历史小说，以为教科之助。历史云者，非徒记其事实之谓也，旌善惩恶之意实寓焉。旧史之繁重，读之固不易矣，而新辑教科书，又适嫌其略。吾于是欲持此小说，窃分教员一席焉。他日吾穷十年累百月而幸得杀青也，读者不终岁而可以毕业;即吾今日之月出如干页也,读者亦收月有记忆之功,是则吾不敢以雕虫小技,妄自菲薄也。……吾既欲持此小说以分教员之一席,则不敢不审慎以出之。……庶几借小说之趣味,之感情,为德育之一助云尔。(《月月小说序》)

(点评:吴沃尧认为历史小说,并非一味地客观纪实,“旌善惩恶之意实寓焉”。而是以历史为基础,在真人真事的基础上有所虚构和想象,通过作家多元的艺术手法,对读者产生吸引力,身临其境,借古鉴今。这就清晰地区分了历史小说和历史事实之关联,于小说创作的推进是有认识意义的。)

龚自珍:

何以谓之“完”也?海秋心迹尽在是,所欲言者在是,所不欲言而卒不能不言在是,所不言而竟不言,于所不言求其言亦在是。要不肯挦扯他人之言以为己言,任取一篇,无论识与不识,曰:此汤益阳之诗。(《书汤海秋诗集后》)

(点评:龚自珍以汤海秋的诗为例论文艺关键词“完”,即作家把能言、现实原因不能言的都寄存于文字之间,让人一看就是他的诗,个性鲜明绝不会混淆,便是真诚地抒发自己的思想感情,真实而深刻地表现作者独有的个性,达到“诗”与“人”的高度融合与统一。在封建压制的传统社会,这是艺术层面一种很高境界的“诚信”。)

鲁迅:

人有读古国文化史者,循代而下,至于卷末,必凄以有所觉,如脱春温而入于秋肃,勾萌绝朕,枯槁在前,吾无以名,姑谓之萧条而止。盖人文之留遗后世者,最有力莫如心声。古民神思,接天然之宫,冥契万有,与之灵会,道其能道,爰为诗歌。其声度时劫而入人心,不与缄口同绝;且益曼衍,视其种人。递文事式微,则种人之命运亦尽,群生辍响,荣华收光;读史者萧条之感,即以怒起,而此文明史记,亦渐临末页矣。凡负令誉于史初,开文化之曙色,而今日转为影国者,无不如斯。(《摩罗诗力说》之一)

今且置古事不道,别求新声于异邦,而其因即动于怀古。新声之别,不可究详;致力足以振人,且语之较有深趣者,实莫如摩罗诗派。摩罗之言,假自天竺,此云天魔,欧人谓之撒旦,人本以目裴伦(G. Byron)。今则举一切诗人中,凡立意在反抗,指归在动作,而为世所不甚愉悦者悉入之,为传其言行思惟,流别影响,始宗主裴伦，终以摩迦文士。凡是群人，外状至异，各禀自国之特色，发为光华；而要其大归，则趣于一：大都不为顺世和乐之音，动吭一呼，闻者兴起，争天拒俗，而精神复深感后世人心，绵延至于无已。虽未生以前，解脱而后，或以其声为不足听；若其生活两间，居天然之掌握，辗转而未得脱者，则使之闻之，固声之最雄桀伟美者矣。然以语平和之民，则言者滋惧。(《摩罗诗力说》之一)

上述诸人，其为品性言行思维，虽以种族有殊，外缘多别，因现种种状，而实统于一宗：无不刚健不挠，抱诚守真；不取媚于群，以随顺旧俗；发为雄声，以起其国人之新生，而大其国于天下。求之华土，孰比之哉？夫中国之立于亚洲也，文明先进，四邻莫之与伦，蹇视高步，因益为特别之发达；及今日虽周乡苓，而犹与西欧对立，此其幸也。顾使往昔以来，不事闭关，能与世界大势相接，思想为作，日趋于新，则今日方卓立宇内，无所愧逊于他邦，荣光俨然，可无苍黄变革之事，又从可知尔。故一为相度其位置，稽考其邂逅，则震旦为国，得失滋不云微。得者以文化不受影响于异邦，自具特异之光彩，近虽中衰，亦世稀有。失者则以孤立自是，不遇校雠，终至堕落而之实利；为时既久，精神沦亡，逮蒙新力一击，即砉然冰泮，莫有起而与之抗。(《摩罗诗力说》之九)

今索诸中国，为精神界之战士者安在？有作至诚之声，致吾人于善美刚健者乎？有作温煦之声，援吾人出于荒寒者乎？家国荒矣，而赋最末哀歌，以诉天下贻后人之耶利米，且未之有也。非彼不生，即生而贼于众，居其一或兼其二，则中国遂以萧条。劳劳独躯壳之事是图，而精神日就于荒落；新潮来袭，遂以不支。众皆曰维新，此即自白其历来罪恶之声也，犹云改悔焉尔。顾既维新矣，而希望亦与偕始，吾人所待，则有介绍新文化之士人。特十余年来，介绍无已，而究其所携将以来归者；乃又舍治饼饵守囹圄之术而外，无他有也。(《摩罗诗力说》之九)

(点评：写出《中国小说史略》和《汉文学史纲要》的鲁迅，不可谓对传统文化没有了解，道出“古书吃人”的他，不可谓对民族经典不熟悉，而留学多年的他，也不可谓不对外域文化之自由、平等等思想精髓青睐和向往。然，作为文论家的鲁迅，其一生是践行“诚信”的典范。面对现实境遇，在体验和感受中，遵从内心的真实呼唤而发声，而战斗。

在此文中，鲁迅提出“别求新声于异邦”，呼唤异邦唯美、雄杰之声来促使国民的自觉，他认为这是改革当时文学的重要途径。他彻底批判封建思想压制人性、禁锢自由的罪恶，主张与封建文学彻底决裂。他认为，唯有提倡“立意在反抗，指归在动作”的摩罗精神,方可在中国培养出拜伦那样的精神界战士,冲破封建专制的罗网,激起国人和民族的新生。纵观鲁迅一生,其文艺思想和创作实践,其毕生奔走呼号和论战姿态等,都是践行“诚信”的最好教材,体现出了一名学者、作家心与思的吻合,言与行的一致,其外在行为和创作与其所思、所想皆因“诚”而发。类似例子在五四前后不胜枚举,兹选一例,以管中窥豹。)

第五编　中国传统文论蕴含“敬业”价值观资源

【思考着力点】:

1. 文论家的身份定位:是纯作家、政治家还是批评家?这关涉到他(她)的职业、本职工作等;

2. 立足于传统文论文本,同时兼顾其生平经历和创作初衷等,内、外结合形成“互文”,便于通观和行文;

3. 对“敬业”词汇本身应做多元理解,要在动态发展中厘清它在中国传统文论中的不同内涵;

4. 古代有的文论家以身作则,创作和文论一致,以“道统”自居和传承;

5. 文论家勤勉著书、著作等身,用厚重的作品说话;

6. 文论家对自身文体、观点的坚守,毫不妥协,并提出己见;

7. 在子女教育上各守本分,各尽其责,具有中国家族宗法和礼节的传承;

8. 对做人道理的极力弘扬和坚守,不放松要求;

9. 恪守文学创作之职业道德

10. 传统文论中体现古人是如何“乐群”的?关乎人际关系的处理方面;

11. 传统文论中体现热爱、克制、责任心、事业心等方面,尤其是专注和执著;

12. 传统文论中古人的身份和职业道德有何关联?

13. 各行各业不同,但相同在于忠于职守,考察古代文化家本“职”上有何表现?

14. 传统文论中关于“德”与“艺”的关系论述;

15. 传统文论中“敬业”价值观的主体精神与人文品格;

16. 传统文论涵养“敬业”价值观的现实价值与当代启迪;

17. 传统文论中“敬业”价值观的创造性转化与创新性发展问题。

【先秦两汉阶段】

屈原:

惜诵以致愍兮,发愤以抒情。所非忠而言之兮,指苍天以为正。令五帝以折中兮,戒六神与向服。俾山川以备御兮,命咎繇使听直。竭忠诚而事君兮,反离群而赘肬。忘儇媚以背众兮,待明君其知之。言与行其可迹兮,情与貌其不变。……纷逢尤以离谤兮,謇不可释。情沉抑而不达兮,又蔽而莫之白。心郁邑余侘傺兮,又莫察余之中情。固烦言不可结而诒兮,愿陈志而无路。退静默而莫余知兮,进号呼又莫吾闻。申侘傺之烦惑兮,中闷瞀之忳忳。(《九章·惜诵》)

(点评:屈原以自身经历、遭遇和情感道出了“发愤以抒情”的著名命题。在《九章·惜诵》篇及《离骚》《哀郢》中,屈原以近乎独白式的文字表达了他对祖国的挚爱与忠诚,这种强烈而浓郁的情感是建立在他作为楚国臣子忠心耿耿、十分“敬业”基础之上的。博闻强识和明于之乱的他自小立下高远志向,不料在职场招致嫉妒和排挤,国君听信小人谗言而失信,致使他流放的遭遇无可避免。他仍然用诗意、优美的文字表明自己希望振兴楚国的强烈愿望和希冀国君擦亮眼睛有所作为的态度。这是一种崇高、悲壮的“敬业”,节选此段与当前核心价值观中的“敬业”“爱国”“诚信”等词汇均有紧密关联。)

司马迁:

于是论次其文。七年而太史公遭李陵之祸,幽于缧绁。乃喟然而叹曰:“是余之罪也夫!是余之罪也夫!身毁不用矣!”退而深惟曰:“夫《诗》《书》隐约者,欲遂其志之思也。昔西伯拘羑里,演《周易》;孔子厄陈、蔡,作《春秋》;屈原放逐,著《离骚》;左丘失明,厥有《国语》;孙子膑脚,而论兵法;不韦迁蜀,世传《吕览》;韩非囚秦,《说难》《孤愤》;《诗》三百篇,大抵贤圣发愤之所为作也。此人皆意有所郁结,不得通其道也,故述往事,思来者。”于是卒述陶唐以来,至于麟止,自黄帝始。(《太史公自序》)

古者富贵而名摩灭,不可胜记,唯倜傥非常之人称焉。盖西伯(文王)拘而演《周易》;仲尼厄而作《春秋》;屈原放逐,乃赋《离骚》;左丘失明,厥有《国语》;孙子膑脚,《兵法》修列;不韦迁蜀,世传《吕览》;韩非囚秦,《说难》《孤愤》;诗三百篇,大抵圣贤发愤之所为作也。此人皆意有所郁结,不得通其道,故述往事、思来者。

乃如左丘无目，孙子断足，终不可用，退而论书策，以舒其愤，思垂空文以自见。（《报仁安书》）

且负下未易居，上流多谤议。仆以口语遇遭此祸，重为乡党戮笑，以污辱先人，亦何面目复上父母之丘墓乎？虽累百世，垢弥甚耳！是以肠一日而九回，居则忽忽若有所亡，出则不知其所往。每念斯耻，汗未尝不发背沾衣也！身直为闺合之臣，宁得自引深藏于岩穴邪！故且从俗浮沉，与时俯仰，以通其狂惑。今少卿乃教之以推贤进士，无乃与仆私心剌谬乎？今虽欲自雕瑑，曼辞以自饰，无益于俗，不信，适足取辱耳。要之，死日然后是非乃定。书不能尽意，略陈固陋。谨再拜。（《保任安书》）

（点评：司马迁用自序文字表明创作《史记》的初衷，读者能强烈地通过其所述来窥探到他作为一名历史学家和作家，对写史、创作的忠诚与敬业态度。这其中既有他出身史学世家，受父亲司马谈遗愿与嘱托的影响，更有他遭受宫刑后面对不公正刑罚而做出的对社会、历史和朝政的深入思考，从袒露心声的文字、从入狱后忍气吞声以超乎常人的毅力与决心写史，从《史记》一书庞大的框架与精心的结构，从他本着史家良知来书写信史，从其发誓“究天人之际、通古今之变、成一家之言”的宏愿来看，司马迁的“敬业”精神，都令后人无比敬佩和感动。他不仅为二十四史确立了史学标杆，也成为后来史学家忠诚、敬业的一面镜子。）

扬雄：

或曰：“淮南、太史公者，其多知与？曷其杂也。”曰：“杂乎杂，人病以多知为杂。惟圣人为不杂。”书不经，非书也；言不经，非言也。言、书不经，多多赘矣。（《法言·问神》）

言不能达其心，书不能达其言，难矣哉！惟圣人得言之解，得书之体，白日以照之，江河以涤之，灏灏乎其莫之御也！（《法言·问神》）

或问：“五经有辩乎？”曰：“惟五经为辩：说天者莫辩乎《易》，说事者莫辩乎《书》，说体者莫辩乎《礼》，说志者莫辩乎《诗》，说理者莫辩乎《春秋》。舍斯，辩亦小矣。”（《法言·寡见》）

（点评：著名思想家、辞赋家扬雄十分信奉儒学，建立了以“玄”为中心的哲学体系。他继荀子后提出了明道、征圣、宗经观，认为一切学说和言辞，必以彰明正道为宗旨，必以宗经为最终旨归。其言辞和态度显示出对儒学的虔诚来，从此层面看,扬雄是相当“敬业”的汉代文人。虽有保守的、“认死理”的一面,甚至把言说推向了一种极致,但对后来刘勰系统提出原道、宗经观影响极大,一定程度上也有利于儒家文化在中国后世千秋万代的薪火相传。)

【魏晋至宋元阶段】

曹丕:

盖君子审己以度人,故能免于斯累,而作《论文》。王粲长于辞赋,徐干时有齐气,然粲之匹也。如粲之《初征》《登楼》《槐赋》《征思》,干之《玄猿》《漏卮》《圆扇》《橘赋》,虽张、蔡不过也,然于他文未能称是。琳、瑀之章表书记,今之隽也。应玚和而不壮;刘桢壮而不密。孔融体气高妙,有过人者;然不能持论,理不胜辞;至于杂以嘲戏。及其所善,扬、班俦也。(《典论·论文》)

(点评:人各有长,并非所有文体皆擅。写章表和书记,陈琳、阮隅是最好的;而写辞赋,则孔融可与扬雄、班固相比。节选文字启迪世人,在敬业中要善于运用长处,保持优势,方能才尽其用。)

是以古之作者,寄身于翰墨,见意于篇籍,不假良史之辞,不托飞驰之势,而声名自传于后。故西伯幽而演《易》,周旦显而制《礼》,不以隐约而弗务,不以康乐而加思。夫然,则古人贱尺璧而重寸阴,惧乎时之过已。而人多不强力,贫贱则慑于饥寒,富贵则流于逸乐,遂营目前之务,而遗千载之功。日月逝于上,体貌衰于下,忽然与万物迁化,斯志士之大痛也!融等已逝,唯干著论,成一家言。(《典论·论文》节选)

(点评:论及古人的“敬业”,普遍害怕光阴流逝太快,如一事无成、与物俱化则为“志士之大痛”。于是周文王拘禁中推演《周易》、徐干著《中论》以成一家之言,以获声名不朽。同时,曹丕对今人只顾眼前享乐而忘记创作之大业持有批判的态度。珍惜时间,尽其所能,“立言”干正事儿,是古代文人“敬业”的集中体现。)

曹植:

仆少好为文章,迄至于今二十有五年矣,然今世作者,可略而言也。昔仲宣独步于汉南,孔璋鹰扬于河朔,伟长擅名于青土,公干振藻于海隅,德琏发迹于大魏,足下高视于上京。当此之时,人人自谓握灵蛇之珠,家家自谓包荆山之玉,吾王于是设天网以该之，顿八纮以掩之，今尽集兹国矣。然此数子，犹复不能飞骞绝迹，一举千里。以孔璋之才，不闲于辞赋，而多自谓能与司马长卿同风，譬画虎不成反为狗也，前书嘲之，反作论盛道仆赞其文。夫钟期不失听，于今称之；吾亦不能妄叹者，畏后世之嗤余也。

……吾虽德薄，位为藩侯，犹庶几戮力上国，流惠下民，建永世之业，流金石之功，岂徒以翰墨为勋绩，辞赋为君子哉！若吾志未果，吾道不行，则将采庶官之实录，辩时俗之得失，定仁义之衷，而一家之言，虽未能藏之于名山，将以传之同好，非要之皓首，岂今日之论乎？其言之不惭，恃惠子之知我也。明早相迎，书不尽怀。曹植白。（《与杨德祖书》）

（点评：曹植出生皇家，是建安时期重要文学家，文坛盟主之一。从书信来看，他热爱文学，创作数十年期间将大批文人笼入“囊中”寄文赠答，畅评其文。是对文学之“敬”也；其次，从观点来看，他认为作诗应多与人商讨，多听取别人的意见，多请人修改润饰。因为人们的爱好各不相同的，不能任凭自己的好恶而妄论别人的文章，这是不负责的表现。批评中允、客观而非任性、随意，也是他作为批评家“敬业”的表现之一。再次，推动曹植敬业于文，还有更深一层的心理动因：成一家之言、传之于同好、立言以求不朽。所谓“建永世之业，流金石之功”，是动荡的三国时期很多文人忠心耿耿写作的普遍期待。）

挚虞：

诗之流也，有三言、四言、五言、六言、七言、九言。古诗率以四言为体，而时有一句两句杂在四言之间。后世演之，遂以为篇。古诗之三言者，“振振鹭，鹭于飞”之属是也。五言者，“谁谓雀无角，何以穿我屋”之属是也。六言者，“我姑酌彼金罍”之属是也。七言者，“交交黄鸟止于桑”之属是也。九言者，“洞酌彼行潦挹彼注兹”之属是也。夫诗虽以情志为本，而以成声为节。然则雅音之韵，四言为正。其余虽备曲折之体，而非音之正也。

赋者，敷陈之称，古诗之流也。前世为赋者，有孙卿、屈原，尚颇有古之诗义；至宋玉则多淫浮之病矣。《楚辞》之赋，赋之善者也。故杨子称赋莫深于《离骚》。贾谊之作，则屈原俦也。

若《解嘲》之弘缓优大，《应宾》之渊懿温雅，《达旨》之壮厉忼忾，《应间》之绸缪契阔,郁郁彬彬,靡有不长焉矣。

建安中,魏文帝从武帝出猎,赋,命陈琳、王粲、应玚、刘桢并作。琳为《武猎》,粲为《羽猎》,玚为《西狩》,桢为《大阅》。凡此各有所长,粲其最也。(均见《文章流别论》)

(点评:挚虞的《文章流别论》被誉为是我国第一部规模宏大、体例周密的各体文章总集,开后世文体批评之先河。在体例的创新和时间之先上,都显示出其独特性与重要性。挚虞所处西汉文体增多,为便于区分和借鉴,他分体编撰各体文学,然后附论,追溯诸体文章的起源,考察其发展,列举著名作家作品并略加评论,颇能见出其批评眼光。没有对挚虞同时代和此前数百年中国文学的熟悉与了解,就没有他精湛而透辟的论析。并且,他是在撰有《决疑注》《三辅决录注》等作品之外完成这部批评著作的,其对文学事业的投入、忠贞与"敬业"可见一斑。这里仅节选四个片段,以飨读者。

从此角度看,后世刘勰《文心雕龙》论文体、萧统《文选》、曾国藩《经史百家丛钞》等,无一不是敬业的体现。正是因敬业而催生这几部"体大虑周"之巨制。)

《文心雕龙》中:

人之禀才,迟速异分;文之制体,大小殊功。相如含笔而腐毫,扬雄辍翰而惊梦,桓谭疾感于苦思,王充气竭于思虑,张衡研《京》以十年,左思练《都》以一纪:虽有巨文,亦思之缓也。淮南崇朝而赋《骚》,枚皋应诏而成赋,子建援牍如口诵,仲宣举笔似宿构,阮瑀据案而制书,祢衡当食而草奏:虽有短篇,亦思之速也。若夫骏发之士,心总要术;敏在虑前,应机立断。覃思之人,情饶歧路;鉴在疑后,研虑方定。(《神思》)

(点评:从文思快和慢两个角度论古今文人的写作特点,曹植、王粲等人是才子型,机敏而熟练,一气呵成;扬雄、司马相如、桓谭和王充则属于迟缓型,或思虑过度,或用脑入神,都数十年锤炼,不愧是敬业的典范。他们对心爱的文学事业是忠诚痴迷,倾情投入,方有精品的问世。这是文学创作上对"敬业"的最好诠释。)

子夏监绚素之章,子贡悟琢磨之句,故商赐二子,可与言诗。(《明诗》)

(点评:孔子学生子贡学诗体现出一种难得"敬业"精神,如切如磋,如琢如磨,好像骨角切开了还要磋平,玉器雕刻了还要打磨,达到此种境界,孔子看来方可与之言诗,这种敬业是一种领悟上的执着,也是欣赏作品的必要条件。)

逮及七国力政,俊乂蜂起。孟轲膺儒以磬折,庄周述道以翱翔。墨翟执俭确之教,尹文课名实之符,野老治国于地利,驺子养政于天文,申商刀锯以制理,鬼谷唇吻以策勋,尸佼兼总于杂术,青史曲缀于街谈。承流而枝附者,不可胜算,并飞辩以驰术,餍禄而馀荣矣。(《诸子》)

(点评:记载战国各流派在政治舞台上异彩纷呈的局面,"敬业"地表演——比如墨子执行勤俭刻苦的教训,鬼谷子用口舌辩论来建立功勋,等等,他们展示各自的才华和特色,不但造就了诸子百家百花齐放的繁盛局面,也为后学开辟了坦途。

从某种意义上来说,在纷争动乱的春秋战国时期诸子之所以群起并立,固然有其客观土壤,然他们敬业精神的发挥,是激发文士潜能从而在思想、口才、写作方面均取得巨大成就的重要原因之一。)

至如仲任置砚以综述,叔通怀笔以专业,既暄之以岁序,又煎之以日时,是以曹公惧为文之伤命,陆云叹用思之困神,非虚谈也。

夫学业在勤,故有锥股自厉;志于文也,则有申写郁滞。故宜从容率情,优柔适会。若销铄精胆,蹙迫和气,秉牍以驱龄,洒翰以伐性,岂圣贤之素心,会文之直理哉!

……是以吐纳文艺,务在节宣,清和其心,调畅其气,烦而即舍,勿使壅滞,意得则舒怀以命笔,理伏则投笔以卷怀,逍遥以针劳,谈笑以药倦,常弄闲于才锋,贾馀于文勇,使刃发如新,腠理无滞,虽非胎息之万术,斯亦卫气之一方也。(《养气》)

(点评:论及创作中必要的"养气",如王充、曹褒那样在屋内四处安放笔砚来写作,按时日来逼迫自己提笔钻研,刘勰提示在"敬业"的同时也要懂得保养,不劳神苦思、呕心沥血来写作,不勉强消耗和顺的体气。不顾体性、不懂休息便会损害本性和缩短寿命,是不可取的,这在古今都具有很强的启迪意义。)

详观近代之论文者多矣:至如魏文述典,陈思序书,应瑒文论,陆机《文赋》,仲治《流别》,弘范《翰林》,各照隅隙,鲜观衢路,或臧否当时之才,或铨品前修之文,或泛举雅俗之旨,或撮题篇章之意。魏典密而不周,陈书辩而无当,应论华而疏略,陆赋巧而碎乱,《流别》精而少功,《翰林》浅而寡要。又君山、公干之徒,吉甫、士龙之辈,泛议文意,往往间出,并未能振叶以寻根,观澜而索源。不述先哲之诰,无益后生之虑。

盖《文心》之作也,本乎道,师乎圣,体乎经,酌乎纬,变乎骚:文之枢纽,亦云极矣。若乃论文叙笔,则囿别区分,原始以表末,释名以章义,选文以定篇,敷理以举统:上篇以上,纲领明矣。至于剖情析采,笼圈条贯,摛《神》《性》,图《风》《势》,苞《会》《通》,阅《声》《字》,崇替于《时序》,褒贬于《才略》,超常于《知音》,耿介于《程器》,长怀《序志》,以驭群篇:下篇以下,毛目显矣。位理定名,彰乎大衍之数,其为文用,四十九篇而已。

夫铨序一文为易,弥纶群言为难,虽复轻采毛发,深极骨髓,或有曲意密源,似近而远,辞所不载,亦不可胜数矣。……擘肌分理,唯务折衷。按辔文雅之场,环络藻绘之府,亦几乎备矣。但言不尽意,圣人所难,识在瓶管,何能矩矱。茫茫往代,既沉予闻;眇眇来世,倘尘彼观也。

赞曰:生也有涯,无涯惟智。逐物实难,凭性良易。傲岸泉石,咀嚼文义。文果载心,余心有寄。(均见《序志》)

(点评:从交代写作的目的、原则及《文心雕龙》批评职责的构成来看,刘勰论文是执着和投入的。他探寻文章到极点,秉承“四项基本原则”,论述数十种文体、涉猎古今那么多作家,非浅尝辄止,而是穷尽源流、探寻规律。作为批评家,他是敬业与虔诚的,是文学批评史上当之无愧的“劳模”。刘勰志向高远,用心血在写作,用“敬业”铸就了《文心雕龙》的厚重。)

《世说新语》中:

孝武将讲《孝经》,谢公兄弟与诸人私庭讲习。车武子难苦问谢,谓袁羊曰:“不问,则德音有遗,多问,又重劳二谢。”袁曰:“必无此嫌。”车曰:“何以知尔?”袁曰:“何尝见明镜于屡照,清流惮于惠风?”(《言语》)

(点评:成语“明镜不疲”即源于此,是指明亮的镜子不为频繁地照人而疲劳,比喻人的智慧不会因使用而受损害。袁羊一番话打消了车武子的疑虑,“你什么时候见过明镜因多次照而疲劳,清澈的流水因和风吹拂而厌烦的呢?”学问切磋是被人重视和实现价值的时候,这种不厌其烦地赐教正是“敬业”的体现。)

谢镇西少时,闻殷浩能清言,故往造之。殷未过有所通,为谢标榜诸义,作数百语。既有佳致,兼辞条丰蔚,甚足以动心骇听。谢注神倾意,不觉流汗交面。殷徐语左右:“取手巾与谢郎拭面。”(《文学》)

(点评:说者没觉得累,听者反倒汗流满面,这是古代清淡中独特的奇观。名士殷浩口若悬河地说了几百句,阐释道理谈吐风雅,而谢尚则全神贯注。双方都是敬业、投入的典范。)

孙安国往殷中军许共论,往反精苦,客主无闲。左右进食,冷而复暖者数四。彼我奋掷麈尾,悉脱落,满餐饭中。宾主遂至莫忘食。殷乃语孙曰:“卿莫作强口马,我当穿卿鼻。”孙曰:“卿不见决鼻牛,人当穿卿颊。”(《文学》)

(点评:孙安国和殷浩都是擅长清谈的名士,将遇良才,一来一往辩论十分激烈。他们忘记了桌上饭菜,凉了热,热了又凉,辩论到晚上竟忘记了夜餐。文字记叙了二人的俏皮和诙谐,其敬业令人动容。)

孝武帝问王爽:“卿何如卿兄?”王答曰:“风流秀出臣不如恭,忠孝亦何可以假人!”(《方正》)

(点评:王爽与兄长各有优长,他自信在“忠孝”方面因敬业而无人匹敌。)

阮思旷奉大法,敬信甚至。大儿年未弱冠,忽被笃疾。儿既是偏所爱重,为之祈请三宝,昼夜不懈。谓至诚有感者,必当蒙祐。而儿遂不济。于是结恨释氏,宿命都除。(《尤悔》)

(点评:阮思旷笃信佛教,在儿子生病后立即虔诚地向佛教三宝祈祷,昼夜不停歇。但并没有得到佛祖保佑,此后与佛结怨也绝缘。)

《颜氏家训》中:

上智不教而成,下愚虽教无益,中庸之人,不教不知也。……凡庶纵不能尔,当及婴稚识人颜色、知人喜怒,便加教诲,使为则为,使止则止,比及数岁,可省笞罚。父母威严而有慈,则子女畏慎而生孝矣。吾见世间无教而有爱,每不能然,饮食运为,恣其所欲,宜诫翻奖,应呵反笑,至有识知,谓法当尔。骄慢已习,方复制之,捶挞至死而无威,忿怒日隆而增怨,逮于成长,终为败德。孔子云:“少成若天

性,习惯如自然。”是也。俗谚曰:“教妇初来,教儿婴孩。”诚哉斯语!(《教子》)

(点评:此文讲到两层“敬业”:一是古代父母确立威严而慈祥的形象后,子女自然产生敬畏之心,因谨慎产生孝心。这是中国传统宗法制主导下对父母的“敬业”,具有民族特色;二是主张父母对子女要从小严加管教,多投入,树立威信,孩子长大后就不会骄横傲慢,做出败坏品德的事情。这是长辈教育层面的“敬业”,符合人的成长规律和特点。)

父子之严,不可以狎;骨肉之爱,不可以简。简则慈孝不接,狎则怠慢生焉。由命士以上,父子异宫,此不狎之道也;抑搔痒痛,悬衾箧枕,此不简之教也。(《教子》)

(点评:父亲在孩子教育上要慈爱,但不可过分亲昵,要讲究礼节。这是中国礼文化在家庭中的折射,也是传统家教方式的精髓之一。)

生民之本,要当稼穑而食,桑麻以衣。蔬果之畜,园场之所产;鸡豚之善,树圈之所生。复及栋宇器械,樵苏脂烛,莫非种植之物也。至能守其业者,闭门而为生之具以足,但家无盐井耳。令北土风俗,率能躬俭节用,以赡衣食。江南奢侈,多不逮焉。(《治家》)

(点评:论及老百姓依靠耕作养殖来维系家业,指出“勤俭持家”是敬业品质的重要体现。“至能守其业者,闭门而为生之具以足。”并对江南的奢靡之风进行了批判:“令北土风俗,率能躬俭节用,以赡衣食。江南奢侈,多不逮焉。”)

昔者,周公一沐三握发,一饭三吐餐,以接白屋之士,一日所见者七十余人。晋文公以沐辞竖头须,致有图反之诮。门不停宾,古所贵也。失教之家,阍寺无礼,或以主君寝食嗔怒,拒客未通,江南深以为耻。黄门侍郎裴之礼,号善为士大夫,有如此辈,对宾杖之;其门生僮仆,接于他人,折旋俯仰,辞色应对,莫不肃敬,与主无别也。(《风操》)

(点评:《风操》撰写古代各种礼仪规范,这里着重论及仆人之礼,无论主人是否在忙碌,家仆不得随意找借口怠慢客人。周公一饭三吐餐就是“敬业”的典范,裴之礼家也树立了难得的好榜样。他们都没有在态度上敷衍别人,都十分真诚、认真,当回事儿。礼待宾客属古代交际中的基本礼节,也是做人基本品德的体现。)

有客难主人曰:"吾见强弩长戟,诛罪安民,以取公侯者有矣;文义习吏,匡时富国,以取卿相者有矣;学备古今,才兼文武,身无禄位,妻子饥寒者,不可胜数,安足贵学乎?"主人对曰:"夫命之穷达,犹金玉木石也;修以学艺,犹磨莹雕刻也。金玉之磨莹,自美其矿璞;木石之段块,自丑其雕刻。安可言木石之雕刻,乃胜金玉之矿璞哉?不得以有学之贫贱,比于无学之富贵也。且负甲为兵,咋笔为吏,身死名灭者如牛毛,角立杰出者如芝草;握素披黄,吟道咏德,苦辛无益者如日蚀,逸乐名利者如秋荼,岂得同日而语矣。且又闻之:生而知之者上,学而知之者次。所以学者,欲其多知明达耳。必有天才,拔群出类,为将则暗与孙武、吴起同术,执政则悬得管仲、子产之教,虽未读书,吾亦谓之学矣。今子即不能然,不师古之踪迹,犹蒙被而卧耳。"(《勉学》)

(点评:论析围绕"安足贵乎学"展开,木石需要雕刻,人需要不断学习以增长才干,而学习、进步、提高正是人"敬业"的体现。在颜之推看来,那些手不释卷、含辛茹苦却没有建树的人像日食一样极少,而安逸享乐追求名利的人却很多,这是"敬业"与否的分水岭,二者不可同日而语。真正生而知之者的所谓"天才"是极少的。人不学习,"不师古之踪迹,犹蒙被而卧耳",实际就如同蒙着被子在睡觉,对外界一无所知。)

梁元帝尝为吾说:"昔在会稽,年始十二,便已好学。时又患疥,手不得拳,膝不得屈。闲斋张葛帏避蝇独坐,银瓯贮山阴甜酒,时复进之,以自宽痛。率意自读史书,一日二十卷,既未师受,或不识一字,或不解一语,要自重之,不知厌倦。"帝子之尊,童稚之逸,尚能如此,况其庶士,冀以自达者哉?(《勉学》)

(点评:梁元帝向颜之推自吐心声,道明儿时求学的艰苦经历,"时又患疥,手不得拳,膝不得屈。闲斋张葛帏避蝇独坐,银瓯贮山阴甜酒,时复进之,以自宽痛。"这是敬业的活教材,是励志的好典范。颜之推写下来勉励家人和后人。)

邺平之后,见徙入关。思鲁尝谓吾曰:"朝无禄位,家无积财,当肆筋力,以申供养。每被课笃,勤劳经史,未知为子,可得安乎?"吾命之曰:"子当以养为心,父当以学为教。使汝弃学徇财,丰吾衣食,食之安得甘?衣之安得暖?若务先王之

道,绍家世之业,藜羹褐,我自欲之。”(《勉学》)

(点评:父子对话,共同演绎了血肉亲情间敬业待人、互相体谅的感人风范。战争年代,儿子希望干活赚钱养活家人,至少供养老人以尽孝;父亲却巧妙训导,指出弃学赚钱虽能丰衣足食,却心有不安。子女如能学业好,就是粗茶淡饭、布衣褴褛,也心甘情愿。双方都据“角色”不同做好了自己的本职工作。)

士君子之处世,贵能有益于物耳,不徒高谈虚论,左琴右书,以费人君禄位也。国之用材,大较不过六事:一则朝廷之臣,取其鉴达治体,经纶博雅;二则文史之臣,取其著述宪章,不忘前古;三则军旅之臣,取其断决有谋,强干习事;四则藩屏之臣,取其明练风俗,清白爱民;五则使命之臣,取其识变从宜,不辱君命;六则兴造之臣,取其程功节费,开略有术:此则皆勤学守行者所能办也。人性有长短,岂责具美于六涂哉?但当皆晓指趣,能守一职,便无愧耳。(《涉务》)

(点评:列出了古代常见的六种人才:朝廷之臣、文史之臣、军旅之臣、藩屏之臣、使命之臣、兴造之臣,他们都是有学问有操守的人。“左琴右书,以费人君禄位也!”为人看不起。指出君子处世需有益于社会,不能高谈阔论,有失敬业。“能守一职,便无愧耳。”)

古人欲知稼穑之艰难,斯盖贵谷务本之道也。夫食为民天,民非食不生矣,三日不粒,父子不能相存。耕种之,茠锄之,刈获之,载积之,打拂之,簸扬之,凡几涉手,而入仓廪,安可轻农事而贵末业哉?江南朝士,因晋中兴,南渡江,卒为羁旅,至今八九世,未有力田,悉资俸禄而食耳。假令有者,皆信僮仆为之,未尝目观起一拨土,耕一株苗;不知几月当下,几月当收,安识世间馀务乎?故治官则不了,营家则不办,皆优闲之过也。(《涉务》)

(点评:在盘点了耕种的步骤、收获的艰辛后,颜之推严辞批判了南迁的朝中之士仅依靠俸禄生活,不事稼穑,不务耕作。“治官则不了,营家则不办”,这种不劳动、不敬业,是士族腐化和寄生生活的体现。)

铭金人云:“无多言,多言多败;无多事,多事多患。”至哉斯戒也!能走者夺其翼,善飞者减其指,有角者无上齿,丰后者无前足,盖天道不使物有兼焉也。古人云:“多为少善,不如执一;鼫鼠五能,不成伎术。”近世有两人,朗悟士也,性多营综，略无成名，经不足以待问，史不足以讨论，文章无可传于集录，书迹未堪以留爱玩，卜筮射六得三，医药治十差五，音乐在数十人下，弓矢在千百人中，天文、画绘、棋博、鲜卑语、胡书、煎胡桃油、炼锡为银，如此之类，略得梗概，皆不通熟。惜乎！以彼神明，若省其异端，当精妙也。(《省事》)

（点评：从动物不能兼备所有优长类比人各有善，“无多事，多事多患。”奉劝世人需专注于一项发挥自己的长处，通过高超的技艺折服人，否则“略得梗概，皆不通熟”，四处撒网、略知皮毛，是难达精深、巧妙的境界。这对今人的自我认识及职场发展皆有启发意义。）

萧统：

若夫姬公之籍，孔父之书，与日月俱悬，鬼神争奥，孝敬之准式，人伦之师友，岂可重以芟夷，加之剪截？老、庄之作，管、孟之流，盖以立意为宗，不以能文为本。今之所撰，又以略诸。

若贤人之美辞，忠臣之抗直，谋夫之话，辨士之端，冰释泉涌，金相玉振。所谓坐狙丘，议稷下，仲连之却秦军，食其之下齐国，留侯之发八难，曲逆之吐六奇，盖乃事美一时，语流千载，概见坟籍，旁出子史。若斯之流，又亦繁博，虽传之简牍，而事异篇章。今之所集，亦所不取。至于记事之史，系年之书，所以褒贬是非，纪别异同。方之篇翰，亦已不同。若其赞论之综辑辞采，序述之错比文华，事出于沈思，义归乎翰藻，故与夫篇什，杂而集之。

远自周室，迄于圣代，都为三十卷，名曰《文选》云尔。凡次文之体，各以汇聚；诗赋体既不一，又以类分；类分之中，各以时代相次。(《文选序》)

（点评：《文选》三十卷是我国现存最早的诗文总集，共选录先秦至梁代130多名作家的诗、赋、诏、表、书信等多种文体，不仅时代跨度大，涉及文人也众多，并且要从中挑选出精品，这无疑是一项浩大而庞杂的工作。然在萧统主持与要求下，这部气势恢宏、贯通古今的选集得以顺利完成，从选文初衷交代和实际工作量来看，没有对文学的热爱与痴迷，没有敬业的态度和多年的守望，这项工作是很难最终完成的。）

元稹：

某启：某初不好文，徒以仕无他歧，强由科试。及有罪谴弃之后，自以为废滞潦倒,不复以文字有闻于人矣,曾不知好事者抉摘刍芜,尘黩尊重。窃承相公直于廊庙间道某诗句,昨又面奉教约,令献旧文,战汗悚踊,惭忝无地。

江湖间多有新近小生,不知天下文有宗主,妄相仿效,而又从而失之,遂至于支离褊浅之词,皆目为“元和诗体”。某又与同门生白居易友善,居易雅能为诗,就中爱驱驾文字,穷极声韵,或为千言,或为五百言律诗,以相投寄。小生自审不能有以过之,往往戏排旧韵,别创新词,名为次韵相酬,盖欲以难相挑耳。江湖间为诗者复相效,力或不足,则至于颠倒语言,重复首尾,韵同意等,不异前篇,亦目为“元和诗体”。而司文者考变雅之由,往往归咎于某。尝以为雕虫小事,不足自明。闻相公记忆,累旬已来,实惧粪土之墙,庇以大厦,使不复摧坏,永为版筑者之误。辄敢缮写古体歌诗一百首,百韵至两韵律诗又一百首,合为五卷,奉启跪陈,或希构厦之余,一赐观览。(《上令狐相公诗启》)

(点评:元稹以身作则创作讽喻诗,力举诗歌要反映国事民生,有益于政治。一时间元和体盛行于世,仿效者甚众,不仅良莠不齐,也劣币驱逐良币。元稹的“敬业”在于写此书信给居高位的令狐楚来澄清“真体”与“伪体”,与之划清界限,而不至于被人沿袭进而败坏文风。)

皮日休:

咸通丙戌中,日休射策不上第,退归州东别墅,编次其文,复将贡于有司。发箧丛萃,繁如薮泽,因名其书曰《文薮》焉。……其余碑、铭、赞、颂、论、议、书、序,皆上剥远非,下搬近失,非空言也。较其道,可在古人之后矣。古风诗,编之文末,俾视之,粗俊于口也。亦由食鱼遇鲭,持肉偶胾。《皮子世录》著之于后,亦太史公自序之意也。凡二百篇,为十卷,览者无诮矣。(《文薮序》)

(点评:在古代有些文论家深受儒家思想影响,论文时鲜明地以道统自居,主动地担负起传承孔孟衣钵的历史重担。皮日休揭示自己作诗目的在于上剥远非,下补近失,企图有益于现实政治而不为空言,故此他格外关怀政治与现实,推崇讽喻诗,这从《正乐府序》中可见一斑。其“敬业”精确体现在对“文以载道”的坚守和对文化使命的浓厚的道义感。)

白居易：

仆始生六七月时，乳母抱弄于书屏下，有指“之”字、“无”字示仆者，仆口未能言，心已默识。后有问此二字者，虽百十其试，而指之不差。则知仆宿习之缘，已在文字中矣。及五六岁，便学为诗。九岁谙识声韵。十五六，始知有进士，苦节读书。二十已来，昼课赋，夜课书，间又课诗，不遑寝息矣。以至于口舌成疮，手肘成胝。既壮而肤革不丰盈，未老而齿发早衰白；瞥瞥然如飞蝇垂珠在眸子中也，动以万数，盖以苦学力文之所致，又自悲矣。（《与元九书》）

（点评：在这封提出“文章合为时而著，歌诗合为事而作”文艺观的著名书信中，白居易动情地回忆了自己小时候刻苦读书、努力作诗的经历：白天习赋、晚上习书，间隙又习诗，可谓夜以继日，口舌生疮，手肘出茧，依然克服坚持，“盖以苦学力文之所致”，以至于未老先衰，徒增伤感。白居易的求学故事是古代作家中敬业的典范，应证了“不经一番寒彻骨，哪来梅花扑鼻香”的千古格言，也成为勉励后学们绝好的“励志”教材。）

如今年春游城南时，与足下马上相戏，因各诵新艳小律，不杂他篇，自皇子陂归昭国里，迭吟递唱，不绝声者二十里余。攀、李在傍，无所措口。知我者以为诗仙，不知我者以为诗魔。何则？劳心灵，役声气，连朝接夕，不自知其苦，非魔而何？偶同人当美景，或花时宴罢，或月夜酒酣，一咏一吟，不觉老之将至。虽骖鸾鹤、游蓬瀛者之适，无以加于此焉，又非仙而何？微之，微之！此吾所以与足下外形骸、脱踪迹、傲轩鼎、轻人寰者，又以此也。（《与元九书》）

（点评：这段文字记叙了白居易和元稹在马上轮流作诗、相互唱和吟咏的珍贵画面，足见白居易对创作讽喻诗倾情投入、十分敬业，简直如魔似仙一般，如其自言：心灵劳苦，声气耗费，日以继夜，而不知辛苦，这不是“魔”又是什么？如驾着鸾鹤去游蓬莱瀛洲，那不是“仙”又是什么？这种热爱自己喜欢的事业、投入进去并充分享受的状态，具有典型性，值得今人借鉴与思考。）

仆当此日，擢在翰林，身是谏官，月请谏纸。启奏之间，有可以救济人病，裨补时阙，而难于指言者，辄咏歌之，欲稍稍进闻于上。上以广宸听，副忧勤；次以酬恩奖，塞言责；下以复吾平生之志。岂图志未就而悔已生，言未闻而谤已成矣！（《与

元九书》)

(点评:论及一个有追求的“敬业”人士视图有所作为时,心中的抱负和实际的行动。白居易通过讽喻诗来揭示百姓悲摧遭遇和社会不公正时,不得不面对世俗的打击和各种诽谤。)

韩愈:

抑又有难者。愈之所为,不自知其至犹未也?虽然,学之二十余年矣。始者,非三代两汉之书不敢观,非圣人之志不敢存。处若忘,行若遗,俨乎其若思,茫乎其若迷。当其取于心而注于手也,惟陈言之务去,戛戛乎其难哉!其观于人,不知其非笑之为非笑也。如是者亦有年,犹不改。然后识古书之正伪,与虽正而不至焉者,昭昭然白黑分矣,而务去之,乃徐有得也。

当其取于心而注于手也,汩汩然来矣。其观于人也,笑之则以为喜,誉之则以为忧,以其犹有人之说者存也。如是者亦有年,然后浩乎其沛然矣。吾又惧其杂也,迎而距之,平心而察之,其皆醇也,然后肆焉。虽然,不可以不养也,行之乎仁义之途,游之乎《诗》《书》之源,无迷其途,无绝其源,终吾身而已矣。(《答李翊书》)

(点评:这是唐代文论史上谈作诗和修身最经典、最集中的篇章。韩愈自道心声、现身说法,在研习中国文化母典以打好底子、增强道德的修养,在学习中集中精力投入和思考的情态,前后对待世人讥笑和非议的方式与心态,创作成熟后精益求精、不断创新的文学追求,等等方面,都显示出韩愈的“敬业”。)

柳宗元:

故吾每为文章,未尝敢以轻心掉之,惧其剽而不留也;未尝敢以怠心易之,惧其弛而不严也;未尝敢以昏气出之,惧其昧没而杂也;未尝敢以矜气作之,惧其偃蹇而骄也。抑之欲其奥,扬之欲其明,疏之欲其通,廉之欲其节;激而发之欲其清,故而存之欲其重,此吾所以羽翼夫道也。本之《书》以求其质,本之《诗》以求其恒,本之《礼》以求其宜,本之《春秋》以求其断,本之《易》以求其动:此吾所以取道之原也。参之谷梁氏以厉其气,参之《孟》《荀》以畅其支,参之《庄》《老》以肆其端,参之《国语》以博其趣,参之《离骚》以致其幽,参之太史公以著其洁:此吾所以旁推交通而以为之文也。(《答韦中立论师道书》)

（点评：柳宗元详细谈及自己创作古文的经验。因担心文章离“道”很远，他提笔态度极其慎重；在奥与明、通与节、清与重之间寻求统一，使文章参差变化、婀娜多姿，显示出风格的多元化，同时广采博纳，各取其道，将学习的对象由诗骚扩大到两汉诸家。其学习古文的途径和对风格的追求是传统文人“敬业”的典型体现。）

司空图：

愚幼常自负，既久而愈觉确然。然得于早春，则有“草嫩侵沙短，冰轻著雨绡”。又“人家寒食月，花影午时天”。又“雨微吟足思，花落梦无憀”。得于山中，则有“坡暖冬生笋，松凉夏健人”。又“川明虹照雨，树密鸟冲人”。得于江南，则有“戍鼓和潮暗，船灯照岛幽”。……得于塞下，则有“马色经寒惨，雕声带晚饥”。得于丧乱，则有“骅骝思故第，鹦鹉失佳人”。……得于道宫，则有“棋声花院闲，幡影石幢幽”。得于夏景，则有“地凉清鹤梦，林静肃僧仪”。得于佛寺，则有“松日明金象，苔龛响木鱼”。……盖绝句之作，本于诣极，此外千变万状，不知所以神而自神也，岂容易哉？今足下之诗，时辈固有难色，倘复以全美为工，即知味外之旨矣。勉旃。某再拜。（《与李生论诗书》）

（点评：文字大量列举了司空图不同季节、景色、空间方面的诗作，以例举法规劝李生作诗要达到“全美”之境界，需“不拘于一概”。显示出文论家在追求诗歌语言精美、韵味深厚方面的“敬业”，并且这与司空图在《二十四诗品》对“含蓄”艺术风格的追求是吻合的：“不著一字，尽得风流。语不涉难，已不堪忧。”大有不得“象外之象”誓不罢休的势头。）

欧阳修：

夫学者未始不为道，而至者鲜焉；非道之于人远也，学者有所溺焉尔。盖文之为言，难工而可喜，易悦而自足。世之学者，往往溺之，一有工焉，则曰：“吾学足矣”。甚者至弃百事不关于心，曰：“吾文士也，职于文而已。”此其所以至之鲜也。

……圣人之文虽不可及，然大抵道胜者，文不难而自至也。故孟子皇皇不暇著书，荀卿盖亦晚而有作。若子云、仲淹，方勉焉以模言语，此道未足而强言者也。后之惑者，徒见前世之文传，以为学者文而已，故愈力愈勤而愈不至。此足下所谓“终日不出于轩序，不能纵横高下皆如意”者也，道不足也。若道之充焉，虽行乎天地,入于渊泉,无不之也。

先辈之文浩乎沛然,可谓善矣。而又志于为道,犹自以为未广,若不止焉,孟、荀可至而不难也。修学道而不至者,然幸不甘于所悦而溺于所止。因吾子之能不自止,又以励修之少进焉。幸甚幸甚。修白。(《答吴充秀才书》)

(点评:西昆体被“号为时文”而流行于世,致使宋代文学再次脱离最初柳开、王禹称倡导古文、遵循道统的方向。欧阳修深表担忧,而提出了“道胜文至”的文艺观,他批评了专门事文的文士们,作品存世者不多,即便“文章丽矣,言语工矣”,也多瞬间凋零。“大抵道胜者文不难而自至”,道胜是前提,要求文人在品性、修养和经验方面积累到一定程度,写出经得起读者和时间检验的妙文,是自然而然的事情。这一方面对“文”与“道”进行了调和,也是对儒家道统的坚守与遵循,欧阳修是“敬业”的,其文论与创作相呼应,也与他古文家的身份息息吻合。)

李清照:

逮至本朝,礼乐文武大备,又涵养百余年,始有柳屯田永者,变旧声作新声,出《乐章集》。大得声称于世,虽协音律,而词语尘下。又有张子野、宋子京兄弟,沈唐、元绛、晁次膺辈继出。虽时时有妙语,而破碎何足名家! 至晏元献、欧阳永叔、苏子瞻,学际天人,作为小歌词,直如酌蠡水于大海,然皆句读不葺之诗尔,又往往不协音律者。何耶? 盖诗文分平侧,而歌词分五音,又分五声,又分六律,又分清浊轻重。(《论词》)

乃知别是一家,知之者少。后晏叔原、贺方回、秦少游、黄鲁直出,始能知之,又晏苦无铺叙,贺苦少典重。秦则专主情致,而少故实,譬如贫家美女,非不妍丽,而终乏富贵态。黄即尚故实,而多疵病,譬如良玉有瑕,价自减半矣。(《论词》)

(点评:李清照对北宋词坛以诗为词的做法很不满,并严厉批评了苏词不协音律,“非本色”,王安石等人的词不忍卒读,故提出词体“别是一家”,要求字音、乐律、调式相互谐和,并总结了四声转换的具体技巧,对词体风格的要求做了明晰的规定:高雅、浑成、典重以及铺叙。作为词人,李清照如此捍卫词体之做法和特征,追求其纯正性和本色,是有一种“敬业”精神的。)

【明清以后】

蒋大器：

若读到古人忠处，便思自己忠与不忠；孝处，便思自己孝与不孝。至于善恶可否，皆当如此，方是有益。若只读过而不身体力行，又未为读书也。（《三国志通俗演义序》）

（点评：肯定历史小说的两大功能，一是帮助人们认识社会生活；二是“若读到古人忠处，便思自己忠与不忠”，即将小说作为镜子，透过其中的人物形象来反观自己是否忠、孝，而在中国古代“忠诚”与“敬”——敬重、敬爱、主敬等紧密关联，虽侧重于人际、官场中对上级的服从与听命，但因其强调真心实意与敬重态度，故运用于人、事、物，皆可作为“敬业”的体现。）

钟嗣成：

予尝见未死之鬼吊已死之鬼，未之思也，特一问耳。独不知天地开辟，亘古及今，自有不死之鬼在。何则？圣贤之君臣，忠孝之士子，小善大功著在方册者，日月炳焕，山川流峙，几乎千万劫无穷已。是则虽鬼而不鬼者也。

余因暇日，缅怀故人门第卑微，职位不振，高才博识，俱有可录，岁月弥久，湮没无闻，遂传其本末，吊以乐章；复以前乎此者叙其姓名，述其所作。冀乎初学之士，刻意辞章，使冰寒于水，青胜于蓝，则亦幸矣。名之曰《录鬼簿》。嗟乎！余亦鬼也，使已死未死之鬼作不死之鬼，得以传远，余又何幸焉。若夫高尚之士，性理之学，以为得罪于圣门者，吾党且噉蛤蜊，别与知味者道。至顺元年龙集庚午月建甲申二十二日辛未古汴钟嗣成序。（《录鬼簿序》）

（点评：中国文论史上还有一种“敬业”是主体虽然穷愁潦倒、贫病交加，毅然著书立说、发表独见，或者身上体现出一种古代文人的骨气和气节，在有生之年发挥其价值，成名不朽，放光发热。钟嗣成即是如此。他自号“丑斋”，屡试不第，一生潦倒、坎坷，颇有愤世嫉俗之情，仍为立志为古代身份、地位都很低下的戏曲作家立传，名之为《录鬼簿》，表示即便得罪了高尚之士，性理之学，也豁出去了！《录鬼簿》一书，书记载了金元曲家152人，两代知名曲家几乎被囊括殆尽。其著录杂剧名目，已达四百五十二种，占了现存五百可考元人杂剧剧目的百分之八十以上，这成为后世研究元曲最重要的资料。）

艾南英：

足下又云：唐后于汉，故唐文不及汉；宋后于唐，故宋文不及唐。如此则我明便当不及宋，又何以有陈人中？又何以有人中嘐嘐然所尊奉之王、李耶？宋之诗诚不如唐，若宋之文则唐人未及也。唐独一韩、柳，宋自欧、曾、苏、王外，如贡父、原父、师道、少游、补之、同甫、文潜、少蕴数君子，皆卓卓名家。愿足下闭户十年，尽购宋人书读之，然后议宋人未晚也。(《答陈人中论文书》)

(点评：这是明末清初复信较长、思维发散、语气坚定的一封。艾南英列出了近十处"足下又云"来辩驳，因篇幅所选，仅选取一段以窥豹。在散文宗取问题上，艾南英逐一列出双方论点和博论点，与陈子龙展开争鸣，就答复的细致和坚持己见上，他是相当"敬业"和执着的。尽管宗取有别，但二人都表示应当学习秦汉古文，不过"中介"有别，这构成争辩的中心与焦点。陈子龙推出直接学习秦汉的七子派文，以王、李为代表；而艾南英则主张学习秦汉得其"神"的唐宋文，以韩愈、欧阳修为代表。全信驳斥之细密，不一一展开。)

章学诚：

凡为古文辞者，必敬以恕。临文必敬，非修德之谓也；论古必恕，非宽容之谓也。敬非修德之谓者，气摄而不纵，纵必不能中节也；恕非宽仁之谓者，能为古人设身而处地也。嗟乎！知德者鲜，知临文之不可无敬恕，则知文德矣。

是则不知古人之世，不可妄论古人文辞也。知其世矣，不知古人之身处，亦不可以遽论其文也。身之所处，固有荣辱隐显、屈伸忧乐之不齐，而言之有所为而言者，虽有子不知夫子之所谓，况生千古以后乎？圣门之论恕也，"己所不欲，勿施于人"，其道大矣。今则第为文人论古必先设身，以是为文德之恕而已尔。

韩氏论文，迎而拒之，平心察之。喻气于水，言为浮物。柳氏之论文也，不敢轻心掉之，怠心易之，矜气作之，昏气出之。夫诸贤论心论气，未即孔、孟之旨，及乎天人、性命之微也。然文繁而不可杀，语变而各有当。要其大旨则临文主敬，一言以蔽之矣。主敬则心平而气有所摄，自能变化从容以合度也。夫史有三长，才、学、识也；古文辞而不由史出，是饮食不本于稼穑也。夫识生于心也，才出于气也；学也者，凝心以养气、炼识而成其才者也。心虚难恃，气浮易弛。主敬者，随时检摄于心、气之间，而谨防其一往不收之流弊也。夫缉熙敬止，圣人所以成始而成终也，其为义也广矣。今为临文检其心气，以是为文德之敬而已尔。（均见《文史通义·文德》）

（点评：论述“临文主敬”，是从事写作应有严肃认真、心平气和、公允冷静的态度，不可草率马虎、意气用事或乖张偏颇，这样才能确保文章内容纯正、感情适当，尊重史实。这是从态度、原则方面论及文章写作中的“敬业”。）

黄遵宪：

言有万变而文止一种，则语言与文字离矣。居今之日，读古人书，徒以父兄师长，递相授受，童而习焉，不知其艰。苟迹其异同之故，其与异国之人进象胥、舌人而后通其言辞者，相去能几何哉？……余闻罗马古时，仅用腊丁语；各国以语言殊异，病其难用。自法国易以法音，英国易以英音，而英、法诸国文学始盛。耶稣教之盛，亦在举《旧约》《新约》就各国文辞普译其书，故行之弥广。盖语言与文字离，则通文者少，语言与文字合，则通文者多，其势然也。……泰西论者，谓五部洲中以中国文字为最古，学中国文字为最难，亦谓语言文字之不相合也。

周、秦以下，文体屡变，逮夫近世，章疏移檄，告谕批判，明白晓畅，务期达意，其文体绝为古人所无。若小说家言，更有直用方言以笔之于书者，则语言文字几乎要复合矣。余又乌知夫他日者不更变一文体为适用于今、通行于俗者乎？嗟乎！欲令天下之农工商贾妇女幼稚皆能通文字之用，其不得不于此求一简易之法哉！（均见《日本国志学术志二文学》）

（点评：黄遵宪绝对算得上近代文论史上观点独特和具有鲜明个性的一位，他敢说敢想，力举创新，站在中西文化激荡的节骨眼儿上横贯古今，以诗学观来促使士人警醒，并引发社会观念的某种变革。从忧国忧民的情怀和引领诗文之革新来看，其“敬业”精神令人敬佩。针对复古者采用古语古字来表达，已落后于时代，他在 21 岁就率先提出诗歌口语化问题，“我手写吾口，古岂能拘牵”，掀起了诗歌白话运动，要用现行通俗的口语来写诗，摆脱古人的桎梏。这对启迪民智、激励国民精神都是极富价值的。黄遵宪是近代有胆识、敢于“吃螃蟹”的中国文人。）

第六编　中国传统文论蕴含“友善”价值观资源

【思考着力点】:

1. 儒家“仁爱”、墨家“兼爱”等中国传统文化资源的深入挖掘;
2. 传统文论作品中体现朋友深情地追忆过往,如曹丕、苏东坡等;
3. 体现出的“善良”之心;
4. 孝文化源远流长、一以贯之;
5. 古代文论家谈及道义、仁等因素时涉及友善;
6. 传统文论史上前辈勉励后生:如王昌龄、韩愈等;
7. 在传统文论基本上涉及文言文作品,友善有谦卑、善良、好客、热情等含义;
8. 对文学中“不友善”事物的新认识,如虚构等;
9. 传统文论中“友善”价值观的主体精神与人文品格;
10. 传统文论涵养“友善”价值观的现实价值与当代启迪;
11. 传统文论中“友善”价值观的创造性转化与创新性发展问题。

【先秦阶段】

《诗经》:

为鬼为蜮,则不可得。有靦面目,视人罔极。作此好歌,以极反侧。(《诗经·何人斯》末章)

(点评:善意作歌,希望能感化披着面具、人面妖心的反复变化的小人,通过讽刺和劝诫发出要敢于面对现实,做一个诚实守信之人。)

《诗》三百，一言以蔽之，曰：“思无邪。”（《论语·为政》）

（点评：“思”者，先为语气助词，无实意，但在接受和运用中后人多作“思想”解；而“无邪”一解为“纯正”，一解为“直”，通常理解为作品的思想内容纯正。在儒家伦理体系中，这与“友善”有相通之处。）

子曰：“有德者必有言，有言者不必有德。仁者必有勇，勇者不必有仁。”（《论语·宪问》）

（点评：论及“言论”与“仁”，间接涉及文学创作（书面语言）与作家品格之关系。仁者，关系到主体之“友善”，具有爱心、关怀、体贴他人的品性。）

子曰：恶紫之夺朱也，恶郑声之乱雅乐也，恶利口之覆邦家者。（《论语·阳货》）

（点评：孔子接连三“恶”，旗帜鲜明，憎恨强嘴利舌颠覆国家，所谓“夺朱”“乱雅”“颠覆”者，皆是不友善甚至丑恶的体现。）

孟子：

《孟子·告子上》：“恻隐之心，人皆有之；羞恶之心，人皆有之；恭敬之心，人皆有之；是非之心，人皆有之。恻隐之心，仁也；羞恶之心，义也；恭敬之心，礼也；是非之心，智也。仁义礼智非由外铄我也，我固有之也。?”

《孟子·公孙丑上》：“人皆有不忍人之心。先王有不忍人之心，斯有不忍人之政矣。以不忍人之心，行不忍人之政，治天下可运之掌上。所以谓人皆有不忍人之心者，今人乍见孺子将入于井，皆有怵惕恻隐之心。非所以内交于孺子之父母也，非所以要誉于乡党朋友也，非恶其声而然也。”

《孟子·尽心上》：“人之所不学而能者，其良能也；所不虑而知者，其良知也。孩提之童无不知爱其亲者，及其长，敬其兄也。”

《孟子·滕文公上》：“孟子道性善，言必称尧舜。”

（点评：孟子通过人的心理活动来证明人性向善。提出“良知”“良能”说，并以此为根据，在政治上主张实行仁政——“不忍人之政”，对中国伦理学和政治学的发展影响深远。）

仁者无敌。

鱼,我所欲也,熊掌亦我所欲也;二者不可得兼,舍鱼而取熊掌者也。生亦我所欲也,义亦我所欲也;二者不可得兼,舍生而取义者也。

君仁,莫不仁;君义,莫不义;君正,莫不正。

国君好仁,天下无敌焉。

唯仁者宜在高位。不仁而在高位,是播其恶于众也。

天子不仁,不保四海;诸侯不仁,不保社稷;卿大夫不仁,不保宗庙;士庶人不仁,不保四体。

老吾老,以及人之老;幼吾幼,以及人之幼。(均见《孟子》诸篇)

(点评:孟子论"仁"、论"义",皆关乎友善。作为在乱世社会洞察官民关系的伟大思想家,孟子从国家治理的高度以及宗法社会关系维系等方面,高度肯赞"仁"的地位和功用,与"善"息息相通。)

孟子谓万章曰:"一乡之善士,斯友一乡之善士;一国之善士,斯友一国之善士;天下之善士,斯友天下之善士。以友天下之善士为未足,又尚论古之人。颂其诗,读其书,不知其人,可乎?是以论其世也。是尚友也。"(《孟子·万章下》)

(点评:提出"知人论世"的文艺思想,最初是从交朋友的日常生活类比说起的。孟子建议万章要放开视野,和普天之下的、古代的优秀人物交朋友,了解其所处的时代,这是读懂作品、知其内心的前提。跨时空走近古人,了解其所处时代,这是孟子"友善"观的一种体现。)

"《小弁》之怨,亲亲也。亲亲,仁也。固矣夫,高叟之为《诗》也!"曰:"《凯风》何以不怨?"曰:"《凯风》,亲之过小者也。《小弁》,亲之过大者也。亲之过大而不怨,是愈疏也。亲之过小而怨,是不可矶也。愈疏,不孝也。不可矶,亦不孝也。孔子曰:'舜其至孝矣,五十而慕。'"(《孟子·告子下》)

(点评:这是评《诗经》后紧接着的几句话,因论"孝"而涉友善,对父母依恋、亲近,亦是友善的体现。这是传统血缘伦理观的一种规定。)

【汉魏至元朝阶段】

《毛诗序》:

然则《关雎》《麟趾》之化，王者之风，故系之周公。……《周南》《召南》，正始之道，王化之基。是以《关雎》乐得淑女，以配君子，忧在进贤，不淫其色；哀窈窕，思贤才，而无伤善之心焉。是《关雎》之义也。（《毛诗序》）

（点评：基于儒家观念，指出《诗经》首篇《关雎》是写希望得到善良的女子来匹配君子，思虑进纳贤才而不迷恋美色。所谓“乐得淑女，以配君子”“无伤善之心”云云，皆不免牵强附会，但由此可见中国古人对“友善”伦理观的深刻渴盼和习惯联想，这已在民族的审美心理和思维方式中打下了深厚烙印。）

司马迁：

屈平正道直行，竭忠尽智，以事其君，谗人间之，可谓穷矣。信而见疑，忠而被谤，能无怨乎？屈平之作《离骚》，盖自怨生也。《国风》好色而不淫，《小雅》怨诽而不乱，若《离骚》者，可谓兼之矣。上称帝喾，下道齐桓，中述汤、武，以刺世事。明道德之广崇，治乱之条贯，靡不毕见。其文约，其辞微，其志洁，其行廉。其称文小而其指极大，举类迩而见义远。其志洁，故其称物芳，其行廉，故死而不容。自疏濯淖污泥之中，蝉蜕于浊秽，以浮游尘埃之外，不获世之滋垢，皭然泥而不滓者也。推其志也，虽与日月争光可也。（《史记·屈原贾生列传》）

（点评：在古代社会，友善还体现在对爱国作家行为的肯赞和人格的讴歌上，此处即是。司马迁以干净凝练的文字评析屈原其人其文，如屈原那般志向高远、在群小中不苟且的“爱国”是“人间大爱”，是一种对民族、国家更高一级的“友善”，超乎了寻常意义上对人、事、物之“友善”。）

仆闻之，修身者智之府也，爱施者仁之端也，取予者义之符也，耻辱者勇之决也，立名者行之极也。士有此五者，然后可以托于世，列于君子之林矣。（《报任安书》）

（点评：把乐善好施作为评价公民是否仁义的起点，显然涉及友善。司马迁将其作为志士的五种品德之一，传承孔孟论“仁”而来，同时也强化了本民族“友善”的伦理维度。）

《礼记·乐记》：

人生而静，天之性也；感于物而动，性之欲也。物至知知，然后好恶形焉。好恶无节于内，知诱于外，不能反躬，天理灭矣。夫物之感人无穷，而人之好恶无节，则是物至而人化物也。人化物也者，灭天理而穷人欲者也。（《礼记·乐记·乐本》）

凡奸声感人，而逆气应之；逆气成象，而淫乐兴焉。正声感人，而顺气应之；顺气成象，而和乐兴焉。倡和有应，回邪曲直，各归其分；而万物之理，各以其类相动也。是故君子反情以和其志，比类以成其行。奸声乱色，不留聪明；淫乐慝礼，不接心术。（《礼记·乐记·乐言》）

（点评：《乐记》所谈论的"性"，包含"道"和"欲"两部分，分别对应于"静"和"动"，当其为静时，善恶未彰；当其为动时，则有淫、和之分。"性"相对而言有些抽象，便从由文化史上物质到精神演进而来的"气"来使之具体化、形象化。故该篇自然地以"气"论"性"，明确指出"气"有"拟气""顺气"等分别，进而衍生出"奸声"与"正声"之别，对乐而言有"淫乐"与"和乐"之分。这是基于荀子"性"有善、恶而提出，是对孟子"性善"论的进一步发展，是从儒家道德本体和文艺功用出发来论及"友善"的。）

曹丕：

昔年疾疫，亲故多离其灾，徐、陈、应、刘，一时俱逝，痛可言邪！昔日游处，行则连舆，止则接席，何曾须臾相失。每至觞酌流行，丝竹并奏，酒酣耳热，仰而赋诗，当此之时，忽然不自知乐也。谓百年己分，可长共相保，何图数年之间，零落略尽，言之伤心。顷撰其遗文，都为一集，观其姓名，已为鬼录。追思昔游，犹在心目，而此诸子，化为粪壤，可复道哉？

观古今文人，类不护细行，鲜能以名节自立。而伟长独怀文抱质，恬淡寡欲，有箕山之志，可谓彬彬君子者矣。著《中论》二十余篇，成一家之言，词义典雅，足传于后，此子为不朽矣。德琏常斐然有述作之意，其才学足以著书，美志不遂，良可痛惜。间者历览诸子之文，对之抆泪，既痛逝者，行自念也。孔璋章表殊健，微为繁富。公干有逸气，但未遒耳。其五言诗之善者，妙绝时人。元瑜书记翩翩，致足乐也。仲宣独自善于辞赋，惜其体弱，不足起其文，至于所善，古人无以远过。昔伯牙绝弦于钟子期，仲尼覆醢于子路，痛知音之难遇，伤门人之莫逮。诸子但为未及古人，自一时之俊也，今之存者，已不逮矣。后生可畏，来者难诬，然恐吾与足下不及见也。

年行已长大，所怀万端，时有所虑，至通夜不瞑，志意何时复类昔日？已成老翁，但未白头耳。……恐永不复得为昔日游也。少壮真当努力，年一过往，何可攀援，古人思秉烛夜游，良有以也。（《与吴质书》）

（点评：曹丕将朋友间真挚、友善的情感融入这封书信之中。在陈琳、王粲等建安挚友相继因瘟疫逝世后，他深情地回忆了他们之间的情谊，抒发了自己眷念朋友、伤逝岁月之感，情真意切、动人心弦。同时以“风力”“文采”观来评析友人作品，显得客观而中允。因文字通俗易懂，写得也深切感人，故多引数句。此文入选台湾多个版本的教材中。）

曹植：

植白。季重足下：前日虽因常调，得为密坐。虽燕饮弥日，其于别远会稀，犹不尽其劳绩也。若夫觞酌凌波于前，箫笳发音于后，足下鹰扬其体，凤叹虎视，谓萧曹不足俦，卫霍不足侔也。左顾右盼，谓若无人，岂非吾子壮志哉？过屠门而大嚼，虽不得肉，贵且快意。当斯之时，愿举泰山以为肉，倾东海以为酒，伐云梦之竹以为笛，斩泗滨之梓以为筝，食若填巨壑，饮若灌漏卮，其乐固难量，岂非大丈夫之乐哉！然日不我与，曜灵急节。面有逸景之速，别有参商之阔。思欲抑六龙之首，顿羲和之辔，折若木之华，闭蒙汜之谷。天路高邈，良久无缘，怀恋反侧，如何如何！

得所来讯，文采委曲，晔若春荣，浏若清风，申咏反覆，旷若复面。其诸贤所著文章，想还所治，复申咏之也。可令熹事小吏，讽而诵之。……（《与吴季重书》）

（点评：以无比优美的文笔深情地回忆与吴质举杯痛饮、大口吃肉的难忘场景，顿觉时光过得太快，临别无比眷念。如今见信，读到朋友之作，甚是亲切。全信记叙了二人难忘的友情，写得真挚感人且优美活泼。）

陆云：

云再拜：前省皇甫士安《高士传》，复作《逸民赋》，今复送之，如欲报称。久不作文，多不悦泽，兄为小润色之，可成佳物，愿必留思。四言、五言非所长，颇能作赋。为欲作十篇许小者，以为一分生于愁思，遂复文。诲欲得云论，间在郡纷纷，有所钩定，言语流行断绝，欲更定之，而了不可以思虑，今自好丑不可视。想冬下体中佳，能定之耳。兄文章已自行天下，多少无所在；且用思困人，亦不事复及，以此自劳役。间居恐复不能不愿,当日消息。谨启。

云再拜:《祠堂颂》已得省,兄文不复稍论常佳,然了不见出语,意谓非兄文之休者。前后读兄文,一再过便上口语,省此文虽未大精,然了无所识。然此文甚自难事,同又相似,益不古,皆新绮,用此已自为洋洋耳。《答少时诗》亦未为妙,省之如不悲苦,无恻然伤心言,今重复精之。一日见正叔与兄读古五言诗,此生叹息欲得之。谨启。

云再拜:《二祖颂》甚为高伟。云作虽时有一佳语,见兄作,又欲成贫俭家,无缘当致兄此谦辞。又云亦复不以苟自退耳,然意故复谓之微多,"民不辍叹"一句,谓可省。……

云再拜:诲欲定《吴书》,云昔尝已商之兄,此真不朽事,恐不与十分好书,同是出千载事。兄作必自与昔人相去,《辩亡》则已是《过秦》对事,求当可得耳。陈寿《吴书》有《魏赐九锡文》及《分天下文》,《吴书》不载。又有严、陆诸君传,今当写送。兄体中佳者,可并思诸应作传,及作引甚单,常欲引之未得。兄所作引甚好。云方欲更作引。《述思赋》傥自竭厉,然云意皆已尽,不知本复何言?方当积思,思有利纯,如兄所赋,恐不可须。愿兄且以示伯声兄弟。

前日观习,先欲作《讲武赋》,因欲远言大体,欲献之大将军,才不便作大文,得少许家语,不知此可出不?故钞以白兄。若兄意谓此可成者,欲试成之。大文难作,庶可以为《关雎》之见微,谨启。

云再拜:省诸赋,皆有高言绝典,不可复言。顷有事,复不大快,凡得再三视耳。其未精,仓卒未能为之次第。省《述思赋》,流深情至言,实为清妙,恐故复未得为兄赋之最。兄文自为雄,非累日精拔,卒不可得言。《文赋》甚有辞,绮语颇多,文适多体,便欲不清,不审兄呼尔不?《咏德颂》甚复尽美,省之恻然。《扇赋》腹中愈首尾,发头一而不快,言"乌云龙见",如有不体。《感逝赋》愈前,恐故当小不?然一至不复灭。《漏赋》可谓清工。兄顿作尔多文,而新奇乃尔,真令人怖,不当复道作文。谨启。

云再拜:《祠堂赞》甚已尽美,不与昔同,既此不容多说,又皆一事,非兄亦不可得。见《吊少明》殊复胜前,《吊蔡君》清妙不可言,《汉功臣颂》甚美。恐吊蔡君故当为最。使云作文,好恶为当,又可成耳。至于定兄文,唯兄亦恕其无遗情而不自尽耳。《丞相赞》云“披结散纷”,辞中原不清利,兄已自作铭,此但颂实事耳,亦谓可如兄意,真说事而已。若当复属文于引,便当书前铭耳。谨启。(均见《与兄平原书》)

(点评:存于《陆云集》中的三十五封《与兄平原书》,大致写于元康末至永康元年陆云由淮南赴洛以后,至太安二年冬机、云兄弟被成都王颖所害的三四年间,主要目的在于整理旧文和定篇结集。书信主要就各自文章谋篇、修辞及写法进行了敞开心扉的探讨,坦诚指出兄弟创作的得失,在期待中勉励对方写出好作品至今读来,仍感人至深,显示出兄弟型古代文论家之间的“友善”。因基于中国文论角度,故编著者多从兄弟之间寄送、品评作品探讨创作话题等方面来节选文字。)

谢灵运:

建安末,余时在邺宫,朝游夕燕,究欢愉之极。天下良辰、美景、赏心、乐事,四者难并。今昆弟友朋,二三诸彦,共尽之矣。古来此娱,书籍未见,何者?楚襄王时有宋玉、唐、景,梁孝王时有邹、枚、严、马,游者美矣,而其主不文;汉武帝徐乐诸才,备应对之能,而雄猜多忌,岂获晤言之适!不诬方将,庶必贤于今日尔。岁月如流,零落将尽,撰文怀人,感往增怆!(《拟魏太子邺中集诗序》)

(点评:同一时期的有些文人是生活中的朋友、创作中的战友,互相唱和、郊游,往来不断,或赠送作品加以品评、勉励。一些批评篇章以史料形式记载了他们生前“友善”相处的场面或经历。此段文字即是。谢灵运分别以曹植、王粲、王琳、徐干等建安八人的口气写诗,以寄托自己的情思。这是文前的短序,介绍了建安末年邺下文人集团聚首的盛况和文人们四散零落的感慨,是建安时期文人关系的一种简练概括。)

萧纲:

至如近世谢朓、沈约之诗,任昉、陆倕之笔,斯实文章之冠冕,述作之楷模,张士简之赋,周升逸之辩,亦成佳手,难可复遇。文章未坠,必有英绝,领袖之者,非弟而谁？每欲论之,无可与语。思吾子建,一共商榷,辨兹清浊,使如泾渭,论兹月旦,类彼汝南,朱丹既定,雌黄有别,使夫怀鼠知惭,滥竽自耻。譬斯袁绍,畏见子将;同彼盗牛,遥羞王烈。

相思不见,我劳如何。(《与湘东王书》)

(点评:这是入京为太子的萧钢写给弟弟萧绎的书信,就当时文坛上模仿儒家经典、学习谢灵运和裴子野诗歌的风气进行了评论。兄弟二人情笃意深,文末视弟弟为文坛才子"曹植",深情地表达了兄长的勉励与期待。虽不乏自负之情,然兄弟之间的"友善"之情跃然纸上,鲜明可见。)

《世说新语》中:

梅颐尝有惠于陶公。后为豫章太守,有事,王丞相遣收之。侃曰:"天子富于春秋,万机自诸侯出;王公既得录,陶公何为不可放!"乃遣人于江口夺之。颐见陶公,拜,陶公止之。颐曰:"梅仲真膝,明日岂可复屈邪!"(《方正》)

(点评:这是古代知恩图报的典型。陶侃先前受梅颐之帮助,便在关键时刻挺身而出挽救恩人,而梅颐知晓后欲下跪拜谢被制止。双方都是友善之人,是在道德情操上具有表率性的楷模。)

王右军与王敬仁、许玄度并善。二人亡后,右军为论议更克。孔岩诫之曰:"明府昔与王、许周旋有情,及逝没之后,无慎终之好,民所不取。"右军甚愧。(《规箴》)

(点评:这是记载不友善的人事。王羲之在生前好友王修、许询去世后,对他们苛刻地评论,被孙岩指出和劝戒后,王羲之十分惭愧。人不能因亡友故去、听不到声音而忘记友情、求全责备,多少显得有些不够厚道。)

周处年少时,凶强侠气,为乡里所患。又义兴水中有蛟,山中有邅迹虎,并皆暴犯百姓,义兴人谓为三横,而处尤剧。或说处杀虎斩蛟,实冀三横唯余其一。处即刺杀虎,又入水击蛟,蛟或浮或没,行数十里,处与之俱。经三日三夜,乡里皆谓已死,更相庆,竟杀蛟而出。闻里人相庆,始知为人情所患,有自改意。乃自吴寻二陆,平原不在,正见清河,具以情告,并云:"欲自修改,而年已蹉跎,终无所成。"清河曰:"古人贵朝闻夕死,况君前途尚可。且人患志之不立,亦何忧令名不彰

邪?”处遂改励,终为忠臣孝子。(《自新》)

(点评:记载了周处由恶棍到孝子的巨大转变,是其人生由恶趋善的蜕变。尤其在听到乡村人无不希望他死而后快之后,他反思自己,浪子回头金不换,走上了“友善”的正常归途,励精图治,终成孝子。故事虽涉及闻道、励志和成长,但从前后鲜明比照来看,“友善”是打动读者的最终落脚点。)

陆士衡初入洛,咨张公所宜诣;刘道真是其一。陆既往,刘尚在哀制中。性嗜酒,礼毕,初无他言,唯问:“东吴有长柄壶卢,卿得种来不?”陆兄弟殊失望,乃悔往。(《简傲》)

(点评:虽为《世说新语·简傲》篇的故事,但从刘宝在守丧期间依然嗜酒如命、见到前来拜访的陆机后,只问葫芦种子而看不到应有的接待,多少显得不够“友善”。这里不关涉一公民的伦理道德,而与其风貌行为有关。)

王平子出为荆州,王太尉及时贤送者倾路。时庭中有大树,上有鹊巢。平子脱衣巾,径上树取鹊子。晾衣拘阂树枝,便复脱去。得鹊子还,下弄,神色自若,旁若无人。高坐道人于丞相坐,恒偃卧其侧。见卞令,肃然改容云:“彼是礼法人。”(《简傲》)

(点评:这是《世说新语》记载不友善的又一案例。在出任刺史之时,王澄居然旁若无人地爬到路边大树上捉鸟雀,于动物不友善,于百姓太傲慢。)

《颜氏家训》中:

凡人不能教子女者,亦非欲陷其罪恶,但重于呵怒伤其颜色,不忍楚挞惨其肌肤耳。当以疾病为谕,安得不用汤药针艾救之哉?又宜思勤督训者,可愿苛虐於骨肉乎?诚不得已也!(《教子》)

(点评:论及父母对子女的友善,因是自己的骨肉,在教育孩子时谁也不愿经常去体罚、鞭打。所谓碍于子女脸面或不去严格要求,是出于“友善”但也会导致走向“善”的反面。)

夫有人民而后有夫妇,有夫妇而后有父子,有父子而后有兄弟。一家之亲,此三而已矣。自兹以往,至于九族,皆本于三亲焉,故于人伦为重者也,不可不笃。

兄弟者,分形连气之人也。方其幼也,父母左提右挈,前襟后裾,食则同案,衣则传服,学则连业,游则共方,虽有悖乱之人,不能不相爱也。及其壮也,各妻其妻,各子其子,虽有笃厚之人,不能不少衰也。娣姒之比兄弟,则疏薄矣。今使疏薄之人,而节量亲厚之恩,犹方底而圆盖,必不合矣。惟友悌深至,不为旁人之所移者,免夫!(《兄弟》)

(点评:这段文字一方面从家族血缘角度提示兄弟姊妹之间无论长大成人后多久,也无论各自配偶方关系如何,都应保持友善、和睦相处的亲密关系,尤其是兄弟应笃厚如初。毕竟同父母的一家兄弟,有剪不断的血缘亲情,有天真烂漫、朝夕相处的少年时光。)

二亲既殁,兄弟相顾,当如形之与影,声之与响,爱先人之遗体,惜己身之分气,非兄弟何念哉?兄弟之际,异于他人,望深则易怨,地亲则易弭。譬犹居室,一穴则塞之,一隙则涂之,则无颓毁之虑;如雀鼠之不恤,风雨之不防,壁陷楹沦,无可救矣。仆妾之为雀鼠,妻子之为风雨,甚哉!(《兄弟》)

(点评:分析了中国古代兄弟相处应遵守的伦理之道,要相互爱怜、亲近、友善,不能因常年生活中的小误会和妻妾之间的离间、矛盾而相互疏远。)

兄弟不睦,则子侄不爱;子侄不爱,则群从疏薄;群从疏薄,则僮仆为仇敌矣。如此,则行路皆踖其面而蹈其心,谁救之哉?人或交天下之士,皆有欢爱,而失敬于兄者,何其能多而不能少也;人或将数万之师,得其死力,而失恩于弟者,何其能疏而不能亲也!(《兄弟》)

(点评:兄弟之“友善”者,皆包于此处“敬”字之中。即兄弟要恩爱。颜之推同时质问和批判了当时兄弟之间吵闹、争斗的社会风气:统帅万军有能力,却对自己的兄弟缺少恩爱;对关系疏远的人施加恩惠却对兄弟缺乏尊敬。“爱护”“和睦”是此处几个核心关键词,无不以内心之“敬”作为基础。)

娣姒者,多争之地也。使骨肉居之,亦不若各归四海,感霜露而相思,伫日月之相望也。况以行路之人,处多争之地,能无间者,鲜矣。所以然者,以其当公务而执私情,处重责而怀薄义也。若能恕己而行,换子而抚,则此患不生矣。(《兄弟》)

（点评：论妯娌间相处之道：保持仁爱，则不会被私心侵占而矛盾重重。而所谓仁爱，是中国古代社会伦理的一大基石，其内核是友善，即主体应有的善良之心。）

吉甫，贤父也。伯奇，孝子也。以贤父御孝子，合得终于天性，而后妻之，伯奇遂放。曾参妇死，谓其子曰：“吾不及吉甫，汝不及伯奇。”王骏丧妻，亦谓人曰：“我不及曾参，子不如华、元。”并终身不娶。此等足以为诫。其后，假继惨虐孤遗，离间骨肉，伤心断肠者，何可胜数。慎之哉！慎之哉！（《后娶》）

（点评：作者通过世事记载严厉地批判了古代家人之间残害和不友善的悲剧。对于后母虐待前妻留下的孩子、离间骨肉关系等，颜之推是愤慨与不满的。警醒世人：“慎之哉！慎之哉！”这种家人之间不友善的行为与古代宗法制下一夫多妻制有关。）

裴子野有疏亲故属饥寒不能自济者。皆收养之；家素清贫，时逢水旱，二石米为薄粥，仅得遍焉，躬自同之，常无厌色。邺下有一领军，贪积已甚，家童八百，誓满一千，朝夕每人肴膳，以十五钱为率，遇有客旅，更无以兼。后坐事伏法，籍其家产，麻鞋一屋，弊衣数库，其余财富，不可胜言。

南阳有人，为生奥博，性殊俭吝。冬至后女婿谒之，乃设一铜瓯酒，数脔獐肉，婿恨其单率，一举尽之，主人愕然，俯仰命益，如此者再，退而责其女曰：“某郎好酒，故汝常贫。”及其死后，诸子争财，兄遂杀弟。（《治家》）

（点评：从家庭治理角度记载下了三件事情。传递“友善”正能量的一个，属反面教材的两个。裴子野心地善良，虽自身贫寒，依然接济周围贫苦远亲和旧部，哪怕同甘共苦也毫无厌烦之色；邺城将军和南阳人，家庭富裕，却只顾敛财，吝啬至极，对女婿、对家童极其敷衍。最后都导致悲剧发生，名声也随之败坏。）

昔刘文饶不忍骂奴为畜产，今世愚人遂以相戏，或有指名为豚犊者：有识旁观，犹欲掩耳，况当之者乎？（《风操》）

（点评：记载了当世一些所谓“蠢才”随意叫人绰号的不友善行径，让正派的人听不入耳，不知被骂者做何感想？这是对他们的嘲弄与不尊重。）

齐孝昭帝侍娄太后疾,容色憔悴,服膳减损。徐之才为灸两穴,帝握拳代痛,爪入掌心,血流满手。後既痊愈,帝寻疾崩,遗诏恨不见太后山陵之事。其天性至孝如彼,不识忌讳如此,良由无学所为。若见古人之讥欲母早死而悲哭之,则不发此言也。孝为百行之首,犹须学以修饰之,况余事乎!(《勉学》)

(点评:从标题"勉学"和所选言辞来看,颜之推认为孝昭帝不善于学习导致遗昭措辞不妥,有些批判意味。但反映他生前如此孝顺太后,也能让后世读者看到一种孝道基础上的大爱与友善,感人至深。)

世有痴人,不识仁义,不知富贵并由天命。为子娶妇,恨其生资不足,倚作舅姑之尊,蛇虺其性,毒口加诬,不识忌讳,骂辱妇之父母,却成教妇不孝己身,不顾他恨。但怜已之子女,不爱己之儿妇。如此之人,阴纪其过,鬼夺其算。慎不可与为邻,何况交结乎?避之哉!(《归心》)

(点评:记载了一类在儿子结婚时不检点自己却无端要求、指责对方父母和女儿的人,颜之推措辞严厉:"如此之人,阴纪其过,鬼夺其算。"认为他们十分恶毒,他们不友善的言行激发了作者的愤慨,并力劝勿以此类人为邻、为友。)

王子缙云:"佐饔得尝,佐斗得伤。"此言为善则预,为恶则去,不欲党人非义之事也。凡损于物,皆无与焉。然而穷鸟入怀,仁人所悯;况死士归我,当弃之乎?伍员之托渔舟,季布之入广柳,孔融之藏张俭,孙嵩之匿赵岐,前代之所贵,而吾之所行也,以此得罪,甘心瞑目。至如郭解之代人报仇,灌夫之横怒求地,游侠之徒,非君子之所为也。如有逆乱之行,得罪于君亲者,又不足恤焉。亲友之迫危难也,家财己力,当无所吝;若横生图计,无理请谒,非吾教也。墨翟之徒,世谓热腹,杨朱之侣,世谓冷肠;肠不可冷,腹不可热,当以仁义为节文尔。(《省事》)

(点评:奉劝世人多做善事,尽量避开纠纷、矛盾等坏事,多节制自己的言行,修炼"仁慈"之心,推行"仁义"来提升自己的道德境界。同时,颜之推列举了正面的如孔融、季布、伍员等,以及反面的如郭科、灌夫等大量实例来告诫后人,凡是见死不救、犯上作乱、心怀诡计、不择手段、冷酷无情等,都是应该唾弃的。这是儒家伦理纲常角度来论友善、邪恶、品性、情操等关键词的。)

儒家君子,尚离庖厨,见其生不忍其死,闻其声不食其肉。高柴,折像,未知内教，皆能不杀，此乃仁者自然用心。含生之徒，莫不爱命；去杀之事，必勉行之。好杀之人，临死报验，子孙殃祸，其数甚多，不能悉录耳，且示数条于末。

世梁世有人，常以鸡卵白和沐，云使发光，每沐辄二三十枚。临死，发中但闻啾啾数千鸡雏声。

江陵刘氏，以卖鳝羹为业。后生一儿头是鳝，自颈以下，方为人耳。

王克为永嘉郡守，有人饷羊，集宾欲宴。而羊绳解，来投一客，先跪两拜，便入衣中。此客竟不言之，固无救请。须臾，宰羊为羹，先行至客。一脔入口，便下皮内，周行遍体，痛楚号叫；方复说之。遂作羊鸣而死。

梁孝元在江州时，有人为望蔡县令，经刘敬躬乱，县廨被焚，寄寺而住。民将牛酒作礼，县令以牛系刹柱，屏除形像，铺设床坐，于堂上接宾。未杀之顷，牛解，径来至阶而拜，县令大笑，命左右宰之。饮啖醉饱，便卧檐下。稍醒而觉体痒，爬搔隐疹，因尔成癞，十许年死。

杨思达为西阳郡守，值侯景乱，时复旱俭，饥民盗田中麦。思达遣一部曲守视，所得盗者，辄截手腕，凡戮十余人。部曲后生一男，自然无手。

齐有一奉朝请，家甚豪侈，非手杀牛，啖之不美。年三十许，病笃，大见牛来，举体如被刀刺，叫呼而终。

江陵高伟，随吾入齐，凡数年，向幽州淀中捕鱼。后病，每见群鱼啮之而死。（均见《归心》）

（点评：具有仁慈之心的人通常不食动物，命命相惜，避免杀生，必将得到福报并示范子孙。受佛家影响甚深的颜之推在后面接连记载了七则屠杀生灵后遭到不好报应的案例，引人警醒。）

《文心雕龙》中：

略观文士之疵：相如窃妻而受金，扬雄嗜酒而少算，敬通之不修廉隅，杜笃之请求无厌，班固谄窦以作威，马融党梁而黩货，文举傲诞以速诛，正平狂憨以致戮，仲宣轻锐以躁竞，孔璋傯恫以粗疏，丁仪贪婪以乞货，路粹餔啜而无耻，潘岳诡祷于愍怀，陆机倾仄于贾郭，傅玄刚隘而詈台，孙楚狠愎而讼府。诸有此类，并文士之瑕累。文既有之，武亦宜然。

古之将相，疵咎实多：至如管仲孝窃，吴起之贪淫，陈平之污点，绛灌之谗嫉，沿兹以下，不可胜数。孔光负衡据鼎，而仄媚董贤，况班马之贱职，潘岳之下位哉？王戎开国上秩，而鬻官嚣俗；况马杜之磬悬，丁路之贫薄哉？然子夏无亏于名儒，浚冲不尘乎竹林者，名崇而讥减也。若夫屈贾之忠贞，邹枚之机觉，黄香之淳孝，徐干之沉默，岂曰文士，必其玷欤？（《程器》）

（点评：如此密集地谈到古代文人不友善的行为和特征，在整部《文心雕龙》中尚不多见。刘勰是从文人毛病角度论及的，诸如潘岳阴谋暗害太子，孙楚刚愎自用地控告上级，以及管仲的偷窃、吴起的贪财好色，周勃的诽谤好人，嫉妒贤才等，真可谓“沿兹以下，不可胜数”，但并不影响他们创作的特色和成就。刘勰肯定的是文人们的创作才华。）

【隋唐至金阶段】

李谔：

降及后代，风教渐落。魏之三祖，更尚文词，忽君人之大道，好雕虫之小艺。下之从上，有同影响，竞骋文华，遂成风俗。江左齐、梁，其弊弥甚，贵贱贤愚，唯务吟咏。遂复遗理存异，寻虚逐微，竞一韵之奇，争一字之巧。连篇累牍，不出月露之形，积案盈箱，唯是风云之状。世俗以此相高，朝廷据兹擢士。

故文笔日繁，其政日乱，良由弃大圣之轨模，构无用以为用也。损本逐末，流遍华壤，递相师祖，久而愈扇。……

盖由县令、刺史未行风教，犹挟私情，不存公道。臣既忝宪司，职当纠察。若闻风即劾，恐挂网者多，请勒诸司，普加搜访，有如此者，具状送台。（均见《上隋文

帝书》)

（点评:有着浓厚儒家正统伦理观的李谔,鉴于当时选拔、推荐人才时经常让那些擅长写作浮华不实、无益政教类文章及善于交际钻营的人士得逞,他极力反对,指出这排挤了认真治学、具有良好品德的人,是不公正的。虽学者批评他忽略了文学的审美愉悦作用,但其出于儒家政教观而坚守“孝慈”“礼让”之品格,可视为对“友善”原则的一种践行。尤其是在人们讲究钻营谋略、社会风气不再醇厚的年代,难能可贵。)

卢藏用:

《易》曰:“物不可以终否”故受之以泰。道丧五百岁而得陈君。君讳子昂,字伯玉,蜀人也。崛起江汉,虎视函夏,卓立千古,横制颓波,天下翕然,质文一变。非夫岷、峨之精,巫、庐之灵,则何以生此?故其谏诤之辞,则为政之先也;昭夷之碣,则议论之当也;国殇之文,则大雅之怨也;徐君之议,则刑礼之中也。至于感激顿挫,微显阐幽,庶几见变化之朕,以接乎天人之际者,则《感遇》之篇存焉。观其逸足骎骎,方将抟扶摇而陵太清,躐遗风而薄嵩、岱,吾见其进,未见其止。惜乎湮厄当世,道不偶时,委骨巴山,年志俱夭,故其文未极也。

呜呼!聪明精粹而沦剥,贪饕桀骜以显荣,天乎!天乎!吾殆未知夫天焉,昔尝与余有忘形之契,四海之内,一人而已。良友殁矣,天其丧予!今采其遗文可存者编而次之,凡十卷。恨不逢作者,不得列于诗人之什,悲夫!故粗论文之变而为之序。至于王霸之才,卓荦之行,则存之别传,以继于终篇云耳。(《右拾遗陈子昂文集序》)

（点评:卢藏用在好友陈子昂去世后为之编辑遗文并作序,他承古文运动先驱者宗经复古论,从政治教化的角度评价作品,对具有审美性质的诗赋一般评价不高。但对陈友的作品则高度评价,谓其感遇诗深富寄托、追步汉魏,以质朴的文风表达充实的内容,一举扭转了六朝以来的尚文风气。虽因在篇中贬抑前人、矫枉过正而受到后人批评,但卢藏用对陈子昂的“友善”之情,溢于言表。这种“友善”是基于对真挚好友的肯赞,对其作品的熟读和了解,置于文学史中比较从而确定其特点和地位。)

韩愈:

六月二十六日,愈白。李生足下:生之书,辞甚高,而其问何下而恭也!能如是,谁不欲告生以其道?道德之归也有日矣,况其外之文乎?抑愈所谓望孔子之门墙而不入于其宫者,焉足以知是且非邪?虽然,不可不为生言之。

生所谓"立言"者,是也;生所为者与所期者,甚似而几矣。抑不知生之志:蕲胜于人而取于人邪?将蕲至于古之立言者邪?蕲胜于人而取于人,则固胜于人而可取于人矣!将蕲至于古之立言者,则无望其速成,无诱于势利,养其根而俟其实,加其膏而希其光。根之茂者其实遂,膏之沃者其光晔。仁义之人,其言蔼如也。(《答李翊书》)

(点评:韩愈和李翊一个是文坛名家,一个是后起之秀,但在这封书信中看出了唐代文论史上的"友善"佳话。体现在两个方面:一是韩愈言传身教,以自己创作古文的三个阶段和经验积累,来教导后学,所谓"气盛言宜"观皆承此提出。二是宣传古文的重要性时从儒家仁义道德修养功夫入手,勉励李翊多在修养、学识和为人方面下功夫。从回信来看,李翊真诚谦虚,为韩愈所打动——"问于愈者多矣,念生之言不志乎利,聊相为言之",故文字没有架子,是掏心窝子说话。三是行动上韩愈在公元802年向主持进士考试的副手陆偧推荐李翊,李翊该年顺利及第。这种勉励、提携和扶持后学的友善之情,彰显出长者仁慈、宽厚的胸怀,亦感人至深。)

乐也者,郁于中而泄于外者也,择其善鸣者而假之鸣。金、石、丝、竹、匏、土、革、木八者,物之善鸣者也。维天之于时也亦然,择其善鸣者而假之鸣。是故以鸟鸣春,以雷鸣夏,以虫鸣秋,以风鸣冬。四时之相推敚,其必有不得其平者乎?其于人也亦然。人声之精者为言,文辞之于言,又其精也,尤择其善鸣者而假之鸣。

……从吾游者,李翱、张籍其尤也。三子者之鸣信善矣。抑不知天将和其声,而使鸣国家之盛邪?抑将穷饿其身,思愁其心肠,而使自鸣其不幸邪?三子者之命,则悬乎天矣。其在上也奚以喜,其在下也奚以悲!东野之役于江南也,有若不释然者,故吾道其命于天者以解之。(均见《送孟东野序》)

(点评:本序是韩愈为孟郊去江南就任溧阳县尉而作的一篇赠序,阐发了韩愈"不平则鸣"的文学思想。最后两大段虽未直接提及孟郊的遭遇和处境,看似在历数秦汉文化名人的经历,唐代前期著名诗人的创作与成就,实则点明“有若不释然者,故吾道其命于天者以解之”的主旨,并借以抒发对朋友孟郊怀才不遇的感慨与勉励。韩愈“友善”的独特之处在于他能体察人,谅解人,勉励人。文章同时对当政者不能任用人才却埋没人才的做法深表不满,在含蓄的文笔中饱含着对社会的愤懑与不满。)

白居易:

微之足下:自足下谪江陵至于今,凡枉赠答诗仅百篇。每诗来,或辱序,或辱书,冠于卷首,皆所以陈古今歌诗之义,且自叙为文因缘与年月之远近也。仆既受足下诗,又谕足下此意,常欲承答来旨,粗论歌诗大端,并自述为文之意,总为一书,致足下前。(《与元九书》)

(点评:从书信开篇交代来看,白居易和元稹都被贬,相互赠送和酬答诗作,情谊深厚;彼此阅读、欣赏和评析对方诗作,就创作进行切磋和探讨,尽显中国古代文人间的“友善”关系。全信写得声情并茂,多段以“微之”抒发情感,似元稹临面而坐,与好友倾心相谈。)

大率如此,不可遍举。不相与者,号为沽誉,号为诋讦,号为讪谤。苟相与者,则如牛僧孺之戒焉。乃至骨肉妻孥,皆以我为非也。其不我非者,举世不过三两人。有邓鲂者,见仆诗而喜,无何鲂死。有唐衢者,见仆诗而泣,未几而衢死。其余则足下,足下又十年来困踬若此。呜呼!岂六义四始之风,天将破坏,不可支持耶?抑又不知天意不欲使下人病苦闻于上耶?不然,何有志于诗者,不利若此之甚也!(《与元九书》)

(点评:白居易被贬后在书信中提及的《贺雨诗》《秦中吟》《哭孔戡诗》等篇章,极其不受世人的认同和接纳,他终身被社会各界咬牙切齿地痛恨。然而他在元稹这里找到了深切理解他内心、强烈支持他作诗的人。这种友善是朋友情谊的真实体现。)

又请为左右终言之。凡闻仆《贺雨诗》,众口籍籍,以为非宜矣;闻仆《哭孔戡诗》,众面脉脉,尽不悦矣;闻《秦中吟》,则权豪贵近者,相目而变色矣;闻《登乐游园》寄足下诗,则执政柄者扼腕矣;闻《宿紫阁村》诗,则握军要者切齿矣!大率如

此,不可遍举。(《与元九书》)

(点评:古代还有一种友善表现在待人如己,对作家的遭遇、处境深切同情,对其作品产生共鸣,很是支持。这里白居易回忆了其《秦中吟》《宿紫阁村》等篇章写出后受到众人甚至妻子骨肉的批评诽谤,唯有世间三人能引发共鸣,表示理解与支撑,一是不久就去世的邓鲂与唐衢,二是挚友元稹。)

皇甫湜:

生轻宋玉而称仲尼、班、马、相如为文学。按司马迁传屈原曰:"虽与日月争光,可矣!"生当见之乎?若相如之徒,即祖习不暇者也。岂生称误耶?将识分有所至极耶?将彼之所立卓尔,非强为所庶几,遂仇嫉之邪?其何伤于日月乎!(《答李生第二书》)

(点评:从皇甫湜回答李生的书信来看,作为经验丰富的长者,其"友善"在于指出后生创作上的不足,帮助他改正、上进。如李生轻视屈原、宋玉和,讪笑九歌中的句子,表现出对艺术手法的疏忽与无知。皇甫湜则认为接连三封书信论文章贵"奇",且都写得详尽。皇甫先生的友善是基于长者对后生观念的纠正、经验的分享,和没有保留地指出问题。)

杜牧:

观足下所为文百余篇,实先意气而后词句,慕古而尚仁义者,苟为之不已,资以学问,则古作者不为难到。今以某无可取,欲命以为序,承当厚意,惕息不安。复观自古序其文者,皆后世宗师其人而为之,《诗》《书》《春秋》《左氏》以降,百家之说,皆是也。古者其身不遇于世,寄志于言,求言遇于后世也。自两汉以来,富贵者千百,自今观之,声势光明,孰若马迁、相如、贾谊、刘向、扬雄之徒。

斯人也,岂求知于当世哉!故亲见扬子云著书,欲取覆酱瓿,雄当其时亦未尝自有夸目。况今与足下并生今世,欲序足下未已之文,此固不可也。苟有志,古人不难到,勉之而已。某再拜。(《答庄充书》)

(点评:杜牧似用谦让之辞委婉地批评庄充急成名的心态与做法。古代社会"友善"的一大体现,是面对朋友或后学身上存在的缺点与不足,不是视而不见、置若罔闻,而是正视问题,帮助对方意识到并加以改进。但古人比较讲究方法,语辞多委婉,这与汉民族的交际心理和审美心理不无关系。)

及发之，果集贤学士沈公子明书一通，曰：“我亡友李贺，元和中义爱甚厚，日夕相与起居饮食。贺且死，尝授我平生所著歌诗，离为四编，凡二百三十三首。数年来东西南北，良为已失去。今夕醉解，不复得寐，即阅理箧帙，忽得贺诗前所授我者。思理往事，凡与贺话言、嬉游，一处所，一物候，一日一夕，一觞一饭，显显焉无有忘弃者，不觉出涕。贺复无家室子弟得以给养恤问。尝恨想其人，咏味其言止矣！子厚于我，与我为贺集序，尽道其所来由，亦少解我意。”某其夕不果以书道不可，明日就公谢，……公曰：“子固若是，是当慢我。”某因不敢复辞，勉为贺叙，然后甚惭。（《李贺集序》）

（点评：从交代此序来历看，集贤殿学士沈子明与诗人李贺“友善”相处的佳话及学士再三地恳请，感动了杜牧而为之作序。李贺生前将四编共二百三十三首作品教给沈学士保存和整理，他睹物思情，追忆往事，想起二人昔日游玩的场景，不禁泪流满面。同时同情李贺无妻儿兄弟的遭遇，吟诵诗文、追忆其为人。序中所透露的书信很是感人。）

贺，唐皇诸孙，字长吉，元和中韩吏部亦颇道其歌诗。云烟绵联，不足为其态也；水之迢迢，不足为其情也；春之盎盎，不足为其和也；秋之明洁，不足为其格也；风樯阵马，不足为其勇也；瓦棺篆鼎，不足为其古也；时花美女，不足为其色也；荒国陊殿，梗莽丘垄，不足为其恨怨悲愁也；鲸呿鳌掷，牛鬼蛇神，不足为其虚荒诞幻也。盖《骚》之苗裔，理虽不及，辞或过之。《骚》有感怨刺怼，言及君臣理乱，时有以激发人意。乃贺所为，得无有是？贺能探寻前事，所以深叹恨今古未尝经道者，如《金铜仙人辞汉歌》《补梁庾肩吾宫体谣》。求取情状，离绝远去笔墨畦径间，亦殊不能知之。贺生二十七年死矣！世皆曰：使贺且未死，少加以理，奴仆命《骚》可也。（《李贺集序》）

（点评：小李杜是晚唐著名作家，他们情谊深厚。对于李贺诗歌奇特的想象和瑰丽的色彩，杜牧在其集序中给予了高度的评价，并且在近1200年前他就接连运用9个比喻来描绘李贺诗歌多姿多彩的风貌，写得诗意盎然，是唐朝不可多得的美文批评。作为好友，他同时真诚地批评了李贺诗歌文辞突出，但缺乏《楚辞》那种充沛的思想内容，“辞或过之”，“理虽不及”。没有“真诚”的心意、“友善”的态度和品鉴的眼光，何以能写得如此生动、中允？）

柳开:

古之教民,以道德仁义;今之教民,亦以道德仁义。是今与古,胡有异哉?古之教民者,得其位,则以言化之,是得其言也,众从之矣;不得其位,则以书于后,传授其人,俾知圣人之道易行,尊君敬长,孝乎父,慈乎子。大哉斯道也,非吾一人之私者也,天下之至公者也。是吾行之,岂有过哉?(《应责》)

(点评:弘扬道统的柳开指出了征圣、宗经的实质,古人以道德仁义来教化百姓,生前以表率示范,死后则以其著作来传道,人们因而尊崇君王,恭敬长者,孝顺父母,慈爱子女,此道为天下所公,应当推行。柳开把自孔孟韩逐渐建构起来的儒家"友善"伦理道德观进一步传承、推进,文以载道,文以传道。)

王禹偁:

今子年少志专,雅识古道,又其文不背经旨,甚可嘉也。如能远师六经,近师吏部,使句之易道,义之易晓,又辅之以学,助之以气,吾将见子以文显于时也。某顿首。(《答张扶书》)

(点评:这段谈古文写作经验的话,是王禹偁作为长者向年轻的张扶秀才传授古文创作的经验,提供方法,对后辈进行勉励和提携,读来明丽而温暖,语重心长,溢于言表,显示出文坛前辈的一种宽厚与友善。)

苏轼:

元丰二年正月二十日,与可没于陈州。是岁七月七日,予在湖州曝书画,见此竹,废卷而哭失声。昔曹孟德祭桥公文,有"车过""腹痛"之语。而予亦载与可畴昔嬉笑之言者,以见与可于予亲厚无间如此也。(《文与可画筼筜谷偃竹记》)

(点评:古代一些书信、散文式的文论中也显示出双方深厚的感情和难忘的友谊。在好友文与可去世后半年,苏轼晒其送给自己的画作《筼筜谷偃竹图》,睹物思人,不由得失声痛哭,与文与可的交情历历在目,便在公元1079年提笔写下了这篇悼念亡友的画记,提出了创作宜自然浑成、不可雕琢做作的文艺观。)

赵秉文:

东坡论五十八草书似"莺哥娇",数日相见,曰:"此书何如?"曰:"乃秦吉了耳。"足下之书，无乃近似之乎！精神所注，间出奇逸，稍怠之际，如病痈腫，得免秦吉了足矣。想当捧腹大笑也。

……其余老昏殊不可晓，然此迄今大成，不过长吉、卢仝合而为一，未能以故为新，以俗为雅，非所望于吾友也。(《答李天英书》)

(点评：在该书信开头，赵秉文极尽谦卑之语辞，而信尾对求教者李天英仅凭天分、缺乏对前辈经验的吸纳的书法和诗歌创作均给予了直接批评，用词尖锐犀利，诙谐而不留情，这也是古代"友善"的一种体现。——对同辈或晚辈朋友创作或处世上存在的毛病直言不讳，引导朋友正视缺点和不足，积极加以改进。

赵的批评旨在给李帮助，同时纠正他遣词造句的形式主义文风，一并提出了"独自师心，则终身无成"、要"尽得诸人所长，然后卓然自成一家。"等文艺观。)

孙樵：

太原君足下：

《雷赋》逾六千言，推之大《易》，参之玄象，其旨甚微，其辞甚奇，如观骇涛于重溟，徒知褫魄眙目，莫得畔岸。诚谓足下怪于文，方举降旗，将大夸朋从间，且疑子云复生。无何，足下继以《翼旨》及《杂题》十七篇，则与《雷赋》相阔数百里。足下未到其壶，则非樵所敢与知；既人其域，设不如意，亦宜上下铢两，不当如此悬隔。不知足下以此见尝耶？抑以背时戾众，且欲铺粕啜醨，以苟其合耶？何自待则浅，而徇人反深？

鸾凤之音必倾听，雷霆之声必骇心。龙章虎皮，是何等物？日月五星，是何等象？储思必深，摛词必高，道人之所不道，到人之所不到，趋怪走奇，中病归正。以之明道，则显而微；以之扬名，则久而传。前辈作者正如是。譬玉川子《月蚀诗》、杨司城《华山赋》、韩吏部《进学解》、冯常侍《清河壁记》，莫不拔地倚天，句句欲活，读之如赤手捕长蛇，不施控骑生马，急不得暇，莫可捉搦。又似远人人太兴城，茫然自失，讵比十家县，足未及东郭，目已极西郭耶？

樵尝得为文真诀于来无择，来无择得之于皇甫持正，皇甫持正得之于韩吏部退之。然樵未始与人言及文章，且惧得罪于时。今足下有意于此，而自疑尚多，其可无言乎？樵再拜。(《与王霖秀才书》)

(点评：此书信中的友善在于称赞王霖"足下怪与文"，作品写得新奇而极易引起阅读时兴奋、紧张、刺激的心理感受，似韩愈之雄奇不拘一格，同时提醒他勿过度迎合世俗的审美趣味,而以自己创作《寓居对》来说明作文需苦心深思。言下之意是要苦心经营,下足功夫,做好自己,勿急功近利。)

欧阳修:

然时无贤愚,语诗者必求之圣俞。圣俞亦自以其不得志者,乐于诗而发之。故其平生所作,于诗尤多。世既知之矣,而未有荐于上者。昔王文康公尝见而叹曰:"二百年无此作矣!"虽知之深,亦不果荐也。若使其幸得用于朝廷,作为雅颂,以歌咏大宋之功德,荐之清庙,而追商周鲁《颂》之作者,岂不伟欤!奈何使其老不得志,而为穷者之诗,乃徒发于虫鱼物类,羁愁感叹之言。世徒喜其工,不知其穷之久而将老也,可不惜哉!(《梅圣俞诗集序》节录)

(点评:欧阳修提出"穷而后工"的诗学观,在充分肯定梅尧臣诗歌成就的同时,也含蓄地表达了对其政治遭遇之同情。梅尧臣在朝廷纷争时处境尴尬,一方面他与新派人物交往甚密,为政敌所不满,同时与改革派范仲淹在思想观念上也存在较大分歧。欧阳修对梅尧臣"四十白发犹青衫"的境遇寄予了深切的同情。这种"友善"体现出作为文坛长者欧阳修对诗人才华的器重。)

【明清阶段】

闲斋老人:

夫曰"外史",原不自居正史之列也;曰"儒林",迥异元虚荒渺之谈也。其书以功名富贵为一篇之骨,有心艳功名富贵而媚人下人者,有倚仗功名富贵而骄人傲人者,有假托无意功名富贵自以为高,被人看破耻笑者,终乃以辞却功名富贵,品地最上一层,为中流砥柱。篇中所载之人,不可枚举,而其人性情心术,一一活现纸上。读之者无论是何人品,无不可取以自镜。

传云:"善者,感发人之善心,恶者,惩创人之逸志广是书有焉。甚矣!……"(《儒林外史序》)

(点评:《儒林外史》似一面镜子,照出读者自身的善与恶,善要发扬,恶要克制。文论家以激愤的语调剖析了该著的功效:书中刻画了封建知识分子追求功名利禄的丑恶精神面貌和败坏的道德风尚,对礼教的虚伪和残酷进行了揭露,认为它比《水浒》和《金瓶梅》的接受效果要好。)

附录1　中国古代主要文论家简介①

先秦两汉：

《周易》：含《易经》和《易传》两部分，初为占卜筮之书，汉代立为经，形成过程当在殷周之后，极为久远，其论家、论辞等内容蕴含有早期文论思想。

《尚书》：指上古帝王之书，记录唐尧至周朝的公文，主要包含帝王诏命及对臣下的训诫。汉代列为经典，又称《书经》，有古今文之别。

《诗经》：中国最早的诗歌总集，含周初及春秋中叶五百余年间的作品，又名《诗三百》或《三百篇》，分风、雅、颂三个部分，对后世文学产生了深远影响。

《左传》：乃《春秋左氏传》的简称，主要记载春秋时代各国政治军事外交大事。旧说为左丘明所作，其生平不详，鲁国人，约与孔子同时代。

老子：约前580—前500年，生平不可考，《史记》称其为楚国（今河南）人，姓李名耳字聃，曾为周王朝藏教室之史，后隐退，著《老子》，又称《道德经》，为道家重要的奠基作。

《论语》：为孔子的学生及其再传弟子关于孔子言行的记录，反映儒家思想体系的奠基性作品。孔子，前551—前479年，名丘，字仲尼，鲁国陬邑（今山东曲阜）人，儒家学派创始人，伟大的思想家、教育家。

《孔子诗论》：迄今为止发现的最早论《诗经》的专著，用战国文字抄录而成，

---

① 这里对历代古代文论家的简介，采用“略古详近”之原则，金元以前记其梗概，较为简略；明清及近代民国时期则较为详细。少部分以典籍名称代“作者”；少部分作者生卒年不详或存疑，遵从原貌，使用“左右”或“?”。本资料主要参考了黄霖、蒋凡先生主编的《中国历代文论选新编》（上海教育出版社2008年版）四卷本相关内容以及其它传记材料，特此说明。

其真伪和作者目前存议。

墨子:约前480—前420年,名翟,鲁国人(一说宋国人),生卒年不详,为春秋战国之际的思想家,主张兼爱、非攻,创立墨家一派。

孟子:约前372—前289年,名轲,字子舆,邹人,广收门徒,退而著述,强调王道与仁政,深化了儒家人性论思想。

庄子:约前369—前286年,名周,战国时期宋国蒙城(今河南商丘)人,先秦道家代表人物。《庄子》为庄子及其后学所著,对现实政治秩序和道德观念多有批判。

荀子:约前313—前238年,名况,称孙卿,战国末期思想家,有《荀子》传世,《乐论》集中体现其诗学观。

韩非子:约前283-前233年,韩国人,战国后期法家思想家,有《韩非子》传世。

《礼记·乐记》:汉武帝时河间献王刘德召集毛生等儒士杂采《周礼》及诸子论乐的文字编纂而成,集中体现了儒家文艺思想。

《毛诗序》:《毛诗》各篇前面的序,主要介绍作者和写作背景、题旨,传为西汉中期以前的儒士所作。

司马迁:前145-约前91年,字子长,夏阳(今陕西韩城)人,西汉史学家,著有《史记》。

扬雄:前53-18年,字子云,蜀郡成都人,西汉思想家、辞赋家。著有《法言》《太玄》等。

王充:27-约97年,字仲任,会稽上虞人,东汉思想家。著有《论衡》,今存84篇。

班固:32-92年,字孟坚,扶风安陵(今陕西咸阳)人,后汉历史学家和文学家,著有《汉书》。

王逸:生卒年不详,字叔师,南郡宜城(今湖北宜城南)人,所著《楚辞章句》为今存最早的《楚辞》注本,是书每篇下各题小序,汇成《楚辞章句序》,集中体现了其文学思想。

郑玄:127-200年,字康成,北海高密(今属山东)人,集汉代古文经和今文经于一体,著有《诗谱序》等。

魏晋南北朝:

曹丕:187-226,字子桓,沛国谯(今安徽亳县)人,曹操次子,著有《典论·论文》等篇章。

曹植:192－232年,封陈王,谥思,又称陈思王。聪慧好文,才思敏捷,钟嵘称其诗“骨气奇高,辞采华茂”,列于上品。

左思:生卒年不详,字太冲,齐国临淄人,作品以《咏史》《招隐》等诗及《三都赋》最为著名。

陆机:261－303年,字士衡,吴郡吴县(今江苏苏州)人,诗文情感强烈,辞藻富丽,有《文赋》传世,在文学史上具有崇高的声誉。

挚虞:?－311年,字仲治,京兆长安(今陕西西安)人,皇甫谧弟子,学问广博,著书不倦,有《文章流别集》传世。

葛洪:283－363(343?)年,字稚川,丹阳句容(今江苏)人,好炼丹,并广涉诸子历史等,有《抱朴子》传世。

范晔:398－445年,字蔚宗,顺阳(今属河南)人,擅文章,好经史,著有《后汉书》。

沈约:441－513年,字休文,吴兴武康(今浙江德清)人,历任宋齐梁三朝,自幼好学,擅长诗文,为“竟陵八友”之一,与王融等提倡声律论,有《晋书》《宋书》《宋文章志》等作品传世。

刘勰:约465－约521年,字彦和,祖籍东莞郡莒县(今属山东日照),东晋以来,世居京口(今江苏镇江),早孤,笃志好学,青年入定林寺,与僧佑相处十余年,有《文心雕龙》传世。

钟嵘:约468－518年,颍川长社(今属河南)人,齐梁文论家,有《诗品》传世。

裴子野:469－530年,字几原,河东闻喜(今属山西)人,文思敏捷,擅长作“笔”,著有史书多种。

萧子显:约489－约537年,字景阳,南朝兰陵(今江苏丹阳)人,好学能文,著有《后汉书》《南齐书》等多种。

萧统:501－531年,字德施,南兰陵人,梁武帝长子,世称昭明太子,爱好文章学问,交友甚广,主持编选《文选》三十卷。

萧纲:503－551年,梁武帝萧衍第三子,好学能文。后人编有《梁简文帝集》。

萧绎:508－555年,字世诚,萧统、萧纲之弟,初封为湘东王。自由好学能文,擅长宫体诗创作,著述甚丰,今存《金楼子》等传世。

颜之推:约531－590年以后,字介,祖籍琅琊(今属山东)人,东晋后世居建康(今南京),有《颜氏家训》传世。

隋唐五代：

李諤：生卒年不详，字士恢，赵郡（今河北赵县）人。《北史》卷七十七有传。

王通：584或586－617年，字仲淹，谥号文中子，今山西河津人，著有《续诗》《续书》《元经》《乐论》等书籍。

魏徵：580－643年，字玄成，魏州曲城（今属河北）人，为唐太宗时谏议大夫，深得其信任，被封郑国公，校定图书，主持撰写南北朝诸史，作《隋书》序论。

令狐德棻：583－666年，宜州华原人，受诏参与撰《艺文类聚》，与同僚修成《周书》。

元兢：生卒年不详，字思敬，参与撰修《芳林要览》，编选《古今诗人秀句》等。

王勃：650－676年，字子安，绛州龙门（今山西河津）人，隋末大儒王通之孙，擅长诗文，为初唐四杰之一。今存《王子安集》为后人重编。

杨炯：650－693年，华阴郡（今陕西华县）人，初唐四杰之一，曾为校书郎、崇文馆学士等职。今存《盈川集》为后人重编。

陈子昂：661－702年，一说659－700年，字伯玉，射洪（今属四川）人，唐代边塞诗人，今存《陈伯玉文集》为后人重编。

卢藏用：生卒年不详，字子潜，幽州范阳（今属河北）人，精书法，以文辞著称，后隐居终南山，曾为陈子昂文集作序。

刘知己：661－721年，字子玄，彭城（今江苏徐州）人，长期兼修史之任，著有《史通》。

王昌龄：？－756或757年，字少伯，有太原人或京兆人之说。唐代诗人，著有《诗格》，已佚。

李白：701－762年，字太白，号清莲居士，唐代伟大的浪漫主义诗人，诗歌豪放俊迈，清新自然，有《李太白文集》。

殷璠：生卒年不详，润州（今江苏镇江）人，唐代文论家，编选《河岳英灵集》。

杜甫：712－770年，字子美，祖籍襄阳，生于巩县。其作品忧国忧民，精心锤炼，多方学习和借鉴，有《杜工部集》传世。

元结：719－772年，字次山，祖籍河南，诗歌内容上强调反映现实政治，主张复古，发挥诗歌美刺和讽喻精神，有《元次山集》传世。

萧颖士：约717－760年，字茂挺，兰陵（今江苏常州）人，重视政教之文与学术著作,轻视审美,其言辞偏激,为韩柳古文运动的前驱。

独孤及:725－777年,字至之,河南洛阳人。论文主张弘道,反骈偶。

高仲武:生卒年不详,自署渤海人。编有《中兴间气集》。

皎然:生卒年不详,字清昼,简称昼。湖北长城人,著《诗式》今存。有《诗议》,其佚文见《文镜秘府论·南卷》中。

梁肃:753－793年,字敬之(或宽中),郡望安定(今宁夏)乌氏人,论文提出道、气、辞的关系问题,推崇两汉之文,对韩柳均有影响。有集,已佚。

权德舆:761－818年,字载之,祖籍天水略阳,有《权德舆文集》传世。

裴度:765－839年,字中立,河东闻喜(今属山西)人,擅文词,出将入相,为一代重臣。

韩愈:768－824年,字退之,河南南阳人。世称韩昌黎,早孤,苦学,后入为幕僚,又称韩吏部,唐代散文家、文论家,有《昌黎先生集》传世。

刘禹锡:772－842年,字梦德,洛阳人。永州革新后,被贬为朗州司马。有《刘宾客集》。

白居易:772－846年,字乐天,晚年自号香山居士,陕西渭南人,其诗歌关乎社会现实,文艺批评上多有建树。有《白氏长庆集》传世。

柳宗元:773－819年,字子厚,郡望河东人,与韩愈、柳宗元为同僚,永州革新失败后贬为江州司马,散文以峻洁幽深见长,有《柳河东集》传世。

李翱:774－836年,字习之,韩门弟子,有《李文公集》传世。

皇甫湜:约777－约835年,字扶正,睦州新安(今属浙江)人,有《皇甫持正文集》传世。

元稹:779－831年,河南人,诗人、文论家,有《元氏长庆集》传世。

李德裕:787－850年,字文绕,赵郡(今河北赵县)人,翰林学士,政治家,文章写作上多有心得,有《李文绕文集》传世。

杜牧:803－853年,字牧之,京兆万年(今陕西西安)人,晚唐诗人,重要古文作者,有《樊川文集》传世。

李商隐:813－858年,字义山,自号玉溪生,又号樊南,怀州河内人。工诗,以绮丽缜密的律诗著称,与杜牧并称“小李杜”,有《樊南文集》《樊南诗集》传世。

孙樵:生卒年不详,字可之,为古文运动后期典型代表,有《与王霖秀才书》等文论篇章传世。

皮日休:约838－约881年,字袭美,一字安逸少,襄阳人,唐代著名文学家,对于社会民生有深刻的洞察和思考,《新唐书·艺文志》录有《皮日休集》《皮子》《皮氏鹿门家钞》等多部。

司空图:837－908年,字表圣,自号知非子,后隐退,有《司空表圣文集》《司空表圣诗集》传世。

吴融:? －903年,字子华,越州山阴(今浙江绍兴)人,有《唐英歌诗》传世。

刘昫:887－946年,字耀远,涿州归义(今河北容城)人,五代文人,曾为相,系《旧唐书》的署名作者。

欧阳炯:896－971年,益州华阳人,工诗文,尤以词著称,著有《花间集序》等。

宋代:

田锡:940－1003年,字表圣,嘉州洪雅(今属四川)人,其文多骈体,有《咸平集》三十卷传世。

柳开:947－1000年,字仲涂,号东野先生,有《河东集》十五卷。

王禹偁:954－1001年,字元之,毕生以直躬行道为己任,敢于直言,为宋代古文运动先驱,有《小畜集》三十卷传世。

杨亿:974－1020年,建州蒲城(今属福建)人,著作今存《武夷新集》二十卷。

姚铉:968－1020年,字宝之,泸州合肥(今属安徽)人,编选唐诗,倡古体,有《唐文粹》一百卷传世。

穆修:971－1032年,字伯长,山东东平人,有《河南穆公集》三卷。

范仲淹:989－1052年,字希文,苏州吴县人,有《范文正公集》传世。

梅尧臣:1002－1060年,字圣俞,宣州宣城人,世称宛陵先生。有《宛陵先生集》六十卷。

石介:1005－1045年,字守道,一字公操,山东泰安人。有《徂徕集》二十卷。

欧阳修:1007－1072年,字永叔,晚号醉翁,又号六一居士,庐陵人(今江西吉安)人。唐宋八大家之一,与宋祁等修《新唐书》,自撰《新五代史》,有《欧阳文忠公文集》一百五十卷。

苏洵:1009－1066年,字明允,人或称老泉,梅州眉山人,唐宋八大家之一,有《嘉佑集》二十卷。

周敦颐:1017－1073年,字茂叔,道州营道(今湖南道县)人,宋代词人,著有

《易通》及《太极图·易说》等。

邵雍:1011－1077年,字尧夫,自号安乐先生,河北范阳人,宋代著名理学家,有《伊川击壤集》二十卷。

曾巩:1019－1083年,字子固,建昌南丰(今属江西)人,有《元丰类稿》五十卷。

王安石:1021－1086年,字介甫,号半山,抚州临川人,学术上提倡通经致用的"新学",论文主张"有补于世",有《临川集》一百卷。

程颐:1033－1107年,字正叔,河南洛阳人,世称伊川先生。有《二程遗书》二十五卷。

苏轼,1037－1101年,字子瞻,一字和仲,眉州眉山人,宋代著名文学家,有《东坡七集》一百一十卷。

苏辙:1039－1112年,字子由,一字同叔,眉州眉山人,苏洵子,苏轼弟,十九岁与苏轼同登进士,有《栾城集》传世。

黄庭坚:1045－1105年,字鲁直,号山谷,洪州分宁(今江西修水)人,被推为"三宗"之首,有《豫章黄先生文集》传世。

吕南公:1047－1086年,字次儒,建昌南城(今属江西)人。有《灌园集》二十卷。

秦观:1049－1100年,字少游,一字太虚,号淮海居士,扬州高邮人。诗词文俱工,著有《淮海集》《淮海词》传世。

晁补之:1053－1110年,字无咎,号归来子,济南钜野人,苏门四学士之一。有《鸡肋集》七十卷。

张耒:1054－1114年,字文潜,号柯山,楚州淮阴人。苏、黄去世后独主文坛,以"明理"之说教诲后学,著有《柯山集》。

范温:生卒年不详,又名仲温,字元实,华阳人。曾经跟随黄庭坚学诗,受黄庭坚的影响很深,所著《潜隐诗话》已散佚。

杨时:1053－1135年,字中立,南剑州将乐(今福建南平)人。晚年居龟山,世称龟山先生,以读书讲学为业,世称其学为"闽学",为程氏洛学之嫡传。论文宗六经,著有《龟山集》二十八卷,并辑有《二程粹言》。

叶梦得:1077－1148年,字少蕴,晚年自号石林居士,原籍苏州吴县,居浙江乌城。学问恰博、工于诗词,有《建康集》《石林词》《石林燕语》《避暑录话》等。

吴可:生卒年不详,原名默,字思道,号藏海居士,建康人。为苏轼、刘世安所赏识,有《藏海居士集》二卷、《藏海诗话》一卷等作品。

李清照:1084－1151年,号易安居士,齐洲章丘(今属山东)人,工于诗词,被推为南宋婉约派宗主,其词世称“易安体”。《宋史·艺文志》著录《易安居士文集》七卷、《易安词》六卷,均佚。存《漱玉集》一卷于世。

胡寅:1098－1156年,字明仲,建宁崇安人,称“敬堂先生”,力主抗金,反对议和,为文根著义理,有《斐然集》三十卷,及《读史管见》《论语详说》等。

王灼:生卒年不详,字晦叔,号颐堂,四川遂宁人。论词提倡“情性为本”,主张向乐教传统回归,今存《颐堂集》一卷,著述多已散佚。

吕本中:1084－1145年,字居仁,郡望东莱(今属山东)人,迁居寿州(今属安徽)。世称东莱先生。论诗主“活法”及“悟入”之说,对江西诗派多推进。著有《东莱集》二十卷、《外集》二卷,及《紫薇诗话》《吕氏童蒙训》各一卷。

葛立方:？－1164年,字常之,号懒真子,祖籍丹阳(今安徽宣城)、居吴兴(今浙江)。博览群书,以文章名。有《韵语阳秋》二十卷。

张戒:生卒年不详,字定复(一作夫),绛州正平(今属山西新绛)人。敢言直谏,力主抗金。有《岁寒堂诗话》传世。

陆游:1125－1210年,字务观,号放翁,越州山阴(今浙江绍兴)人。南宋著名爱国诗人,词文皆有成就,并长于史学,有《剑南诗稿》《剑南文集》《老学庵笔记》《南唐书》等。

杨万里:1127－1206年,字廷秀,号诚摘,吉州吉水(今属江西)人。与尤袤、范成大、陆游并称为中兴四大诗人。有《诚斋集》一百三十三卷传世。

朱熹:1130－1200年,字元晦,一字仲晦,号晦庵等,晚年居住福建,主讲紫阳书院,著述甚丰,诗文集有《晦庵先生朱文公集》。

姜夔:1155－约1221年,字尧章,饶州鄱阳(今江西波阳)人。著有《白石道人丛稿》十卷、《白石道人歌曲》四卷、《诗说》一卷等。

戴复古:1167－1252年,字式之,号石屏。工词,有《石屏诗集》《石屏词》等。

真德秀:1178－1235年,字景元,一字希元,建宁蒲城(今属福建)人。论文“以明义理切世用为主”,著有《西山真文忠文集》《大学衍义》等。

魏了翁:1178－1237年,字华父,浦江(今属四川)人。有《九经要义》《鹤山先生大全集》等传世。

包恢:1182－1268年,字宏斋,建昌人。出身理学世家,其文汪洋恣肆,论文强调天机自然,有《敝帚稿略》八卷。

刘克庄:1187－1269年,名灼,字潜夫,号后村居士,福建莆田人。有《后村先生大全集》一百九十六卷。

严羽:生卒年不详,字仪卿,又字丹丘,号沧浪客,邵武(今属福建)人,南宋文学家、文艺理论家,有《沧浪诗话》三卷。

刘辰翁:1232－1297年,字会孟,号须溪,庐陵(今江西吉安)人,南宋末年著名爱国词人;,在诗文评点方面用工尤勤,视野开阔。遗著有《须溪先生全集》,已佚。

沈义父:约公元1237~1243年前后在世,字伯时,一字时斋,江苏吴县人。论词主张风格柔婉、音律和谐,有《乐府指迷》一卷。

张炎:1248－约1320年,字叔夏,号玉田,临安人。著有《词源》共二卷,有词集《山中白云词》。

吴自牧:宋末钱塘人,著《梦粱录》一书,广涉讲唱文学、杂技演出等,为小说戏曲的重要史料。

罗烨:生卒年不详,生于宋末元初,著名小说家,吉州庐陵(今江西吉安)人,著《醉翁谈录》二十卷。

金元:

赵秉文:1159－1232年,字周臣,号闲闲,河北磁县人。其著述今存《水斧文集》三十卷。

李纯甫:1177－1223年,字之纯,号屏山,宏州襄阴(今属河北)人,有《中庸集解》《鸣道集说》等。

王若虚:1174－1243年,字从之,号南滹南遗老,藁城(今属河北)人,文论家,有《滹南遗老集》四十五卷存世。

元好问:1190－1257年,字裕之,号遗山,世称遗山先生,太原秀容(今山西忻州)人。金末至大蒙古国时期著名文学家、历史学家。传世《遗山先生文集》、清光绪读书山房重刊本《元遗山先生全集》等。

刘祁:1203－1250年,字京叔,号神川遁士,浑源(今属山西)人。有《神州遁士集》,已佚。

赵衍:生卒年不详,号西岩,碣石(今属新疆)人,有《重刊李长吉诗集序》等。

郝经:1223—1275年,元初名儒。字伯常,祖籍泽州陵川(今山西陵川),生于许州临颍城皋镇(今河南许昌)。作为政治家,郝经反对"华夷之辨",推崇四海一家，主张天下一统；作为思想家，郝经推崇理学，希望在蒙古人汉化过程中，以儒家思想来影响他们，使国家逐步走向大治；作为学者文人，通字画，著述颇丰，收于《陵川集》中。

胡祗：1227—1295 年，字绍闻，号紫山，磁州武安（今属河北省）人。祗遹学出宋儒，著述较丰，著有诗文集《紫山大全集》，今存二十六卷本。卷八有《黄氏诗卷序》《优伶赵文益诗序》《朱氏诗卷序》等文，为研究元曲之珍贵资料。

方回：1227－1307 年，字万里，号虚谷，安徽人，有《桐江集》八卷、《桐江续集》三十六卷传世。

刘埙：1240－1319 年，字起潜，号水云村。学者称水村先生。江西南丰人，为南丰著名文人隐士刘镗之侄。宋末元初学者、诗人、评论家。著有《隐居通议》31卷、《水云村泯稿》《水云村稿》15 卷《经说讲义》《哀鉴》《英华录》，凡百二十五卷。

戴表元：1244－1310 年，字帅初，号剡源，庆元奉化剡源榆林（今属浙江班溪镇榆林村）人。宋末元初文学家，被称为“东南文章大家”。论诗主张宗唐得古，诗风清深雅洁，类多伤时悯乱、悲忧感愤之辞。著有《剡源集》。

赵文：生卒年不详，字仪可，号青山，庐陵（今属江西吉安）人，元代文论家，著有《青山集》。

刘将孙：生卒年不详，字尚友，庐陵（今属江西吉安）人，元代文论家，著有《三子口义》《世说新语》《史汉异同》等。

张之翰：1243－1296 年，字周卿，号西岩老人，邯郸（今属河北）人，元代文论家，有《西岩集》二十卷。

龚璛：1266－1331 年，字子敬，镇江人，居住吴中，折中于复古与创新之间，元代文论家，有《存悔斋稿》等。

祝尧：生卒年不详，字君泽，上饶（今属江西）人，元代文论家，有《古赋骈体》等。

虞集：1272－1348 年，字伯生，号道园，世称邵庵先生，元代诗人、文论家，有《道园学古录》五十卷、《道园遗稿》六卷传世。

揭斯：1274－1344 年，字曼硕，龙兴富州（今江西丰城）人，元代文学家，曾参加编修辽、宋、金三史。死后谥文安。有《渔父》《高邮城》《杨柳青谣》《秋雁》等传世。

范梈（pēng）：1272－1330 年，字亨父，一字德机，清江（今属江西）代官员、诗人，与虞集、杨载、揭傒斯齐被誉为“元诗四大家”。字亨父，一字德机，人称文白先生，清江（今江西樟树）人。历官翰清江林院编修、海南海北道廉访司照磨、福建闽海道知事等职，有政绩，后以疾归。其诗好为古体，风格清健淳朴，用力精深，有《范德机诗集》。

陈绎曾：生卒年不详，字伯敷，处州（今浙江丽水）人，侨居吴兴。元代文论家，有《文说》传世。

贯云石：1286－1324年，维吾尔族人，元代文论家，后人编辑他与徐再思之曲而成《酸甜乐府》。

杨维桢：1296－1370年，字廉夫，号铁崖，浙江绍兴人。元末明初著名诗人、文学家、书画家和戏曲家。与陆居仁、钱惟善合称为“元末三高士”。擅长古乐府诗，既婉丽动人，又雄迈自然，史称“铁崖体”，为历代文人所推崇。著述等身，行于世的著作有《春秋合题着说》《史义拾遗》《东维子文集》《铁崖古乐府》《丽则遗音》《复古诗集》等近二十种。

周德清：1277－1365年，元代文学家。字日湛，号挺斋，高安（今属江西）人。北宋哲学家周敦颐的后代。工乐府，善音律，终身不仕。著有音韵学名著《中原音韵》，为我国古代有名的音韵学家与戏曲作家。此书是研究近代以北方音为主的普通话语音的珍贵资料。

钟嗣成：约1279－约1360年，元代文学家，散曲家，字继先，号丑斋，大梁（今河南开封）人，寓居杭州。编著《录鬼簿》二卷，所作杂剧今知有《章台柳》《钱神论》《蟠桃会》等七种，皆不传。所作散曲今存小令五十九首，套数一套。

夏庭芝：约1325－1386年，字伯和，号雪蓑，上海松江人，著有《青楼记》，为元代杂剧艺术保留了珍贵的史料。

明代：

宋濂：1310－1381年，字景濂，号潜溪，浙江浦江人。元末作家、文论家，著有《宋文宪公全集》。

苏伯衡：生卒年不详，字平仲，浙江金华人。力图恢复唐宋文学传统，有《苏平仲集》传世。

高启：1336－1374年，字季迪，号青丘子，江苏苏州人，明初著名诗人，召修《元史》，有《高太史大全集》《扣舷集》等。

瞿佑：1347 – 1433 年，字宗吉，号存斋，钱塘（今浙江杭州）人，一作江苏淮安人。作有《剪灯新话》一卷，附录一卷，以及《归田诗话》《乐全集》《乐府遗音》等。

高棅：1350—1423 年，字彦恢，后改名廷礼，号漫士，福建长乐人，闽中十才子之一。永乐初以布衣征为翰林待诏，迁典籍。论诗主唐音，所著《唐诗品汇》为明初诗歌复古的里程碑，也是中国文学的重要评论著作。其复古理论直接影响了前后七子。

朱权：1378 – 1448 年，朱元璋第十七子，别号丹邱先生，世称宁献王，在元杂剧研究方面有所建树，整理、保存曲谱，有《太和正音谱》《务头集韵》等。

陈献章：1428 – 1500 年，字公甫，号石斋，广东新会人，论诗重风情、风韵，有《白沙子全集》。

李东阳：1447 – 1516 年，字宾之，号西涯，祖籍湖广长沙府茶陵，因家族世代为行伍出身，入京师戍守，属金吾左卫籍。有诗文作品集《怀麓堂稿》《怀麓堂续稿》。

蒋大器：生卒年不详，字大器，号庸愚子，浙江金华人，有《三国志通俗演义序》等。

李梦阳：1473 – 1530 年，初名萃，字天赐，号空同之，前七子之一，有《李空同全集》。

徐祯卿：1479 – 1511 年，字昌谷，一字昌国，汉族，吴县（今江苏苏州）人，祖籍常熟梅李镇，后迁居吴县。明代文学家，被人称为“吴中诗冠”，是吴中四才子（亦称江南四大才子）之一。因“文章江左家家玉，烟月扬州树树花”之绝句而为人称誉。著有《迪功集》《迪功外集》以及文学批判著作《谈艺录》。

何景明：1483 – 1521 年，字仲默，号白坡，又号大复山人，信阳浉河区人。自幼聪慧，八岁能文，官至陕西提学副使，是明代“文坛四杰”之重要人物，也是明代著名的“前七子”之一，与李梦阳并称文坛领袖。性耿直，淡名利，敢于直谏，曾倡导明代文学改革运动，著有辞赋 32 篇，诗 1560 首，文章 137 篇，另有《大复集》38 卷。

吾谨：生卒年不详，字惟可，开化（今属浙江）人，好读书，学问广博，涉猎天文、、地理、兵家、阴阳、佛道等书，有《大方笑集》。

陈霆：生卒年不详，字声伯，号水南，德清（今属浙江）人。著有《草堂遗音》。

杨慎：1488 – 1559 年，字用修，号升庵，四川新都人。著述繁富，有《升庵诗话》。

谢榛：1495—1575 年，明代嘉靖、隆庆年间著名的诗人和诗歌美学家、著名诗论家，字茂秦，号四溟山人，又号脱屣山人，山东临清人，“后七子”之一。有《四溟诗话》等。

吴承恩:约1500年－1583年),字汝忠,号射阳,淮安府山阳县人。祖籍安徽,自幼敏慧,博览群书,尤喜爱神话故事。为明代杰出的小说家,著有《西游记》。

李开先:1502－1568年,字伯华,号中麓,章丘(今属山东)人,嗜好散曲,擅戏曲创作,一生著作较多,以《李开先集》较为完整。

归有光:1506－1571年,字熙甫,号震川,江苏昆山人,明代著名散文家,有《震川先生集》。

张尚德:生卒年不详,好修髯子,关中人,明代文论家,有《三国志通俗演义引》。

何良俊:1506－1573年,字元朗,号柘湖,江苏华亭(今上海市松江县)人。明代戏曲理论家,青少年时代,攻习诗文,爱好戏曲。毕生研讨戏曲音律,后因仕途屡不得意,辞去官职,归隐著述。自称与庄周、王维、白居易为友,题书房名为“四友斋”。著有《柘湖集》《何氏语林》《四友斋丛说》。

唐顺之:1507－1560年,字应德,号荆川,江苏常州人,诗人、文艺理论家,著有《荆川集》《文编》等。

茅坤:1512－1601年,明代散文家、藏书家。字顺甫,号鹿门,归安(今浙江吴兴)人。为文主张必须阐发“六经”之旨编选《唐宋八大家文钞》,对韩愈、欧阳修和苏轼尤为推崇。茅坤与王慎中、唐顺之、归有光等,同被称为“唐宋派”。有《白华楼藏稿》,刻本罕见。行世者有《茅鹿门集》。

李攀龙:1514－1570年,字于鳞,号沧溟,山东济南府历城(今山东济南)人,明代著名文学家。继“前七子”之后,与谢榛、王世贞等倡导文学复古运动,为“后七子”的领袖人物,被尊为“宗工巨匠”。主盟文坛二十余年,其影响及于清初,有《沧溟集》30卷。

徐渭:1521－1593年,汉族,绍兴府山阴(今浙江绍兴)人。初字文清,后改字文长,号青藤老人等。明代著名文学家、书画家、戏曲家、军事家。毕生多才多艺,在诗文、戏剧、书画等各方面都独树一帜,与解缙、杨慎并称“明代三才子”。他是中国“泼墨大写意画派”创始人、“青藤画派”之鼻祖,,书善行草,写过大量诗文,被誉为“有明一代才人”。能操琴,谙音律,爱戏曲,所著《南词叙录》为中国第一部关于南戏的理论专著,另有杂剧《四声猿》《歌代啸》及文集传世。

汪道昆:1525－1593年,明代文学家。字伯玉,号南溟又号太函。歙县(今属安徽)人。嘉靖二十六年(1547)进士,擅长古文辞,工诗词,诗文理论宗前、后七子。有《太函集》120 卷,所制杂剧清新俊逸、诙谐多姿,影响很大,传世的共有《高唐梦》《五湖游》《远山戏》《洛水悲》《唐明皇七夕长生殿》等。另著有《北虏纪略》1 卷、《数钱叶谱》1 卷等。

王世贞:1526 – 1590 年,字元美,号凤洲,江苏太仓人。著有《弇州山人四部稿》《弇山堂别集》《嘉靖以来首辅传》《艺苑卮言》《觚不觚录》等。

李贽:1527 – 1602 年,福建泉州人。明代官员、思想家、文学家,泰州学派的一代宗师。重要著作有《藏书》《续藏书》《焚书》《续焚书》《史纲评委》等。

王骥德:? – 1623 年,字伯良,又字伯骥,号方诸生,别署秦楼外史、方诸仙史、玉阳仙史。浙江会稽人。出身于一个"家藏元人杂剧可数百种许"的书香之家。少负才名,从事戏曲创作。一生书剑飘零,浪游四方。师从徐渭,与汤显祖等戏曲家均有交往。晚年抱病撰述《曲律》,历十余年,奠定了他在戏曲史上的地位。

王世懋:1536 – 1588 年,字敬美,别号麟州,时称少美,汉族,江苏太仓人。嘉靖进士,累官至太常少卿,是明代文学家、史学家王世贞之弟,好学善诗文,著述颇富,有《关洛记游稿》等。

苏浚:1541 – 1599 年,字君禹,号紫溪,福建泉州人。明末文艺理论家,著有《紫溪集》《广西通志》等。

焦竑:1540 – 1620 年,字弱侯,号漪园、澹园,生于江宁(今南京),祖籍山东日照(今日照市东港区西湖镇大花崖村),祖上寓居南京。著作甚丰,有《澹园集》(正、续编)、《焦氏笔乘》《焦氏类林》《国朝献徵录》《国史经籍志》《老子翼》《庄子翼》等。

屠隆:1542 – 1605 年,字长卿,号赤水,浙江人,文论家,有《安罗馆清室》等。

汤显祖:1550 – 1616 年,字义仍,号海若,江西临川人,著名剧作家,有诗集《红泉逸草》,诗文集《玉茗堂集》等。

藏懋循:1550 – 1620 年,字晋叔,号顾渚,浙江长兴人,诗人、文论家,有《负包堂集》。

胡应麟:1551 – 1602 年,字元瑞,又字明瑞,兰溪(今属浙江)人。文论家,著有《少室山房笔丛》等。

沈璟:1553 – 1610 年,字伯英,号宁庵,别号词隐,吴江(今属江苏)人。戏曲批评家,今存《红渠记》《博笑记》等。

徐复祚:1560－?,原名笃儒,字阳初,常熟人,著有《南北词广韵选》《家儿私语》等。

袁宗道:1560－1600年,字伯修,号石浦,湖光公安(今属湖北)人,与弟弟袁宏道、袁中道并称"公安三袁"。著有《白苏斋类集》。

许学夷:1563－1633年,字伯清,江阴人。文艺批评家,著有《伯清诗稿》等。

俞彦:生卒年不详,字仲茅,金陵人。工词,尤其擅长小令,著有《俞少卿乐府》等。

袁宏道:1568－1610年,字中郎,又字无学,号石公,又号六休。湖广公安(今属湖北省公安县)人。是明代文学反对复古运动主将,他既反对前后七子摹拟秦汉古文,亦反对唐顺之、归有光摹拟唐宋古文,认为文章与时代有密切关系。有诗文集和杂著多种,今人整理为《袁宏道集笺校》。

袁中道;1570－1626年,字小修,湖北公安人,与兄并称"公安三袁",反对模拟,高扬性灵。著有《珂雪斋集》。

钟惺:1574－1625年,字伯敬,号退谷。竟陵(今属湖北天门)人,曾评点《诗经》《左传》等,著有《历史怀》《隐秀轩集》《钟伯敬先生遗稿》等。

冯梦龙:1574－1646年,字犹龙,江苏苏州人,明末重要的通俗文学批评家、小说家,著有"三言",长篇小说《平妖传》《新列国志》等。

吕天成:1580－1618年,一字勤之,号棘津,别号郁蓝生,余姚人,万历间诸生,自小嗜好声律、戏曲,系中国明代戏曲家,戏曲评论家。著作甚多,戏曲论著《曲品》最负盛名,品评元末至当时传奇散曲作家120人、作品230种,其中192种首次著录,保存不少明代戏曲资料,另有杂剧8种,今存《齐东绝倒》。

艾南英:1583－1646年,字千子,号天傭字,东乡人。明代文论家,有《历代诗文》《文腐》等。

谭元春:1586－1637年,字友夏,号鹄湾,别号蓑翁。湖广竟陵(今湖北天门市)人,明代文学家,天启间乡试第一,与同里钟惺同为"竟陵派"创始人,论文重视性灵,反对摹古,提倡幽深孤峭的风格,所作亦流于僻奥冷涩,有《谭友夏合集》。

陆时雍:生卒年不详,字仲昭,桐乡人,明代文论家,编有《古诗镜》《唐诗镜》等。

祁彪佳:1602－1645年,明代政治家、戏曲理论家、藏书家。字虎子,一字幼文、宏吉,号世培,别号远山堂主人。山阴(今属浙江绍兴)梅墅村人。清兵入关,力主抗清,任苏松总督。清兵攻占杭州后,自沉殉国,卒谥忠敏。有戏曲批评著作《远山堂曲品剧品》存世。

陈子龙:1608 - 1647 年,明末官员、诗人、词人、散文家、骈文家、编辑。初名介,后改名子龙,初字人中,后改字卧子,晚号大樽。不仅是明末著名烈士与英雄,也是明末重要作家,具有多方面的杰出成就,曾主编巨著《皇明经世文编》,删改徐光启《农政全书》并定稿,这两部巨著具有重要的史学价值。

清代:

钱谦益:1582 - 1664 年,字受之,号牧斋,晚号蒙叟,东涧老人。学者称虞山先生,清初诗坛的盟主之一。苏州府常熟县鹿苑奚浦(今张家港市)人。著有《初学集》《有学集》《投笔集》等。

丁耀亢:1599 - 1669 年,字西生,号野鹤,自称紫阳道人,后又称木鸡道人,山东诸城人。明末清初小说家。著《续金瓶梅》、修改《金瓶梅》。

傅山:约 1606 - 1684 年,初名鼎臣,字青枝,山西太原人,明清之际道家思想家、书法家、医学家。著有《霜红龛集》等。他被认为是明末清初保持民族气节的典范人物,与顾炎武、黄宗羲、王夫之、李颙、颜元一起被梁启超称为"清初六大师"。著有《傅青主女科》、《傅青主男科》等传世之作,在当时有"医圣"之名。

金圣叹:1608 - 1661 年,名采,字若采。一说原姓张。明亡后改名人瑞,字圣叹,自称泐庵法师。明末清初苏州吴县人,著名的文学家、文学批评家。他提高通俗文学的地位,提出"六才子书"之说,使小说戏曲与传统经传诗歌并驾齐驱,在中国文学史上占有重要地位。其主要成就在于文学批评,对《水浒传》、《西厢记》、《左传》等书及杜甫诸家唐诗都有评点。

黄宗羲:1610—1695 年,字太冲,一字德冰,号南雷,别号梨洲老人、梨洲山人等,学者称梨洲先生,浙江绍兴府余姚县人。明末清初经学家、史学家、思想家、地理学家、天文历算学家、教育家,东林七君子黄尊素长子。毕生学问渊博,思想深邃,著作宏富,与顾炎武、王夫之并称明末清初三大思想家(或清初三大儒),有"中国思想启蒙之父"之誉。

李渔:1611 - 1680 年,初名仙侣,后改名渔,字谪凡,号笠翁,浙江金华府兰溪县夏李村人,生于南直隶雉皋(今江苏省如皋市)。明末清初文学家、戏剧家、戏剧理论家、美学家。自幼聪颖,素有才子之誉,世称"李十郎",曾家设戏班,至各地演出,从而积累了丰富的戏曲创作、演出经验,提出了较为完善的戏剧理论体系。一生著述丰富,有《笠翁十种曲》(含《风筝误》)《无声戏》(又名《连城璧》)《十二楼》《闲情偶寄》《笠翁一家言》等五百多万字。还批阅《三国志》,改定《金瓶梅》,倡编《芥子园画谱》等,是中国文化史上不可多得的艺术天才。

黄周星:1611-1680年,本姓周,名星,字九烟,又字景明,号圃庵、而庵,别署笑仓子、笑仓道人。湖南湘潭人,生于上元(今南京)。著有《夏为堂集》《人天乐传奇》《证道西游记》。

吴乔:1611-1695年,原名殳,字修龄,江南太仓(今属江苏)人,入赘昆山,清代文论家,著有《围炉诗话》传世。

顾炎武:1613-1682年,南直隶苏州府昆山人,著名思想家、史学家、语言学家,与黄宗羲、王夫之并称为明末清初三大儒。著有《日知录》《音学五书》《军制论》等。

王夫之:1619-1692年,字而农,号姜斋、又号夕堂,湖广衡州府衡阳县(今湖南衡阳)人。自幼跟随自己的父兄读书,青年时期王夫之积极参加反清起义,晚年王夫之隐居于石船山,著书立传,自署船山病叟、南岳遗民,学者遂称之为船山先生。他与顾炎武、黄宗羲并称明清之际三大思想家。其著有《周易外传》《黄书》《尚书引义》《永历实录》《春秋世论》《噩梦》《读通鉴论》《宋论》等书。

毛宗岗:1632-1709左右,字序始,号孑庵,生于明崇祯五年,是个贫寒卑微的读书人。中国清初文学批评家。毛宗岗版《三国演义》在情节上变动很大,不仅有增删,还整顿回目,调整文辞,改动诗文。

毛先舒:1620-1688年,原名骙,字驰黄,后改名先舒,字稚黄,仁和(今浙江杭州)人,明末诸生。明末清初文学家,西泠十子之一。入清,不求仕进,从事音韵学研究,也能诗文,其诗音节浏亮,有七子余风。与毛奇龄、毛际可齐名,时称"浙中三毛,文中三豪"。18岁即著刊《白榆堂诗》,此后著述宏富,有《东苑文钞》2卷、《东苑诗钞》1卷、《思古堂集》4卷、《匡林》2卷、《声韵丛说》《韵问》《南曲入声客问》《南唐拾遗记》《常礼杂记》《家人子语》《丧礼杂说》《语子》《稚黄子》《谚说》《撰书》《小匡文钞》《格物问答》《诗辨坻》《南曲正韵》等传于世。

魏禧:1624-1680年,字冰叔,一字凝叔,号裕斋,亦号勺庭先生。江西宁都人。明末清初著名的散文家,与侯朝宗、汪琬合称"明末清初散文三大家"。论文主张经世致用,积理、练识,他长于策、论等,文章多颂扬民族气节人事,表现出浓烈的民族意识。著有《魏叔子文集》22 卷,《诗集》8 卷,《日录》3 卷,《左传经世》10 卷,《兵谋》、《兵法》各 1 卷,《兵迹》12 卷。散文作品有《邱维屏传》和《大铁椎传》等。

陈维崧:1625 – 1682 年,字其年,号迦陵,宜兴人。明末清初词坛第一人,阳羡词派领袖,明末四公子之一陈贞慧之子,著有《湖海楼全集》《明史》。

叶燮:1627 – 1703 年,字星期,号已畦,吴江人,清初诗论家。曾以浙江嘉善学籍补诸生。晚年定居江苏吴江之横山,世称横山先生。叶绍袁、沈宜修幼子。康熙九年(1670 年)进士。除诗论专著《原诗》外,尚有讲星土之学的《江南星野辨》和诗文集《已畦集》。

朱彝尊:1629 – 1709 年,字锡鬯,号竹垞,又号醧舫,晚号小长芦钓鱼师,又号金风亭长,浙江秀水(今浙江嘉兴市)人,清代词人、学者、藏书家。曾参加纂修《明史》。博通经史,诗与王士祯称南北两大宗("南朱北王");作词风格清丽,为"浙西词派"的创始人,与陈维崧并称"朱陈";精于金石文史,购藏古籍图书不遗余力,为清初著名藏书家之一。著有《曝书亭集》80 卷,《日下旧闻》42 卷,《经义考》300 卷;选《明诗综》100 卷,《词综》36 卷(汪森增补)。所辑成的《词综》是中国词学方面的重要选本。

王士祯:1634 – 1711 年,原名王士禛,字子真,一字贻上,号阮亭,又号渔洋山人,世称王渔洋,谥文简。山东新城(今桓台县)人,常自称济南人。清顺治十五年(1658)进士,康熙四十三年(1704)官至刑部尚书,颇有政声。清初杰出诗人、文学家,继钱谦益之后主盟诗坛,与朱彝尊并称"南朱北王"。诗论创"神韵"说,于后世影响深远。早年诗作清丽澄淡,中年转为苍劲。擅长各体,尤工七绝。好为笔记,有《池北偶谈》《古夫于亭杂录》《香祖笔记》等。

廖燕:1644 – 1705 年,初名燕生,字梦醒,号柴舟,曲江人。清初具有异端色彩的思想家、文学家。一生潦倒,在文学上却颇有成就。多才多艺,善草书,如古木寒石,能戏曲。《三编清代稿钞本》收录其诗作 25 首。隐居不仕后潜心经史,攻古文词,毕生著述颇丰,收辑为《二十七松堂集》,共十卷,包括论、辩、说、记、序、文、尺牍、传、墓志铭、杂著、疏、书后、词、诗等。共计文 370 篇(含卷一自序),诗 551 首。代表作有《金圣叹先生传》。

洪昇:1645 – 1704 年,即洪升,字昉思,号稗畦,又号稗村、南屏樵者。汉族,钱塘(今浙江杭州)人。是中国清代戏曲家、诗人,与《桃花扇》作者孔尚任并称"南洪北孔"。著有诗集《稗畦集》《稗畦续集》《啸月楼集》,杂剧《四婵娟》,传奇《长生殿》《回文锦》《回龙记》等。戏曲仅存《长生殿》和《四婵娟》两种。今人辑有《洪升集》。

孔尚任:1648-1718年,字聘之,又字季重,号东塘,别号岸堂,自称云亭山人。山东曲阜人,孔子六十四代孙,清初诗人、戏曲作家,继承了儒家的思想传统与学术,自幼即留意礼、乐、兵、农等学问,擅长戏曲,存世诗文作品有《石门山集》《湖海集》《长留集》《享金簿》《人瑞录》等,近人汇为《孔尚任诗文集》,戏剧作品有《桃花扇》。

汪森:1653-1726年,字晋贤,号碧巢,浙江桐乡人。清代文论家,编有《裘杼楼藏书目》行世,著录刻本530种。

纳兰性德:1655-1685年,叶赫那拉氏,字容若,号楞伽山人,满洲正黄旗人,清朝初年词人,自幼饱读诗书,文武兼修,曾拜徐乾学为师,主持编纂了儒学汇编之作《通志堂经解》,深受康熙皇帝赏识,为今后发展奠定基础。其词以"真"取胜,写景逼真传神,词风"清丽婉约,哀感顽艳,格高韵远,独具特色"。著有《通志堂集》《侧帽集》《饮水词》等。

赵执信:1662-1744年,字伸符,号秋谷,晚号饴山老人、知如老人,山东省淄博市博山人。清代诗人、诗论家、书法家、藏书家。论诗强调"文意为主,言语为役",诗文深沉峭拔,亦不乏反映民生疾苦的篇目。晚年退居别墅因园,家藏书极多,"饴山堂"藏书楼中,图籍插架,古文集最丰。卒后,其藏书归于李文藻。著有《因园集》《饴山堂集》《声调谱》《谈龙录》《礼俗权衡》等。

方苞:1668-1749年,字灵皋,亦字凤九,晚年号望溪,亦号南山牧叟。汉族,江南桐城(今安徽省桐城市凤仪里)人,生于江宁府(今江苏南京)。清代散文家,桐城派散文创始人,与姚鼐、刘大櫆合称桐城三祖。著有《望溪先生文集》18卷,《集外文》10卷,《集外文补遗》2卷。方苞著有《周官集注》13卷、《周官析疑》36卷、《考工记析疑》4卷等。

黄越:字际飞,上元人。康熙己丑进士,改庶吉士。所著《四书大全合订》,及选刻制义,如《明文商》《今文商》《墨卷商》《考卷商》之类,皆盛行一时。盖平生精力注於讲章、时文,撰《退谷文集》十五卷、《诗集》七卷,另有《尚书古今文辨》《三传得失辨》等。

张道深:1670-1698年,字自德,号竹坡,江苏彭城(今徐州)人,清代著名小说评点家,五试落选,自小爱小说,曾评点过《东游记》《幽窗梦》《金瓶梅》等。

沈德潜:1673－1769年,字碻士,号归愚,长洲(今江苏苏州)人,祖籍浙江吴兴。清代诗人。系叶燮门人,论诗主“格调”,提倡温柔敦厚之诗教。其诗多歌功颂德之作,著有《沈归愚诗文全集》,选有《古诗源》《唐诗别裁》《明诗别裁》《清诗别裁》等,流传颇广。

薛雪:1681－1770年,字生白,号一瓢,又号槐云道人、磨剑道人、牧牛老朽。江苏吴县人,与叶桂同时而齐名。早年游于名儒叶燮之门,诗文俱佳,又工书画,善拳技、医学。所著《湿热条辨》为成传世之作,另有《膏丸档子》(专刊稿)、《伤科方》、《薛一瓢疟论》(抄本)等。

厉鹗:1692－1752年,字太鸿,又字雄飞,号樊榭、南湖花隐等,钱塘(今浙江杭州)人,清代著名诗人、学者,浙西词派中坚人物。擅长诗词创作,著有《樊榭山房集》《宋诗纪事》《辽史拾遗》《东城杂记》《南宋杂事诗》等书。

郑板桥:1693－1765年,原名郑燮,字克柔,号理庵,又号板桥,人称板桥先生,江苏兴化人,祖籍苏州。康熙秀才,雍正十年举人,乾隆元年(1736年)进士。官山东范县、潍县县令,政绩显著,后客居扬州,以卖画为生,为“扬州八怪”重要代表人物。郑一生只画兰、竹、石,其诗、书、画,世称“三绝”,是清代比较有代表性的文人画家。代表作品有《修竹新篁图》《清光留照图》《兰竹芳馨图》《甘谷菊泉图》《丛兰荆棘图》等,著有《郑板桥集》传世。

刘大魁:1698－1780年,字才甫,一字耕南,号海峰。枞阳横埠人氏。一生笔耕不辍,留下《海峰先生文集》10卷、《海峰先生诗集》6卷、《论文偶记》1卷、《古文约选》48卷、《历朝诗约选》93卷等,并纂修了《歙县志》20卷。

蔡元放:生卒年不详,秣陵(今江苏南京)人,名奡,号七都梦夫、野云主人。清初著名文学家。曾为明末冯梦龙的《新列国志》作修改并加序、读法、详细的评语和简要的注释,改名为《东周列国志》23卷108回,曾点评过《水浒后传》,析为十卷,每卷四回,精作修订。

脂砚斋:是《红楼梦》抄本系统《脂砚斋重评石头记》的主要评点者。其批语在红学界称为“脂评”或“脂批”,相关抄本被称为“脂本”,脂评本是最贴合曹雪芹思想的《红楼梦》版本。其人及与曹之关系,学界众说纷纭。脂批对作者的创作意图和隐喻进行说明,为红学的“探佚学”分支提供了最直接、最主要的依据。

袁枚:1716－1798年,字子才,号简斋,晚年自号仓山居士、随园主人、随园老人。钱塘(今浙江杭州)人,祖籍浙江慈溪。清朝乾嘉时期代表诗人、散文家、文学评论家和美食家。倡导“性灵说”，与赵翼、蒋士铨合称为“乾嘉三大家”（或江右三大家），又与赵翼、张问陶并称“性灵派三大家”，为“清代骈文八大家”之一。文笔与纪昀齐名，时称“南袁北纪”。主要传世之作有《小仓山房文集》《随园诗话》及《补遗》，《随园食单》《子不语》《续子不语》等。

吴敬梓：1701—1754年，字敏轩，一字文木，号粒民，，安徽省滁州市全椒县人，清朝最伟大的小说家之一，晚年自号文木老人，客扬州，尤落拓纵酒。著有《文木山房诗文集》十二卷（今存四卷）、《文木山房诗说》七卷（今存四十三则）、讽刺小说《儒林外史》。

戴震：1724－1777年，字东原，又字慎修，号杲溪，休宁隆阜（今安徽黄山屯溪区）人，清代著名语言文字学家、哲学家、思想家。乾隆二十七年（1762年）举人，乾隆三十八年（1773年）被召为《四库全书》纂修官。乾隆四十年（1775年）第六次会试下第，因学术成就显著，特命参加殿试，赐同进士出身。毕生治学广博，音韵、文字、历算、地理无不精通，又进而阐明义理，对理学家“去人欲，存天理”之说有所抨击。其视个体为真实、批判程朱理学的思想，对晚清以来的学术思潮产生了深远影响。梁启超称之为“前清学者第一人”，胡适称之为中国近代科学界的先驱者。一生著述颇丰，后人编入《戴氏遗书》中。

纪昀：1724－1805年，字晓岚，一字春帆，晚号石云，道号观弈道人，直隶献县（今河北沧州市）人。清代政治家、文学家，乾隆年间官员。历官左都御史，兵部、礼部尚书、协办大学士加太子太保管国子监事致仕，曾任《四库全书》总纂修官。学宗汉儒，博览群书，工诗及骈文，尤长于考证训诂，著有《阅微草堂笔记》，后人将其诗文搜集编为《纪文达公遗集》。

赵翼：1727－1814年，字云崧，一字耘崧，号瓯北，又号裘萼，晚号三半老人。江苏阳湖（今江苏省常州市武进区）人。清代文学家、史学家、诗人。乾隆二十六年进士。官至贵西兵备道。旋辞官，主讲安定书院。长于史学，考据精赅。论诗主“独创”，反摹拟，与袁枚、张问陶并称清代性灵派三大家。所著《廿二史札记》与王鸣盛《十七史商榷》、钱大昕《二十二史考异》合称“清代三大史学名著”。

姚鼐：1731－1815年，字姬传，一字梦谷，室名惜抱轩（在今桐城中学内），世称惜抱先生、姚惜抱，安庆府桐城（今安徽桐城市）人。清代著名散文家，与方苞、刘大櫆并称为“桐城派三祖”。后以授徒为生，先后主讲扬州梅花书院、安庆敬敷书院、歙县紫阳书院、南京钟山书院，培养了一大批学人弟子。一生勤于文章，诗文双绝,书艺亦佳。姚鼐文宗方苞,师承刘大櫆,主张“有所法而后能,有所变而后大”,在方苞重义理、刘大櫆长于辞章的基础上,提出“文理、考据、辞章”三者不可偏废,发展和完善了桐城派文论,为桐城派散文之集大成者。著有《惜抱轩文集》16卷、《文后集》12卷、《惜抱轩诗集》10卷、《笔记》10卷、《尺牍》10卷、《九经说》19卷、《三传补注》3卷、《五七言今体诗钞》18卷,辑成《古文辞类纂》75卷。

翁方纲:1733－1818年,字正三,一字忠叙,号覃溪,晚号苏斋。直隶大兴(今属北京)人,乾隆十七年进士,授编修。清代书法家、文学家、金石学家。历督广东、江西、山东三省学政,官至内阁学士。精通金石、谱录、书画、词章之学,书法与同时的刘墉、梁同书、王文治齐名。论诗创“肌理说”,著有《粤东金石略》《苏米斋兰亭考》《复初斋诗文集》《小石帆亭著录》等。

李调元:1734－1803年,字羹堂,号雨村,别署童山蠢翁,四川罗江县(今四川省德阳市罗江县调元镇)人。清代四川戏曲理论家、诗人,与张问陶(张船山)、彭端淑合称“清代蜀中三才子”与遂宁人张问陶(张船山)、眉山的彭端淑合称清代“四川三大才子”。

章学诚:1738－1801年,原名文镳、文酕,字实斋,号少岩,会稽(今浙江绍兴)人,清代杰出史学家和思想家,中国古典史学的终结者、方志学奠基人,有“浙东史学殿军”之誉。一生颠沛流离,穷困潦倒,却“撰著于车尘马足之间”。曾先后主修《和州志》《永清县志》《亳州志》《湖北通志》等十多部志书,创立了一套完整的修志义例。并用毕生精力撰写了《文史通义》《校雠通义》《史籍考》等论著,总结、发展了中国古代史学理论,对后世产生了深远影响。其《文史通义》与唐代刘知几的《史通》齐名,并为中国古代史学理论的“双璧”。

凌廷堪:1757－1809年,安徽歙县人。少赋异禀,读书一目十行,年幼家贫,其弱冠之年方开始读书。稍长,工诗及骈散文,兼为长短句。曾一度主讲敬亭、紫阳二书院,著述十余年。

恽敬:1757—1817年,字子居,号简堂,江苏阳湖(今常州)人,清乾隆四十八年(1783)举人,阳湖文派创始人之一。自幼饱读诗书,少年便精通大家文章,稍长又治经史百家,广泛涉猎天文地理。毕生勤勉好学,更善于思考,持论独具眼光、独出己见,有《大云山房文稿》传世。

张惠言:1761－1802年,原名一鸣,字皋文,一作皋闻,号茗柯,武进(今江苏常州)人。清代词人、散文家。少为词赋,深于易学,与惠栋、焦循一同被后世称为

“乾嘉易学三大家”。又尝辑《词选》，为常州词派之开山，著有《茗柯文编》等。

冯镇峦：1760－1830年，字远村，清重庆府合州（今重庆市合川区）人，嘉庆后期曾在四川汉源作过学官，著有《红椒山房笔记》等，评点过《聊斋志异》。毕生博极群书，肆力著述，“凡在官训课之日，皆其著作之日”，所著有《晴云山房诗文集》《晴云山房笔记》《红椒山房笔记》《片云诗话》《黎雅诗话》《读史随笔》《批点古文左翼》《冷斋图说》《读聊斋杂说》《晴云山房丛钞》等十数种，堪称宏富。

焦循：1763－1820年，字理堂（一字里堂），江苏扬州黄珏镇人，清哲学家、数学家、戏曲理论家。嘉庆举乡试，与阮元齐名。博闻强记，于经史、历算、声韵、训诂之学都有研究。有《里堂学算记》《易章句》《易通释》《孟子正义》《剧说》等。

阮元：1764－1849年，字伯元，号芸台、雷塘庵主，晚号怡性老人，籍贯江苏仪征人，乾隆五十四年进士，先后任礼部、兵部、户部、工部侍郎、湖广总督、两广总督、云贵总督等职。为清代著名作家、刊刻家、思想家，在经史、数学、天算、舆地、编纂、金石、校勘等方面都有着非常高的造诣，被尊为三朝阁老、九省疆臣，一代文宗。一生致力于文献的整理、汇辑、编撰、刊刻，成绩斐然。其生平所著之书约在三十种以上，其中熟知者有《三家诗补遗》《考工记车制图解》《诗书古训》《仪礼石经校勘记》《儒林传稿》《畴人传》《积古斋钟鼎彝器疑识》《定香亭笔谈》《小沧浪笔谈》《选项印宛委别藏提要》《揅经室集》《十三经注疏校勘记》；所编之书有《经籍籑诂》《皇清经解》《两浙金石志》《诂经精舍文集》《淮海英灵集》《八甎吟馆刻烛集》等。此外还主编过一些大型的志书，如《嘉庆嘉兴府志》八十卷、《广东通志》三百三十四卷。在其刻印之书中有大型经学丛书《十三经注疏》，收书一百八十余种、一千四百余卷。

吴德旋：1767－1840年，字仲伦，江苏宜兴人。嗜好书法和诗文，著有《初月楼文集》《书林藻鉴》《艺舟双楫》《清朝书画家笔录》等。

周济：1781－1839年，字保绪，一字介存，号未斋，晚号止庵。江苏荆溪（今江苏宜兴）人，清朝词论家。一八〇五年（清嘉庆十年）进士。官至淮安府学教授。为学重经世济用，好读史及兵书将略，著有《晋略》八十卷。寄情于艺事，推衍张惠言词学，谭精研思，持论精审，为常州派重要的词论家。著有《味隽斋词》和《止庵词》各一卷，《词辨》十卷（存二卷），《介存斋文稿》一卷，《介存斋论词杂著》一卷，辑有《宋四家词选》。

刘开：1784—1824年，字明东，又字方来，号孟涂，安徽桐城人，清代散文家。

是姚鼐打出文派旗帜后的第一代传人。与同乡方东树、姚莹及上元管同、上元梅曾亮并称“姚门五弟子”。著有《刘孟涂诗文集》14 卷、《骈文》2 卷、《广列女传》20 卷、《论语补注》3 卷。

潘德舆:1785－1839 年,字彦辅,号四农,别号艮庭居士、三录居士、念重学人、念石人,江苏山阳(今淮安)人。清代诗文家、文学评论家。诗文精深,著有《养一斋集》等。

晚清民国:

方东树:1772－1851 年,字植之,别号副墨子,安徽桐城人。清代中期文学家及著名思想家。自号“仪卫”老人,故后世学者称仪卫先生,著有《仪卫轩文集》、《昭昧詹言》等。

包世臣:1775－1855 年,字慎伯,晚号倦翁、小倦游阁外史,安徽泾县人,清代学者、书法家、书学理论家。擅长篆刻、五古和作画。学书三十年,为书家大宗,论书法尤精,所著《艺舟双楫》为中国书学理论重要著作,对清代中后期书法影响极大。

姚莹:1785－1853 年,字石甫,号明叔,晚号展和,因以十幸名斋,又自号幸翁,安徽桐城人。晚清史学家、文学家。师从姚鼐,是桐城派古文主要创始人之一,著有《康輶纪行》。

梅曾亮:1786－1856 年,字伯言,江苏上元(今南京)人,道光二年(1822)进士,清代桐城派著名散文家。少喜骈文,与同邑管同交好,转攻古文。姚鼐主讲钟山书院,二人俱出其门。管同早卒,曾亮居京师 20 余年,承姚鼐余势,文名颇盛,治古文者多从之问义法,有继主文坛之势。著有《柏枧山房文集》《诗集》《文续集》《诗续集》《骈体文》等,另编有《古文词略》二十四卷。

龚自珍:1792－1841 年,字璱人,号定庵。汉族,仁和(今浙江杭州)人。晚年居住昆山羽琌山馆,又号羽琌山民。清代思想家、诗人、文学家和改良主义的先驱者,曾任内阁中书、宗人府主事和礼部主事等官职。主张革除弊政,抵制外国侵略,曾全力支持林则徐禁除鸦片。48 岁辞官南归,次年卒于江苏丹阳云阳书院。其诗文主张“更法”、“改图”,揭露清统治者的腐朽,洋溢着爱国热情,被柳亚子誉为“三百年来第一流”。著有《定庵文集》,留存文章 300 余篇,诗词近 800 首,今人辑为《龚自珍全集》。著名诗作《己亥杂诗》共 350 首。多咏怀和讽喻之作。

魏源:1794 - 1857,名远达,字默深,又字墨生、汉士,号良图。汉族,湖南邵阳隆回金潭人(今隆回县司门前镇)。清代启蒙思想家、政治家、文学家。道光二年(1822 年)举人,道光二十五年(1845 年)始成进士。官高邮知州,晚年弃官归隐,潜心佛学,法名承贯。近代中国"睁眼看世界"的首批知识分子代表。有《海国图志》《圣武记》《皇朝经世文编》等传世。魏源认为论学应以"经世致用"为宗旨,提出"变古愈尽,便民愈甚"的变法主张,倡导学习西方先进科学技术,并提出了"师夷长技以制夷"的主张,开启了了解世界、向西方学习的新潮流,这是中国思想从传统转向近代的重要标志。

蒋湘南:1795 - 1854 年,字子潇,汉族,固始县城关陪濠沿人。平生知识渊博,修纂《兰田县志》《经阳县志》《留坝厅志》《同州府志》《夏邑县志》《鲁山县志》等。

张际亮:1799 - 1843 年,字亨甫,号华胥大夫、松寥山人,福建建宁县溪口镇渠村人。是鸦片战争时期享有盛誉的爱国诗人,与魏源、龚自珍、汤鹏并称为"道光四子"。一生创作诗文较丰,流传的有 32 卷计 3078 首,多反映社会现实,揭露腐败清王朝的政敝民贫,表达自己除弊济民的愿望。诗作主要辑录于《松寥山人集》《娄光堂稿》中。

林昌彝:1803 - ?,字惠常,晚年号茶叟、五虎山人。福建侯官(今福州市)人。近代学者、诗人、诗评家。曾掌教廉州海门书院,诗文集有《衣□山房诗集》8 卷,同治刻本;《小石渠阁文集》6 卷,光绪刻本。评诗之作主要为《射鹰楼诗话》24 卷,咸丰刻本;同治初年南游广州续成谈诗之作《海天琴思录》与《续录》各 8 卷,有同治刻本。

冯桂芬:1809 - 1874 年,字林一,号景亭,吴县(今江苏苏州)人,晚清思想家、散文家。曾师从林则徐。道光二十年进士,授编修,咸丰初在籍办团练,同治初,入李鸿章幕府。少工骈文,中年后肆力古文,尤重经世致用之学。在上海设广方言馆,培养西学人才。先后主讲金陵、上海、苏州诸书院。作为改良主义之先驱人物,最早表达了洋务运动"中体西用"的指导思想。著有《校邠庐抗议》《说文解字段注考证》《显志堂诗文集》等。

曾国藩:1811 - 1872 年,初名子城,字伯涵,号涤生,宗圣曾子七十世孙。中国近代政治家、理学家、文学家,湘军的创立者和统帅,桐城派转折阶段的重要作家,著有《治学论道之经》《持家教子之术》《冰鉴》《曾国藩家书》等。

郭嵩焘:1818 - 1891 年,学名先杞,后改名嵩焘。字筠仙,号云仙、筠轩,别号玉池山农、玉池老人，湖南湘阴城西人。晚清官员，湘军创建者之一，中国首位驻外使节。道光二十七年(1847 年)进士，咸丰四年(1854 年)至咸丰六年(1856 年)佐曾国藩幕。后罢官回籍后在长沙城南书院及思贤讲舍讲学。光绪四年(1878 年)兼任驻法使臣。著有《养知书屋遗集》《玉池老人自叙》《史记札记》等。

洪仁玕：1822 - 1864 年，广东花县人，是太平天国天王洪秀全的族弟，曾在香港居住多年，1859 年到天京(即南京)，获封为军师、干王，一度总理朝政，1864 年在江西被清朝江西巡抚沈葆桢捕杀。洪仁玕是太平天国领导层中对西方见识较广的一位，提出的《资政新篇》是具有发展资本主义主张的政治纲领，在当时的中国算是相当先进的思想。

张裕钊：1823 - 1894 年，字廉卿，号濂亭，湖北鄂州市梁子湖畔东沟镇龙塘张村人。晚清官员、散文家、书法家，其书法独辟蹊径，融北碑南贴于一炉，创造了影响晚清书坛百年之久的"张体"，被康有为誉为"千年以来无与比"的清代书法家。其书法亦名重一时，有《张廉卿先生论学手札》等墨迹多种行世。主要著作有《濂亭文集》8 卷，《濂亭遗文》5 卷，《濂亭遗诗》2 卷。1916 年，其后人重刻文集，与遗文、遗诗合为《濂亭集》。

黎庶昌：1837 - 1896 年，字莼斋，自署黔男子，贵州省遵义县东乡禹门人。黎皑第四子。早期从郑珍学习，讲求经世之学，是我国晚清时著名的外交家和散文家。著有《西洋杂志》《古逸丛书》等。

薛福成：1838 - 1894 年，字叔耘，号庸庵，江苏无锡宾雁里人，出生于书香门第、官宦之家。近代散文家、外交家、洋务运动的主要领导者之一、资本主义工商业的发起者。自幼即受时代影响，广览博学，致力经世实学。毕生撰述甚丰，著有《庸庵文编》四卷、《续编》二卷、《外编》四卷、《庸庵海外文编》、《筹洋刍议》十四卷、《出使四国日记》六卷、《续刻》、《庸庵笔记》、《出使奏疏》二卷、《出使公牍》十卷等书。其平生著作基本已编入《庸庵全集》中。

陈其泰：1800 - 1864 年，字静卿，号琴斋，别号桐花凤阁主人。祖籍浙江海宁，后迁居海盐。一生在仕途上不得意，著述上却颇为丰富，著有《行素斋诗文集》《行素斋子史剳记》《琴斋随笔》《春熙书屋诗文钞》《桐花凤阁诗文稿》《鸿雪词》《宫闱百咏》等，而其中陈其泰的《红楼梦》评点用力最多，成就最大。

哈斯宝：生卒年及生平事迹均不详。号施乐斋主人、耽墨子，蒙古族人，系清代小说翻译家、文学批评家。译著有《新译红楼梦》传世。

文龙：字大禹本，本姓赵，正蓝旗人。曾在《金瓶梅》上手写眉批、旁批及回评共约六万余字，对辨析《金瓶梅》批评中的评价标准、接受问题及小说艺术特征等发表了一些列有创建性的看法。

梁廷枏：1796－1862 年，字章冉，号藤花亭主人。精研史学，兼擅诗文戏曲，曾任澄海县教谕，学海堂学长，越华、粤秀书院监院及两广总督林则徐幕僚，以献策抵御外侮获内阁中书衔。著《论语古解》《碑版广例》《博考书馀》《曲话》，总汇为《藤花亭十种》。著《东坡事类》《夷氛闻记》《海国四说》《藤花亭曲话》《藤花亭诗文集》《藤花亭书画跋》《金石称例》《东坡事类》《江南春词补传》等数十种。

余治：1809－1874 年，字翼廷，号莲村、晦斋、寄云山人，晚署木铎先生，门人私谥“孝惠”。江苏无锡人，近代著名慈善家、戏曲作家。喜好戏曲创作，作品甚多，主要有《后劝农》《活佛阁》《同胞案》《义民记》《海烈妇记》《岳侯训子》《英雄谱》等，另著有《草小学斋集》《得一录》等。

何绍基：1799－1873 年，字子贞，号东洲，别号东洲居士，晚号蝯叟。湖南道州（今道县）人。晚清诗人、画家、书法家。曾主山东泺源、长沙城南书院，通经史，精小学金石碑版，尤长草书，融汉魏而自成一家。有《惜道味斋经说》《东洲草堂诗·文钞》《说文段注驳正》等作品。

郑珍：1806－1864 年，字子尹，晚号柴翁，别号子午山孩、五尺道人等，贵州遵义人，清代官员、学者。学宗许郑，治经学、小学，亦工书善画，是晚清宋诗派作家，其诗风格奇崛，时伤艰涩，与独山莫友芝并称“西南巨儒”，著有《仪礼私笺》《说文逸字》《说文新附考》《巢经巢经说》《郑学录》等。

莫友芝：1811－1871 年，字子偲，自号郘亭，又号紫泉、眲叟，贵州独山人。晚清金石学家、目录版本学家、书法家，宋诗派重要成员。家世传业，通文字训诂之学，与遵义郑珍并称“西南巨儒”。著有《知见传本书目》、《恃静斋藏纪要》等。

刘熙载：1813－1881 年，字伯简，号融斋，晚号寤崖子，江苏兴化人，清代文学家。曾主讲上海龙门书院多年。是我国 19 世纪时期的一位文艺理论家和语言学家，被称为“东方黑格尔”。代表作有《艺概》《昨非集》《四音定切》《说文双声》《古桐书屋六种》《古桐书屋续刻三种》等。其中以《艺概》最为著名，是近代一部重要的文学批评论著。

刘毓崧：1818－1867 年，字伯山，一字松崖，江苏仪征人。精于校勘，以经学名家。著有《春秋左氏大义》《王船山先生年谱》《通义堂笔记》《通义堂诗文集》等。

王韬:1828 - 1897 年,原名王利宾,字兰瀛。后改名为王瀚,字懒今、紫诠、兰卿等,号仲弢、天南遁叟等,外号“长毛状元”,清末杰出的思想家、政论家。1874 年在香港创办了中国报刊史上第一份以政论为主的报纸——《循环日报》。著有《扶桑游记》等。

张之洞:1837—1909 年,字孝达,号香涛,“直隶南皮(今河北南皮人),生于贵州兴义”,晚清名臣、清代洋务派代表人物。历任教习、侍读、侍讲、内阁学士、山西巡抚、两广总督、湖广总督、两江总督、军机大臣等职,官至体仁阁大学士,与曾国藩、李鸿章、左宗棠并称“晚清中兴四大名臣”。早年是清流派首领,后成为洋务派的主要代表人物。教育方面,他创办了自强学堂等多所学校,影响深远;政治上主张“中学为体,西学为用”;工业上创办汉阳铁厂、大冶铁矿、湖北枪炮厂等。编纂《輶轩语》和《书目答问》二书,今有《张文襄公全集》共 100 余卷传世。

魏秀仁:1818 - 1873 年,字子安,又字子敦,号眠鹤主人、眠鹤道人,又号咄咄道人、不悔道人,福建侯官县东门外(今福州市鼓楼区)人,清朝作家。著作除小说《花月痕》外,还有《石经考》《陔南山馆诗钞》《陔南山馆诗话》《咄咄录》《榕社丛谈》等三十余种共八十余卷,多未刊行。

俞樾:1821 - 1907 年,字荫甫,自号曲园居士,浙江德清城关乡南埭村人。清末著名学者、文学家、经学家、古文字学家、书法家。现代诗人俞平伯的曾祖父,章太炎、吴昌硕、日本井上陈政皆出其门下。清道光三十年(1850 年)进士,曾任翰林院编修。被罢官后移居苏州,潜心学术达 40 余载。治学以经学为主,旁及诸子学、史学、训诂学,乃至戏曲、诗词、小说、书法等,可谓博大精深。海内及日本、朝鲜等国向他求学者甚众,尊之为朴学大师。所著凡五百余卷,称《春在堂全书》。除《群经平议》五十卷、《诸子平议》五十卷、《茶香室经说》十六卷、《古书疑义举例》七卷外,其《第一楼丛书》三十卷、《曲园俞楼杂纂》共百卷。

李慈铭:1830 - 1894 年,初名模,字式侯,后改今名,字爱伯,号莼客,室名越缦堂,晚年自署“越缦老人”。会稽(今浙江绍兴)西郭霞川村人。晚清官员,著名文史学家。日记三十余年不断,读书心得无不收录。学识渊博,承乾嘉汉学之余绪,治经学、史学,蔚然可观,被称为“旧文学的殿军”。除经、史著述之外,刻有《越缦堂文集》12 卷、《湖塘林馆骈体文》2 卷、《白华绛跗阁诗初集》10 卷及《霞川花隐词》。尚有《杏花香雪斋诗二集》《桃花圣解庵乐府》未刻。

王闿运:1833 - 1916 年,原名开运,字纫秋,自号湘绮老人,学者称湘绮先生,宗今文经学。主张“学贵有本”，提倡在汲取前人研究成果基础上，敢于独标新见。门墙极盛，弟子众多，在教育事业上亦卓有成就。著有《礼经笺》《礼记笺》《春秋公羊何氏笺》《谷梁传笺》《湘绮楼诗集》等书，被时人推为“儒宗”。

朱庭珍：1841－1903年，字小园，一作筱园、晓园。云南石屏县人，光绪十四年举人，著《筱园诗话》四卷、《穆清堂诗钞》三卷（含《论诗绝句五十首》）、《续集》两卷等。

谢章铤：1820－1903年，字枚如，号药价退叟，福建长乐江田人，光绪二年（1876）考取进士，官内阁中书。曾为致用书院山长，毕生好游山水，尝至岭南、秦赣诸地。工诗词，有《赌棋山庄集》传于世。

谭献：1832－1901年，原名廷献，一作献纶，字仲修，号复堂、半厂、仲仪等，浙江仁和（今杭州市）人。近代词人、学者。其词多抒写士大夫文人的情趣，强调“寄托”，风格过于含蓄隐曲。但文词隽秀，琅琅可诵，尤以小令为长。著有《复堂类集》，包括文、诗、词、日记等。另有《复堂诗续》《复堂文续》《复堂日记补录》。词集《复堂词》，录词104阕。

陈廷焯：1853—1892年，字亦峰，又字伯与，原名世琨，丹徒（今江苏省镇江市丹徒区）人，光绪十四年（1888年）举人。《白雨斋词话》共8卷，690余则，是近代词话中篇幅较大的一部重要著作。

沈曾植：1850—1922年，字子培，号巽斋，别号乙盦，晚号寐叟，晚称巽斋老人、东轩居士等。浙江嘉兴人，他博古通今，学贯中西，以“硕学通儒”蜚振中外，誉称“中国大儒”。著有《汉律辑存》《晋书刑法志补》《元秘史笺注》《皇元圣武亲征录校注》《岛夷志略广证》《蒙古源流笺证》等十余部。

陈三立：1853－1937年，字伯严，号散原，江西义宁（今修水）人，近代同光体诗派重要代表人物。出身名门世家，为晚清维新派名臣陈宝箴长子，国学大师、历史学家陈寅恪以及著名画家陈寅恪之父。与谭延闿、谭嗣同并称“湖湘三公子”，与谭嗣同、徐仁铸、陶菊存并称“维新四公子”，有“中国最后一位传统诗人”之誉。1937年发生“卢沟桥事变”后北平、天津相继沦陷，日军欲招陈三立，他为表明立场绝食五日忧愤而死，享年85岁。生前曾刊行《散原精舍诗》及其《续集》、《别集》，去世后有《散原精舍文集》十七卷出版。

陈衍：1856－1937年，字叔伊，号石遗老人。福建侯官（今福州市）人，近代文学家。清光绪八年（1882）举人，曾入台湾巡抚刘铭传幕。二十四年，在京城为《戊戌变法榷议》十条,提倡维新。后为学部主事、京师大学堂教习。清亡后,在南北各大学讲授,编修《福建通志》,最后寓居苏州,与章炳麟、金天翮共倡办国学会,任无锡国学专修学校教授。著有《石遗室丛书》,收书18种,116卷,其中除辑录校补者8种外,自著10种,包括《石遗室文集》12卷,《石遗室诗集》6卷,《石遗室诗集补遗》1卷,《说文举列》7卷,《朱丝词》2卷等,有家刻本。《丛书》外,又有《石遗室诗话》32卷、《续编》6卷,《辽诗纪事》12卷、《金诗纪事》16卷、《元诗纪事》24卷,都有商务印书馆排印本。《石遗室论文》5卷、《史汉文学研究法》1册,都有无锡国学专修学校排印本。又选有《近代诗钞》24册,《宋诗精华录》4卷,皆为商务印书馆排印本。

黄遵宪:1848-1905年,汉族客家人,出生于广东嘉应州,字公度,别号人境庐主人,清朝诗人、外交家、政治家、教育家。戊戌变法期间署湖南按察使,助巡抚陈宝箴推行新政。工诗,喜以新事物熔铸入诗,有"诗界革新导师"之称。代表作有《人境庐诗草》《日本国志》《日本杂事诗》等。被誉为"近代中国走向世界第一人"。

康有为:1858-1927年,原名祖诒,字广厦,号长素,又号明夷、更甡、西樵山人等,广东省南海县丹灶苏村人,人称"康南海",中国晚清时期重要的政治家、思想家、教育家,资产阶级改良主义的代表人物。主要著作有《康子篇》《新学伪经考》《孔子改制考》《日本变政考》《大同书》和《欧洲十一国游记》等。

丘逢甲:1864-1912年,字仙根,又字吉甫,号蛰庵、仲阏、华严子,别署海东遗民、南武山人、仓海君。晚清爱国诗人、教育家、抗日保台志士。辛亥革命后以"仓海"为名,诗集主要有《柏庄诗草》《岭云海日楼诗钞》等。

韩邦庆:1856-1894年,曾用名寄,字子云,别署太仙、大一山人、花也怜侬等,松江娄县(一说华亭,均今属上海)人。1892年,他开办了中国第一份小说期刊《海上奇书》,并在此书上连载了他的长篇小说《海上花列传》,是书出版后不久便病逝,年仅三十九岁。

傅兰雅:即JohnFryer,英国人。1839年8月6日生于英国肯特郡海斯(Hythe)小城;1928年7月2日卒于美国加利福尼亚州奥克兰城。圣公会教徒,翻译家。单独翻译或与人合译西方书籍129部(绝大多数为科学技术性质),是在华外国人中翻译西方书籍最多的一人。清政府曾授予三品官衔和勋章。清光绪二年(1876年)创办格致书院,自费创刊科学杂志《格致汇编》,所载多为科学常识,并带有新闻性，后加入美国籍。在洋务运动中，英国人傅兰雅口译各种科学著作达113种，他以传教士传教布道一样的热忱和献身精神，向中国人介绍、宣传科技知识，以至被传教士们称为“传科学之教的教士”。平生志愿尽显文字之中：“半生心血，惟望中国多兴西法，推广格致，自强自富。”

裘廷梁：1857－1943年，别字可桴，江苏无锡人，清末光绪举人，倡导白话文运动的先驱。戊戌变法前后，编辑《白话丛书》。1898年创办《无锡白话报》，极力提倡白话文，进行文体改革，同年在《苏报》上发表著名论文《论白话为维新之本》。遗作有《可桴文存》传世。

夏曾佑：1863－1924年，字遂卿，作穗卿，号别士、碎佛，笔名别士。杭县（浙江杭州）人。进士，授礼部主事。近代诗人、历史学家、学者。他对今文经学、佛学有精深的研究，对乾嘉考据学和诗文有相当的素养。此外还注意学习外国史地知识和自然知识。清光绪二十三年(1897)在天津与严复等创办《国闻报》，宣传新学，鼓吹变法。后致力于中国古代历史的研究，用章节体编著《最新中国学》，用进化论观点研究中国古代史而写成《中国历史教科书》，重版时改名《中国古代史》，是近代中国尝试用进化论研究中国历史的第一部著作。民国时任教育部普通教育司司长，后调任京师图书馆馆长。

梁启超：1873－1929年，字卓如，一字任甫，号任公，又号饮冰室主人、饮冰子、哀时客、中国之新民、自由斋主人。清朝光绪年间举人，中国近代思想家、政治家、教育家、史学家、文学家。戊戌变法（百日维新）领袖之一、中国近代维新派、新法家代表人物。幼年时从师学习，八岁学为文，九岁能缀千言，17岁中举。后从师于康有为，成为资产阶级改良派的宣传家。维新变法前，与康有为一起联合各省举人发动“公车上书”运动，此后先后领导北京和上海的强学会，又与黄遵宪一起办《时务报》，任长沙时务学堂的主讲，并著《变法通议》为变法做宣传。戊戌变法失败后，与康有为一起流亡日本，政治思想上逐渐走向保守，他是近代文学革命运动的理论倡导者。逃亡日本后，在《饮冰室合集》《夏威夷游记》中继续推广“诗界革命”，批判了以往那种诗中运用新名词以表新意的做法。在海外推动君主立宪，辛亥革命之后一度入袁世凯政府，担任司法总长；之后对袁世凯称帝、张勋复辟等严辞抨击，并加入段祺瑞政府。他倡导新文化运动，支持五四运动。其著作合编为《饮冰室合集》。

狄葆贤：1872－1940年，初名葆贤、又名狄平子，别署平等阁主、慈石、楚卿、狄平、雅、高平子、六根清静人。江苏溧阳人。早年中举人,后留学日本,为康有为唯一的江南弟子。工诗能文,信仰佛学,在《清议报》、《新民丛报》发表诗词多首,后在上海创办《时报》,首创对开四版两面印刷现代报纸版面格式,设"时评"专栏,短小隽永,为许多日报仿效。此外还办过有正书局,出版有《小说时报》《妇女时报》和《佛学丛报》,著作有《平等阁诗话》《平等阁笔记》等。

李伯元:1867 - 1906 年,字宝嘉,别号南亭亭长。江苏武进人是晚清多产作家之一,他构思之敏,写作之快,极为少见。《庚子国变弹词》《官场现形记》等作品传世。

林纾:1852 - 1924 年,字琴南,号畏庐,别署冷红生,福建闽县(今福州市)人。近代著名文学家、翻译家。晚称春觉斋主人,室名春觉斋、烟云楼等。毕生翻译西方小说百余部,文集有《畏庐文集》《续集》《三集》;诗歌有《畏庐诗存》《闽中新乐府》,自著小说有《京华碧血录》《巾帼阳秋》《冤海灵光》《金陵秋》等,此外在笔记、传奇方面亦有不少作品,古文研究著作《韩柳文研究法》《春觉斋论文》以及《左孟庄骚精华录》《左传撷华》等较为出名。

章太炎:1869 - 1936 年,原名学乘,字枚叔,号太炎,世人常称之为"太炎先生"。早年又号"膏兰室主人"、"刘子骏私淑弟子"等,后易名为炳麟,浙江余杭人,反清意识浓厚,曾自认"民国遗民"。清末民初民主革命家、思想家、著名学者,研究范围涉及小学、历史、哲学、政治等等,著述甚丰。代表作有《国故论衡》、《章太炎医论》、《驳康有为论革命书》等。

刘师培:1884 - 1919 年,字申叔,号左盦(庵),江苏仪征人。刘贵曾之子、刘文淇曾孙。晚清著名学者,著有论经学(以小学、左传学为主)、史学(开创近代中国学术史体)、文学(主张"六朝文",维护扬州学派骈文之文统)专著七十四种。代表作有《左盦集》八卷、《左盦外集》二十卷、《左盦诗录》四卷、《词录》一卷。

陈佩忍:1874—1933 年,又名陈去病,中国近代诗人、社会活动家,南社创始人之一。江苏吴江同里人。因读"匈奴未灭,何以家为",毅然易名"去病"。早年参加同盟会,追随孙中山先生,宣传革命不遗余力。在推翻满清帝制的辛亥革命和讨伐袁世凯的护法运动中,做出了重要贡献。其诗多抒发爱国激情,风格苍健悲壮。1923 年担任国立东南大学(1928 年改为中央大学,1949 年改名南京大学)中文系教授。1928 年后曾任江苏革命博物馆馆长、大学院古物保管委员会江苏分会主任委员。1933 年,病逝于故乡同里镇。

柳亚子:1887—1958年,江苏省苏州市吴江区黎里镇人,出生于大胜村的港上港南中段。创办并主持南社。曾任孙中山总统府秘书,中国国民党中央监察委员、上海通志馆馆长。"四一二"政变后,被通缉,逃往日本。1928年回国,进行反蒋活动。抗日战争时期,与宋庆龄、何香凝等从事抗日民主活动。代表作有《磨剑室诗词集》《磨剑室文录》《柳亚子诗词选》。

蒋智由:1865－1929年,中国近代诗人,原名国亮,字观云、星侪、心斋,号因明子,浙江诸暨紫东乡浒山村人。早年留学日本,参加过光复会等革命团体,后思想逐渐保守。他与黄遵宪、夏曾佑被梁启超并列为"近代诗界三杰",代表作有《居东集》《蒋观云先生遗诗》等。

徐念慈:1875－1908年,原名蒸乂,字念慈,以字行;后又改字彦士,别号觉我、东海觉我、晚清诸生。著名翻译家。江苏常熟人。《新法螺先生谭》是徐念慈在看过包天笑翻译的《法螺先生谭》和《法螺先生续谭》二文之后,撰写的戏仿之作。创作有小说《情天债》以及传记《英国大慈善家美利加阿宾他传》《说龙》等。

王钟麒:1880－1913年,字毓仁,又作郁仁,号无生,别署天频、天僇生、益厓等,斋名述庵、一尘不染。清代小说家、小说评论家。毕生游走于诗、文、小说、戏曲之间,为南社的主要作家之一。其诗文和短篇小说散见于《南社》等报刊,迄未成集。其成册者,长篇小说有《恨海鹃声谱》《孤臣碧血记》《姊妹花》(与铁生合作)《玉环外史》《轩亭复活记》《郑成功》等;剧本有《血泪痕传奇》等;另有《述庵秘录》《太平天国革命史》《中日战争》《三国史略》《晋初史略》《世界史》《世界地理》《本国地理》《三国志选注》等。

黄人:1866－1913年,原名振元、震元,后更名人昭,字羡涵,又字慕韩、慕庵,中年更名黄人,字摩西。江苏常熟浒浦人,近代作家、批评家,才华横溢,为"苏州四奇人"之一。1900年后任东吴大学文学教授,后入南社。博学多才,对文学史研究卓有成效。主编小说期刊《小说林》,所撰《小说林发刊词》《小说小话》,在晚清小说论著中较有名。善诗词,作品多见于《南社丛刊》中。编纂有《普通百科新大辞典》,与沈粹芬合辑《国朝文汇》(《清文汇》)200卷,"存录一千余家,为文一万余首,不名一家,不拘一格",采入为清廷禁止的若干作品,曾翻译《哑旅行》《大复仇》《银山女王》《大狱记》等书,所著《中国文学史》热情推崇通俗文学,在同类作品中别具一格。

王国维:1877－1927年,初名国桢,字静安,亦字伯隅,初号礼堂,晚号观堂,又号永观,谥忠悫。汉族,浙江省海宁人,是中国近现代享有国际声誉的著名学者。早年追求新学,接受资产阶级改良主义思想的影响,把西方哲学、美学思想与中国古典哲学、美学相融合,研究哲学与美学,形成了独特的美学思想体系,继而攻词曲戏剧,后又治史学、古文字学、考古学。郭沫若称他为新史学的开山,平生在教育、哲学、文学、戏曲、美学、史学、古文学等方面均有深诣和创新。代表作有《人间词话》《曲录》《观堂集林》等。

鲁迅:1881－1936年,原名周樟寿,后改名周树人,字豫山,后改豫才,“鲁迅”是他1918年发表《狂人日记》时所用的笔名,也是他影响最为广泛的笔名,浙江绍兴人。著名文学家、思想家,五四新文化运动的重要参与者,中国现代文学的奠基人。毕生在文学创作、文学批评、思想研究、文学史研究、翻译、美术理论引进、基础科学介绍和古籍校勘与研究等多个领域具有重大贡献,对于五四运动以后的中国社会思想文化发展具有重大影响,蜚声世界文坛,尤其在韩国、日本思想文化领域有极其重要的地位和影响,被誉为“二十世纪东亚文化地图上占最大领土的作家”。著作有《呐喊》《彷徨》《朝花夕拾》《野草》《华盖集》《汉文学史纲要》《中国小说史略》等。

齐如山:1875－1962年,戏曲理论家,早年留学欧洲,曾涉猎外国戏剧。归国后致力于戏曲工作。后受梅兰芳的提携,合作策划多种戏曲,并随同出访日本与美国。1931年与梅兰芳、余叔岩等人组成北平国剧学会,并建立国剧传习所以从事戏曲教育。编辑出版了《戏剧丛刊》、《国剧画报》,搜集了许多珍贵戏曲史料。

姚华:1876－1930年,字一鄂,号重光,一号茫父,别号莲花庵主。贵州贵筑(今贵阳)人。民国后任贵州省参议院议员,后任北京女子师范学校校长。姚华科甲出身,满腹经纶,尤长于填词写曲,现存词291首,曲86首,代表作有《弗堂词》《庚午春辞》《绮曲》等。书画方面,擅长山水花卉和题跋,隶、篆、行、草无不精道。以进士身份参与工艺品的制作,后左臂致残,但仍坚持写字绘画、著书立说,为艺术殚精竭虑。遗著有《弗堂类稿》31卷、《莲花庵书画集》《贵阳姚华茫父颖拓》和《金石系》《黔语》等多部。

黄远生:1885－1915年,本名黄远庸,“远生”为他从事新闻工作时的笔名。近代著名记者,新文化的先驱者。生于江西德化县(今江西省九江县)的一个书香世家,曾被称为“中国第一个真正现代意义上的记者”,其“远生通讯”更是被视为当年中国新闻界的一大品牌。著有《远生遗著》《忏悔录》等。

附录2　从延续民族文化血脉中开拓前进

文／慎海雄

2014年第40－41期《瞭望》新闻周刊合刊发表了“慎海雄”的署名特稿:《从延续民族文化血脉中开拓前进》,全文如下。

“不忘历史才能开辟未来,善于继承才能善于创新。”习近平主席在出席纪念孔子2565周年诞辰国际学术研讨会暨国际儒学联合会第五届会员大会开幕会上强调,只有坚持从历史走向未来,从延续民族文化血脉中开拓前进,我们才能做好今天的事业。习总书记的重要讲话,引起海内外舆论的热烈反响,为我们如何继承和弘扬传统文化,从延续民族文化血脉中开拓前进指明了方向。

一个民族,如果说血脉传承是体,文脉的传承则是魂。“孝悌传家远,诗书继世长”,中华传统文化博大精深、源远流长,是我们这个民族生生不息之魂,是人类文明长河中的璀璨瑰宝。今天,在实现中华民族伟大复兴中国梦的征程上,强调继承和弘扬传统文化,具有重大意义。

弘扬传统文化,并不是复古守旧,捡回长袍马褂,而是要着眼于科学对待传统文化,坚持古为今用、以古鉴今,坚持有鉴别地对待、有扬弃地继承,努力实现传统文化的创造性转化、创新性发展。习总书记以三个“可以”为以古鉴今、古为今用提出了明确的实现路径:中国优秀传统文化的丰富哲学思想、人文精神、教化思想、道德理念等,可以为人们认识和改造世界提供有益启迪,可以为治国理政提供有益启示,也可以为道德建设提供有益启发。这三个“可以”,是我们从延续民族文化血脉中开拓前进的有力指引。

“为天地立心,为生民立命,为往圣继绝学,为万世开太平。”中华文化浩浩汤汤,历经沧桑仍绵延不绝,密码就在“先天下之忧而忧,后天下之乐而乐”的豪迈自觉中,就在“家事、国事、天下事,事事关心”“天下兴亡,匹夫有责”的济世自信中……中华文化的精神取向刚毅而坚韧,胸襟宽广而开阔,有着深切关注人类命运的人文情怀。人类进入21世纪,在创造了灿烂文明的同时,战争、暴力、饥饿、贫困,依然威胁着千百万人的生命和生存,傲慢、偏见、不公、不义,仍是国际社会的毒瘤。人类只有一个地球,各国共处一个世界。历史昭示我们,弱肉强食不是人类共存之道,穷兵黩武无法带来美好世界。携手努力维护世界和平、促进共同发展,需要全人类共同担当。提倡“和而不同”的中华智慧,为人类认识和改造世界提供了有益启迪。正如习总书记所指出:中华文化崇尚和谐,中国“和”文化源远流长,蕴涵着天人合一的宇宙观、协和万邦的国际观、和而不同的社会观、人心和善的道德观。以和为贵,与人为善,己所不欲、勿施于人等理念在中国代代相传,深深植根于中国人的精神中,深深体现在中国人的行为上。“一花独放不是春,百花齐放春满园。”只有尊重和承认差异性存在,求同存异,和平共处,不同国家、不同文明,才能取长补短、共生共存、合作共赢,建立清平有序的国际秩序。

西谚说:“上帝如果关上了门,必会为你开一扇窗。”在当今世界,许多看似已成死结的难题,如果以中华智慧来指点迷津,就往往茅塞顿开,为全球治理提供智慧:世界的命运必须由各国人民共同掌握,世界上的事情只能由各国政府和人民共同商量来办。习总书记列举以儒家思想为代表的16个方面的中华哲学思想、人文精神、教化思想、道德理念,这些精神财富,是中国的,也是世界的,蕴含着解决当代人类面临的难题的重要启示,为人类寻找和谐相处的“最大公约数”提供了方法和路径,受到广泛赞同。习总书记提出的共同建设“丝绸之路经济带”和“21世纪海上丝绸之路”等战略构想,汇聚了我国优秀传统文化中开放、进取、合作、共赢的积极精神,展示了中华民族传承和平、和睦、和谐的坚定理念,赢得各方热烈呼应。

优秀的中华传统文化,启迪人类如何“办好世界的事”,也启示我们提高治国理政水平“办好中国的事”。随着全面深化改革持续涉“险滩”、啃“硬骨头”,矛盾的复杂性、任务的艰巨性前所未有,需要我们综合施策、找准突破口,以中华智慧破解发展难题,蹄疾而步稳地推进各项工作,这同样需要以古鉴今。

习总书记在庆祝人民政协成立65周年大会上的讲话中,深刻揭示了协商民主的丰富内涵,引起广泛关注。习总书记指出,协商民主既源自中国共产党领导人民进行革命、建设、改革的长期实践,也源自中华民族长期形成的天下为公、兼容并蓄、求同存异等优秀政治文化。习总书记关于“有事好商量,众人的事情由众人商量,找到全社会意愿和要求的最大公约数”的思想,被舆论概括为“中国式商量”,就尽得中华文化之精髓。“天时不如地利,地利不如人和”,中国传统政治文化尤为强调和谐、合作、包容,注重从不同的意见、不同的主张、不同的诉求中寻求共同的利益交汇点,以求共赢。“统天下者当与天下同心”。“中国式商量”,对于今天我们发扬民主、集思广益、凝聚共识、民主决策,知民情、解民忧、纾民怨、暖民心,广开言路,博采众谋,充分调动人民群众的积极性、主动性、创造性,为改革发展添助力、增合力,是一笔宝贵的政治文化财富。

优秀传统文化启示治国理政,还有许多方面。比如,发展经济,从《管子》提出“善为国者,必先富民,然后治之”,到朱元璋感悟“民富则亲,民贫则离”,再到程颐“为政之道,以顺民心为本,以厚民生为本,以安而不忧为本”,都启示改革发展必须始终着眼于改善民生,着眼于让最广大的人民群众分享发展成果。比如,建设美丽中国,中国古代“天人合一”的生态文明思想,无论儒家“赞天地之化育”的生态伦理,还是道家“天地与我并生,而万物与我为一”的生态智慧,抑或是佛家“众生平等、万物皆有生存权利”的生态观念,许多内涵都与现代生态文明的理念高度契合,以致一些西方生态学家提出生态伦理应该进行“东方转向”:“如果人类要在21世纪生存下去,必须回到两千五百年前去吸取孔子的智慧。”中华儿女,更要从祖先的生态文明自觉中吸取智慧,铭记习近平总书记的教诲:保护生态环境就是保护生产力,改善生态环境就是发展生产力,良好生态环境是最公平的公共产品,是最普惠的民生福祉。

“培育和弘扬社会主义核心价值观必须立足中华优秀传统文化。”习总书记关于优秀传统文化对于道德建设重要性的论述,为加强道德建设提供了有益启发。中国优秀传统思想文化体现着中华民族的世界观、人生观、价值观、审美观等,是我们在世界文化激荡中站稳脚跟的根基。“欲修其身者,先正其心”,作为国家治理重要基础之一的核心价值观的培育,不能脱离我们的文化传统。

“修身齐家治国平天下”的过程就是道德实践的具体过程,在当前尤需弘扬。正如有同志所感叹的:当我们国家经济总量跃居世界第二,物质水平不断提高,道德却不断滑坡:社会上,老人家跌倒了,路人却在犹豫要不要扶;市场上,商品流通了,“地沟油”却不断侵蚀我们的餐桌……反观于此,民族复兴道路上,需要通过重建精神道统,穿透物欲的迷幻。中国优秀传统文化深沉的历史积淀、博大的文化精神、高远的思想境界,要浸润在核心价值观的培育之中,落细落小落实到具体行动上去。

恢国学以开新域。“优秀传统文化是一个国家、一个民族传承和发展的根本,如果丢掉了,就割断了精神命脉。”实现中国梦,我们要深刻领会习总书记的重要思想,从传统文化的传承创新中汇聚新的力量,从延续民族文化血脉中开拓前进,坚定奔向中华民族美好的“新域”。

附录3　造就实现中国梦的强大文化力量

文/王斯敏

（来源：光明网，2014年8月22日；原载《光明日报》2014年4月28日）

编者按：中华传统文化是中国化马克思主义不可或缺的思想来源。把马克思主义普遍真理与中国优秀传统文化相结合，是马克思主义理论研究和建设工程始终着力的重要内容。日前，教育部社科司出台《完善中华优秀传统文化教育指导纲要》，为推动大中小学中华优秀传统文化教育一体化、促进中国化马克思主义理论进教材、进课堂、进头脑，做出了新的部署。社科司负责人就此接受本版专访，解读此项举措的意义与构想——

记者：教育部《完善中华优秀传统文化教育指导纲要》（下文简称《纲要》）的出台，在教育界、哲学社会科学界引起了较大反响。值得注意的是，这项举措不仅被视为增强学生人文素养的必要环节，更被许多学者提升到推进马克思主义中国化、实现中华民族伟大复兴中国梦的高度来解读。您怎样看待其意义？

社科司负责人：党的十八大以来，习近平总书记提出了实现民族复兴中国梦的重大战略思想，从实现中国梦的战略高度对中国特色社会主义建设事业的各个方面提出了战略要求。与此同时，总书记多次强调，中华优秀传统文化是中华民族最深沉的精神追求，最根本的精神基因，最深厚的文化软实力，是我们在世界文化激荡中站稳脚跟的根基。在宣传阐释中国特色时，总书记明确提出了“四个讲清楚”，鲜明地指出了中华文化与中国特色社会主义之间的内在必然联系。这些重要论述充分说明：中华优秀传统文化是中国特色社会主义的植根之基，实现中国梦、解答前进中面临的“中国问题”，既需要马克思主义普遍真理的指导，也必须借鉴吸收中国传统文化的精华成分。

国家的强盛离不开文化的支撑。任何一种现代文明，都必须从传统中吸取营养才能获得长足发展。中华优秀传统文化是中华民族的重要文化软实力，为中华民族发展提供强大的精神力量；中华文化是中国特色社会主义的沃土，为其提供重要的思想来源。只有把中华优秀传统文化更好地融入中国特色社会主义建设中，才能造就实现中国梦的强大文化力量。

实现中国梦离不开中国特色社会主义理论体系这一行动指南，离不开中国化的马克思主义。中国传统文化是中国化马克思主义的构成要素，正是马克思主义与中国传统文化在中国大地上的互补共生，才最终形成了富有活力的中国化马克思主义，指导中国革命和建设不断取得胜利。加强中华传统文化教育，也有助于中国特色社会主义理论体系与时俱进、长葆活力。

青少年是实现中国梦的生力军。当前，加强中华优秀传统文化教育，对于引导他们坚定走中国特色社会主义道路、实现中华民族伟大复兴中国梦的理想信念，具有重大而深远的历史意义。

记者：对于社会主义核心价值观的培育与践行而言，中华优秀传统文化的重要功用同样不可忽视。《纲要》中对此有何体现与要求？

社科司负责人：社会主义核心价值体系是兴国之魂，是社会主义先进文化的精髓。它孕育于生动的社会实践中，扎根在中华文化的沃土里。它是高度凝练的，又是生动发展的。正如习近平总书记2月24日在中共中央政治局第十三次集体学习时指出的那样：培育和弘扬社会主义核心价值观必须立足中华优秀传统文化。牢固的核心价值观，都有其固有的根本。抛弃传统、丢掉根本，就等于割断了自己的精神命脉。

中华优秀传统文化和社会主义核心价值观具有内在的、历史的联系。一方面，中华文化是社会主义核心价值观的重要根源，社会主义核心价值观的产生、形成和完善，是优秀传统文化内容自然的、历史的延续和发展；另一方面，社会主义核心价值观与中华优秀传统文化基本价值相对接，充满与中华优秀传统文化相同的民族精神。离开中华优秀传统文化的支撑，社会主义核心价值观将成为无源之水、无本之木。

继承弘扬中华优秀传统文化，要与培育和践行社会主义核心价值观紧密结合。这在《纲要》的指导思想、基本原则、主要内容和重点举措等方面均有体现。

比如,《纲要》指出,开展中华优秀传统文化教育有三个层面的主要内容:一是以天下兴亡、匹夫有责为重点的家国情怀教育;二是以仁爱共济、立己达人为重点的社会关爱教育;三是以正心笃志、崇德弘毅为重点的人格修养教育。这三个层面,分别体现了与“富强、民主、文明、和谐”国家层面的价值目标、“自由、平等、公正、法治”社会层面的价值取向和“爱国、敬业、诚信、友善”公民层面的价值准则的对接。比如,“家国情怀”是对国家具有高度认同感和归属感、责任感和使命感的体现,是出于对国家价值发自内心的认可而生成的一种对国家的特殊认知和情感归属。从国家层面上看,家国情怀是国家凝聚力形成与维持的重要动力源;从公民层面上看,只有建立了家国情怀,才会感受到自己与国家之间的紧密联系,感受到国家给予的幸福和力量,才能将中国梦当作共同的愿景和追求去努力奋斗。

记者:近年来,我国一直致力于推进中华优秀传统文化教育。《纲要》与此前举措相比,有什么深化、发展与创新?

社科司负责人:《纲要》在起草中充分吸收已有的好做法、好经验,本着“突出针对性、强调系统性、力求操作性、体现继承性”的原则,在以下方面进行了深化:

首先,根据总书记讲话精神,进一步突出了中华优秀传统文化在培育和践行社会主义核心价值观中的基础和源泉作用。其次,突出整体设计,将爱国主义精神这一主线贯穿始终,针对不同学段学生的身心发展特点和认知能力,对教育内容、方式方法、教学手段进行总体设计,使之相互衔接、循序渐进、形成一体。同时,注重发挥社会、家庭的重要作用,充分利用和调动各方面资源,形成传统文化教育的合力。再次,突出指导性,为今后课标修订和教材修改提供指导,给学校和教师留有选择和发挥的空间。

针对当前突出问题和薄弱环节,《纲要》提出了一些重点举措:提高中华优秀传统文化教育内容的系统性,完善课程和教材体系;加强中华优秀传统文化师资队伍建设,提高教师队伍水平;增强中华优秀传统文化教育的多元支撑,形成教育合力;提出建立健全党委统一领导、党政群齐抓共管、教育主管部门组织实施、有关部门各负其责、全社会共同参与的工作机制,加强中华优秀传统文化教育的组织实施和条件保障。

记者:对于高校而言,优秀传统文化教育离不开思想政治理论课这一主渠道。

这方面现状如何?完善中华优秀传统文化教育,对哲学社会科学工作者提出了什么样的要求?

社科司负责人:高校思政理论课是开展中华优秀传统文化教育的重要载体。发挥高校思政课主渠道作用,丰富教学内容,创新教学方法,切实提高针对性实效性,是深入推动中华优秀传统文化进教材、进课堂、进学生头脑的重要环节。

近年来,在党和国家的高度重视和有力领导下,我们在思政课建设方面做了大量工作。2013年,中宣部、教育部联合组织对四门思政课教材进行修订,其中,大幅度增加了传统文化的内容。比如,在"思想道德修养与法律基础"教材的第二章与第四章内容中,补充丰富了"弘扬中国精神"和"注重道德实践"等内容。同时,组织编写了《中华传统美德大学生读本》作为"形势与政策"课教育教学参考资料。今后,我们还将在全国高校推广工程重点教材《中国文化概论》,并在思政课骨干教师研修中专门增加中国传统文化培训内容。

深入推进传统文化的理论研究和宣传普及,是时代赋予广大高校哲学社会科学工作者的光荣使命。一方面,我们要认真汲取中华优秀传统文化的思想精华和道德精髓,深刻认识并发挥我们的独特文化优势,激活传统文化的价值观基因,在新的历史条件下成为中华优秀传统文化的切实继承者;另一方面,要将马克思主义原理和中华优秀传统文化有机结合起来,立足当代中国实际,深入开展"实现中国梦""社会主义核心价值观与中华优秀传统文化""文化典籍整理挖掘"等专项研究,以海纳百川的气魄汲取各种文明养分为我所用,成为中华优秀传统文化的高水平研究者;同时,还应以自觉自信的态度深入开展国际学术交流与合作,通过"请进来"和"走出去"相结合的方式,在世界上主动发出中国学术的声音,为弘扬中华文化做出积极贡献,成为中华优秀传统文化的积极传播者。

参考文献

中国传统文论类：

曹旭：《诗品集释》，上海古籍出版社1994年版。

曹旭：《诗品研究》，上海古籍出版社1998年版。

黄侃：《文心雕龙札记》，华东师大出版社1996年版。

黄霖、蒋凡主编：《中国历代文论选新编》，上海教育出版社2008年版。

郭绍虞、王文生主编：《中国历代文论选》，上海古籍出版社2001年版。

郭绍虞：《中国文学批评史》，百花文艺出版社1999年版。

姜小东主编：《中国美学家评传》，吉林教育出版社1993年版。

蒋述卓等著：《二十世纪中国古代文论学术研究史》，北京大学出版社2005年版。

李建中：《文心雕龙讲演录》，广西师范大学出版社2008年版。

牟世金主编：《中国古代文论家评传》(上、下)，中州古籍出版社1988年版。

戚良德：《文论巨典——〈文心雕龙〉与中国文化》，河南大学出版社2005年版。

孙立：《中国文学批评文献学》，广东人民出版社2000年版。

穆克宏、郭丹编著：《魏晋南北朝文论全编》，江苏教育出版社2004年版。

王元化：《文心雕龙创作论》，上海古籍出版社1979年版。

吴承学：《中国古代文体形态研究》，中山大学出版社2000年版。

郁沅、张明高编选：《魏晋南北朝文论选》，人民文学出版社1996年版。

张伯伟：《钟嵘诗品研究》，南京大学出版社1999年版。

张连第等：《中国古代文论家手册》，吉林人民出版社1985年版。

杨明：《刘勰·钟嵘评传》，南京大学出版社2001年版。

祖保泉：《司空图诗文研究》，安徽教育出版社1998年版。

社会主义核心价值观研究类：

崔志胜：《社会主义核心价值观基本问题研究》，中国社会科学出版社2014

年版。

戴木才:《中国特色核心价值观的传统、现实与前景》,广西人民出版社 2011 年版。

杜晶波:《大学生社会主义核心价值观培育路径研究》,东北大学出版社 2014 年版。

曹雅欣:《国学与社会主义核心价值观》,光明日报出版社 2015 年版。

龚群:《当代中国社会价值观调查研究》,北京师范大学出版社 2012 年版。

郭广银主编:《社会主义核心价值观研究丛书》,江苏人民出版社 2014 年版。

郭建宁主编:《社会主义核心价值观基本内容释义》,人民出版社 2014 年版。

何锡蓉等:《当代中国的精神旗帜:社会主义核心价值观研究》,上海人民出版社 2014 年版。

江畅、周海春、徐瑾等:《当代中国主流价值文化及其构建》,科学出版社 2017 年版。

李建华等:《社会主义核心价值观的构建与践行研究》,人民出版社 2017 年版。

李春山、何京泽:《社会主义核心价值观大众化研究》,人民出版社 2017 年版。

李进金主编:《社会主义核心价值教程》,北京大学出版社 2015 年版。

李申申等:《传承的使命:中华优秀文化传统教育问题研究》,人民出版社 2011 年版。

沈卫星:《社会主义核心价值体系认同面临的挑战与应对》,学习出版社 2016 年版。

教育部思想政治工作司组织编写:《高校培育和践行社会主义核心价值观创新案例》,知识产权出版社 2015 年版。

石芳:《多元文化背景下的核心价值观教育》,人民出版社 2014 年版。

顾作义主编:《我们的价值观十二讲》,南方日报出版社 2014 年版。

舒毅彪:《以红色资源推进社会主义核心价值体系大众化研究》,人民出版社 2014 年版。

张国兴,史娜:《当代中国社会转型与价值观嬗变》,中国社会科学出版社 2012 年版。

潘玉腾:《推进社会主义核心价值体系大众化研究》,社会科学文献出版社

2012年版。

田海舰:《社会主义核心价值体系培育纲要》,人民出版社2012年版。

温小勇:《怡养涵育:培育社会主义核心价值观的传统理路》,中国社会科学出版社2015年版。

徐伟新等:《社会主义核心价值观研究》,中共中央党校出版社2016年版。

徐 蓉:《核心价值与国家形象建设》,复旦大学出版社2013年版。

万林艳主编:《中国特色社会主义理论与实践专题研究》,北京师范大学出版社2012年版。

袁银传主编:《价值观 核心价值观 核心价值体系:中国特色社会主义核心价值观》,武汉大学出版社2014年版。

张国祚:《中国文化软实力研究要论》,社会科学文献出版社2011年版。

中央电视台科教频道编:《社会主义核心价值观讲坛》,教育科学出版社2015年版。

朱峻峰:《理论自信十讲》,人民日报出版社2013年版。

张龙:《中国特色社会主义的逻辑起点与实践缘起》,辽宁师范大学出版社2015年版。

韩震主编:《社会主义核心价值观·关键词》,中国人民大学出版社2015年版。

韩震主编:《社会主义核心价值观》,中国人民大学出版社2015年版。

期刊文章类:

公正篇:

陈延斌:《公正观:社会主义核心价值观体系建设的着力点》,《马克思主义与现实》2013年第3期。

段妍:《社会主义核心价值观中“公正”真谛及其实现路径》,《思想理论教育导刊》2016年第4期。

李伟斌:《社会主义核心价值观视阈中的公正释义》,《科学社会主义》2015年第3期。

穆妮热·塔伊尔、许慎:《社会主义核心价值观内容解读之“公正”》,《思想政治教育研究》2015年第1期。

肖林:《论公正——社会主义核心价值观系列谈(七)》,《前线》2016年第1期。

许苏庭:《社会主义核心价值观中的公正理念及其实现》,《传承》2015年第2期。

张晓飞:《公正感的培育:社会主义核心价值观教育的着力点》,《思想理论教育》2015年第1期。

张翁敏:《社会主义核心价值观中“平等”与“公正”的关系辨析》,《中共南昌市委党校学报》2015年第5期。

张啸尘、顾青青:《“诚信、公正、和谐”核心价值观的传统文化渊源》,《浙江师范大学学报》(社会科学版)2016年第2期。

自由篇:

曹智频:《超越与回归:庄子自由思想探讨》,《燕山大学学报(哲学社会科学版)》2002年第4期。

程春凤:《中西传统自由观之比较》,《学理论》2010年第13期。

冯婷:《浅析儒家自由观与西方传统自由观的异同》,《学理论》2010年第18期。

冯皓:《从<逍遥游>看庄子自由意识的审美超越》,《聊城大学学报》(社会科学版)2007年第1期。

董新春:《价值多元化过程中的自由主义嬗变——现代自由主义与传统自由主义的差异探析》,《内蒙古社会科学(汉文版)2006年第6期。

李远杰:《庄子自由观及其人文精神论纲》,《西南师范大学学报(哲学社会科学版)》1996年第2期。

刘爱玲:《中西传统自由观之比较》,《湖北行政学院学报》2005年第2期。

万勇华:《庄子自由观论析》,《南京林业大学学报(人文社会科学版)》2006年第1期。

寇东亮:《中国传统自由概念与心性自由思想辩正》,《中州学刊》2013年第6期。

李炯:《庄子自由思想之原因再探讨》,《重庆科技学院学报(社会科学版)》,2009年第4期。

万勇华:《庄子自由观念的具体样式》,《泰山学院学报》2012年第2期。

万勇华:《试论庄子自由观念的类型与样式》,《中央民族大学学报(哲学社会科学版)》2013 年第 1 期。

谢圣坤:《庄子自由观产生的文化背景》,《湖南师范大学社会科学学报》1989 年第 3 期。

赵诗华、王玲:《论庄子自由观的三重境界》,《内蒙古农业大学学报(社会科学版)》,2007 年第 6 期。

张立:《庄子自由观的特点及其对当代人的启示》,《社科纵横》2008 年第 11 期。

爱国篇:

郭昕:《践行社会主义核心价值观要重视爱国主义教育》,《学习月刊》2014 年 24 期。

何静:《核心价值观"爱国"之社会责任——兼论儒家"天下"责任观的现代转化》,《学术探索》2015 年第 10 期。

刘晶:《新时期学校爱国主义教育及其对学生价值观的影响》,《合肥师范学院学报》2012 年第 2 期。

杨丽坤:《试论改革开放以来爱国主义价值观的历史演变》,《辽宁行政学院学报》2013 年第 7 期。

刘凤霞:《用社会主义核心价值观铸就公务员爱国之魂》,《辽宁行政学院学报》2014 年第 6 期。

寇永胜:《弘扬优秀传统的文化培育爱国敬业诚信友善的价值观》,《今日中国论坛》2013 年第 6 期。

尤怡芗:《弘扬爱国情怀,践行核心价值观》,《青年记者》2014 年第 20 期。

杨林香:《从社会主义核心价值观角度解析爱国主义的结合点——以"思想道德修养与法律基础"课为例》,《思想教育研究》2015 年第 4 期。

张吴瑞琪、吴宁:《论凝聚社会主义核心价值观的爱国主义》,《学习月刊》2015 年第 4 期。

敬业篇:

胡江霞:《从心所欲不逾矩——敬业价值理念的培育与践行》,《教育研究与实验》2015 年第 5 期。

方铭:《敬业:以中国传统文化为基础》,《群言》2015 年第 4 期。

雷建玲、萧洪恩:《“敬业”价值观的文化溯源与现实思考》,《湖北省社会主义学院学报》2015 年第 6 期。

李丽丽:《论社会主义核心价值观之敬业》,《中国特色社会主义研究》2015 年第 5 期。

刘晓欣、赵璟:《简论敬业价值观的忠诚意蕴》,《高教学刊》2015 年第 9 期。

孙德厚:《中国传统“敬业乐业”职业道德观释义及培育路径》,《管子学刊》2015 年第 3 期。

赵岑、王晓静、石寄华:《研究生活动载体对培育“敬业”价值观作用的探究——以清华大学为例》,《教育研究》2015 年第 4 期。

梅珍生:《用优秀传统文化涵养“敬业”的价值》,《政策》2015 年第 2 期。

马静、杜和军、《高校教师敬业价值观培育问题探析》,《中国成人教育》2015 年第 19 期。

徐俊、年晓萍:《高校教师敬业精神缺失之思》,《华南理工大学学报》(社会科学版),2014 年第 1 期。

杨业华、于雨晴:《论大学生敬业价值观的培育和践行》,《思想教育研究》2015 年第 2 期。

杨业华、沈雅琼、许林青:《社会主义核心价值观之敬业探析》,《思想理论教育导刊》2015 年第 10 期。

诚信篇:

陈平:《略论传统诚信内涵与大学生的诚信教育》,《漳州师范学院学报(哲学社会科学版)》2006 年第 3 期。

陈劲、张大均:《中国传统诚信观的演变及其特征》,《道德与文明》2007 年第 3 期。

邓心强:《近 30 年“虚实”范畴研究述评》,《湖南文理学院学报(社会科学版)》2008 年第 3 期。

邓心强、梁黎丽:《论佛教思想对古代文论中“虚实”范畴的影响》,《武汉科技大学学报(社会科学版)》2008 年第 4 期。

方成慧:《从古代小说序跋看历史小说创作虚实论的演变轨迹》,《襄樊学院学报》1999 年第 3 期。

胡滨、张芳:《社会主义核心价值观中诚信的哲学思考》,《学理论》2014 年第 30 期。

樊鹤平:《中国传统诚信思想探析》,《伦理学研究》2015 年第 3 期。

冯芸:《西方诚信观念及其对我国诚信社会建设的意义》,《山东省青年管理干部学院学报》2010 年第 2 期。

管宪平:《论传统诚信及其扬弃》,《江汉论坛》2005 年第 3 期。

郭玉宇:《中西方传统诚信观之解读》,《南京医科大学学报(社会科学版)》2005 年第 21 期。

郭凯、侯启海:《新时期高校诚信教育的现状及对策》,《山东省青年管理干部学院学报》2006 年第 5 期。

胡立新、沈嘉达:《虚实范畴在传统文艺学中的表义系统辨析》,《中南民族大学学报(人文社会科学版)》2003 年第 5 期。

黄悦、胡昌恩、王征:《新时期大学生诚信道德现状分析及对策》,《重庆邮电学院学报(社会科学版)》2006 年第 5 期。

郝晓敏:《中国传统诚信观的当代转型》,《河南师范大学学报(哲学社会科学版)》2006 年第 3 期。

钱广荣:《传统诚信与智慧及其教育问题》,《安徽农业大学学报(社会科学版)》2005 年第 1 期。

郑少珍:《传统诚信观与现代诚信观内涵之辨析》,《哈尔滨职业技术学院学报》2006 年第 6 期。

姬建峰、吴晓燕:《论传统诚信观与当代大学生的诚信教育》,《西安文理学院学报(社会科学版)》2006 年第 5 期。

罗昌勤:《中国传统诚信文化对构建现代诚信社会的理论价值》,《理论观察》2007 年第 5 期。

郭亮、董娅:《中国传统诚信观念的演变及对当代大学生诚信教育的启示》,《学校党建与思想教育(上半月)》2008 年 S1 期。

邓心强:《古代文论中"虚实"范畴研究的回顾与展望》,《新疆大学学报(哲学人文社会科学版)》2009 年第 1 期。

傅维利、王丹、刘磊、李德显:《诚信观的构成及其对诚信教育的启示》,《教育研究》2010 年第 1 期。

尚继武:《唐宋时期小说虚实观论析》,《广西社会科学》2010 年第 2 期。

尚继武:《明清小说虚实观演变与小说创作之互动》,《江汉论坛》2011 年第 10 期。

祁志祥:《明清小说评点的艺术真实论》,《社会科学辑刊》2012 年第 5 期。

藺娜:《西方大学生诚信教育及其启示》,《科技展望》2014 年第 9 期。

万金凤:《论传统文化与大学生诚信意识的培养》,《山东省青年管理干部学院学报》2007 年第 6 期。

宣璐、余玉花:《传统家训文化中的诚信教育及当代启示》,《中州学刊》2015 年第 6 期。

肖卿、吴伟伟:《90 后大学生诚信现状的调查与分析——基于山东协和学院的问卷调查》,《学理论》2014 年第 29 期。

肖锋:《论中国古代历史小说的虚实观》,《河北科技师范学院学报(社会科学版)》2008 年第 3 期。

于春梅:《试论传统诚信思想及其现代价值》,《学习与探索》2007 年第 6 期。

于凯:《中国传统诚信观的涵义渊源与伦理特质》,《湖南社会科学》2010 年第 6 期。

赵炎秋:《"艺术真实"辨析》,《中国文学研究》2008 年第 3 期。

朱瑞华:《中国传统诚信思想探析》,《人民论坛》2010 年第 2 期。

赵丽涛:《中国传统诚信文化的变迁方式及其当代转化》,《兰州学刊》2013 年第 2 期。

郑少珍:《中国传统诚信思想的源流及其特点》,《船山学刊》2006 年第 2 期

郑少珍:《中国传统诚信观及其现代转型》,《贵州师范大学学报(社会科学版)》2007 年第 5 期。

张建新:《传统诚信文化思想在现代诚信社会建设中的价值》,《学理论》2014 年第 1 期。

友善篇:

段江波:《友善价值观:儒家渊源及其现代转化》,《社会科学》2015 年第 4 期。

黄进、金燕:《友善三论》,《江苏社会科学》,2015 年第 6 期。

黄明理:《友善之为社会主义核心价值观论析》,《广西大学学报(哲学社会科学版)》,2015 年第 5 期。

艾国、刘艳:《从四个维度把握社会主义核心价值观之友善的内涵》,《思想理论教育导刊》,2015 年第 10 期。

揭芳:《从"友爱"到"友善"——儒家友德与社会"个体化"的道德问题救治》,《云南社会科学》2015 年第 2 期。

李建华:《友善何以成为一种核心价值观》,《伦理学研究》2013 年第 2 期。

李楠、王磊:《深入解读社会主义核心价值观——友善价值观的传统价值和现代意涵》,《学术论坛》,2015 年第 2 期。

唐明燕、王磊:《"友善"价值观研究的热点与发展趋势——21 世纪以来"友善"价值观研究综述》,《道德与文明》2015 年第 5 期。

王翠华:《论社会主义核心价值观之友善》,《湖北社会科学》2014 年第 5 期。

王宏德:《"仁"的他者优先伦理取向——兼论社会主义核心价值观之"友善"》,《佳木斯大学社会科学学报》2015 年第 3 期。

吴丽:《社会主义核心价值观的解读——基于友善价值观的内涵意蕴与时代意义》,《商业经济》2015 年第 7 期。

吴远贤:《践行"友善"之核心价值观探析》,《山东农业工程学院学报》2015 年第 2 期。

胥刚、张玉梅:《论培养大学生"友善"道德的紧迫感和实现途径——对十八大报告培养社会主义核心价值观的再认识》,《攀枝花学院学报》,2015 年第 1 期。

夏晓虹、李轶璇、孙大永:《积极培育和践行友善价值观》,《中国高等教育》2015 年第 4 期。

张曙光、陈占友:《个人自由、社会公正、人际友善——论现代社会的和谐》,《中国高校社会科学》2013 年第 6 期。

沈壮海:《爱国、敬业、诚信、友善:公民的价值准则》,《湖北社会科学》2014 年第 10 期。

后 记

自2014年起，我便开始寻找新的选题。时已博士毕业数年，前期论文多已分解发表，在危机中面临着学术的独立和转型。如何寻找新的、有意思的、有价值的选题是当时迫在眉睫的人生话题。在“项目化生存”愈演愈烈的时代，我作为高校“青椒”家族中苦涩的一员，数年在忧伤和煎熬中度过。接下来便初步有做《中国传统文论涵育社会主义核心价值观研究》的打算，在思索、评估中忐忑前行，抽空搜索资料，从政府、领导人和学界对此方面话题的论述中寻找学理支撑和观点启发，逐渐获得了些许思路和灵感。在研读古代文论三千余年文献的过程中，与时俱进地萌生了编著此书的念头，把点评古人材料作为基础性工作，为后期正式撰写专著做铺垫，同时也为后面申报各级社科课题做出必要准备。

最初并没有本编著的设想，为何以“点评”形式来成书？为何在古人、古语之后“接着说”？实则是“读书”使然。2014年后买齐三千余年中国古代文论的经典文本后，秋季便开始逐一研读，当时面对跨度如此之大、文本如此之多的古代文论作品，内心一度惶惑不安：这该如何驾驭？到时候怎么去操作？为避免写稿时材料生疏、前后遗忘，于是便采取了逐一记笔记的笨办法。古代文论中凡是涉及核心价值观关键词的材料都挑出来，无论是一段还是一句，都作为一条，注明页码，在文白对照和查阅汉语词典过程中，将理解消化过程中的读书心得、看法及时写出来，实践了一段时间后发现这项基础性工作虽很缓慢，但为后面正式研究作出了铺垫，十分必要。而这些心得、看法便成为此书稿的“点评”，一条一条地写出自己的理解和阐发。在年复一年、日复一日的研读、整理和书写中，突然发现这与明清小说评点颇为近似。金圣叹、脂砚斋、张竹坡等人评点小说名著，也是采用在作品空白处即兴地写下读书心得与感想，于是形成所谓的眉批、侧批、旁批等多种样式。这些评点成为明清独具特色的批评文体，在中国文论史上具有重要的学术价值，也引发后来众多学者的深入研究。所不同的是，明清文论家面对的多是艺术性很强的文学作品，而本人评点则立足于文论文本，面对的不是作家的创作而是古人留下的评析文章，是基于研究再研究。并且我的评点近似"接着说"，古人用"文言"说后我接着用"白话"说，在某个关键词的统帅下，把材料中蕴含的资源尽可能地挖掘、呈现出来，使之晓畅于天下。其共同在于，评点都是即兴而发的，属读书心得，看似零散不成体系，实则围绕一条主线展开。

记得笔者在读研时，就在旧书摊上买到过复旦大学吴中杰先生对鲁迅作品的评点，当时导师还让我专门给她买过一套。因为他们作为那个时代的学者，都对影响深远的明清小说评点情有独钟（导师当年在北大的硕士论文即是研究明清小说评点）。而此后数十年，国内研究基本以论文体、专著体、报告体等形式呈现，采用评点体的已经凤毛麟角。故从此角度来说，本编著算是明清评点传统的一次"回光返照"吧！——民族的优良传统还是不能中断的。

作为课题前期成果，本书集中探讨近年来国家、政府、学界和民间关注度极高的核心价值观教育和宣传问题，尤其是立足于本土，从中国传统文化自身中来寻找资源和话语支撑，算是笔者近年来对此话题的一个学科回应。依托自己学科关注国家需求和社会热点，是笔者学术转型后的一贯坚守，在我看来这也是民族复兴时代学者应该有的文化担当。最初打算将除"法治""平等"以外的词之蕴含合编成一书，后来发现国家层面四词的点评约 18 万字，社会和公民层面的六词约 20 万字，加上各自有附录，共计有 40 余万字，遂分开单独出版，相互照应，又自成体系。社会层面中，主要研究"公正""自由"两词之涵养，而"法治"和"平等"则主要是近代以来受西方文化影响、在中国革命实践过程中产生的，古代文论中极少相关，就不涉及，这也是研究中遵循"实事求是"的原则吧。故本书一共涵盖当前社会主义核心价值社会与公民两大层面中的六个关键词。每一条既点评，也注明了文本来源。

材料选取有详有略，皆根据文本包含的信息、蕴含的资源而定，短的一二十字，长的一两段。为避免篇幅过长，适当地用省略号联接做了"缩水"处理，使之鲜明可见。其次，由于古代文、史、哲不分家，而文论家身份又多元化，有的集史学家、文学家、政治家、文论家于一身（如欧阳修、苏轼等），他们的很多文论观点是裹挟在对政治、哲学、社会发表看法的评析之中，具有很强的"寄生性"，故材料有的搜集得比较宽泛。有的看似是哲学议论,有的则是朋友书信,有的是诗体序跋,甚至往来应酬文字,但其中往往蕴含着关于爱国、友善、敬业、诚信等核心价值观的丰富资源,需要逐一钩沉、提取,通过点评加以揭示和呈现,让后世读者能窥其全豹,让当代中国青少年能省时省力地通过"材料+点评"的方式,阅读、理解古人关于"爱国""友善"等关键词(此亦为当今视角)的各种言说,体会其丰富、多元的内涵。

但笔者希望在通俗文化泛滥的当下,读者拿到本书时,不要一上来就只看白话文评析——吃别人咀嚼过的"馍"是没有意思的。对古人的原句一扫而过或视而不见,这会使阅读大打折扣,无法获得深切的理解。我认为宜二者有机结合,一方面要培养直面文本的能力,首先看古人最初是怎么说的,有何内涵,毕竟那是笔者精挑细选后的精华,且有的写得通俗易懂、文采斐然。另一方面,再结合笔者的点评和阐发,来实现"古典"与"当下"的对接,在激活传统中实现当前核心价值观话语的培育、涵养、吸纳及传播。也衷心希望读者能调动主观能动性,能思考,敢质疑,有不同理解,欢迎一起形成商讨的局面。

点评文字属研读古代文论作品中的读书心得,同样乘兴而写,"顺势"而为,长短不一。力求首先自己吃透、消化,然后紧扣该词汇揭示其中蕴含的话语资源,表述上争取通俗易懂,让初、高中生读后就能明白晓悟。至于是否借题发挥过多,是否准确生动,是否写得兴趣盎然,就有待读者的检验了。

需要说明的是,通观笔者近年对核心价值观的研究,发现有的材料使用了不止一次,实则语境和角度不同使然。一条材料很丰富具有两重性,就分别在不同编次中呈现,且为了照顾读者完整、系统地阅读,一般再录入一次。但少数材料在文字取舍上还是有出入的,侧重点与目的不同,并非完全照搬。这要据材料品性和蕴含资源而定。

"评点"是明清时期众多文论家的拿手好戏,如金圣叹、脂砚斋等人评定《金瓶梅》《红楼梦》等著作,皆已达炉火纯青之境,从而形成中国古代独具特色的"评点"体式。本书虽无意于去追足古人,但在方式上也受到了明清文论家的一些启发。希望通过本书使国人能在论文、专著、报告式成果遍地开花的今天,稍略窥见中国传统"评点"式研究之风韵。

本项研究需穿越时空,不间断地与中国古人对话,了解他们言说的语境与动机,解读出文本中蕴含的深意与情怀,这对研究者本人也是一次极大的陶冶乃至考验。读书虽累，但慢工出细活儿，在研读中笔者系统地了解了古人的所思所想，由衷钦佩中国古人的思想与智慧、境界和情怀。同为肉体凡身，他们在相对封闭、落后的传统农业社会是如何注重修身养性的，是如何为人处世的，是如何追求理想的，是如何践行道义的，这些都给了笔者终生的勉励和鼓舞！在沉淀内心后进入文本，便是跨越时空与古人对话的过程，他们教给了自己太多的智慧与领悟，我的内心一次次被激荡和洗涤。古代很多士大夫是这个民族的精英，他们在人生中体现出的追求，他们在文笔中流露出的思索，给了我极大的熏陶与温暖。在一次次读到《诗经》、司马迁、王充、曹丕、刘勰、钟嵘、白居易、司空图、严羽、王夫之、曾国藩和梁启超等文论时，心中百感交织，读到古人古籍对敬业、诚信、友善、自由、爱国、公正的论述（或是一种“涵养”）时，无异于对自己也是一次精神的“重塑”与“洗礼”。于是，笔者更加坚定了要采用接着古人说的“评点”方式，来引领当今中国人去学习我们的祖先，去传承中华的国粹，去弘扬伟大的民族精神。也更加坚定了我把这个课题持续做下去的决心，依托古老而丰富的祖国传统文化来培育和践行国家提出的核心价值观（十九大报告正式定位为“中国精神”），是一项极具现实价值和文化担当的学术任务。

当前学界在论析核心价值观的培育时，普遍认识到应立足于中华优秀传统文化来挖掘本土资源，就其重要性做了很多评析，但真正结合各门学科、真正深入传统文化底层进行“潜水式”挖掘和提炼的研究，目前似乎还不多见。这本书是一次探索和尝试。早在2013年中共中央办公厅发布《关于培育和践行社会主义核心价值观的意见》就指出，要对全体国民加强此项教育，通过当前新媒体、中小学教材等方式让核心价值观真正“入脑入心”“落地生根”，这种先见之明意义深远。笔者认为，在大众文化兴起的当下，国人普遍适应了白话文传播，对短平快的微信、影视文化、网络文化乐此不疲，而对以文言文承载的中国传统文化传承有限，甚至有的“敬而远之”。有的限于语言障碍和时代隔阂，对博大精深的传统文化之精髓了解还不够。这亟需一批在古代文学、古代历史、古代哲学等领地耕耘的学者，承担此项挖掘和传播的重任。基于此，本书的意义不言自明，如能作为当前普及、宣传核心价值观的基本材料，则笔者欣慰无憾，以后愿做更多的耕耘与开拓。

作者：邓心强

2018年寒冬，中国矿业大学寓所